Nena Tramountani

The Way We Melt

Roman

PENGUIN VERLAG

MIX
Papier | Fördert gute Waldnutzung
FSC
www.fsc.org
FSC® C083411

Klimaneutral*
Druckprodukt
ClimatePartner.com/14044-1912-1001

Penguin Random House Verlagsgruppe FSC® N001967

1. Auflage 2023

Neumarkter Straße 28, 81673 München
Dieses Buch wurde vermittelt von der
Literaturagentur erzähl:perspektive, München
(www.erzaehlperspektive.de).
Redaktion: Melike Karamustafa
Umschlaggestaltung: www.buerosued.de unter
Verwendung von Motiven von www.buerosued.de
Satz: Buch-Werkstatt GmbH, Bad Aibling
Druck und Bindung: CPI books GmbH, Leck
Printed in the EU
ISBN 978-3-328-10855-9
www.penguin-verlag.de

*Liebe Leser*innen,*

dieses Buch enthält potenziell triggernde Inhalte.
Deshalb findet sich auf S. 428 eine Triggerwarnung.
Achtung: Diese enthält Spoiler für das gesamte Buch.
Wir wünschen allen das bestmögliche Leseerlebnis.

Nena Tramountani und der Penguin Verlag

Für alle, die uns an »für immer« glauben lassen.

1. KAPITEL

Darcy

Happier than ever

»Zu dir oder zu mir?«

Kiki strich mir grinsend eine Strähne hinters Ohr. Wir lehnten nur Millimeter voneinander entfernt an der pastellblauen Fassade, der Herbstwind zerzauste unsere Haare, und mein Herz sollte schneller klopfen – vor Aufregung, freudiger Erregung, irgendetwas in die Richtung.

Ihre Frage war rhetorisch. Meine WG befand sich in dem Haus, vor dem wir standen, Kikis auf dem East Hill.

Ich lächelte zurück, doch ihre Miene verriet mir, dass sie es mir nicht abnahm. Die letzten Stunden waren wie im Flug vergangen. Wir hatten im schönsten Pub der Stadt Recipe for disaster begonnen, ein paar Cider getrunken, uns dann am Flipperautomat gebattelt – sie hatte erst gewonnen und mich dann ziemlich offensichtlich gewinnen lassen – und schließlich einen langen Strandspaziergang unternommen, bevor wir zurück in die Altstadt und geradewegs zu meiner WG gelaufen waren. Solange ich mit ihr sprach, war alles okay. Sie war witzig, schlau und nicht zu vergessen bildhübsch – indigoblau gefärbte Locken, die bis zur Mitte ihres Rückens reichten, stechend schwarze Augen und volle Lippen. Es hatte einige Wochen gedauert, bis ich bereit gewesen war, sie nach einem

Date zu fragen, und sie hatte sofort zugesagt. Alles lief genau so, wie es laufen sollte. Ich hatte noch nie ein besseres erstes Date gehabt. Die Gesprächsthemen waren uns nicht ausgegangen, und es war offensichtlich, dass wir uns gegenseitig attraktiv fanden.

»Zu mir«, flüsterte ich und wollte nach ihrer Hand tasten, überlegte es mir allerdings auf halber Strecke anders, steckte sie stattdessen in meine Manteltasche, wo ich sie zur Faust ballte.

Die Sonne würde bald untergehen, der Himmel strahlte in verschiedenen Goldtönen, und zu unseren Füßen befanden sich mehrere bunt gefärbte Blätter. Ich liebte Goldbridge um diese Zeit.

Alles war perfekt.

»Julian ist zu Hause«, fuhr ich fort, ohne sie anzusehen. Julian war mein Mitbewohner und bester Freund seit Kindheitstagen. »Aber seine Freundin müsste bald von der Arbeit kommen, der wird uns also nicht …«

»Darcy.«

Kikis Stimme klang sanft, aber bestimmt.

Ich atmete tief durch und hob den Kopf, um ihrem Blick zu begegnen. »Hm?«

»Es ist okay.« Ihr Lächeln wurde verständnisvoll. »Ich verstehe es.«

Hitze kroch meinen Hals empor. »Was meinst du?«

Sie legte den Kopf schief. Ihre Augen funkelten. »Ich finde dich toll, seit ich dich das erste Mal im Workshop deiner Mum gesehen habe. Und die letzten Stunden haben mich nur in meiner Vermutung bestätigt. Du bist sogar noch cooler, als ich mir ausgemalt habe. Aber ich weiß, wie es sich anfühlt, wenn mein Crush auf Gegenseitigkeit beruht.«

Das Blut schoss mir nun direkt ins Gesicht. Da war es, das Herzklopfen. Nur leider aus den falschen Gründen.

»Ich weiß nicht, was meine Mutter dir erzählt hat«, entfuhr es mir eine Spur zu laut. »Aber das ist nicht nur eine Phase für mich. Du bist kein Experiment. Ich weiß es schon lange, ich hatte nur keine Lust, mit ihr darüber zu reden, weil sie ... Weil sie ein Riesending aus allem macht. Mir ist klar, dass es ein Privileg ist und dass nicht alle so ein Glück mit ihren Eltern haben.« Ich nahm zwei tiefe Atemzüge. »Kiki, ich hatte wirklich viel Spaß mit dir, ich schwöre, du bist ...«

»Hey.« Ihre kühlen Finger umfassten mein Handgelenk. »Du musst dich wirklich nicht rechtfertigen. Ich weiß auch, wie es sich anfühlt, als Experiment behandelt zu werden.« Kiki seufzte. »Du kannst dir nicht vorstellen, wie oft eine Hetero-Frau mit mir in der Öffentlichkeit rumgemacht hat, damit ein paar Typen geil davon werden. Du bist offensichtlich nicht hetero, Darcy.« Ihr Lächeln schwand, und ihr Blick wurde traurig. »Aber du bist verliebt, oder?«

Ich starrte sie an.

»Wer auch immer die Person ist, sie kann sich glücklich schätzen. Melde dich, wenn du bereit bist, sie mit meiner Hilfe zu vergessen.«

Und mit diesen Worten beugte sie sich vor, drückte ihre Lippen kurz auf meine Wange, drehte sich um und lief die Straße den Hang runter.

Wie angewurzelt blieb ich stehen und sah ihr hinterher, bis ihre Lockenmähne nichts als ein blauer Punkt zwischen den Pastellhäusern war.

Verliebt.

Ich war nicht verliebt. Ich war hoffnungslos verloren.

2. KAPITEL

Darcy

I wouldn't wish this love on anybody else

Jeder Schritt nach oben erforderte meine gesamte Willenskraft. Am liebsten wäre ich Kiki hinterhergerannt, hätte ihr Gesicht zwischen die Hände genommen und meine Lippen auf ihre gepresst, um ihr zu zeigen, *wie* bereit ich war. Leider spürte ich einen Druck hinter meinen Augenlidern, der mir verriet, wie kurz davor ich stand loszuweinen. Es war heute wirklich gut gewesen. Ich belog mich bei Dates nicht mehr. Nachdem Julian und ich jeweils eine schlechte Erfahrung damit gemacht hatten, hatten wir ein Abkommen getroffen: radikale Ehrlichkeit, währenddessen und auch danach. Mit uns selbst, mit der Person, mit der wir auf dem Date waren, und miteinander. Manchmal dauerte es eine Weile, bis man die Situation mit neuen Menschen einordnen konnte. Nicht dass es für mich in letzter Zeit viele Gelegenheiten dafür gegeben hätte. Die Dates, auf denen ich in den vergangenen zwei Jahren gewesen war, konnte ich an einer Hand abzählen. Bei Julian waren es noch weniger gewesen – aber er hatte jetzt Tori.

Ich zwang mich, meine Schritte zu beschleunigen. Im ersten Stock hielt ich kurz inne, falls die Tränen kommen wollten, aber ich spürte, wie ich mich sofort entspannte, als ich die vertraute Umgebung wahrnahm. Überall standen Pflanzen herum, Henrietta, die Hausbesitzerin und Bewohnerin der untersten Wohnung, und ich kümmerten uns gemeinsam darum, und der Duft nach Zimt und Quitten erfüllte das Treppenhaus.

Ich war stolz auf mich. Es war alles in Ordnung. Ich hatte es gewagt, auf dieses Date zu gehen, hatte mich getraut, etwas Neues auszuprobieren. Dann war ich eben noch nicht bereit dafür. Es war gut, das zu wissen. Es bedeutete nicht, dass ich versagt hatte.

Und wann wirst du bereit sein? Nachdem weitere zehn Jahre vergangen sind? Wenn du irgendwann alt bist und dein gesamtes Leben zusammen mit den verpassten Chancen an dir vorbeigezogen ist?

Zum Glück war ich inzwischen bei der obersten Tür angekommen. Bei Jules und meinem Einzug hatte ich sie in verschiedenen Blautönen und mit goldenen Linien bemalt. Das war es, was ich jetzt brauchte. Sicherheit und Gewohnheit. Das Gesicht meines besten Freundes, mit dem ich über alles auf der Welt sprechen konnte, außer über dieses eine Thema. Unter anderen Umständen könnte man das als Belastung sehen, aber heute war es gut. Ich brauchte Ablenkung.

Sobald ich den Schlüssel ins Schloss steckte, ertönten Schritte auf der anderen Seite der Tür. Im nächsten Moment wurde sie aufgerissen. Julian stand mit zerzausten schwarzen Haaren und ausschließlich mit grauer Jogginghose bekleidet vor mir. Seine dunklen Augen glühten, und seine Nasenflügel waren gebläht.

So viel zu Sicherheit und Gewohnheit.

Ich betrat unsere Wohnung, schlug die Tür hinter uns zu und fasste ihn bei den Schultern. »Hey, was ist los?«

»Nichts! Wie war's mit Katerina?«

Sekundenlang war er damit beschäftigt, die Wut zurückzudrängen und mir ein Lächeln zu schenken. Ich rollte mit den Augen. Netter Versuch.

»Jules. Rede.«

Er stöhnte laut auf, wartete, bis ich meine Schuhe von den Füßen gekickt hatte, half mir aus meinem Mantel und zog mich dann zur Hollywoodschaukel, die rechts von der Tür hing.

Als wir saßen, stöhnte er erneut auf. »Sie kommen zurück. Heute.«

Alles in mir erstarrte zu Eis, doch ich war inzwischen geübt darin, meine Gefühle in Schach zu halten.

Sie. *Sie* kommen zurück. Plural. Nicht nur er.

»Wer?«, fragte ich, so ruhig ich konnte, während in mir absolutes Emotionschaos ausbrach.

Julian warf mir einen ungeduldigen Blick zu und raufte sich mit beiden Händen die Haare. »Meine *Brüder*«, würgte er hervor.

»Wie … Wie meinst du das?«

Anscheinend war er zu aufgewühlt, um die Panik in meiner Stimme herauszuhören. »Genau so wie ich es sage! Mum hat mich angerufen und gefragt, ob ich mitkommen will, um sie vom Bahnhof abzuholen. Sie hat sich extra den halben Tag freigenommen, damit sie ein Festessen vorbereiten kann.«

Vor vier Wochen war Alexis, Jules' jüngerer Bruder, nach London gefahren, weil er eine Auszeit vom Prisma – das war das Restaurant, das ihren Eltern gehörte und in dem auch ich als Köchin arbeitete – gebraucht hatte, nachdem ein paar schlimme Dinge mit ihrem Dad geschehen waren. Als Julian mir davon erzählt hatte, war fast mein Herz stehen geblieben. Alexis fuhr nicht einfach nur nach London. Er fuhr nach London zu seinem großen Bruder Nicolas. Zu wissen, dass sich dieser so nahe von Goldbridge aufhielt, hatte in den letzten Monaten meinen inneren Frieden aufs Spiel gesetzt. Wenn ich ganz ehrlich zu mir war, dann war das auch der Grund dafür, dass ich Kiki nach einem Date gefragt hatte. Doch es war nichts gegen *dieses* Wissen – dass er zurückkam. Hierher, nach Goldbridge.

Innerlich zählte ich bis zehn, dann erst wagte ich es, etwas zu erwidern. »Und wieso macht dich das so wütend?«

Die Antwort darauf kannte ich natürlich bereits. Aber darum ging es nicht. Es ging darum, dass er sich den Frust von der Seele reden musste.

»Darcy, er hat sich zwei Jahre lang nicht blicken lassen, und jetzt kehrt der verlorene Sohn zurück, und wir sollen alles stehen und liegen lassen, um ihm den perfekten Empfang zu bereiten? Ihm ja ein gutes Gefühl geben, damit er sich nicht gleich wieder verpisst? Bei diesem Theater mache ich nicht mit. Er kann mich mal. Wir haben ihn so sehr gebraucht, und er war nicht da!« Seine Stimme brach, und die Tränen, die er mit aller Macht zurückzuhalten versuchte, waren nicht zu überhören. »Ich will sein Scheißgesicht nicht sehen. Ich will nicht nett zu ihm sein. Ich … ich halte es nicht aus, wenn er …«

Den Rest musste er nicht aussprechen. *Wenn er wieder geht.* Das war das Ende des Satzes.

Ich weiß, wollte ich schreien. *Verdammt, ich weiß, mir geht es doch genauso!*

Julian hasste seinen großen Bruder, weil dieser nicht da gewesen war, als ihre Familie in die Brüche gegangen war. Weil Julian derjenige sein musste, der andauernd alle rettete, während sein Bruder durch die Welt reiste und seinen Traum als professioneller Fotograf lebte. Aber am meisten hasste er ihn, weil er ihn jeden Tag vermisste. Das hatte er mir nie gesagt. Ich spürte es, so wie ich jedes seiner anderen Gefühle spürte. Jules und ich waren seit dem Kindergarten miteinander verbunden.

Und ich?

Ich hasste Nicolas Bithersea, weil ich es nie geschafft hatte, ihn zu hassen. Nicht mal ansatzweise. Nicht mal für kurze Zeit. Auch nicht, nachdem er mir das Herz aus der Brust gerissen hatte und anschließend darauf herumgetrampelt war.

Die Erinnerung an letztes Weihnachten riss mich mit, und ich konnte nichts dagegen unternehmen.

3. KAPITEL

Darcy

The opposite of what you said you'd do

Darcy: Ich kann das nicht mehr. Es macht mich kaputt.

Nicolas: Es tut mir leid, ich werde es wiedergutmachen, das schwöre ich. Der Auftrag kam so spontan, und er ist eine riesige Chance für mich.

Nicolas: Bitte, bitte sei nicht sauer.

Darcy: Ich bin nicht wütend auf dich.

Es war der fünfundzwanzigste Dezember. Ich befand mich in den Prisma-Mitarbeitertoiletten, jeden Moment könnte jemand hereinkommen. Ich trug mein rückenfreies dunkelrotes Glitzerkleid, die schwarzen glatten Haare lagen offen auf meinen Schultern, meinen kurzen Pony hatte ich mit Haarspray fixiert. All die Mühe, die ich mir mit meinem Make-up gegeben hatte, und jetzt tropfte es in den Abfluss. Schwarz und grün und silbern.

Nicolas: Kannst du bitte ans Handy gehen? Bitte lass uns reden.

Darcy: Nein. Wenn ich mit dir rede, dann werde ich mich wieder davon überzeugen, dass ich stark genug bin. Ich kenne mich.

Er tippte und stoppte, während mir unaufhörlich Tränen übers Gesicht strömten und das Handy in meinen Händen zu zittern begann. Ich hob den Kopf und zwang mich, mein Spiegelbild zu fixieren. Draußen waren alle mit dem Herrichten des Weihnachtsmenüs beschäftigt.

Wie lange hatte er schon gewusst, dass er absagen würde?

Mein Handy vibrierte.

Nicolas: Bitte lass mich dein Gesicht sehen. Ich ertrage es nicht, wenn etwas zwischen uns steht.

Ein Lachen entfuhr mir, doch es klang wie ein Schluchzen.

Darcy: Es steht immer etwas zwischen uns, und ich halte das nicht mehr aus. Ich meine es ernst.

Nicolas: Ich komme an Neujahr, das schwöre ich. Ich nehme den ersten Flug, sobald ich hier fertig bin.

Darcy: Nein. Das wird nichts ändern. Es ist nicht nur wegen heute. Ich kann nicht mehr. Diese ganze Geheimniskrämerei und das ständige Warten machen mich fertig. Wir halten einander davon ab, unser richtiges Leben zu leben.

Nicolas: Ich habe kein richtiges Leben ohne dich.

Fahrig wischte ich mir übers Gesicht. Ich durfte nicht zu lang über diese Worte nachdenken.

Darcy: Und das findest du normal?

Nicolas: Ich scheiß auf normal, Darcy. Ich liebe dich.

Darcy: Ich liebe dich auch. Aber ich liebe mich mehr.

Ohne seine Antwort abzuwarten, klickte ich auf die Chatleiste oben, scrollte runter und tat das, was ich hätte tun sollen, als der erste und einzige Mensch, in den ich je verliebt gewesen war, vor einem Jahr Goldbridge verlassen hatte.

Ich blockierte seine Nummer.

4. KAPITEL

Nicolas

You say happiness exists, but you're not sure where it goes

»Du hast noch fünfzehn Minuten.«

»Was?«

Alexis und ich saßen im Speisewagen des Zugs, der uns von London nach Plymouth brachte, und ich war gerade dabei, meinen zweiten Gin Tonic zu kippen, während mein kleiner Bruder lustlos in seinen Pommes rumstocherte und mir argwöhnische Blicke zuwarf. Er hasste es aus nachvollziehbaren Gründen, mich trinken zu sehen, und in den letzten Wochen hatte ich mich wirklich zurückgehalten, aber heute ging es nicht anders. In Plymouth würde uns Mum abholen, und von dort aus war es nur noch eine kurze Autofahrt bis nach Goldbridge. Ich brauchte wirklich jede Unterstützung, die ich kriegen konnte.

»Um mir zu erzählen, was los ist.«

»Was soll los sein?« Ich schenkte ihm mein bestes Lächeln. »Kann's kaum erwarten, Mum zu sehen.«

Alexis' Augen wurden schmal. Obwohl wir den letzten Monat miteinander verbracht hatten, war es ungewohnt, ihn so zu sehen. So erwachsen. Seinen schwarzen Lockenkopf hatte er abrasiert, und neben dem Brüder-Tattoo auf der Hand, das wir uns zu dritt stechen lassen hatten, zierten inzwischen unzählige weitere Tattoos seinen Körper. Aber das war nicht alles. Eine Dunkelheit hatte sich in seine Augen geschlichen, die nichts mit seinem Äußeren zu tun hatte. Es war ein Schock gewesen, ihn nach zwei Jahren wiederzusehen. Aber das war nichts gegen den Schock, als er mir Stück für Stück erzählt hatte, was in unserer Familie vor sich ging. Die Kurzfassung: Mum hatte Dad betrogen, Dad war alkoholsüchtig und hatte Alex monatelang als emotionalen Mülleimer missbraucht, dieser hatte zu sprechen aufgehört, und mit unserem Familienrestaurant Prisma ging es den Bach runter. Ich hatte natürlich mitbekommen, dass wir statt zwei nun nur noch einen Michelin-Stern hatten, aber nicht, *wie* schlimm es tatsächlich um das Restaurant stand. Oder besser gesagt, ich hatte alles dafür getan, um es nicht mitzubekommen ... Tja, und dann war irgendwann alles explodiert.

»Du hast vergessen, mit wem du redest, Nic«, sagte er leise. »Auch ich war ein Meister im Verdrängen.« Schwere Regentropfen prasselten gegen die Zugfenster, und binnen Sekunden wurde die Umgebung draußen düsterer. Novemberwetter. »Ich bin der Letzte, der dich dafür verurteilt, wenn du keine Lust hast, über den Scheiß zu reden, aber verarsch mich nicht. Wir haben uns darauf geeinigt, dass diese Zeiten hinter uns liegen.«

Alexis war der Einzige aus meiner Familie, mit dem ich im vergangenen Jahr noch regelmäßig Kontakt gehabt hatte. Mit unseren Eltern hatte ich auch ab und zu telefoniert, aber mein kleiner Bruder hatte fast täglich mit mir geschrieben. Nur Oberflächliches, nicht zu vergleichen mit der Person, mit der ich zuvor mein Leben geteilt hatte, auch wenn ich mich Tausende Kilometer von ihr entfernt befunden hatte, aber besser als nichts. Und dann war da auch noch Julian. Das Sandwichkind. Das letzte Mal hatte ich ihn vor ein paar Monaten angerufen und versucht, Nähe aufzubauen. Er hatte mich zum Teufel geschickt. Niemand hasste mich so sehr wie Julian. Ich hatte immer angenommen, dass er einfach eifersüchtig war, weil ich meinen Traum lebte und er in Goldbridge und einem Job festsaß, der ihn nicht erfüllte. Nachdem mir Alex von dem Familiendrama erzählt hatte, war mir allerdings bewusst geworden, dass es nicht ausschließlich an der Eifersucht liegen konnte. So oder so, ich würde mir kein schlechtes Gewissen machen lassen. Es war nicht meine Aufgabe, unsere Eltern zu retten. Sie waren erwachsen und hatten Mist gebaut, also sollten sie zusehen, wie sie da wieder rauskamen. Und wenn Jules mich dafür verantwortlich machen wollte, dass ich mein Leben nicht genau wie er für sie aufopferte, dann war das nicht mein Problem.

Okay, das war alles schön und gut, trotzdem hatte ich Schiss davor, ihn wiederzusehen. Nicht dass ich das jemals zugegeben hätte.

»Nic.« Alexis schnipste einmal vor meinem Gesicht. »Hey.«

Statt einer Antwort seufzte ich laut und trank den Rest meines Drinks.

»Okay, lass mich dir eine Frage stellen: Wieso bist du mitgekommen?«

Es war *wirklich* ungewohnt, ihn so hartnäckig zu erleben. Unsere Beziehung hatte in den letzten beiden Jahren auf Small Talk basiert. Und auch in London war er mir nicht auf die Pelle gerückt. Ich war erleichtert gewesen, dass er zum großen Teil das Reden übernommen hatte, während ich uns zu den coolsten Spots ausführte und mich darum kümmerte, dass er die bestmögliche Zeit hatte.

»Ich war seit zwei Jahren nicht mehr zu Hause«, antwortete ich trocken. »Wurde mal wieder Zeit, oder? Außerdem steht der nächste Job erst im kommenden Jahr an. Es hat zeitlich einfach gepasst.«

Er verdrehte die Augen, verschränkte die Arme, lehnte sich in seinem Sitz zurück und starrte aus dem Fenster. »Du bist ein Schisser.«

Die Worte waren leise, kaum hörbar bei dem Rattern des Zugs. Ich hörte sie trotzdem.

Mein Herz beschleunigte.

Damit hatte er mich.

Ich war nicht nur ein Schisser, ich war der größte Feigling, den ich kannte. Mir war schon klar, was mit mir los war. Doch die einzige Person, mit der ich es wagte, ansatzweise darüber zu sprechen, war Felicia, die Therapeutin, die ich über Better Help gebucht hatte und mit der ich seit Anfang des Jahres regelmäßig Videocalls führte. Seit nach dem Hochzeitsshooting. Nach der Insel. Nach …

Nein.

Wie sollte ich das meinem kleinen Bruder auf die Nase binden nach all dem Bullshit, den er durchgemacht hatte?

Die letzten vier Wochen mit ihm waren das erste Mal seit fast einem Jahr gewesen, dass ich mich wie ein normaler Mensch gefühlt hatte. Alexis dachte, ich hätte mich um ihn gekümmert, weil ich ihn mit köstlichem Essen versorgt, zu den schicksten Rooftopbars gebracht und über sein Trauma reden lassen hatte, doch eigentlich war es genau andersrum. Durch seine Anwesenheit hatte ich mich daran erinnert, wer ich gewesen war, bevor ich Goldbridge verlassen hatte.

Als er mir eröffnet hatte, dass er zurückwollte, hatte ich keine Sekunde gezögert. Ich wollte ihn nicht allein gehen lassen. Und was konnte ein kleiner Besuch schon schaden? Sobald es mir zu viel wurde, könnte ich abhauen.

Doch jetzt blieben uns nur noch wenige Minuten, und die Realität brach über mir zusammen.

Ich würde Mum sehen. Dad. Julian. Das Prisma.

Das war schon heftig, aber nicht der eigentliche Grund,

aus dem ich mir beim Gedanken an meine Heimat fast in die Hose machte.

»Wohnt Julian noch mit Darcy zusammen?«, platzte es aus mir heraus, bevor ich die Worte zurückhalten konnte.

Ich war stolz darauf, wie normal meine Stimme klang. Es hatte Monate gebraucht, bis ich ihren Namen aussprechen konnte, ohne dass die Welt um mich herum erbebte.

Alexis' Kopf ruckte zu mir. Verwirrung zeichnete seine Züge.

»Ja, wieso?«

Mir war schlecht. Der zweite Longdrink war zu viel gewesen.

»Habe mich bloß gefragt, wo ich übernachten werde. Du hast noch dein Zimmer im Prisma-Wohnheim, oder?«

Alexis kniff leicht die Augen zusammen. »Du denkst nicht ernsthaft, dass Julian dich bei ihm schlafen lassen würde?«

Ich lächelte gequält, um den Sturm in meinem Inneren zu verschleiern. »Man kann ja mal fragen.«

Nicht nur Julian war eifersüchtig auf mich. Auch ich war eifersüchtig auf ihn. Darauf, dass er sie jeden Tag sah. Darauf, dass sie ihm vertraute. Darauf, dass er alles war, was ich nie richtig für sie hatte sein können …

»Ich hab ihm vorhin geschrieben, ob er mitkommt, wenn Mum uns abholt, und seine Antwort war: *Ich hole keine Verräter ab*«, fuhr Alexis vergnügt fort. »Ich bin mir ziemlich sicher, dass damit nicht ich gemeint war.«

»Jules ist so eine Dramaqueen«, rief ich lachend, obwohl ich eigentlich das Zugfenster zertrümmern und rausspringen wollte.

»Der wird sich schon noch einkriegen, du wirst sehen.«

»Deinen Optimismus hätte ich gern.«

Ich war nicht optimistisch, sondern belog mich einfach am laufenden Band, weil ich es sonst niemals schaffen würde, auch nur das Bett zu verlassen.

Alexis warf einen Blick auf sein Handy. »Noch hast du Zeit. Fünf Minuten.« Plötzlich begann er so breit zu grinsen, dass mir allein beim Zusehen die Mundwinkel wehtaten. »Oh. Julian hat Mum zwar nicht begleitet, dafür ist Echo mitgekommen.«

Reflexartig musste ich auch grinsen. Über Echo hatte ich in den letzten Wochen alles erfahren. Zum einen, weil Alexis jedes Mal gestrahlt hatte, wenn eine neue Nachricht von ihr eingetrudelt war, zum anderen, weil er nicht aufhören konnte, über sie zu sprechen. Sie waren zusammen auf der Schule gewesen, dann hatte er sie jahrelang nicht gesehen, bis Mum sie als Aushilfe in der Patisserie des Prisma eingestellt hatte, wo Alexis arbeitete. Alexis und Echo hatten eine Affäre angefangen – es war eine Neuigkeit gewesen, dass er schon Sex gehabt hatte, geschweige denn so cool war, Affären zu führen –, dann hatte sie ihm gebeichtet, dass sie drogensüchtig war. Darauf hatten sie sich getrennt, weil Alexis schon zu viel Mist mit unserem Vater erlebt hatte und Zeit für sich brauchte, aber so wie es klang, war er ernsthaft verknallt in sie. Ich freute mich für ihn. Natürlich tat ich das. Auch wenn glücklich verliebte Menschen seit geraumer Zeit Brechreiz bei mir auslösten.

»Okay, noch drei Minuten«, riss er mich aus meinen Gedanken. »Jetzt oder nie.«

»Mir ist übel, und ich bereue meine Entscheidung jetzt schon«, platzte es aus mir heraus. Ich umfasste das Glas, in dem sich inzwischen nur noch Eiswürfel befanden, mit beiden Händen. »Ich habe Angst, dass ich Dad eine reinhaue, sollte ich ihn sehen, und dass Jules mir eine reinhaut, wenn er mich sieht, und ich weiß ehrlich gesagt auch nicht, was ich mit Mum anfangen soll. Und dann ist da noch … Dann sind da noch ein paar andere Leute, die ich geghostet habe, vor denen ich auch Angst habe.«

Der letzte Teil war gelogen. Ich hatte niemanden geghostet. *Sie* hatte *mich* blockiert. Und mir damit nicht nur das Herz gebrochen, sondern mein ganzes Leben abgefuckt. Aber das war nicht ihre Schuld.

»Aber weißt du was?« Ich grinste breit. »Niemand wird etwas davon merken. Wenn jemand der Welt etwas vorspielen kann, dann ich. Ich bin schließlich ein Bithersea. Dieses Talent wurde uns praktisch in die Wiege gelegt.«

5. KAPITEL

Darcy

When you're living like nobody knows

»Hörst du mir überhaupt zu?«

Julian beugte sich vor und stupste meine Schulter mit seiner Stirn an. Automatisch hob ich eine Hand und fuhr ihm durchs Haar. Als ich seinen vertrauten Duft einatmete, fiel es mir sofort leichter, mich aufs Hier und Jetzt zu konzentrieren.

»Ich gehe dir hart auf die Nerven mit dem Thema, oder?« Er gab mir einen Kuss auf die Schulter, ehe er sich wieder aufrichtete und mich mit seinem Röntgenblick musterte. Zum ersten Mal, seit ich die Wohnung betreten hatte, schien er mich richtig wahrzunehmen.

Es hatte viele Momente gegeben, in denen ich ihm die ganze Wahrheit hatte sagen wollen. Nicht nur, seit Nic Goldbridge verlassen hatte, sondern auch davor, lange davor. Julians und Nics Verhältnis war nicht immer angespannt gewesen, es hatte eine Zeit gegeben, da waren sie beinahe Freunde gewesen. Doch genug Gründe zum Schweigen hatte ich trotzdem gefunden: Ich wollte Jules nicht verletzen, ihm nicht das Gefühl geben, auf irgendeine Weise nicht der angeblichen gesellschaftlichen Norm zu entsprechen. Romantische Gefühle waren kompliziert für ihn gewesen. Tori war die erste Person, in die er sich ernsthaft verliebt hatte, und das war erst vor ein paar Monaten geschehen. Dann war da noch die Tatsache, dass er von klein auf das Gefühl gehabt hatte, nicht so cool wie sein großer Bruder zu sein. Außerdem wollte ich unsere Freundschaft nicht gefährden. Seit wir uns im Kindergarten angefreundet hatten, gab es keine wichtigere Beziehung in meinem Leben. Wir hatten beide andere Freunde, aber er war nicht nur mein Freund, er war die Familie, die ich mir ausgesucht hatte. Doch irgendwann waren all diese Gründe in den Hintergrund getreten und ein mächtigerer war zum Vorschein gekommen. Ich hatte jahrelang den Mund gehalten, wenn ich jetzt etwas sagte, würde er es als Verrat sehen. Zu Recht.

»Hi, du«, riss mich seine sanfte Stimme aus meinen Gedanken. »Willst du mir nicht von deinem Date erzählen?«

Ich räusperte mich. »Es war schön. Wirklich, sie ist der Wahnsinn. Wir hatten so viel Spaß.«

Meine Stimme klang dermaßen roboterhaft, dass ich fast gelacht hätte.

Julian lächelte verständnisvoll. »Aber?«

»Aber ich bin gerade nicht im richtigen Mindset dafür, habe ich gemerkt.«

Das war zumindest keine Lüge.

»Was beschäftigt dich?«

Sein Blick war offen und geduldig. Er war jetzt wirklich da. Er wollte meine Gefühle hören, hatte seine beiseitegeschoben, um für mich da zu sein. Ich liebte ihn dafür. Und gleichzeitig wünschte ich, er wäre heute ein bisschen weniger empathisch.

»Ich habe eine kreative Blockade«, sagte ich. Ebenfalls keine Lüge. Zwar arbeitete ich als Köchin im Prisma, doch meine große Leidenschaft waren Kunstcollagen, mit denen ich auch unsere WG schmückte. Seit ich allerdings erfahren hatte, dass Nic in London war und Alexis, der doch eigentlich Teil meiner Welt war, bei ihm, hatte ich nichts mehr kreiert. »Und ich muss noch den Workshop vorbereiten, zu dem auch Echo kommen will, um dort zu sprechen. Das steht gerade im Fokus.«

Echo arbeitete seit Kurzem auch im Restaurant, und wir hatten uns in den vergangenen Wochen miteinander angefreundet. Sie hatte zugestimmt, bei einem Workshop, den meine Eltern im Art Youth Center veranstalteten, über Drogensuchtprävention teilzunehmen und von ihren Erfahrungen zu berichten.

»Ist das alles?«, hakte Julian nach.

Nein, das ist nicht alles. Vor allem beschäftigt mich, dass dein Bruder in wenigen Stunden in Goldbridge sein wird und ich keine Ahnung habe, wie ich mit ihm umgehen soll.

Bevor ich mir eine Antwort überlegen musste, klingelte es. Im Stillen bedankte ich mich bei Tori für ihr Timing.

Julian sprang von der Hollywoodschaukel und lief zur Tür. Wie erwartet, war es Tori. Sie hatte ihre rostbraunen Locken zu einem Dutt nach hinten gebunden, trug ihre Brille und ein dunkles T-Shirt-Kleid. Ihre Wangen waren gerötet, ihre blauen Augen strahlten.

Ohne zu zögern, warf sie ihre Arme um Julian und ließ sich ins Wohnungsinnere ziehen. »Hi«, formte sie mit den Lippen und sah mich an, dann warf sie kichernd den Kopf in den Nacken, als er mehrere kleine Küsse auf ihren Wangen verteilte.

Obwohl mir eigentlich überhaupt nicht danach zumute war, musste ich grinsen. Es war nicht nur schön, meinen besten Freund so glücklich zu sehen, sondern auch, Toris Entwicklung mitzuerleben. Als sie vor etwa fünf Monaten nach Goldbridge gekommen war, war sie wegen einer schlimmen Beziehungserfahrung so verschlossen und ängstlich gewesen. Nach und nach hatten Julian und ich sie zum Auftauen gebracht. Es gab noch Phasen, in denen ihre Ängste zurückkehrten und der Kontakt mit Julian schwer für sie war, aber sie war Teil unserer Familie. Nachdem sie in der Anfangsphase mehr Zeit zu zweit verbracht hatten, hingen wir inzwischen hauptsächlich gemeinsam rum. Ihre Beziehung zu Julian hatte meiner mit ihm nichts genommen, im Gegenteil – es fühlte sich eher an, als hätte sie diese vertieft, weil ich dank Tori neue Seiten an ihm kennenlernen durfte.

»Wie war dein Date, Darcy?«, wollte sie wissen, nachdem sie Julian ein weiteres Mal geküsst und anschließend ihre Stiefel und ihren Trenchcoat ausgezogen hatte.

»Hat nicht so richtig gefunkt«, antwortete Jules, bevor ich etwas sagen konnte. »Oder?«, fragte er in meine Richtung.

Ich nickte. Wenn es nur das wäre …

»Aber du bist verliebt, oder?«, hallte Kikis Stimme in meinen Gedanken wider.

»Sie ist toll, aber es passt gerade nicht«, murmelte ich, dann rang ich mir ein Lächeln ab. »Wie war's bei der Arbeit?«

»Bisschen stressig.« Tori pustete sich eine Locke aus der Stirn, die sich aus ihrer Frisur gelöst hatte. »Nachdem Thea weg war, gab es einen heftigen Andrang, als hätten sie geahnt, dass die Chefköchin nach Hause gegangen ist, und als wollten sie uns auf die Probe stellen.«

Dorothea Bithersea, kurz Thea, war Julians Mutter und führte gemeinsam mit ihrem Mann Elliot das Prisma. Elliot arbeitete allerdings schon seit einer Weile nicht mehr im Restaurant – und nachdem die Sache mit Alexis ans Tageslicht gekommen war, hatte Thea ihn aus der Wohnung geschmissen. Soweit ich wusste, sprachen sie immer noch nicht miteinander. Elliot lebte in einem Hotel in Goldbridge. Auch Julian hatte keinen Kontakt zu ihm aufgenommen – er hatte mir gesagt, dass sich das wie ein Verrat gegenüber Alexis anfühlen würde, was ich verstehen konnte.

»Ihr habt es bestimmt trotzdem gerockt, oder?«, sagte ich lächelnd. »Wir wissen alle, dass du auch eine mehr als passable Chefköchin abgibst.«

Tori war unsere Starköchin.

Sie verdrehte die Augen, lächelte aber ebenfalls. Dann schaute sie zu Julian, und ihr Blick wurde ernst. »Alexis und Nicolas kommen heute?«

Jules nickte mit angespanntem Kiefer. »Willst du was trinken?« Er stapfte los in Richtung Küche, bevor sie antworten konnte.

Tori schaute zu mir. »So schlimm?«, flüsterte sie.

»Schlimmer«, gab ich in derselben Tonlage zurück.

Als der Wasserkocher ertönte, trat sie näher zu mir. »Ich weiß, wir hassen Nic, aber ich muss sagen, ich bin auch ziemlich neugierig auf den dritten Bithersea-Bruder. Macht mich das zu einem schlechten Menschen?«

Ich lachte, obwohl meine Kehle wie zugeschnürt war. »Keine Sorge, es macht dich bloß zu einem Menschen.«

»Was ist dein Verhältnis zu ihm?«, wollte sie, immer noch wispernd, wissen. »Hasst du ihn auch, weil Julian ihn hasst?«

Meine Gesichtszüge froren ein. Ich konnte nichts dagegen unternehmen. Es fühlte sich an, als hätte mir jemand in den Bauch geboxt.

Mein Verhältnis zu Nic?

Bis vor einem Jahr hatte ich alles über ihn gewusst. Jeden seltsamen kleinen Gedanken. Jede Gewohnheit. Wovon er träumte, was ihn beschäftigte, wann er aufwachte, was er aß, wie er aussah, wenn er seine Zähne putzte, in welcher Kleidung er sich am wohlsten fühlte, welche Musik er wann am liebsten hörte, was ihn zur Weißglut und zum Lachen brachte, was ihm durch den Kopf ging, wenn er das perfekte Foto geschossen hatte. Und er hatte alles über mich gewusst. Nic und ich, wir waren miteinander verschmolzen. Ohne dass der Großteil meiner Außenwelt auch nur das Geringste davon mitbekommen hatte. Nic und ich, wir hatten etwas miteinander geteilt, was ich sonst nur aus Filmen kannte.

Ohne dass wir uns je auch nur einmal geküsst hatten. Nic und ich …

Es gab kein »Nic und ich«, verdammt.

So wie mich Toris Ankunft vor einer Antwort gegenüber Julian bewahrt hatte, rettete mich jetzt das Vibrieren meines Handys.

Ein Anruf.

»Sorry, das ist mein Dad, da sollte ich rangehen«, sagte ich prompt und erhob mich.

Tori nickte sofort.

Ich nahm den Anruf an und lief los in Richtung meines Zimmers.

»Hi, Oli, alles gut?«, begrüßte ich ihn, während ich nach rechts schaute, als ich an der Küche vorbeikam. Als Tür dienten lediglich bunte Perlschnüre, sodass ich einen Blick auf Julians grumpy Gesichtsausdruck erhaschen konnte. Zusammengezogene dunkle Brauen, verkniffener Mund. Es wäre niedlich, wäre der Grund für seine Reaktion ein anderer.

»Das wollte ich eigentlich dich fragen«, ertönte die Stimme meines Vaters in meinem Ohr.

Meine Eltern hatten von Anfang an darauf bestanden, dass ich sie bei ihren Vornamen nannte, Oliver und Agata – *»weil wir Individuen sind, nicht bloß deine Eltern, so wie du ein eigenständiger Mensch bist, nicht nur unser Kind«*. Vor anderen Menschen bezeichnete ich sie aber meistens als Mum und Dad. Eine alte Gewohnheit aus der Zeit, als ich mich noch für sie geschämt hatte.

Ich schlüpfte in mein Zimmer, schloss die Tür hinter mir und lehnte mich dagegen. »Wer hat's ausgeplaudert?«

»Lucinda hat es von Thea erfahren und dann so ziemlich ganz Goldbridge weitererzählt.«

»Hä?«, entfuhr es mir. »Woher wusste Thea, dass ich heute ein Date habe?« Und seit wann erzählte sie so etwas weiter? Und dann auch noch der größten Klatschtante weit und breit?

»Ein Date?« Jetzt war Oli derjenige, der verwirrt wirkte. »Du hattest ein Date?«

Ich hatte meinen Eltern absichtlich nichts von Kiki erzählt, weil meine Mutter diejenige war, die uns hatte verkuppeln wollen und mir damit gründlich auf die Nerven gegangen war. Seit ich vor einer Weile erwähnt hatte, dass ich nicht nur auf Männer stand, ließ sie mich nicht mehr mit dem Thema in Ruhe. Es ging ihr nicht bloß darum, ein Ally zu sein, obwohl sie vermutlich dachte, dass sie das damit war. Meine Mutter freute sich über alles, was ich tat, solange es nicht konventionell war – weil sie sich mir damit näher fühlte.

»Wovon redest *du* denn?«, wollte ich wissen.

»Von Nicolas' Rückkehr.« Seine Stimme klang behutsam. Es half nicht. Seine Worte hatten dieselbe Wirkung auf mich wie Toris Frage nach Nics und meinem Verhältnis. Mal drei. Weil Oli wusste, was es für mich bedeutete.

Unwillkürlich schossen mir Tränen in die Augen.

»Bist du okay, Darcy?«

Es war zwecklos. Die Fürsorge in seinen Worten, die Liebe und das Verständnis. Sie waren zu viel. Sekundenlang konnte ich nichts erwidern, während ich mit den Tränen kämpfte und verlor.

»Hey, Kleines, hey«, raunte er. Er würde mir nicht sagen, dass ich zu weinen aufhören sollte. Oder dass es okay war, obwohl es offensichtlich nicht okay für mich war. Das liebte ich so an meinen Eltern – egal, wie nervig sie sein konnten, sie würden mir niemals meine Gefühle absprechen. »Wie wär's, wenn ich dich gleich abhole und wir Riesenrad fahren gehen?«

Riesenrad am Breakwater Beach fahren – immer wenn es einem von uns schlecht ging, taten wir das.

»Kommt Agata mit?«, fragte ich schniefend.

Meine Eltern bewegten sich normalerweise nicht im Doppelpack; auch wenn sie nach wie vor in derselben Künstlerkommune am Breakwater Beach wohnten wie vor zwanzig Jahren, als sie mit mir von Bristol nach Goldbridge gezogen waren, waren sie längst getrennt, wenn auch noch eng befreundet. Aber sobald es einen Darcy-Notfall gab, wie sie es nannten, waren sie stets beide zur Stelle. Meine Mutter war großartig, doch ich würde ihre Meinung zu Nic heute nicht ertragen.

»Agata ist beim feministischen Buchclub«, sagte er. »Ich wollte sie eigentlich begleiten, dann habe ich die Neuigkeiten gehört. Sie weiß übrigens noch nichts davon. Mein Abend ist also für dich reserviert.«

Vor lauter Dankbarkeit stieg mir eine frische Ladung Tränen in die Augen.

»Okay«, brachte ich schließlich hervor. »Holst du mich ab?«

6. KAPITEL

Darcy

And you don't know the way the story goes

»Richtige Person, falsche Zeit – ich glaube nicht daran!«

Voller Wut rief ich das in die glitzernde Nacht.

»Was, wenn alles stimmt, aber die eine Person nicht bereit ist?«, gab Oli, seelenruhig wie immer, zurück.

»Dann ist sie nicht die richtige Person.«

»Und was, wenn es später was werden könnte? Wenn es nur die falsche Zeit dafür ist?«

»Es gibt keine falsche Zeit, wenn es die richtige Person ist.«

»Wieso seid ihr dann nicht zusammen?«, fragte er behutsam, als könnte seine sanfte Stimmlage verhindern, dass die Worte mich entzweirissen.

Meine Unterlippe begann zu beben. »Richtige Person, richtig viel Angst.«

Ich hatte es geschafft, mich zusammenzureißen, bis ich neben meinem Vater in einem Zweiersitz des Riesenrads saß und es sich in Bewegung setzte, während ein viel zu lauter Kylie-Minogue-Song unter uns losplärrte. Die ganze Fahrt über auf seiner Vespa hatte ich Ruhe bewahrt. Fast hatte ich mir Hoffnungen gemacht, dass dieser Abend sich nicht ausschließlich um Nic drehte, sondern dass wir einfach eine gute Zeit miteinander verbringen würden.

Neben einer Mutter mit Kleinkind waren wir die einzigen Passagiere. Es regnete zwar nicht mehr, aber der Wind war erbarmungslos.

Allerdings bei Weitem nicht so erbarmungslos wie meine Tränen.

»Ich weiß gar nicht, wieso ich heule«, stieß ich hervor, während er nach meiner Hand griff und sie zwischen seinen beiden festhielt. »Das muss dieses dämliche Lied sein.«

Es hatte eine Zeit gegeben, da hatte ich weder Liebesfilme noch Liebeslieder konsumieren können, ohne zu zerreißen. Ich war mir eigentlich sicher gewesen, dass diese Phase hinter mir lag.

Zwei Umdrehungen lang ließ Oli mich einfach weinen. Dann ergriff er das Wort. »Es tut mir leid, aber du kennst die Regeln, mein Schatz. Nur wenn du es aussprichst, wird es besser.«

Ich stöhnte. Das predigte ich auch den lieben langen Tag. Nur leider war es wirklich schwer, wichtige Ratschläge bei sich selbst anzuwenden. Doch da musste ich jetzt durch.

»Es gibt einen Teil von mir, der gern zum Bahnhof fahren und warten würde, bis er ankommt. Ich will ihm in die Augen sehen und ihn fragen, wie er es wagen kann zurückzukommen. Aber eigentlich will ich auf ihn einschlagen und ihn anbrüllen, wieso zur Hölle er so lange damit gewartet hat.«

»Ich bin allzeit bereit«, erwiderte Oli. »Wenn es das ist, was du brauchst.«

Niemals würde ich das tun, und das wussten wir beide. Nicht, weil ich es nicht wollte, sondern weil ich es nicht ertragen würde. Jede Sekunde, die ich in seiner Nähe verbrachte, würde mich tiefer in den Abgrund ziehen. Und dann, sobald er wieder weg war, würde es mich weitere Jahre meines Lebens kosten. Das konnte ich mir nicht leisten.

Ich wandte ihm mein Gesicht zu. Mit einem traurigen Lächeln erwiderte er meinen Blick. Seine längeren Haare flatterten im Wind, und seine tiefbraunen Augen glänzten voller Liebe.

»Ich weiß, dass ich längst darüber hinweg sein sollte.«

Sofort schüttelte er den Kopf. »Gefühle mögen es nicht, wenn man ihnen sagt, was sie tun oder nicht tun sollten.«

»Ja, ja, aber jetzt mal ehrlich. Zwei Jahre? Zwei Jahre und es ist immer noch so?« Ich deutete auf mein tränenverschmiertes Gesicht.

Es waren nicht bloß zwei Jahre. Was hätte ich dafür gegeben, dass es nur zwei Jahre wären. Es war fast mein ganzes Leben.

Meine Eltern waren die Einzigen, die davon wussten. Sie hatten hautnah mitbekommen, was es mit mir angerichtet hatte. Deshalb wurde meine Mutter auch fuchsteufelswild, wenn es um Nic ging. »Can't Get You out of My Head« endete, nur damit Anastacias »Sick and Tired« loslegte und mir den Rest gab. Die alten Lieder waren die schlimmsten. Denn ich verband sie alle mit ihm.

Was machte ich mir vor? Es waren nicht bloß Lieder. Es waren bestimmte Gerüche, Kleidungsstücke, Gerichte und, und, und …

»Wie ist es?«, fragte Oli und strich mir über meinen Handrücken. »Beschreib's mir.«

Genau wie ich bei Jules vorhin die Antwort bereits gekannt hatte, wusste mein Vater jetzt schon, was ich sagen wollte.

Ich holte tief Luft. »Es fühlt sich an, als würde ich nicht mehr mir selbst gehören. Du weißt, wie es war, als ich es beendet habe. Ich habe mich kaum mehr erkannt. Es war so hart, mich da wieder rauszuziehen und meinen eigenen Wert unabhängig von ihm zu erkennen, mein Leben wieder als schön und erfüllend wahrzunehmen. Es war so hart, zu mir zurückzufinden, und das, obwohl wir nur eine seltsame Onlinefreundschaft geführt haben.«

Oli hob eine Braue, sagte aber nichts dazu.

Na schön, das war die Untertreibung schlechthin. Aber ich konnte es nicht als eine Beziehung bezeichnen. Es war eine Fantasie gewesen, in der wir uns eine ganze Weile beide verloren hatten, mehr nicht.

»Es tut weh«, fuhr ich fort. »So richtig tief und schlimm, und ich weiß, das liegt nicht nur daran, dass ich mich an den Schmerz erinnere, sondern vor allem an der Hoffnung. All die Möglichkeiten rauben mir den Verstand. Weißt du, manchmal frage ich mich, ob er für mich nur so einen hohen Stellenwert einnimmt, weil es nie wirklich real wurde. Mit Nic war es immer ein Beinahe. Wir hatten nie die Chance herauszufinden, ob es tatsächlich zwischen uns funktionieren würde. Das ist es, was mich fertigmacht. Deshalb halte ich an ihm fest. Egal, wen ich in den letzten Jahren getroffen habe, niemand kam an die perfekte Fantasie ran.«

Oli nickte. »Das ergibt Sinn. Und es würde bedeuten, dass es einen Weg gibt, sie loszuwerden.«

Verständnislos sah ich ihn an.

»Na, Konfrontationstherapie. Du musst deine Fantasie mit der Realität bekämpfen. Und wenn Nicolas jetzt in Goldbridge ist, dann hättest du die Chance dazu.«

Langsam nickte ich, obwohl in mir ein Blitzgewitter an Emotionen losging.

Eine Fantasie, die ich seit meiner Kindheit nährte, mit der Realität bekämpfen. Nichts leichter als das.

7. KAPITEL

Nicolas

House of memories

»Ich habe das Bett im Gästezimmer frisch bezogen«, sagte Mum und strich mir sanft über den Unterarm.

»Danke«, antwortete ich auf Griechisch, was sie zusammenzucken ließ.

Sie sah mich nicht richtig an, das war mir schon vorhin am Bahnhof aufgefallen. Eine Art glasiger Filter lag über ihren Augen. Aus diesem Grund hatte ich massenhaft Zeit gehabt, unbeobachtet jedes Detail unter die Lupe zu nehmen.

Unter ihrem schwarzen Mantel trug sie einen olivfarbenen Hosenanzug aus Leinen. Sie war gerade dabei, aus ihren hohen Stiefeln zu steigen. Statt sie in den Schuhschrank neben der Eingangstür zu räumen, kickte sie sie achtlos beiseite. Ihre schwarzen Haare waren zu einem lockeren Zopf gebunden, der ihr bis zur Hälfte ihres Rückens reichte. Sie war leicht geschminkt, wirkte ausgeruht und gesund, nicht wie jemand, der ein Restaurant allein schmeißen musste und Eheprobleme hatte. Im Gegensatz zu Alexis schien sie sich in den letzten beiden Jahren optisch kaum verändert zu haben. Mehr Falten schienen auch nicht dazugekommen zu sein. Als wäre überhaupt keine Zeit vergangen.

Dasselbe konnte man über die Wohnung sagen. Vier Zimmer, nur fünf Fahrminuten vom Prisma entfernt, mit einem kleinen Garten, antiken Möbelstücken, die sie hauptsächlich auf dem Flohmarkt erstanden hatten und die nicht zueinander passten, kaum Deko an den Wänden. Ich erinnerte mich noch daran, dass ich mich einmal deshalb beschwert hatte. Ästhetik war mir schon früh im Leben wichtig gewesen, und eine schön eingerichtete Wohnung trug eine Menge zu meinem Wohlbefinden bei.

»Du und deine Ästhetik«, hatte Mum lachend gesagt und mir die Haare zerzaust, anstatt mich zurechtzuweisen, weil das Privileg aus mir sprach. *»Bei mir zählt nur die Ästhetik auf dem Teller.«*

Am Bahnhof hatte sie mich fest umarmt und all die richtigen Dinge gesagt – zu mir, denn Alexis hatte nur Augen für Echo gehabt, die mich knapp begrüßt und ihm dann um den Hals gefallen war. Sie hatten auf der Rückbank gesessen, die Köpfe zusammengesteckt und die gesamte Fahrt über flüsternd wie kleine Kinder verbracht, während Mum und ich vorne angestrengten Small Talk führten.

»Wie geht es dir?«

»Gut siehst du aus!«

»Hattet ihr eine angenehme Fahrt?«

»Wie lief dein letzter Job?«

»Alles gut im Prisma?«

Und obwohl Alexis und Echo sich nicht an dem Gespräch beteiligt hatten, hatten sie dennoch als Puffer gedient. Mum hatte sie zum Abendessen eingeladen, was Alexis ablehnte. Auch an dieser Stelle war sie zusammengezuckt, hatte es aber schnell mit einem verständnisvollen Lächeln überspielt.

Jetzt mit ihr allein zu sein fühlte sich noch seltsamer an. Ich hatte heftige Emotionen von ihr erwartet, mich geradezu davor gefürchtet. Immerhin hatten wir uns seit zwei Jahren nicht mehr gesehen. Aber Mum hatte mich wie einen alten

Bekannten begrüßt. Sie war höflich, distanziert, schien es mir kein bisschen übel zu nehmen, dass ich so lang weggeblieben war. War es ihr ernsthaft egal? Oder war das eine Farce?

»Du kannst dich frisch machen, ich wärme das Essen auf«, sagte sie und verschwand in Richtung Küche.

»Ich kann helfen«, rief ich ihr hinterher, erneut auf Griechisch.

Keine Reaktion.

Es war ein Luxus, jemanden vor mir zu haben, mit dem ich die Sprache sprechen konnte. Wenn ich nicht gerade einen Job in Griechenland angenommen hatte, dann blieb mir lediglich meine Großmutter in Thessaloniki, mit der ich regelmäßig telefonierte. Ich war verdammt stolz darauf, inzwischen immer komplexere Gespräche mit ihr führen zu können, und auch ihr bereitete es Freude.

Was man wohl nicht von Mum behaupten konnte …

Mit einem gezwungenen Lächeln griff ich nach meinem Koffer und trug ihn durchs Wohnzimmer nach links in einen schmalen Flur, von dem das Zimmer abging, das sich Julian früher mit Alexis geteilt hatte. Nachdem wir alle ausgezogen waren, war es zum Gästezimmer geworden. Mein altes Zimmer existierte nicht mehr, Mum und Dad hatten es zu einer Kombination aus Büro und Fitnessraum umfunktioniert.

»Deine gerechte Strafe«, hatte Julian gesagt. *»Wir hatten jahrelang viel weniger Platz als du, dafür dürfen wir unsere Kindheit behalten.«*

Ich hatte ihm den Mittelfinger gezeigt und die unbequeme Wahrheit runtergeschluckt. Ja, ich hatte meinen eigenen Raum geliebt, aber ich hatte sie auch darum beneidet, dass sie zusammenlebten. Früher hatte ich mich nachts oft in ihr Zimmer geschlichen. Früher, als wir noch ein Team gewesen waren. Als Julian nur so lange sauer auf mich sein konnte, bis ich es darauf anlegte, dass er mir verzieh. Ein witziger Spruch, eine Grimasse, und ich hatte ihn. Früher, als ganz Goldbridge hatte sein wollen wie wir. Die Bithersea-Brüder. Der Mittelpunkt jeder Party. Wir hatten uns ständig in die Haare gekriegt, aber wenn jemand es gewagt hatte, was gegen Jules oder Alex zu sagen, war ich ausgerastet. Und genauso war es andersrum gewesen. Wir hatten uns beschützt.

Das Zimmer sah haargenau so aus, wie ich es in Erinnerung hatte. Keine zehn Quadratmeter groß, schmal geschnitten, je ein Bett rechts und links vom Fenster, das auf Alexis' Seite mit gelb-schwarz gestreifter Bettwäsche bezogen, ein Schreibtisch neben einen Schrank mit verspiegelter Vorderseite gequetscht, darüber verstaubte Bücherregale mit Comics, zerfledderten Koch- und Backbüchern, Ordnern voller Skizzen von Törtchen und Kuchen.

Ich ließ den Koffer fallen, trat vor den Spiegel und fuhr mir mit beiden Händen durchs Haar. Ich passte nicht hier rein. Während Mum und die Wohnung gleich geblieben waren, wirkte ich mit meiner grau-schwarz karierten Designerhose, dem anthrazitfarbenen Rollkragenpullover aus Merinowolle und dem gebräunten Gesicht wie ein Fremdkörper.

Meine Güte, wie ich es damals nicht hatte abwarten können, dieser Wohnung und schließlich dieser Stadt zu entfliehen. Ich hatte mehr gewollt, mehr Leben, mehr Freiheit, mehr Aufregung. Ich hatte mehr bekommen. Zu viel, um genau zu sein. Und inzwischen war *ich* zu viel, um noch Teil dieser kleinen Welt zu sein.

Aber vielleicht war das nicht der Grund, aus dem Mum mich nicht ansah. Vielleicht lag es daran, dass ich meinem Vater ähnlich war. Während Julian und Alexis nach ihr geraten waren – dunkle Haare und Augen, die gleichen scharf geschnittenen Gesichtszüge und leicht schiefe Nase –, war ich das Ebenbild von Elliot Bithersea. Blaue Augen mit dichten Wimpern und buschigen Brauen, dunkelblondes, etwas längeres welliges Haar, gerade Nase und ein Mund, der immer ein wenig geschwollen aussah. Als Kind hatte ich es geliebt, dass ich mich von meinen Brüdern unterschied. Ich hatte mich besonders gefühlt. Zu Größerem als sie bestimmt. Doch mit der Zeit hatte ich angefangen mir zu wünschen, ihnen ähnlicher zu sein. Deshalb hatte ich auch das Tattoo vorgeschlagen. Etwas, das uns dauerhaft miteinander verband.

Auf meinem rechten Handrücken befand sich eine geöffnete Schere, deren Spitzen sich über meinen Daumen und Zeigefinger erstreckten. Eine Anspielung auf die Schicksalsgöttin Atropos aus der griechischen Mythologie, die bestimmte, wie lang der Lebensfaden sein sollte. Auf Alexis' Hand prangte ein Spinnrad für die Göttin Klotho und auf Julians der Lebensfaden für Lachesis.

Seufzend wandte ich mich von meinem Spiegelbild ab.

Nachdem ich im Bad gewesen war, gesellte ich mich zu Mum in die Küche. Der köstliche Geruch trieb mir Tränen in die Augen.

Ich hatte in den letzten Jahren gut gegessen, denn auch wenn mir das Kochen nie große Freude bereitet hatte, war Essen ein wichtiger Bestandteil meines Lebens. Eine ganze Weile war ich täglich in ein anderes Restaurant gegangen und hatte Neues ausprobiert. Allein schon, damit ich ein Foto davon machen und es an *sie* schicken konnte. Doch egal, wo ich gewesen war, das Essen meiner Mutter spielte einfach in einer anderen Liga. Es lag nicht bloß daran, dass sie meine Favoriten vorbereitet hatte – gefüllte Weinblätter, dazu cremig gerührter Joghurt, daneben Tomaten, Peperoni, Schafskäse, Kalamata-Oliven mit Olivenöl und Unmengen an Oregano aus dem Ofen sowie Tintenfisch in Rotweinsoße und ein Bauernsalat. Dazu gab es getoastetes Brot, ebenfalls mit Olivenöl und Oregano garniert. Niemand auf der Welt kochte wie Mum. Ich liebte natürlich auch ihre Prisma-Gerichte, doch das hier, das authentisch Griechische, das Simple, das spielte aus dem Grund in einer anderen Liga, weil es Kindheit pur war. Bei Jiajià in Thessaloniki hatte ich zwar das Gefühl gehabt, der Magie, die der Kochkunst meiner Mutter innewohnte, auf die Spur zu kommen, aber es hatte dennoch immer das gewisse Etwas gefehlt, das, was es zu ihrem machte.

»Krass«, entfuhr es mir. »Du hättest dir nicht so viel Mühe machen sollen.«

Ihre Mundwinkel zuckten. Sie setzte sich auf einen Holzstuhl und deutete mit einer »Schnell, schnell«-Geste auf den ihr gegenüber. »Wenn ich mir dich so ansehe, hat es sich gelohnt.«

Eine Karaffe mit Wasser stand zwischen uns. Normalerweise hätte sie Rotwein oder Retsina enthalten, aber seit dem Fiasko mit Dad hielt sie sich wohl mit Alkohol zurück. Obwohl alles in mir nach einem weiteren Drink schrie, hielt ich die Klappe.

Die ersten Minuten verliefen schweigend. Die vertrauten Geschmacksexplosionen in meinem Mund lenkten mich ab, doch irgendwann hielt ich es nicht länger aus.

»Du siehst gut aus«, sagte ich, erneut auf Griechisch. Diesmal zuckte sie nicht zusammen, doch ihr Blick verhärtete sich, und sie ließ die Gabel sinken, die sie gerade zu ihrem Mund hatte führen wollen. »Irgendwie habe ich befürchtet, dass ich zurückkomme und sich alles verändert hat. Aber du bist wunderschön, und ich frage mich, wie du das machst bei dem ganzen Mist, der hier passiert ist. So jung und frisch auszusehen, meine ich.«

Es war als Kompliment gemeint, aber sobald die Worte ausgesprochen waren, hingen sie wie eine undurchdringliche Mauer zwischen uns.

»Es *hat* sich alles verändert, Nicolas.«

Ihre Stimme war ruhig, doch darunter brodelte es. Ich

wusste es, weil auch meine so klang, wenn ich kurz vorm Explodieren war.

»Wieso sprichst du nicht Griechisch mit mir?«, wollte ich im Plauderton wissen. »Ich verstehe inzwischen richtig viel.«

Ihre Gabel fiel klirrend auf den Teller. In ihrem Gesicht blitzte eine derart heftige Emotion auf, dass ich augenblicklich erstarrte. Sekunden später hatte sie sich wieder unter Kontrolle, schüttelte ganz leicht den Kopf und griff nach ihrem Besteck.

»Ich möchte nicht jung aussehen«, sagte sie, erneut auf Englisch. »Ich habe gelebt, und ich bin stolz darauf. Mir zu sagen, wie jung und erfrischt ich aussehe, ist nett gemeint, aber es verfehlt seinen Zweck. Und außerdem fühlt es sich sexistisch an. Ich möchte nicht auf mein Aussehen reduziert werden. Und ich möchte auch nicht, dass man mir meinen Schmerz aberkennt, nur weil ich nicht aussehe, als hätte ich gelitten.«

Völlig entgeistert starrte ich sie an. »Tut mir leid, ich wollte wirklich nicht ...«

Sie unterbrach mich mit einer wegwerfenden Handbewegung und lachte. Wäre ich nicht ebenfalls so gut darin gewesen, meine Emotionen zu verschleiern, hätte ich es ihr vielleicht abgenommen. »Der Tag war lang, Nico. Bitte erzähl was von dir.«

Ich hatte absolut kein Interesse, irgendwas aus meinem Leben zu erzählen. Vor allem nicht nach ihrer Ansprache.

»Kannst du mir bitte erst erzählen, wie es dir geht?«, fragte ich leise. »Wirklich, meine ich?«

Ihre Lippen verzogen sich zu einem gequälten Lächeln. »Es ist hart, aber es wird schon wieder. Dein Vater lebt nach wie vor im Hotel, ich weiß nicht, wie viel Alex dir ...«

»Ich weiß Bescheid.«

Sie nickte knapp. »Ich habe kaum Kontakt zu Elliot. Aber er hat erfahren, dass du wieder in Goldbridge bist, und würde sich freuen, dich zu sehen. Falls du das möchtest.«

»Möchtest du das denn?«, fragte ich stirnrunzelnd.

»Er ist dein Vater«, sagte sie schlicht, ehe sie sich wieder ihrem Essen zuwandte.

Und du bist meine Mutter. Und Alexis ist mein Bruder.

Vermutlich wollte sie mich nicht beeinflussen. Ich sollte mir meine eigene Meinung bilden. Aber wie könnte ich das tun, wenn ich doch nichts von alldem mitbekommen hatte?

»Wieso hast du kaum Kontakt zu ihm?«, traute ich mich zu fragen, nachdem auch ich eine Weile weitergegessen hatte.

Sie hob eine Augenbraue. »Im vergangenen Jahr war er weder eine große Hilfe im Restaurant, noch hat er sich wie ein Vater verhalten.«

»Fühlst du dich von ihm verraten?«

Hastig schlug sie die Augen nieder, als wollte sie nicht, dass ich die Wahrheit darin erkannte. »Es geht hier nicht um mich. Es geht darum, was er deinem Bruder angetan hat.«

Ihrer Stimmlage zufolge war es nicht nur das. Außerdem zitterten ihre Hände.

Und plötzlich flammte der Wunsch in mir auf, ihr wahres Ich zu sehen. Keine höfliche Fassade. Ich wollte den Dreck darunter. Auch wenn es wehtat. Natürlich könnte ich das Thema wechseln, von meinem letzten Auftrag erzählen, irgendwelche Banalitäten auspacken, die den ganzen Abend füllen würden.

Aber ich hatte schon viel zu viel Zeit mit Banalitäten verbracht.

»Gibst du dir die Schuld an Dads Verhalten, weil du eine Affäre hattest?«

Alexis zufolge hatte unser Vater so unkontrolliert zu trinken begonnen, nachdem Mum ihm gebeichtet hatte, dass sie fremdgegangen war. Ich hatte immer noch keine Ahnung, was ich davon halten sollte. Unsere Eltern waren mir nie perfekt vorgekommen, aber niemals hätte ich gedacht, dass sie so viel Scheiße in so kurzer Zeit bauen könnten.

Ihr Kopf ruckte hoch. Purer Zorn schlug mir entgegen. Ihre Nasenflügel weiteten sich, und binnen Sekunden färbten sich ihre Wangen knallrot. »Sprich Englisch, verdammt noch mal! Du bist hier in England!«

»Was?«

Sie schob ihren Stuhl nach hinten und erhob sich ruckartig. Ihr Blick zuckte durch den Raum, als suchte sie nach etwas, woran sie sich festklammern konnte.

Was passierte hier?

»Du bist der einzige Mensch außer Jiajià, mit dem ich Griechisch sprechen kann«, erwiderte ich. »Das ist auch meine Kultur, Mum. Sie gehört nicht nur dir. Und weißt du, es war nicht einfach, mir die Sprache beizubringen, aber ich bin stolz drauf.«

Ein hohles Lachen, bei dem sich mir die Nackenhaare aufstellten, entfuhr ihr.

»Deine Kultur, ja? *Deine* Kultur? Du bist stolz? Warst bei meiner Mutter und denkst, du hast jetzt den Durchblick?«

Ich war geradewegs in ein Schlachtfeld gelaufen. Aber da musste ich durch. Ich hatte die schmutzige Wahrheit gewollt. Hier war sie. Mum war offensichtlich nicht bereit, mit mir über unser Familiendrama zu sprechen oder darüber, was meine Abwesenheit mit ihr angerichtet hatte, also ging sie in die Offensive.

»Sieh dich an!«, rief sie. »Und dann sieh mich an! Natürlich bist du stolz, du kannst dir *deine Kultur* wie ein hübsches Accessoire überstreifen, wenn dir danach ist, du wirst dafür gefeiert, es macht dich interessanter, nicht wahr?« Schwer atmend schüttelte sie den Kopf.

Ich konnte nichts erwidern. So hatte sie noch nie mit mir gesprochen.

Als sie fortfuhr, wechselte sie ins Griechische, doch es schien ihr nicht einmal bewusst zu sein. Und es fühlte sich nicht wie ein Erfolg an, eher als hätte ich ihr noch mehr wehgetan. »Du bist blond, Nico, du hast blaue Augen, du trägst den Nachnamen deines Vaters, und bei deinem Vornamen habe ich auf die englische Version beharrt, obwohl meine Mutter mir bis heute in den Ohren liegt, weshalb wir dich nicht Nikolaos genannt haben. Du bist hier geboren und aufgewachsen und musstest nie beweisen, dass du dazugehörst. Mit allem, was ich hatte, habe ich mich dagegen gewehrt, euch mein Schicksal aufzubürden, und jetzt willst du mir etwas von *nicht einfach* erzählen? *Ich* kann mich nicht entscheiden, welche Kultur ich mir heute wie ein neues Outfit überziehen möchte. *Ich* gehe auf die Straße und werde als etwas Fremdes gesehen, als etwas Exotisches, wenn ich Glück habe.« Sie schnaubte verächtlich. »*Du* gehst auf die Straße und wirst für dein Anderssein gefeiert.«

»Mum, ich wollte nicht …«

»Es ist mir egal, was du wolltest!« Ihre Stimme überschlug sich. »Du warst nicht da! Du weißt nicht, was hier los war, du weißt nicht, was mein Leben lang los war, und ich bin froh darüber, verstehst du? Ich bin dankbar, dass du dir ein anderes Leben aufgebaut hast, dass du Freiheiten hattest, die ich nie hatte. Genau das habe ich mir für euch gewünscht, genau darauf habe ich hingearbeitet. Ich bin gottfroh, dass wenigstens einer meiner Söhne verschont geblieben ist. Aber du warst nicht *da*!«

Tränen quollen aus ihren Augen. Reflexartig erhob ich mich, wollte zu ihr laufen, sie in den Arm nehmen, mich entschuldigen, doch sie stolperte zurück.

Bevor ich noch etwas sagen konnte, war sie herumgewirbelt und in Richtung Badezimmer gestürzt.

Als die Tür hinter ihr zuknallte, ließ ich mich wieder auf meinen Stuhl sinken. Mein Herz raste.

Willkommen zu Hause.

8. KAPITEL

Darcy

Broken hearted lovers

Katerina: *Ich hatte wirklich eine verdammt gute Zeit mit dir.*

Katerina: *Und fyi, ich habe auch kein Problem damit, dein Rebound zu sein. Casual ist mein zweiter Vorname.*

Katerina: *Okay, Ende der Durchsage. Schlaf gut, Darcy. Träum von mir.*

Katerina: *Spaaaß, nur ein Spaß.*

Ich musste grinsen, während ich eine Nachricht tippte.

Darcy: *Es war so schön mit dir. Und ich weiß deine Offenheit zu schätzen. Sollte ich je bereit sein, werde ich auf das Angebot zurückkommen.*

Nachdem mich Oli nach Hause gefahren hatte, hatte ich die Wohnung leer vorgefunden. Julian und Tori waren vermutlich bei ihr im Wohnheim.

Mir ging es deutlich besser als vorhin. Das Reden hatte wie immer geholfen. Und Kikis Nachrichten fühlten sich ebenfalls gut an. Sie erinnerten mich daran, dass es Möglichkeiten da draußen gab, die ich bisher noch nicht mal in Erwägung gezogen hatte. Möglichkeiten mit Menschen, die offen und bereit waren. Die meinen Wert erkannten und mir mitteilten, wie toll sie mich fanden. Und vor allen Dingen: die in Goldbridge lebten.

Ich hatte besonders viel Zeit mit meiner Abendroutine verbracht. Hatte meinen weichen Pyjama angezogen, mir einen Rosenblütentee gekocht, eine Gesichtsmaske aufgetragen und mein Lieblingsalbum von FKA Twigs angemacht (ich nutzte jede Gelegenheit, in der Jules nicht da war, um meine Musik laut abzuspielen, da unsere Geschmäcker sehr verschieden waren). Das Leben war gut. Ich würde mich nicht aus der Ruhe bringen lassen. Dann gab es mir eben einen Stich, wenn mein Blick auf die unzähligen Collagen traf, die unsere Wände schmückten. Dann hatte ich halt Angst vor den nächsten Tagen, in denen ich *ihm* todsicher über den Weg laufen würde. Es war in Ordnung. Meine Gefühle waren verständlich. Mein Vater hatte recht – vielleicht brauchte ich einfach einen Realitätscheck, um diesen Wahnsinn endlich zu beenden.

Gerade wollte ich meine Nachttischlampe ausschalten, da leuchtete mein Display auf.

Thea rief an. Warum rief Thea an?

Es war beinahe Mitternacht.

Für morgen war ich ohnehin eingeteilt, also konnte es sich nicht um einen Spontanausfall handeln. Und außerdem sah es Thea gar nicht ähnlich anzurufen. Sie schrieb in der Regel Nachrichten.

Ich starrte auf den pulsierenden Namen auf meinem Bildschirm, und plötzlich beschleunigte mein Puls.

Wie in Trance nahm ich das Gespräch an und hielt mir das Handy ans Ohr. »Hallo?«

Meine Stimme zitterte.

Jemand atmete am anderen Ende der Leitung. Sekunden vergingen.

»Hallo?«, wiederholte ich, nicht ungeduldig, sondern panisch.

Und dann, endlich.

»Darcy.«

Abrupt setzte ich mich auf und umklammerte das Handy fester. Mein Zimmer geriet ins Wanken. Mein buntes Sitzkissen, die unzähligen Büchertürme und meine Yogamatte verschwammen vor meinen Augen, die Pflanzen und Blumen vermischten sich mit meinen bunten Collagen zu einem undeutlichen Farbenmix.

Das war nicht Thea.

Ich öffnete den Mund, doch kein Wort wollte entweichen. Nicht mal ein Krächzen.

»Darcy, hier ist Nic.«

Ich hätte seine Stimme überall, jederzeit wiedererkannt. Egal, wie viele Jahre ich sie zuvor nicht mehr gehört hatte. Sie war in mein Gedächtnis gebrannt.

»Es tut mir leid, dass ich dich überrumple, aber ich wusste nicht, was ich sonst tun soll. Es ist so seltsam, wieder hier zu sein, und es ist noch seltsamer, nicht zu wissen, wann ich dir zum ersten Mal begegne.«

Meine Finger, die das Handy hielten, waren schweißnass. Mein Herz raste.

Es fühlte sich an, als wären seit unserem letzten Gespräch wenige Stunden vergangen, nicht über ein Jahr. Wie konnte er derart normal mit mir sprechen?

Ein gleichzeitig vertrautes wie verhasstes Geräusch erklang, als er leicht die Luft einzog und sie im nächsten Moment auspustete.

Und plötzlich trat meine Panik in den Hintergrund.

»Ernsthaft, du rauchst noch?«, platzte es aus mir heraus.

Ein heiseres Lachen ertönte. Alles in mir zog sich zusammen.

»Nur, wenn ich gestresst oder emotional aufgewühlt bin.«

Ich kniff die Augen so fest zusammen, dass ich Sterne sah. Wie ich diese ehrliche, verletzliche Tonlage verfluchte. Und wie ich sie vermisst hatte …

»Mach die Zigarette aus«, hörte ich mich sagen. Ich konnte es nicht kontrollieren. Das Schlauste wäre gewesen, dieses Telefonat einfach zu beenden, aber dafür fehlte mir die Willenskraft.

Es war so lange her. Ich konnte nicht glauben, dass das gerade wirklich passierte.

»Okay.« Ein weiteres Lachen. Er musste damit aufhören, sonst würde ich wieder zu weinen beginnen.

Kurze Pause.

»Sie ist aus.«

»Wo ist Thea?«, fragte ich und meinte eigentlich: *Wieso zum Teufel rufst du mich mitten in der Nacht an?*

»Im Badezimmer. Sie hat sich eingeschlossen und kommt seit zehn Minuten nicht raus. Deshalb habe ich die Gelegenheit ergriffen. Du hast meine Nummer doch noch immer blockiert, oder?«

»Ja«, krächzte ich.

»Soll ich wieder auflegen?«

Das war so was von typisch.

»Was hast du getan?«, fragte ich, ohne auf ihn einzugehen, im Plauderton. Vielleicht half es, wenn ich mit ihm umging, als sei er einfach ein alter Bekannter. »Wieso ist sie im Bad?«

»Ich habe Griechisch mit ihr gesprochen, und das hat sie getriggert, glaube ich.«

Ich schlug die Augen wieder auf und schüttelte den Kopf. »Du *weißt* doch, dass sie das triggert.«

Dorothea hatte eine schlimme Kindheit und Jugend hinter sich, und mit ihrer Flucht nach England hatte sie auch den Großteil ihrer griechischen Herkunft hinter sich gelassen.

»Na schön.« Er seufzte. »Vielleicht habe ich es absichtlich getan, um eine Reaktion zu provozieren. Ich ertrage dieses Schweigen nicht mehr.«

Seine Worte waren wie Messerstiche, denn ich war mir sicher, er meinte nicht bloß das Schweigen seiner Mutter, aber ich würde mir nichts anmerken lassen. Mich traf keine Schuld. Ich hatte mich selbst beschützt.

»Du warst nicht da«, presste ich die Worte hervor.

Eine Weile herrschte Stille. Dann räusperte er sich.

»Das hat sie auch gesagt. Und ich weiß, dass ihr recht habt. Aber ich ertrage es trotzdem nicht.«

Es geht nicht immer nur um dich!, wollte ich ihm entgegenbrüllen. *Ich ertrage das Schweigen auch nicht, aber du hast mir keine Wahl gelassen!*

»Was hast du heute gemacht?«, fragte er plötzlich, in völlig verändertem Ton.

Tja, falsche Frage.

»Ich hatte ein Date.«

»Kenne ich die Person?«, fragte er eine Spur zu schnell und zu fröhlich, als wollte er mir damit beweisen, dass es ihm nichts ausmachte, mit mir darüber zu reden.

»Nein. Sie ist vor zwei Jahren nach Goldbridge gezogen.«

»Cool. Er, sie, they?«

Nic war der erste Mensch, dem ich erzählt hatte, dass ich nicht hetero war. Das war gewesen, als es zwischen uns schon heftig gefunkt hatte. Meine größte Angst hatte darin bestanden, dass er es sexy finden würde, sich mich mit einer anderen Frau vorzustellen. Dass er es wie einen Fetisch betrachtete, anstatt es ernst zu nehmen.

Fuck, hatte er mir geschrieben. *Also habe ich noch mehr Konkurrenz als gedacht.*

Im ersten Jahr, nachdem er Goldbridge verlassen hatte und wir noch engen Kontakt gehabt hatten, hatte ich ihn gefragt, ob er sich sicher sei, dass *er* hetero war. Wir waren parallel feiern gewesen, ich auf einer WG-Party hier, er in einem Club in Mailand. Um drei Uhr morgens hatte er mich angerufen. *»Ich habe es getan. Ich habe einen Mann geküsst.«*

»Und wie hat es sich angefühlt?«, hatte ich wissen wollen.

»So wie es sich immer anfühlt, wenn ich jemanden küsse. Ich habe mir gewünscht, du wärst es.«

Hitze stieg in meine Wangen, Übelkeit machte sich in mir breit. Ich konnte dieses Gespräch nicht mit ihm führen.

»Was willst du von mir?«, flüsterte ich.

Er holte tief Luft. Als er sprach, klang er zum ersten Mal genauso ängstlich, wie ich mich fühlte. »Ich will dir sagen, dass sich für mich nichts verändert hat. Gar nichts, Darcy. Wirklich nicht das Geringste. Genauso gut könnte noch Weihnachten vor einem Jahr sein.«

Nein. Das konnte er mir nicht antun.

Das war sein Markenzeichen. Den denkbar schlimmsten Moment auszuwählen, um mir so etwas vor den Latz zu knallen. Wie in der letzten Nacht, bevor er Goldbridge verlassen hatte. *»Ich habe noch nie so für einen anderen Menschen empfunden, Darcy. Und es fühlt sich an, als würde ich das auch nie wieder tun.«* Und Wochen zuvor, als ich beschlossen hatte, nicht mit ihm zu gehen, weil das sein Traum war, nicht meiner, und es ihm mitgeteilt hatte. *»Es ist okay.«* Er hatte gelächelt, obwohl der Schmerz in seinen Augen nicht zu übersehen gewesen war. *»Eines Tages werden wir bereit füreinander sein. Bis dahin werde ich auf dich warten.«*

Innerlich zählte ich bis zehn, erst dann wagte ich zu sprechen. »Das tut mir leid für dich. Für mich hat sich nämlich alles verändert.«

Mit diesen Worten beendete ich das Gespräch, während glühend heiße Tränen über meine Wangen liefen.

9. KAPITEL

Nicolas

Nothing to be done

Meine Finger zitterten, als ich die Zigarettenpackung hinter mich auf den Tisch legte. In eisiger Kälte stand ich auf dem Balkon und starrte die Sterne über mir an. Es war fast so kalt wie im Januar in Griechenland. Der Gedanke ließ mich noch mehr frösteln.

Nein, nein das war Unsinn. Es würde nie wieder so kalt sein wie im Januar in Griechenland.

Mums Handy in meiner Hand fühlte sich zu heiß an. Ich legte es auf die Zigaretten.

Es war ein Fehler gewesen. Ich hätte sie nicht anrufen sollen. Sie wollte von mir in Ruhe gelassen werden, das hatte sie bereits damals deutlich gemacht, auch wenn es eine halbe Ewigkeit gedauert hatte, bis ich es akzeptierte. Vielleicht hatte ein Teil von mir es bis heute nicht akzeptiert.

Der Gedanke daran, dass sie auf einem Date gewesen war, reichte aus, um mir schlaflose Nächte zu bereiten. Die Eifersucht war mir nicht fremd. Ich empfand sie nicht bloß bei Menschen, die ihr auf romantischer Ebene näherkamen. Am schlimmsten war die Eifersucht auf Julian. Er lebte mit ihr zusammen, genoss ihr Vertrauen, durfte sie jeden Tag sehen …

Du bist selbst schuld. Du hast dieses Leben gewählt. Deine Freiheit statt ihrer Liebe.

Ich hatte nie frei von ihr sein wollen. Ich wollte meine Freiheit *mit* ihr genießen. Verflucht noch mal, wir hatten einen Plan gehabt. Gemeinsam die Welt bereisen und Kunst machen – sie Collagen, ich Fotografien. Dieser geplatzte Traum zerstörte mich am meisten. Selbst meiner Therapeutin hing er schon zum Hals raus, so oft, wie ich darüber sprach.

»Sie müssen sich auf das Hier und Jetzt konzentrieren, Nicolas. Es tut Ihnen nur selbst weh, sich in diesem Was-wäre-wenn-Gedankenspiel zu verlieren.«

Mit einem Klicken öffnete sich die Balkontür hinter mir. Ertappt zuckte ich zusammen und versuchte hastig, meinen improvisierten Aschenbecher aus Alufolie mit der nicht mal zur Hälfte abgebrannten Kippe zu verstecken, als Mum zu mir nach draußen trat.

Ihr Blick wanderte sofort dorthin, und sie hob eine Braue. Immerhin wirkte sie nicht mehr angepisst, soweit ich das in der Dunkelheit erkennen konnte. Sie hatte sich umgezogen, trug einen Pyjama und Hausschuhe aus Kunstfell. Ihre offenen Haare wehten im Wind.

Blitzschnell griff sie nach der Zigarettenschachtel und zog sie unter ihrem Handy hervor, dann stellte sie sich zu mir ans Geländer. »Feuerzeug?«, fragte sie auf Griechisch. Ihre Stimmlage war neutral, sie verriet mir nichts über ihren Gefühlszustand.

Ohne zu überlegen, holte ich es aus meiner Hosentasche und reichte es ihr.

Mum richtete den Blick nach vorn, nahm eine Zigarette heraus und zündete sie sich an.

Ich runzelte die Stirn. Seit wann rauchte sie? Wenn sie mich zu meiner Teenagerzeit beim Rauchen erwischt hatte, war sie jedes Mal richtig sauer gewesen und hatte mir einen langen Vortrag gehalten.

»Der Mist erinnert mich an meinen Vater«, sagte sie, nachdem sie, ohne zu husten, einen Zug genommen und den Rauch ausgepustet hatte. »Bis ich Elliot kennengelernt habe, habe ich täglich fast eine Schachtel geraucht, obwohl sie hier fast dreimal so teuer wie in Griechenland waren.«

Mums Vater war alkoholsüchtig und gewalttätig gewesen. Von Alexis hatte ich in den letzten Wochen einige Details über ihre Vergangenheit erfahren, von denen ich mir wünschte, sie wieder vergessen zu können.

»Man könnte meinen, ich hätte alles vermieden, was mich an ihn erinnert, aber so verrückt es klingt, sie haben mir eine Weile Halt gegeben. Dieser widerliche Geruch hat mich beruhigt. Ich habe mich mit ihm verbunden gefühlt, das habe ich trotz allem gebraucht.«

Rauchte meine Großmutter deshalb auch?

Ich versuchte, den Kloß in meinem Hals herunterzuschlucken. »Warst du je in Therapie, Mum?«

Sie drehte sich zu dem Alu-Aschenbecher um und schnippte Asche hinein, dann schüttelte sie den Kopf. »Ich hatte deinen Vater.«

Das ist kein Ersatz, dachte ich, hielt aber die Klappe.

»Und das Prisma«, fuhr sie mit einem Seufzen fort. »Aber nachdem dein Bruder zu dir nach London gefahren ist, habe ich einen Termin ausgemacht.«

Erleichterung durchflutete mich.

»Tut mir leid wegen vorhin«, sagte ich, als sie nicht weitersprach. »Ich hätte deine Grenze respektieren sollen.«

Nun wandte sie mir das Gesicht zu und legte mir ihre freie eisige Hand an die Wange. Ein trauriges Lächeln umspielte ihre Lippen. »Du hast mir so gefehlt.«

Ich schluckte heftig. »Du mir auch.«

Sie ließ ihre Hand wieder sinken. »Weißt du, wie lang du bleibst?«

Aus ihren Worten schlug mir nackte Angst entgegen. Die Frage schnürte mir die Luft ab.

»Nein, ich ... also ... ich weiß es nicht.« Ich räusperte mich. »Aber ich dachte mir, solange ich da bin, könnte ich euch ein bisschen unter die Arme greifen.«

Bis ich mich getraut hatte, Darcy anzurufen, hatte ich mir die Zeit damit vertrieben, die Prisma-Homepage und den Instagram-Kanal unter die Lupe zu nehmen. In den letzten Monaten war das fast zu einer Routine geworden: vor dem Einschlafen durchscrollen, mich darüber aufregen, dass alles so unprofessionell wirkte, im schlechten Gewissen versinken, weil ich tausend Ideen hatte, wie man es besser machen konnte, und diese sogar in Moodboards festhielt, aber nichts tat. Obwohl ich den Großteil meines Lebens damit verbracht hatte, alles abzulehnen, was mit dem Restaurant und dieser Verantwortung zusammenhing, juckte es mich jetzt in den Fingern, etwas beizusteuern. Es wäre so einfach. Und ich hatte sowieso nichts Besseres zu tun.

Mum lachte. »*Du* willst dich in die Küche stellen?«

»Nein, nein, keine Sorge. Ich dachte eher daran, euren Social-Media-Auftritt aufzupolieren.«

Ich hatte Widerworte erwartet, vielleicht sogar Wut, weil ich, keinen Tag zurück, schon das Restaurant kritisierte, aber Mum zuckte nur mit den Schultern.

»Von mir aus. Seien wir mal ehrlich, schlimmer, als es ist, kann es nicht werden, was?«

Ich bemühte mich um einen neutralen Gesichtsausdruck, worauf sie mich grinsend in die Seite stieß.

»Mir ist klar, dass es gar nicht gut aussieht. Aber wir hatten keine Zeit.«

Hastig nickte ich. »Ich weiß. Deshalb biete ich es ja auch von mir aus an. Ich habe viel Zeit.«

»Bezahlen könnten wir dich nicht«, sagte sie halb im Spaß.

Ich verdrehte die Augen. »Als würde ich ein Honorar von euch annehmen.«

Es war mir mehr als unangenehm, wie viel Geld ich auf dem Konto hatte, während sie in Schulden versanken.

»Okay.« Sie nickte. »Bin dabei. Ich kann ja mal im Team fragen, wer Lust hätte, dich dabei zu unterstützen. Das könnte doch ein tolles Kreativprojekt werden.« Ihre Augen leuchteten auf. »Vielleicht hätte Julian Lust?«

Gerade noch so konnte ich mir ein hysterisches Lachen verkneifen. Natürlich wollte sie versuchen, mich und Julian einander wieder näherzubringen. Aber sie kannte ihn doch.

»Vielleicht«, zwang ich mich zu einer möglichst fröhlichen Antwort.

Sie war mit Rauchen fertig und drückte die Zigarette aus. »Was hast du eigentlich mit meinem Handy gemacht?«

Mein Puls schoss reflexartig in die Höhe. »Mein Netz spinnt«, murmelte ich. »Wollte was nachgucken.«

Ihr neugieriger Blick traf mich, doch sie hakte nicht weiter nach. Stattdessen griff sie danach und strich mir mit der freien Hand über den Rücken. »Ich versuche mal zu schlafen. Gute Nacht, Nico. Und schmeiß die Zigaretten weg. Der Mist tut uns beiden nicht gut.«

Ich musste lachen. »Okay. Ist es in Ordnung, wenn ich noch kurz duschen gehe, oder stört dich das?«

»Keine Sorge, du weißt doch, du könntest eine laute Party neben mir veranstalten, und ich würde trotzdem schlafen können.« Ein trauriges Lächeln umspielte ihre Lippen. »Ich bin geübt darin.«

Mein Lachen verebbte. Sie war geübt darin, bei Lautstärke zu schlafen, weil sie das in ihrer Kindheit hatte tun müssen.

Sobald sie die Balkontür wieder hinter sich geschlossen hatte, blinkte der Bildschirm meines Handys auf. Eine neue Nachricht.

Dad: *Ich habe gehört, dass du wieder in der Stadt bist. Hättest du Lust, in den nächsten Tagen gemeinsam essen zu gehen?*

Mein Inneres krampfte sich zusammen. Seine Nachricht klang so förmlich. Was kein Wunder war, vermutlich konnte er sich denken, dass ich Bescheid wusste.

Ich biss die Zähne zusammen. Wollte ich ihn sehen? Verdiente er eine zweite Chance?

Und was ist mit dir?, wisperte eine Stimme in meinem Kopf. *Verdienst du denn eine?*

Ich verließ den Balkon, lief ins Bad und duschte kalt, bis ich so sehr zitterte, dass meine Zähne aufeinanderschlugen. Es war das erste Mal seit Wochen, dass ich mir das Schlafzimmer nicht mit jemandem teilen würde. Die Realität brach über mich herein. Ich stieg aus der Badewanne, griff nach einem Handtuch und presste es mir vor den Mund. Anschließend verband ich Mums Föhn mit der Steckdose, schaltete die höchste Stufe ein, und dann, als das laute Rauschen den Raum erfüllte, tat ich das, was ich jeden verfluchten Tag hatte tun wollen, seit Alexis mir die ganze Wahrheit erzählt hatte.

Ich schrie.

10. KAPITEL

Darcy
My head and my heart

Mein Wecker klingelte um sechs Uhr dreißig. Und auch wenn ich die halbe Nacht nicht mit Schlafen, sondern mit Weinen verbracht hatte, stand ich sofort auf. Nach dem gestrigen Tag war es wichtiger denn je, dass ich an meiner Routine festhielt.

Ich riss mein Fenster auf und inhalierte den kühlen Herbstwind, wählte meine Playlist mit dem Namen »I am the main character« aus, sprang unter die Dusche, benutzte mein liebstes Vanille-Duschöl, wusch meine Haare und massierte eine Maske hinein. Dann lief ich in die Küche und bereitete mir einen Matcha Latte mit Kokosmilch zu. Ich kochte Haferflocken mit Zimt, Ingwer und etwas von den Quitten, die Julian gestern zubereitet hatte. Anschließend füllte ich das dampfende Porridge in eine Tupperbox, fügte noch ein bisschen von meinem selbst gemachten Schoko-Granola hinzu und toppte das Ganze mit Pekannüssen. Als Nächstes zog ich mein Yogaoutfit an: lilafarbene Leggings, mintgrüner Sport-BH, darüber ein kuschelig weicher cropped Hoodie mit weiß-lila Schachbrettmuster. Ich wusch meine Haarmaske aus, trug Hitzeschutz auf und föhnte meine schwarzen glatten Haare, bis sie glänzten, ehe ich sie zu einem hohen Zopf band. Dann warf ich meine Make-up-Tasche und mein Outfit für später sowie meine Kunstmappe und die Tupperdose in meinen Rucksack. Nachdem ich mein Bett gemacht hatte, trank ich meinen Matcha, griff nach der Yogamatte und zog meine Schnürstiefel, die mir bis über die Knie reichten, und meinen schwarzen kurzen Mantel aus Fellimitat sowie ein Stirnband an.

Ich war bereit für diesen Tag. Und ich würde ihn mir durch nichts und niemanden versauen lassen.

Als ich die Wohnung verließ, schaute ich zum ersten Mal heute auf mein Handy. Eine Nachricht von meiner Mutter war vor zehn Minuten angekommen.

Agata: *Sehen wir uns beim Deep Relax Yoga, Schätzchen?*

Ich atmete tief durch und zwang mich zu einem Lächeln. Wenn man lang genug die Mundwinkel nach oben zog, auch wenn man sich überhaupt nicht danach fühlte, sollte angeblich ein positiver Effekt einsetzen.

Unten angekommen, tippte ich eine Antwort.

Darcy: *Klar!* 😆

Dreimal die Woche gab Reena, die zusammen mit Ash den Pub Recipe for disaster führte, Yogastunden im Altstadtstudio, das nur wenige Minuten vom Prisma entfernt lag. Ihre Kurse waren meine liebsten, weil ich bei ihr, anders als bei anderen Yogalehrerinnen, bei denen es sich oftmals nicht wie Entspannung, sondern wie ein Full-Body-Work-out anfühlte, das Gefühl hatte, dass sie die Grundsätze des Yogas nicht nur predigte, sondern wirklich lebte. Und außerdem war sie die einzige Yogalehrerin in Reichweite mit hinduistischem Background. Als Agata mich vor einigen Jahren zu meinen ersten Yogakursen mitgenommen hatte, hatte ich mir nichts dabei gedacht, dass alle Lehrerinnen blond, weiß und dünn waren.

Aber je älter ich geworden war und je mehr ich mich mit der rassistischen und ausbeuterischen Natur von westlichem Yoga auseinandergesetzt hatte, desto weniger hatte ich die Augen davor verschließen können. Also besuchte ich Reenas Kurse, und an den restlichen Tagen führte ich meine Routine allein zu Hause durch, im Sommer auf unserem WG-Dach, jetzt, im Herbst, in meinem Zimmer.

Meine Mutter kam für gewöhnlich nur zum Abendkurs, weil morgens ihre kreativste Zeit war und sie diese mit Kunstmachen verbrachte; sie war auf Installationen spezialisiert. Die Tatsache, dass sie zum Morgenkurs kommen wollte, konnte nur eines bedeuten.

Es war in Ordnung. Nach dem Gespräch mit Oli ging es mir deutlich besser. Das Telefonat mit Nic hatte mir zwar den Boden unter den Füßen weggerissen, aber in gewisser Hinsicht hatte es mir auch geholfen. Davor hatte der Schmerz überwogen, jetzt war meine Wut in den Vordergrund gerückt.

Ich würde alles dafür tun, um meinen Seelenfrieden zu bewahren. Und wenn dies bedeutete, dass ich unfreundlich und kalt zu ihm war. So wie ich ihn kannte, würde ich sowieso nur wenige Tage durchhalten müssen, bis er wieder abhaute.

Fünfzehn Minuten später befand ich mich im Studio. Ich hatte mir extra viel Zeit gelassen, damit ich pünktlich zum Kursbeginn da war und Agata keine Chance hatte, mich vorher in ein Gespräch zu verwickeln.

Der Raum war voll, es waren mindestens zehn Leute da. Der Duft nach Räucherstäbchen und Gewürztee lag in der Luft, im Hintergrund spielte sanfte, beruhigende Musik.

Links vorn erkannte ich Ash. They und Reena trugen Partnerlook – beide senfgelbe Yogaoutfits – und lächelten mir zu.

Agata winkte mir aus der letzten Reihe zu und deutete heftig gestikulierend auf den Platz neben sich, den sie mir mit der Decke und den beiden Blöcken, die sie offenbar schon für mich geholt hatte, freigehalten hatte. Sie trug ein pinkfarbenes T-Shirt mit der Aufschrift *Girl Power* und eine rot-schwarze Leggins mit Leo-Print. Ihre wilden schwarz-grauen Locken hatte sie mit einem gepunkteten Tuch gebändigt. Sie strahlte, aber ihre grauen Augen waren voller Sorge.

Ich unterdrückte ein Seufzen, während ich mir meinen Weg in die letzte Reihe bahnte, um meine Yogamatte neben der meiner Mutter auszurollen.

»Guten Morgen«, flüsterte ich.

»Wie geht's dir?« Hätte sie mir die Frage schriftlich gestellt, dann wären noch mindestens sechs Frage- und Ausrufezeichen gefolgt.

Ich schaute nach vorn, fixierte die Klangschale hinter Reena. »Gut, und dir?«

»Darcy-Schatz.«

Mit großer Wahrscheinlichkeit hatte Oli nichts ausgeplaudert. Also hatte es ihr irgendjemand anders erzählt. In Goldbridge verbreiteten sich Neuigkeiten wie ein Lauffeuer.

»Guten Morgen«, rettete mich Reenas ruhige, aber durchdringende Stimme von vorn. »Wie schön, dass ihr so zahlreich erschienen seid und diese Stunde mit mir teilen möchtet. Ich sehe hauptsächlich bekannte Gesichter, aber auch zwei neue. Herzlich willkommen!«

»Guten Morgen«, echote es von allen Seiten.

Nach wie vor schaute ich nicht nach links zu Agata. Ihr Blick war allerdings so intensiv, dass ich ihn bis unter die Haut spürte.

»Nicolas ist zurück«, fuhr sie im Flüsterton fort. »Wusstest du das?«

»Interessiert mich nicht«, presste ich hervor.

Reena begann, ein paar Grundlagen zu erklären, und alle legten sich auf den Rücken. Ich tat es ebenfalls und hoffte, meine Mutter würde endlich aufgeben.

»Nehmt ein paar tiefe Atemzüge«, sagte Reena. »Ein durch die Nase, aus durch den Mund.«

Ein paar Minuten ging es gut. Ich schaffte es, mich nur auf Reenas Anweisungen zu konzentrieren. Aber dann …

Eine Berührung an meiner Hand. Agata bekam sie mit ihrer zu fassen und umklammerte sie, bevor ich sie wegziehen konnte.

Mit einem Mal kam mir Reenas Stimme sehr weit weg vor.

Genervt drehte ich meinen Kopf zu ihr. Aus der Nähe ihr Gesicht zu betrachten, war, wie in einen Spiegel zu schauen, dabei sahen wir uns eigentlich nicht besonders ähnlich. Aber die Augenbrauen- und Mundform hatte ich von ihr, und genau wie ich hatte sie eine Lücke zwischen den Vorderzähnen.

»Wie *geht* es dir?«, wiederholte sie.

»Was glaubst du denn?«, gab ich deutlich angepisst zurück. Ich hätte die Klappe halten und sie weiterhin ignorieren sollen. Doch wenn meine Mutter diesen Nerv bei mir traf, gab es kein Zurück. Niemand auf der Welt konnte mich so auf die Palme bringen wie sie. Na ja, vielleicht noch eine weitere Person.

»Was willst du von mir, Agata? Bist du erst dann zufrieden, wenn ich dir sage, wie beschissen es mir geht? Willst du mir dann wieder einen Vortrag darüber halten, wie ungesund meine Obsession ist? Dass ich mich selbst priorisieren und aufhören sollte, einer vom Patriarchat geprägten Vorstellung von Liebe hinterherzurennen, obwohl sie mir eindeutig schadet?«

Sie öffnete den Mund und klappte ihn wieder zu.

Plötzlich hörte ich die Totenstille, die uns umgab. Ich hatte vergessen, leise zu sprechen.

Ganz langsam richtete ich mich auf. Einige Teilnehmer hatten die Köpfe zu uns gedreht, Reena betrachtete uns mit gerunzelter Stirn. »Alles in Ordnung da hinten?«

»Sorry«, murmelte ich. Hitze stieg mir in die Wangen. »Wir sind ruhig.«

Reena nickte mit einem nachsichtigen Lächeln und nahm den Faden wieder auf.

Ungefähr fünf Minuten klappte es. Ich mied jeden Blickkontakt mit meiner Mutter, atmete tief in den Bauch, hob mein Becken, senkte es wieder, stellte mir die fließende Energie in meinem Inneren vor, schaffte es beinahe, den Sturm in meinem Herzen zu vergessen. Und dann …

»Darcy, ich mache mir bloß Sorgen.«

Oh, verflucht noch mal.

Ich würde mich nicht provozieren lassen. Schließlich wusste ich, wie sie war. Die Klügere gab nach. Und Agata würde niemals aufgeben, so viel stand fest.

»Erzähl das deiner Heilpraktikerin«, fauchte ich.

Na super.

»Darcy, findest du das gerade hilfreich?«

Mit einem Ruck setzte ich mich auf. Schon wieder lagen sämtliche Blicke auf mir. Es war mir egal. Den inneren Frieden konnte ich mir für heute abschminken.

»*Du* willst mir was von hilfreich erzählen?«, rief ich.

Ich hätte eigentlich vor Scham im Boden versinken müssen, weil ich schon wieder die Session störte, aber dafür war ich zu wütend. Bevor Reena uns erneut zurechtweisen konnte, raffte ich meine Matte zusammen, schnappte mir die Decke und die Blöcke und stapfte an den anderen Teilnehmern vorbei Richtung Ausgang. Genug war genug.

»Sorry«, formte ich mit den Lippen, als ich Reenas Blick begegnete. Sie seufzte bloß.

Noch ehe ich die Glastür erreicht hatte, die zu den Umkleiden führte, hörte ich ihre Schritte hinter mir.

Natürlich. Natürlich folgte Agata mir. Ich war schließlich der einzige Grund, aus dem sie heute hier war.

Doch entgegen meiner Erwartung folgte sie mir nicht in die Umkleide. Wahrscheinlich hatte sie kapiert, dass meine Grenze erreicht war. Ein paarmal atmete ich tief durch, dann begann ich mich umzuziehen und mich zu schminken. Letzteres war eine Herausforderung, weil meine Finger so zitterten, aber irgendwie schaffte ich es trotzdem. Anschließend betrachtete ich genervt mein Spiegelbild. Immerhin sah man mir die Schlaflosigkeit der vergangenen Nacht nun nur noch an, wenn man mir länger als drei Sekunden in die Augen starrte. Sie waren rot gerändert.

Als ich nach draußen trat und mir die salzige Meerluft entgegenwirbelte, bestand ich nicht mehr ausschließlich aus Wut. Nur zu ungefähr neunundneunzig Prozent.

Agata trat mit schuldbewusster Miene in mein Sichtfeld. Sie hatte sich ihren Parka über das Yogaoutfit gezogen, fröstelte aber sichtlich.

»Es tut mir leid«, rief sie über den brausenden Wind hinweg. »Das soll keine Ausrede sein, aber du bist und bleibst mein Baby. Ich drehe durch, wenn du leidest.«

Ich verdrehte die Augen. Sie wusste genau, dass ich ihr nicht lange böse sein konnte. Vor allem nicht, wenn sie mir mit ihrer grenzenlosen Mutterliebe kam.

Mit einem Stöhnen nickte ich in Richtung des Cafés, das sich direkt neben dem Studio befand. »Du schuldest mir ein Heißgetränk. Aber mit doppelter Sahne.«

11. KAPITEL

Darcy

What once was

Das Impresso Espresso war winzig, als Tische dienten bemalte Weinkisten und als Stühle mit hellrosafarbenem Samt überzogene Hocker. An den pistaziengrün gestrichenen Wänden hing Kunst aus der Gegend, die man auf Anfrage erwerben konnte. Jeff, der Besitzer, hatte sogar zwei Collagen von mir aufgehängt, allerdings hatte ich darauf bestanden, dass sie nicht verkauft wurden. Wer sie haben wollte, sollte sie geschenkt bekommen. Ich produzierte sowieso so viele Collagen, dass ich die halbe Stadt damit hätte tapezieren können.

Glücklicherweise waren wir die einzigen Gäste, nicht mal Jeff war da. Er war mit seinem Hund Gassi gegangen und hatte uns seine Geldbörse hinterlassen, falls ein neuer Gast kam und was bestellte. Das liebte ich so an Goldbridge. Egal, wie viel Getratsche es gab, am Ende waren wir alle eine große Familie.

Zwischen uns standen zwei riesige Tassen mit dampfender heißer Schokolade und Pumpkin Spice Latte, verziert mit Schlagsahne und bunten Streuseln. Agata hatte seit ihrem ersten Schluck einen Klecks Sahne auf der Nasenspitze, auf den ich sie aus Rache für vorhin noch nicht hingewiesen hatte. Na gut, es sah auch einfach witzig aus. Vor allem in Kombination mit ihrem ernsten Gesichtsausdruck.

»Selbstverständlich freue ich mich nicht darüber, wenn du mir sagst, wie schlecht es dir geht«, sagte sie. »Ich will nur, dass du glücklich bist. Und dieser ... dieser ... Nicolas hat dich in der Vergangenheit sehr unglücklich gemacht.«

Sie hatte nicht bloß seinen Namen sagen wollen.

»Ist mir bewusst«, erwiderte ich, so ruhig ich konnte. »Ich war dabei.«

»Ich habe dich noch nie erlebt wie letztes Weihnachten«, sprach sie weiter, als hätte ich nichts gesagt. »Du warst immer so ein lebensfrohes Kind, nichts konnte dich aus der Ruhe bringen. Ich erinnere mich noch daran, als du fünf warst und Julian sich das Knie aufgeschlagen hat. Es hat ziemlich stark geblutet, weißt du noch?«

Es war unnötig, sie darauf hinzuweisen, dass sie mir diese Geschichte – wie alle Geschichten aus meiner Kindheit – zum hundertsten Mal erzählte und ich sie bereits auswendig kannte.

»Er hat wie am Spieß geschrien. Selbst *ich* hatte Angst! Aber du? Du hast ihm einen Arm um die Schultern gelegt und gelächelt. ›*Das wird wieder, Jules*‹, hast du gesagt. ›*Ich verspreche dir, alles wird gut.*‹ Du warst fünf, Darcy! Oliver und ich haben uns damals gefragt, ob wir was falsch gemacht, dir zu viel Verantwortung übertragen haben. Ob du deshalb früh gelernt hast, deine wahren Gefühle zu verschleiern. Aber mit der Zeit haben wir verstanden, dass du überhaupt nichts verschleiert hast. Das waren einfach deine Gefühle. Du bist der glücklichste Mensch, den ich kenne. Und dann ... dann kommt dieser Kerl daher und zerstört dich.«

Obwohl wir direkt neben der laufenden Heizung saßen, war mir schlagartig kalt.

»Er hat mich nicht zerstört«, murmelte ich und starrte angestrengt auf mein Getränk. »Ich hatte Liebeskummer. Das hat doch jeder mal.«

»Du hast mein Bett zwei Wochen lang nicht verlassen!«,

rief sie. »Ich kenne mich mit Liebeskummer aus, Schatz. Das war nicht bloß Liebeskummer. Es war, als wäre jemand gestorben.«

Alles in mir sträubte sich dagegen, an diese Zeit zu denken. Ich erinnerte mich nicht an Details. Mein Gehirn hatte sie ausgesperrt, weil es zu hart war, sich damit auseinanderzusetzen. Ich wusste nur, dass ich mich bei meinen Eltern in der Kommune verkrochen und Julian erzählt hatte, dass ich mit einem fiesen Infekt kämpfte, damit er nicht vorbeikam und mich in diesem Zustand sah.

»Diese Zeit ist vorbei«, wisperte ich und nahm einen großen Schluck. Die bittersüße Schokolade floss meine Speiseröhre hinab, wärmte mich von innen. »Ich werde nie wieder zulassen, dass ich so tief falle. Ich habe aus meinen Fehlern gelernt.«

Eine Weile tranken wir beide, ohne ein Wort zu sagen. Dann räusperte sie sich.

»Also hast du keine Gefühle mehr für ihn?« Ihre Stimme klang belegt und die Frage nicht wie eine Falle oder eine Provokation. Die nackte Angst schlug mir aus den Worten entgegen.

Mein Puls schoss in die Höhe, und ohne dass ich etwas dagegen ausrichten konnte, füllten sich meine Augen mit Tränen.

»Ich werde mich nicht mitreißen lassen«, krächzte ich. »Das schwöre ich.«

Ich schwor es nicht ihr, sondern mir selbst.

»Das war nicht meine Frage, Darcy.«

Ich hob den Kopf und zwang mich, ihren Blick zu erwidern, sie an dem Gefühlschaos teilhaben zu lassen, das in mir tobte.

Auch in ihren Augen glänzten Tränen.

Sie kannte die Wahrheit. Trotzdem sprach ich sie aus.

»Ich weiß nicht, wie ich diese Frage jemals mit Nein beantworten soll.«

Bevor sie etwas erwidern konnte, vibrierte mein Handy. Froh um die Ablenkung zog ich es aus der Vordertasche meines Rucksacks.

Eine neue Nachricht von meinem besten Freund.

Julian: *Daaaarcy, hast du Zeit? Ich brauche einen Schlachtplan für heute. Kann ich dich nach deinem Kurs abholen? Bitte sag Ja. Tori findet, ich übertreibe mit der Wut auf den Pisser. Ich brauche jemanden, der ihr widerspricht.*

Meine Miene fror ein. Agata – größte Verfechterin von persönlichen Grenzen, außer es ging um ihre Tochter – beugte sich zu mir rüber, um mitzulesen.

»Ach, Jules! Er weiß es immer noch nicht?«

Ich strafte sie mit einem Todesblick und knallte das Handy mit dem Display nach unten auf den Tisch. »Du weißt genau, dass er es nicht weiß.«

Beschwichtigend hob sie beide Hände. »Ich wollte bloß …«

»Helfen?«, vervollständigte ich trocken. »Wie immer?«

Mit beiden Händen fuhr sie sich übers Gesicht. »Tut mir leid. Das ist anstrengend für dich. Ich halte mich jetzt zurück.«

»Danke.« Ich seufzte. »Ich weiß, du meinst es nur gut, aber …«

»Aber ich verhalte mich wie meine eigene Mutter, die denkt, sie wüsste besser als ich, wie ich mein Leben zu führen habe«, fiel sie nun mir ins Wort und ließ die Hände sinken, um nach meinen zu greifen. »Obwohl ich mir geschworen habe, nie wie sie zu werden. Kannst du deiner alten, fehlerhaften Mutter verzeihen? Es tut mir wirklich leid.«

Augenrollend drückte ich ihre Hände. »Ich verzeihe dir!«, rief ich betont gönnerhaft. »Aber beschwer dich bloß nicht, wenn ich dir irgendwelche Infos vorenthalte.«

»Infos?« Sie stützte sich auf den Ellenbogen ab und beugte sich über den Tisch näher zu mir. »Was für Infos?«

Gegen meinen Willen musste ich lachen. »Geht dich nichts an.«

»Ach, komm, Darcy-Schatz, gib mir einen ganz kleinen Tipp.«

»Nö. Ich lasse dich jetzt zappeln. Das ist deine verdiente Strafe.«

Sie streckte mir die Zunge raus, dann fiel sie in mein Lachen ein. »Na schön. Da hast du wohl recht.« Nachdem sie einen großen Schluck von ihrem Pumpkin Spice Latte genommen hatte, deutete sie auf mein umgedrehtes Handy. »Schreib ihm, er soll kommen. Ich bin sowieso gleich weg. Eigentlich sollte ich schon längst mit dem Pappmaschee angefangen haben.«

»Ach, sag bloß, und *ich* dachte, dein Auftauchen im Yogakurs hatte rein gar nichts mit deiner Sorge um mich zu tun.«

Ertappt grinste sie.

»Du hast übrigens Sahne auf der Nase.« Ich griff nach meinem Handy und grinste ebenfalls. »Seit ungefähr fünf Minuten.«

Statt sie wegzuwischen, steckte sie ihr Gesicht in die Tasse und tauchte mit einer noch größeren Sahnehaube auf der Nasenspitze auf. »So besser?«

»Ich wünschte wirklich, du würdest das lassen, damit ich noch ein bisschen länger sauer auf dich sein kann«, sagte ich mit einem unterdrückten Kichern und meinte damit: *Egal, wie sehr du mich nervst, du bist und bleibst meine Heldin.*

Kopfschüttelnd tippte ich die Nachricht von Julian an und schrieb eine Antwort.

Darcy: *Bin bei Impresso Espresso, kommt vorbei! PSL geht auf mich.*

12. KAPITEL

Darcy

Back into it

Als Julian und Tori eintrafen, war meine Mutter schon weg und ich hatte mit meiner Collage begonnen – die einzelnen Teile hatte ich bereits gestern ausgeschnitten und sorgfältig in meiner Mappe verstaut. Wenn es mir gut ging, versuchte ich, jeden Morgen mit einer Collage zu starten, um meine Intention für den Tag künstlerisch festzuhalten. Erfahrungsgemäß half mir das auch dabei, ausgeglichener in meinem Job als Köchin zu sein und besonders viel Spaß bei der Arbeit zu haben. Im Prisma hatte ich zwar nicht so viel kreative Freiheit, weil die Gerichte dem vorgegebenen Standard entsprechen mussten und Abweichungen nicht gern gesehen waren – immerhin war es ein Sternerestaurant, und die Gäste erwarteten dementsprechend Perfektion –, aber wenn ich mich auf die kleinen Zwischenschritte konzentrierte, gab es dennoch Spielraum.

Heute hatte ich mich für sanfte Pastelltöne entschieden und beruhigende Motive aus einer Zeitschrift ausgeschnitten: ein Lavendelfeld, gebackenes Brot mit der perfekten Kruste, ein Schaumbad und einige Blumen. Ich erlaubte mir nicht, daran zu denken, aus welcher Fotostrecke das Lavendelfeld stammte. Dazu wollte ich eine liegende Gestalt skizzieren, die auf dem Wasser trieb, und noch ein paar Muscheln hinzufügen.

»Guten Morgen!«, rief Tori und warf sich auf den Hocker neben mir. Mit dem Kinn deutete sie auf meine angefangene Collage. »Das sieht ja wieder großartig aus.«

»Danke.« Ich lächelte sie an, dann schaute ich zu Julian. Sie trugen beide dicke Schals und hatten rote Wangen, obwohl der Weg von Toris Wohnheim bis hierher nicht mal fünf Minuten dauerte.

»Hey.« Julian schenkte mir ein Lächeln, das seine Augen nicht ganz erreichte, während er sich von seiner Jeansjacke und dem Schal befreite. »Wieso bist du eigentlich schon fertig? Dein Kurs geht doch noch zwanzig Minuten, oder?«

Ich verzog das Gesicht. »Meine Mum kam, um mir auf den Keks zu gehen, und wir haben den ganzen Kurs unterhalten, deshalb sind wir früher gegangen.«

Vorsichtig warf ich einen Blick in Toris Richtung, um zu prüfen, ob die Erwähnung meiner Mutter unangenehm für sie war. Ihr Verhältnis zu ihrer Mum, der ehemaligen Chefköchin des Prisma, war denkbar schlecht. Tori grinste allerdings nur.

»Hat sie Wind von deinem Date bekommen?«, fragte Jules stirnrunzelnd.

Ich zuckte bloß mit den Schultern, weil ich es hasste, ihn anzulügen. Schnell ablenken. »Also, was kann ich tun? Ich habe gehört, wir brauchen einen Plan für heute?«

Darauf bekam ich keine Antwort, denn im nächsten Moment schneite Jeff samt Hund herein und nahm ihre Bestellungen auf.

Fünf Minuten später standen dampfende Tassen vor den beiden, und sie schauten mir zu, wie ich die verschiedenen Teile der Collage auf braunes Packpapier klebte.

»Jules, schieß los«, verlangte ich, als die Stille unerträglich wurde. Wenn nicht mal Tori sich um Small Talk bemühte, musste es heißen, dass er wirklich auf hundertachtzig war.

Er gab ein Geräusch von sich, halb Knurren, halb Stöhnen. »Ich habe ihn gegoogelt.«

Uns war allen klar, von wem er sprach.

»Es ist noch schlimmer als gedacht. Ich schwöre, es gibt kaum mehr ein Magazin oder fancy Projekt, das er nicht mit seinen Scheißfotos infiltriert hat.«

Ich hob den Kopf. Tori hatte die Brauen hochgezogen und die Lippen aufeinandergepresst, als müsste sie sich mit aller Macht davon abhalten, ihre Gedanken auszusprechen.

Julian tippte hektisch auf seinem Handy herum und hielt es mir dann hin.

Er hatte ihn ernsthaft *jetzt* erst gegoogelt?! So viel Durchhaltevermögen hätte ich ihm gar nicht zugetraut.

In einer anderen Welt hätte ich ihn darauf hingewiesen, dass ich über jedes einzelne Fotoprojekt Bescheid wusste, an dem sein Bruder je mitgewirkt hatte, weil ich es zwar geschafft hatte, den Kontakt abzubrechen, aber nie, ihn komplett aus meinem Kopf zu verbannen.

»Das ist *so* protzig und überheblich!«

Auf dem Display war Nics Portfolio von seiner Homepage zu sehen. *Vogue*-Cover, Fotostrecken mit irgendwelchen Promis und Künstlerinnen, ein Hochzeitsshooting und schließlich das erste Projekt, das ihn bekannt gemacht hatte. Wochenlang hatte er sich in London auf die Straße gestellt und Leute angesprochen, die den Eindruck auf ihn machten, als fühlten sie sich unwohl in ihrer Haut, und sie gefragt, ob sie Lust darauf hätten, sich durch seine Augen zu sehen. Anschließend hatte er ein kleines Studio gemietet und alle, die gekommen waren, kostenlos abgelichtet. Das war ganz am Anfang gewesen, nachdem er Goldbridge verlassen hatte.

Am Abend nach dem Shooting hatte er mich völlig aufgelöst angerufen. *»Das ist es, Darcy«*, hatte er ganz heiser gesagt. *»Das ist es, was ich für den Rest meines Lebens tun will.«*

Er hatte diesen Menschen nicht bloß ein schönes Foto von sich geschenkt, sondern Selbstvertrauen, indem er all die Seiten, die sie an sich hassten, ins Licht rückte und metaphorischen Glitzer darüber streute. Vor Rührung hatte ich geweint, als er mir die Ergebnisse gezeigt hatte. Und auch, als ich sie später in einem BBC-Feature gesehen hatte, in dem darüber berichtet wurde.

Das, was Nics Erfolg ausmachte, konnte man nicht auf »zur richtigen Zeit am richtigen Ort« und schieres Glück runterbrechen. Er sah die Menschen. Er sah sie wirklich. Egal, ob er berühmte oder unbekannte Leute ablichtete. Irgendwie schaffte er es, etwas hervorzuholen, was sie zu verstecken schienen. Ein Geständnis. Die Wahrheit, so ungemütlich sie auch sein konnte. Seine Fotos waren nicht klassisch schön, sie waren viel besser als das. Sie lebten.

»Was genau findest du so protzig?«, brachte ich hervor und zwang mich, den Blick von den Fotos abzuwenden und Julian zu fixieren.

Julian schnaubte, ließ das Handy sinken und fuhr sich durch die Haare. Und dann überraschte er mich. »Ich hasse es, dass er so gut ist.«

Bisher hatte er sich nur über Nics Abgehobenheit aufgeregt, er war nie auf die Fotos selbst eingegangen.

»Und ich hasse es, dass ich in jedem beschissenen Foto seine Handschrift lese. Ich frage mich wirklich, wie man Menschen so aufmerksam fotografieren kann, wenn man selbst die Empathie eines Teelöffels besitzt.«

Ein leises Prusten ertönte von links.

Jules und ich schauten zu Tori.

Sie schlug sich eine Hand vor den Mund. »Sorry, achtet nicht auf mich.«

Jules schaute sie böse an, hielt die Miene allerdings nicht lange, ohne zu grinsen, durch. »Willst du deine Gedanken mit uns teilen, Tori?«

»Nein, nein, ich kenne Nic ja gar nicht. Ich glaube, es ist für mich nur ungewohnt, dich so ... äh ... festgefahren zu erleben.« Sie beugte sich vor und gab Julian einen Kuss auf die Wange.

Ich war mir sicher, es gab andere Worte, die ihr stattdessen durch den Kopf gingen. Kindisch. Unreif. Und so weiter ...

»Darcy, wie schätzt du die Lage ein?«, wollte sie wissen.

Ich holte tief Luft und verschränkte die Arme vor der Brust. »Also, ich glaube, es ist wenig hilfreich, sich auf seine Fotos zu konzentrieren. Stattdessen sollten wir eher besprechen, wie wir mit ihm umgehen wollen.« Mein Herz setzte einen Schlag aus. »Also du, meine ich.«

Verdammt.

Julian schien nichts von meinem Fauxpas zu bemerken. Er nickte grimmig. »Gewalt wird schwierig, das würde Mum und Alexis zu sehr aufregen«, sagte er in völlig ernstem Ton. Tori riss ungläubig die Augen auf, was er ebenfalls nicht bemerkte. »Wie wär's mit komplett ignorieren?«, fuhr er fort. »Egal, was er labert, ihn einfach wie Luft behandeln?«

»Das ist zu offensichtlich. Dann merkt er gleich, dass du gar nicht sauer, sondern verletzt bist.« Er setzte zum Protest an, doch ich sprach hastig weiter. »Bessere Idee«, platzte es aus mir heraus, »ich weiß, was ihn so richtig auf die Palme bringen würde. Wenn du scheißfreundlich zu ihm, aber gleichzeitig völlig distanziert bist.«

Jetzt drehte sich Tori zu mir um, um mich völlig entsetzt zu mustern.

»Leute, was ist mit euch los? So kenne ich euch gar nicht.«

Tori wusste zwar, dass Julians großer Bruder ein wunder Punkt für ihn war, aber sie hatte ihn noch nie *in action* erlebt, wenn es um Nic ging. Und auch mich hatte sie seit ihrer Ankunft in Goldbridge im Sommer nur als positive, gut gelaunte Person kennengelernt.

Julian und ich bildeten uns eine Menge darauf ein, gelassen und reflektiert zu sein, allen Menschen mit Offenheit zu begegnen und allgemein kein Arschlochverhalten an den Tag zu legen. Es war uns nicht leichtgefallen, aber über die Jahre hatten wir uns gegenseitig darin bestärkt, wir hatten lange Diskussionen geführt, uns zur Verantwortung gezogen, wenn wir Fehler machten, und uns geschworen, nie falsche Freundlichkeit über die Wahrheit zu stellen, bloß weil wir uns liebten. Ich hatte keine Ahnung, was für ein Mensch ich gewesen wäre, hätte ich ihn vor zwanzig Jahren nicht kennengelernt. Natürlich trugen auch meine liberalen Eltern zu meiner Einstellung bei, doch Jules war neben ihnen mein größter Einfluss.

Was für eine absolut beschissene Ironie des Schicksals, dass ausgerechnet Nicolas all diese positiven Eigenschaften bei uns beiden zunichtemachte, obwohl Julian keine Ahnung hatte, dass es um mich genauso schlimm stand.

»Das ist so ein Geschwisterding«, murmelte ich in Toris Richtung und nahm einen großen Schluck von meinem inzwischen kalten Getränk. »Niemand bringt dich so sehr zum Eskalieren wie deine eigene Familie.«

Oder deine große Liebe …

»Das ist *kein* Geschwisterding«, explodierte Julian prompt. »Es ist ein Nic-ist-ein-Wichser-Ding, und ich werde den Teufel tun, ihm in den Arsch zu kriechen, nur damit er uns allen Hoffnungen und in ein paar Tagen dann wieder die Biege macht.« Er drehte sich zu Tori. »Sobald er dich einmal um den Finger gewickelt hat, fühlst du dich gut und sicher, vergisst den ganzen Scheiß der letzten Jahre. Und dann, wenn du am verletzlichsten bist, sagt er so was wie: *Sorry, das reicht mir nicht mit euch, ich bin zu Größerem bestimmt.* Nein, danke! Ich lerne aus meinen Fehlern.« Er atmete tief durch und schaute Tori entschuldigend an. »Tut mir leid, dass ich so nerve, aber in ein paar Tagen ist es überstanden, und dann bin ich wieder der Julian, den du kennst.«

Sie nahm sein Gesicht zwischen die Hände und hauchte ihm einen Kuss auf den Mund. »Du nervst mich nicht. Und ich möchte jede Version von dir sehen.«

Sofort lächelte er wieder, und diesmal lächelten seine Augen mit. Diese Wirkung hatte sie von Anfang an auf ihn gehabt. Wenn Tori da war, fiel es ihm schwer, länger als ein paar Sekunden schlecht gelaunt zu sein.

Wie auf Knopfdruck musste auch ich lächeln.

»Woher wisst ihr eigentlich, dass er heute ins Prisma kommt?«, erkundigte sich Tori, als sie sich von ihm löste. »Vielleicht hat er auch Angst und versteckt sich in Theas Wohnung, weil er ahnt, dass alle sauer auf ihn sind?«

»Er wird kommen«, sagten Jules und ich wie aus einem Mund.

Kurz grinsten wir uns an, dann verdunkelte sich sein Blick.

»Glaub mir, die ganze Negativität prallt einfach an ihm ab. Und seine Charaktereigenschaft Nummer eins ist Penetranz. Er wird auf jeden Fall auftauchen. Und außerdem sind außer mir kaum Leute sauer auf ihn. Die werden ihn wie einen Star behandeln. Ich habe gestern noch mit Alex geschrieben, und ich sag's dir, der ist inzwischen auch auf die andere Seite übergelaufen.« Er stöhnte. »Nur ihm kann ich's wirklich nicht zum Vorwurf machen. Alles, was ihn glücklich macht, ist mir recht.« Sein Blick fand meinen. »Dein Vorschlag ist wahrscheinlich am klügsten. Aber glaubst du, ich halte es wirklich aus, nett zu ihm zu sein, ohne auszurasten?«

»Ja.« Ich grinste, während ich mich insgeheim dasselbe

fragte. Nicht nur, was Julian betraf, sondern auch mich. »Und außerdem hast du mich als Unterstützung. Ich werde deine Hand halten.«

Denn das – und ich war wirklich nicht stolz auf diesen Gedanken – würde Nic am allermeisten auf die Palme bringen.

13. KAPITEL

Darcy

The one that you love

Sein Lachen war bereits von der Straße zu hören.

Niemand lachte wie er. Es war laut, vibrierte durch meinen ganzen Körper und hinterließ ein schmerzhaftes Brennen.

Sofort begann mein Herz gegen die Rippen zu donnern. Je näher der Schichtbeginn gerückt war, desto schlimmer hatte es in mir ausgesehen. Es war eine Herausforderung gewesen, mich weiterhin am Gespräch mit Tori und Julian zu beteiligen und meine Finger ruhig zu halten, während ich die Collage fertigstellte.

Ich bereute die heiße Schokolade. Mir war schlecht.

Wir nahmen die Treppe hoch in den Felsgang, der uns ins Innere der Grotte brachte, wo sich das Prisma befand.

Julian fluchte leise, und Tori versuchte, beruhigend auf ihn einzureden. Ich bildete das Schlusslicht und war froh, dass sie zu beschäftigt waren, um auf mich zu achten.

Alles wird gut. Er ist nur ein Mensch. Und ganz egal, ob er das gestern beim Telefonat ernst gemeint hat oder nicht, es ändert nichts an den Tatsachen. Er hat dir verdammt wehgetan, und du hast etwas Besseres verdient. Also sei nett und distanziert, und wie Julian gesagt hat: Bald ist es überstanden.

Nachdem wir die Treppe nach oben genommen hatten, hielt mir Tori die Glastür auf, durch die man auf die Restaurantplattform gelangte.

Ich hielt die Luft an.

Gäste waren keine zu sehen, dafür stand das gesamte Prisma-Team draußen zwischen Eingangstür und den ersten Tischen – in einem Halbkreis um jemanden herum, der uns den Rücken zukehrte. Er trug einen hellblauen Strickpullover, sein dunkelblondes Haar war deutlich länger als beim letzten Mal, als ich ihn gesehen hatte.

Du schaffst das. Du schaffst das. Du schaffst das.

Ich riss meinen Blick von ihm los und ließ ihn über meine Kollegen gleiten. Strahlende Gesichter, lachende Münder, Anerkennung, Spaß. Julian hatte recht behalten. Im Handumdrehen war es Nic gelungen, zum Mittelpunkt des Geschehens zu werden. Die einzige Person, die nicht beeindruckt wirkte, war Echo, die am Rand neben Alexis stand, der ebenfalls an den Lippen seines Bruders hing. Sie hatte eine Braue gehoben, den Kopf schief gelegt. Ein spöttisches Lächeln lag auf ihren Lippen.

»Hey.«

Julian hatte das Wort leise ausgesprochen, doch sofort herrschte Stille. Die Sekunden vergingen, vermutlich waren es kaum mehr als drei, mir kamen sie allerdings wie eine Ewigkeit vor.

Und dann drehte er sich um.

Blaue Augen, umrahmt von pechschwarzen Wimpern. Buschige Brauen, viel zu dunkel für sein Haar, Lippen, die immer wirkten, als hätte er zu lang darauf rumgekaut. Ein angedeutetes Lächeln in den Mundwinkeln, das einfror, als er im Bruchteil eines Herzschlages realisierte, wen er vor sich hatte.

Die Welt blieb nicht stehen. Sie begann, sich schneller zu drehen, schneller und schneller, bis ich keinen Boden mehr unter den Füßen hatte, fortgeschleudert wurde, geradewegs in die Vergangenheit.

Das erste Mal, als er mit mir gesprochen hatte, ich sechs, er neun. *»Hey. Warum bist du mit Julian befreundet? Er ist die größte Nervensäge.«*

Trotzig hatte ich ihn angeschaut. Julian hatte mir bereits erzählt, wie fies sein großer Bruder war, und das färbte ab. *»Er ist mein bester Freund.«*

Sein Blick, erst verächtlich, dann neidisch. Schließlich ein zaghaftes Lächeln. *»Hast du noch Platz für mehr Freunde?«*

Erst als Teenager hatte ich verstanden, dass hinter seiner coolen, lauten, unbeschwerten Fassade Einsamkeit steckte. In der Schule ignorierten wir uns grundsätzlich, doch danach explodierte mein Handy vor Nachrichten. Ich fühlte mich schlecht, wollte nicht, dass Julian davon erfuhr, denn Nic und er hatten sich gerade wieder angenähert, nachdem sich Julian seine ganze Kindheit über mit seinem großen Bruder gestritten hatte. Aber lassen konnte ich es auch nicht.

Kann ich mit dir reden?, schrieb Nic. *Kann ich so mit dir reden, wie du mit Julian redest?*

Natürlich, antwortete ich. *Aber was ist mit deinen Freunden? Wieso redest du nicht mit ihnen?* Auf dem Schulhof war er stets von den beliebtesten Leuten umzingelt.

Mit dir ist es anders, schrieb er.

Ich war der erste Mensch, dem er von seiner wahren Leidenschaft erzählte. *»Mum und Dad wollen, dass ich in ihre Fußstapfen trete und Koch werde, aber ich will was anderes. Ich will das, was du tust.«*

Schon damals hatte ich in jeder freien Minute Kunst gemacht. Man sah mich praktisch nirgendwo ohne mein Scrapbook.

»Du willst Collagen machen?«, hatte ich verwirrt zurückgegeben.

»Fotos.«

Nach diesem Geständnis gab es kein Halten mehr. Wir schrieben uns ständig. Meistens über die Kunst, warum sie uns wichtig war, wie wir uns dabei fühlten, welche Zweifel und Ängste damit einhergingen. Er beneidete mich um meine Eltern, die meine Leidenschaft unterstützten, ich beneidete ihn um seine, weil sie ihm Struktur gaben, die ich nie bekommen hatte.

Dann das erste Mal, als ich merkte, dass wir nicht bloß Freunde waren. Nic hatte ständig irgendeine neue Freundin, meist hielt es nur wenige Wochen. Julian machte sich darüber lustig, und ich hatte mitgemacht, bis der Anblick seines großen Bruders mit jemand anderem mir plötzlich einen Stich zu versetzen begann. Doch egal, mit wem er zusammen war, er hörte nie auf, mir zu schreiben. Was es nicht besser machte.

Erst mit ungefähr fünfzehn traute ich mich, ihn in einer Nachricht darauf anzusprechen: *Macht es deiner Freundin nichts aus, wenn du mir ständig schreibst?*

Nicolas: *Macht es Julian nichts aus, wenn du* mir *ständig schreibst?*

Julian und ich sind kein Paar, hatte ich wütend geantwortet. Außerdem wusste er ganz genau, dass ich Jules nichts von uns erzählte, weil ich ihre Brüderbeziehung nicht gefährden wollte.

Nicolas: *Weiß er das auch?*

Natürlich, schrieb ich. Zwischen Julian und mir waren die Fronten geklärt. Ich wusste genau, was er fühlte. Wir waren Familie, nicht verliebt ineinander.

Und was ist mit uns?, war Nics Antwort gewesen. *Sind wir auch Freunde?*

Natürlich, schrieb ich erneut, obwohl das »uns« mein Herz höherschlagen ließ.

Am nächsten Tag machte das Gerücht die Runde, dass er sich von seiner aktuellen Freundin getrennt hatte. Danach herrschte zum ersten Mal, seit wir intensiven Kontakt hatten, Funkstille zwischen uns. Ich schrieb ihm mehrmals, doch es kam keine Antwort.

Wochen später, auf einer Party einer seiner Klassenkameraden. Ich war aus der Toilette gekommen und direkt in ihn reingelaufen.

Er war sichtlich betrunken. *»Ich will mehr.«*

»Was?«

»Ich will mehr als Freundschaft, Darcy.«

Der Anfang vom Ende. Davor hatte ich mir noch einreden können, dass es bloß in meinem Kopf war, aber danach …

Ich schüttelte den Kopf. Vergangenheit. Nicht Gegenwart. Ich würde die Vergangenheit ruhen lassen.

Nics Blick flackerte erst zu mir, verharrte für den Bruchteil einer Sekunde auf meinem Gesicht, regungslos, emotionslos, wie damals, während mein Herz völlig durchdrehte, dann wanderte er weiter zu Julian, und ein breites (und, wie ich wusste, falsches) Grinsen erschien auf seinen Lippen.

»Hi, Jules.«

Je mehr Angst Nic hatte, desto überdreht-fröhlicher klang er. Auch das wusste ich. Und gerade schien er absolut panisch zu sein.

Julian schluckte hart, trat einen Schritt vor, hob eine Hand. Kurz fürchtete ich, er würde ihm eine runterhauen, doch dann hielt er sie ihm zum Einschlagen hin und schenkte ihm ein ebenso falsches Lächeln. »Hey, Nic. Schön, dass du da bist.«

Nics Grinsen verrutschte. Überraschung flackerte in seinen

Augen auf. Nach einem kurzen Moment schien er sich zusammenzureißen, schlug ein und drückte Jules an sich. Dieser klopfte ihm ein bisschen zu fest auf die Schulter, ehe er sich schnell von ihm löste.

»Und du musst unsere neue Starköchin sein«, sagte Nic zu Tori und hielt ihr eine Hand hin. »Alexis hat mir einiges von dir erzählt. Du bist deiner Mutter wirklich wie aus dem Gesicht geschnitten.«

»Schön, dich kennenzulernen.« Tori lächelte ihn höflich an und schüttelte ihm die Hand, während es unter Julians Auge zuckte. Ich war mir nicht sicher, ob die Wut in ihm hochkochte, weil Nic Tori auf ihre Mum ansprach oder weil Alexis mit Nic sprach, während er im vergangenen Jahr kaum ein Wort zu Julian gesagt hatte.

Stocksteif stand ich da und hatte keine Ahnung, was ich tun sollte. Ich hatte gewusst, dass es hart werden würde, nach dem gestrigen Telefonat erst recht, aber das war kein Vergleich damit, es zu erleben. Ich hatte vergessen, wie es sich anfühlte, über Nics tiefste Gefühle Bescheid zu wissen, nur um dann in der Öffentlichkeit von ihm wie eine flüchtige Bekannte behandelt zu werden.

»Ich will dir sagen, dass sich für mich nichts verändert hat«, hallte seine Stimme in meinen Gedanken wider. *»Gar nichts, Darcy. Wirklich nicht das Geringste. Genauso gut könnte noch Weihnachten vor einem Jahr sein.«*

»Darcy Gruber.« Ich zuckte heftig zusammen. Nic hatte sich mir zugewandt. Sein Blick war unergründlich. »Du hast dich kein bisschen verändert«, sagte er und … *zwinkerte*?! »Bist höchstens noch schöner geworden.«

Bevor ich mich von dem Schock erholen konnte, trat er vor, beugte sich zu mir runter und hauchte mir je einen Kuss rechts und links auf die Wangen. Der Duft seines Parfüms stieg mir in die Nase. Immer noch das von damals.

War alles wie damals?

Nein, damals hatte ich ihm nicht an die Gurgel gehen wollen.

Damals hatte der Schmerz, nicht der Zorn überwogen.

Er wich zurück. Die Stellen, die er mit seinen warmen Lippen gestreift hatte, brannten.

Ich starrte ihn an. Kein Wort kam mir über die Lippen.

Wie konnte er es wagen?! So viel Dreistigkeit hatte ich nicht mal ihm zugetraut.

Keine Ahnung, wie viel Zeit verging, während ich dastand und meinen Blick nicht von seinem lösen konnte. Der Boden vibrierte, meine Knie waren butterweich, und die Wut in mir brannte alles nieder.

Inmitten dieser Unendlichkeit spürte ich eine Berührung an meiner Hand und zuckte erneut zusammen.

Julian. Er umschloss meine Hand mit seiner. Noch nie war ich ihm so dankbar gewesen.

»Kommt, wir sollten uns umziehen«, sagte er betont fröhlich, ohne Nic weiter zu beachten.

Bevor ich mich von Nic abwandte, sah ich noch, wie sein Blick zu Julians und meinen Händen zuckte.

Es war ein kleiner Triumph. Und der gab mir die Kraft, mich in Bewegung zu setzen.

Du kannst mich mal.

14. KAPITEL

Nicolas

See that pretty life in pictures

Es war berauschend und zerstörerisch zugleich, im Prisma zu sein.

Berauschend, weil der Großteil sich ehrlich freute, mich nach all der Zeit wiederzusehen. Die meisten kannte ich von früher – Rico, Dani, Piper und Banu. Ich fragte sie nach ihrem Leben aus, nahm Glückwünsche für meine Erfolge entgegen, ließ mich feiern, ritt auf der Welle, lächelte Mum und Alexis zu, die mich beide zufrieden betrachteten, als wäre meine Anwesenheit hier sinnvoll und gut. Außerdem musste ich zugeben, dass ich den Anblick des Restaurants wirklich vermisst hatte. Es war etwas völlig anderes, im Inneren der Grotte zu stehen, das stürmische Meer zu betrachten und den Ort nicht mehr als Gefängnis, sondern als einen nostalgischen Teil meiner Vergangenheit wahrzunehmen.

Zerstörerisch, weil ich weder auf Julians noch auf Darcys Anblick klarkam. Seit der Begrüßung waren zwei Stunden vergangen, und mein Herz wollte nicht aufhören zu rasen. Ich wusste nicht, was mich härter getroffen hatte – Jules' gespielte Höflichkeit oder Darcys heftige Reaktion auf mich.

Während ich mich also mit Alexis oder anderen Mitarbeitern unterhielt, wanderte mein Blick immer wieder zu den beiden. Wie surreal, hier in der Küche mit ihnen zu stehen und sie bei der Arbeit zu beobachten. Das Schlimmste war, wie vertraut sie miteinander umgingen. Es war nichts Neues, also hätte es mich nicht überraschen sollen, aber ich hatte vergessen, wie es sich anfühlte, ihre unleugbare Verbindung zu bezeugen, während niemand von Darcys und meiner wusste. Früher in der Schule war ich mir sicher gewesen, dass ich später eine Nachricht oder einen Anruf von ihr bekommen würde. Die einzigen beiden Menschen im Raum zu sein, die von unserer gemeinsamen Vergangenheit wussten, war jetzt nicht aufregend wie damals, sondern beschissen, weil es sich anfühlte, als hätte es diese Vergangenheit nie gegeben. Deshalb hatte ich mich bei der Begrüßung auch nicht zurückgehalten. Genau wie bei Mum gestern wollte ich ihr irgendeine Reaktion entlocken. Und hatte mir damit nur selbst wehgetan.

Als ihr Anblick unerträglich wurde, griff ich nach den aktuellen Menükarten und setzte mich damit nach draußen an einen freien Tisch.

»Na, wie sieht's aus?«

Ich schaute von der Karte mit dem Degustationsmenü auf, das ich sowieso nicht richtig gelesen hatte, weil ich zu beschäftigt mit meiner Eifersucht war.

Mum betrachtete mich mit einem aufmunternden Lächeln. Sie trug Kochschürze und -haube. »Meinst du, du hast Lust, heute schon ein paar Testfotos zu machen?«

»Klar.« Ich hatte meine Kamera mitgenommen, um etwas zu tun zu haben. Eine Art Schutzschild. »Stört es euch, wenn ich euch bei der Arbeit fotografiere und auch ein paar der fertigen Gerichte ablichte? Das wäre beides gut für die Homepage und Social Media.«

Mums Augen leuchteten auf. »Eine hervorragende Idee! Ich frage gleich mal im Team, ob jemand was dagegen hat, aber das bezweifle ich. Nur beim Essen müssen wir schnell sein, nicht dass es kalt wird. Wenn du mehr Zeit brauchst, würde ich vorschlagen, dass wir uns ein paar Stunden außerhalb der Öffnungszeiten vornehmen. Vielleicht hat ja jemand Lust, dabei zu helfen.«

»Super«, erwiderte ich mit so viel Enthusiasmus wie möglich. »Außerdem würde ich auch gern Porträts von euch machen.«

Eine Falte bildete sich zwischen ihren Augenbrauen. »Wozu?«

»Um das Team rund um das Prisma vorzustellen. Wenn man auf die Homepage geht, bekommt man den Eindruck, es handle sich um ein x-beliebiges Seafood-Restaurant.« Das war noch nett ausgedrückt. Der Internetauftritt des Prisma war eine absolute Katastrophe. Die Schriftart, die grottigen Fotos und der Fokus auf Brenda Fitzroy im Beschreibungstext, die seit Jahren nicht mehr die Chefköchin war. »Ich würde gerne euer Alleinstellungsmerkmal ins Zentrum stellen.«

Die Falte wurde steiler. »Und das wäre?«

Ich musste grinsen. »Das wild zusammengewürfelte Team. Die Menschen hinter den Gerichten. Leute lieben Geschichten. Was ist mit der Snack Night? Macht ihr die noch?«

Als Mum und Dad das Prisma übernommen hatten, hatten sie die Snack Night eingeführt. Jeden Samstagabend bereitete jemand anderes aus dem Team einen Snack für die anderen zu, der etwas über dessen persönliche Geschichte zum Ausdruck brachte.

»Natürlich«, antwortete Mum. »Aber ich verstehe nicht, wie uns das bei der Werbung helfen soll. Das hat doch nichts mit dem Restaurant zu tun.«

Mein Grinsen wurde breiter. »Und ob! Dieser Zusammenhalt im Prisma ist in der Gastro-Branche definitiv nicht selbstverständlich. Das macht euch besonders. Ich möchte über die Fotos eine Geschichte erzählen. Und den Menschen da draußen zeigen, dass sie nicht nur an einem schönen Ort speisen, dass es nicht bloß um die Präsentation und den Geschmack des Essens geht, sondern auch um alles dahinter. Man könnte alle Mitarbeiter nach ihrem Lieblingsgericht auf der Karte fragen und dann einen kleinen Kommentar schreiben, wieso genau dieses Essen. Oder kurze Videos aufnehmen, die wir posten und bewerben können. Das baut emotionale Nähe auf und macht neugierig.«

Während ich gesprochen hatte, war Mums Verwirrung Stück für Stück verschwunden. »Das klingt wirklich großartig, Nico, aber glaubst du nicht, dass das ein bisschen zu viel Aufwand ist?«

Ich zuckte mit den Schultern. »Ich habe Zeit. Wir brauchen nur Freiwillige, die sich bereit erklären, die Gerichte auf der Karte zuzubereiten, denn ich glaube, am meisten Sinn ergibt es, jedes einzelne zu fotografieren und die Bilder nach und nach zu posten. Ich weiß, es klingt nach sehr viel Zeit- und Energieaufwand, aber wenn wir es einmal ordentlich machen, reicht das Material für Monate. Und es wird Kundschaft anziehen, das garantiere ich.«

»Das garantierst du, ja?« Sie schmunzelte.

Ich nickte ernst. »Ihr habt noch nicht mal einen Bruchteil eures Potenzials genutzt. Die letzten Fotos sind vor Ewigkeiten entstanden. Und ich habe nachgesehen, wann ihr das letzte Mal auf den Social-Media-Accounts aktiv wart: vor drei Jahren, Mum!«

Seufzend verzog sie das Gesicht. »Es hat früher gereicht, einen zweiten Michelin-Stern zu haben, um Kundschaft anzuziehen. Und als es nicht mehr gereicht hat, ging es hier schon so drunter und drüber, dass ich keine Energie hatte, mich darum zu kümmern. Ich habe mir schon oft überlegt, jemanden fürs Marketing zu engagieren, aber das ist sehr kostenintensiv.«

»Was für ein glücklicher Zufall, dass dein Sohn in diesem Bereich ein Genie ist und niemals Geld von dir nehmen würde«, sagte ich betont großspurig.

Sie lachte. »Das ist wirklich ein glücklicher Zufall.« Sekunden später wurde sie wieder ernst. »Hast du *wirklich* Zeit dafür? Würde das keinem deiner anderen Projekte in die Quere kommen?«

Ich schüttelte vehement den Kopf. »Mir ist langweilig, Mum! Es kommen seit Wochen keine Projektanfragen rein. Du würdest *mir* damit einen Gefallen tun.«

Langsam nickte sie. »Okay, gut. In dem Fall: Tob dich aus! Ich lasse dir freie Hand.«

Ein Grinsen breitete sich auf meinen Lippen aus.

Gerade wollte ich etwas erwidern, da vibrierte mein Handy. Eine Mail. Als ich den Absender sah, gefror mein Grinsen.

Mein Agent. Kein Betreff. Obwohl ich die Nachricht am liebsten ungelesen in den Papierkorb verschoben hätte, klickte ich sie an.

Nicolas,

können wir bitte noch einmal über deine Entscheidung sprechen? Ich bin erreichbar, melde dich gern zu jeder Tages- und Nachtzeit. Inzwischen sind es über zehn Anfragen. Und vor einer halben Stunde hat ein besonders dicker Fisch angebissen. Du wirst nicht glauben, wer mit dir zusammenarbeiten will.

xxx Vic

Ich archivierte die Mail und schob das Handy zurück in meine Hosentasche. Dann erhob ich mich.

»Gut, ich hole mein Equipment, und du klärst das mit dem Team, Deal?«

»Deal!«

Etwas Bleischweres lag in meinem Magen, als ich die Plattform verließ und durch den Felsgang auf die Straße zu Mums Auto lief, um mein Kamerazeug zu holen. Ich war Victor nichts schuldig. Zwar hatte ich kein anständiges Gespräch mit ihm geführt, sondern, feige, wie ich war, nur eine knappe Mail geschickt, aber ich hatte mich klar ausgedrückt: keine Projekte mehr dieses Jahr. Als Grund hatte ich meine Gesundheit angegeben. Ich hatte mich nicht getraut, das Wort »mental« davor zu setzen, aber Gesundheit war Gesundheit, sagte Felicia. Es hatte eine Menge Sitzungen mit ihr gebraucht, bis ich bereit gewesen war, die Nachricht an Victor zu schicken.

»Ich habe keine Ahnung, womit ich meine freien Stunden füllen soll, wenn ich nicht arbeite«, hatte ich ihr gesagt.

»Dann wird es allerhöchste Zeit, das herauszufinden«, war ihre frustrierende Antwort gewesen.

Das Schicksal hatte es gut mit mir gemeint. Denn kurz darauf war Alexis zu Besuch gekommen. Mit einem anderen Menschen die freie Zeit zu füllen, fiel mir nicht ansatzweise so schwer.

Aber hier in Goldbridge war es etwas anderes. Hier gab es nicht nur Sinnlosigkeit, sondern haufenweise Fallen aus der Vergangenheit. Also brauchte ich ein Projekt, sonst würde ich durchdrehen.

Zurück im Restaurant, lief ich direkt in die Küche, wo Mum mich strahlend erwartete und beide Daumen in die Höhe reckte, was wohl so viel wie grünes Licht vom Team bedeutete.

»Magst du ein bisschen davon erzählen, was du dir vorstellst?«, fragte sie.

Ich legte mein Equipment auf einer freien Arbeitsfläche ab, nickte und holte tief Luft, um loszulegen, da fiel mein Blick auf Julian und Darcy, die mich beide mit identischen Mienen betrachteten.

Das war keine bloße Wut.

Es war Mordlust.

15. KAPITEL

Darcy

Fucking with my head

Julian neben mir bebte vor unterdrückter Wut. Es hatte schon begonnen, als Thea uns von Nics Plan erzählt hatte, aber es war kein Vergleich damit, seinen Bruder darüber sprechen zu hören.

Nach dem gestrigen Telefonat hatte ich mit einigem gerechnet, allerdings nicht mit dieser Großspurigkeit. Mit diesem unerschütterlichen Selbstbewusstsein, als wäre er ein paar Tage, nicht Jahre weg gewesen.

Er hatte in der Küche in die Runde gegrinst und die Worte hervorgebracht, die das Fass zum Überlaufen gebracht hatten. »Ich werde das Prisma retten – und dafür brauche ich eure Hilfe.«

Die nächsten Minuten waren wie im Schnelldurchlauf vergangen, während ihm unsere Kollegen halb amüsiert, halb begeistert zugehört hatten und Julian drauf und dran gewesen war, Nic an die Gurgel zu gehen. Er musste seine Gedanken nicht aussprechen, ich hörte sie auch so. Niemand dachte so laut wie Jules. *Was denkt sich dieses arrogante Arschloch dabei, an seinem ersten Tag hier reinzuschneien und so zu tun, als wäre er der Messias?*

Genau aus dem Grund versteckte ich meine Hände unter

der Theke, damit ihr Zittern nicht auffiel. Objektiv betrachtet klangen Nics Ideen gut, aber es ging darum, wie er sie rüberbrachte. Natürlich freute ich mich, wenn er dem Restaurant seiner Familie unter die Arme greifen wollte – das Prisma hatte es mehr als nötig, soweit ich wusste, schrieben sie schon lange rote Zahlen. Darum ging es nicht. Sondern darum, dass er es wagte, sich ganz selbstverständlich hier breitzumachen, in meiner kleinen, schönen Welt, die ihm zu klein, zu unspektakulär, zu wenig gewesen war. Die er verlassen hatte und damit auch mich.

Ich wollte ihn anbrüllen. Seine Begrüßung war schon unter der Gürtellinie gewesen, und jetzt wollte er ein riesiges Projekt umsetzen? Mit *unserer* Hilfe?

Wie lange das wohl dauern wird?, wisperte eine verräterische Stimme in meinem Kopf. *Wochen? Vielleicht sogar Monate?*

Mein Puls raste, und ich schwitzte wie verrückt. Toris Blick zuckte abwechselnd zu mir und zu Julian. Es war eine Herausforderung, nach außen hin ruhig zu erscheinen. Ich hatte mit einem kurzen Besuch gerechnet, schmerzhaft, aber flüchtig genug, dass ich danach wieder in meinen Alltag zurückkehren und weitermachen konnte wie bisher. Wie sollte ich das aushalten?

»Gibt es Freiwillige?«, schloss er seine kleine Rede.

Sekundenlang herrschte Stille. Es ging um unbezahlte Arbeit vor und nach unseren Schichten. Die Begeisterung hielt sich in Grenzen. Aus dem Augenwinkel beobachtete ich, wie Echo die Brauen hob.

Thea lächelte breit. Eine Spur zu breit. »Alexis, Julian, wie wär's mit euch?«

Um ein Haar hätte ich losgeprustet. Sie meinte es nur gut, da war ich mir sicher.

Alexis nickte freundlich, während Julians Blick zu seiner

Mutter zuckte. Er atmete tief durch. Sein Kehlkopf hüpfte. »Hast du mich schon mal kochen sehen, Mum?«, sagte er heiser. »Ich glaube, wir brauchen jemanden mit mehr Gefühl für *Ästhetik*.«

Das letzte Wort sprach er wie eine Beleidigung aus und schaute dabei zu Nic. Nur zu gut erinnerte ich mich daran, wie Nic Julian öfter damit aufgezogen hatte, dass ihm jeglicher Sinn für Ästhetik fehle.

»Ich könnte helfen.« Alle Köpfe drehten sich zu Tori. Ihre Wangen färbten sich rosa, und sie biss sich auf die Lippe, während sie Julian nervös anschaute. »Wir haben doch in letzter Zeit ein paar coole neue Rezepte ausprobiert. Die könnten wir zusammen anrichten?«

Vollkommen fassungslos starrte Julian sie an.

Warum fiel sie ihm in den Rücken? Oder war das ein Versuch, die Beziehung zu seinem Bruder zu kitten, weil sie wusste, wie sehr diese ihn belastete?

Bevor er etwas erwidern konnte, klatschte Thea begeistert in die Hände. »Super! Und apropos Ästhetik – Darcy, hättest du Lust, ein bisschen mit der Komposition zu helfen? Natürlich nur, wenn du Zeit hast. Aber deine künstlerische Expertise wäre sicher hilfreich.«

Prompt ruhte Nics Blick auf mir.

Ich war mir sicher, ich schaute mindestens genauso entsetzt wie Jules.

»Muss meinen Terminkalender checken«, entfuhr es mir nach einer viel zu langen Pause.

Thea nickte verständnisvoll. »Wer sonst noch Lust hat, kann sich gern direkt bei Nic melden. Jetzt dürft ihr euch aber wieder an die Arbeit machen. Wir haben euch lang genug aufgehalten.«

Alle kehrten an ihre Posten zurück. Eigentlich hatten sie uns nicht wirklich aufgehalten, wir hatten kaum Kundschaft.

Nach der Sommersaison war es besonders hart, weil keine Touristenströme mehr nach Goldbridge kamen.

»Vergesst einfach, dass ich da bin«, fügte Nic grinsend hinzu. »Dann entstehen die besten Bilder.«

Vergessen, dass er da war ... In welcher Welt lebte er eigentlich?

Tori und Julian tuschelten los. Ein Teil von mir wollte sich an dem Gespräch beteiligen, doch der größere Teil brauchte eine Pause. Ich musste mich sammeln. Sonst würde ich diesen Tag nicht überleben. Nicht, wenn Nicolas Bithersea direkt vor meiner Nase rumtanzte.

Ich verließ den Saucier-Bereich und lief in den Gang, vorbei an der Patisserie, wo ich Echos Stimme aufschnappte.

»Also, nichts für ungut, aber an Julians Stelle wäre ich auch hart angepisst, so wie der sich verhält ...«

Alexis gab etwas zurück, allerdings so leise, dass ich es nicht verstand. Es war eine Überraschung, ihn im Prisma überhaupt sprechen zu hören, doch darauf konnte ich mich gerade nicht konzentrieren. Ich beschleunigte meine Schritte.

Aber egal, wie schnell ich lief, die Vergangenheit holte mich trotzdem ein.

»Darcy ...« Seine Stimme klang rau und tief. Er war betrunken. Ich presste das Handy fester an mein Ohr, froh darum, dass es kein Videotelefonat war, denn ich hätte niemals meinen Gesichtsausdruck kontrollieren können, wenn er in dieser Tonlage mit mir sprach. »Manchmal frage ich mich, ob ich ohne dich je Fotograf geworden wäre.«

Mein Herz stolperte.

»Das ist Quatsch«, erwiderte ich und zog die Bettdecke über den Kopf. Wenn ich die Augen schloss und mich auf seine Stimme konzentrierte, fühlte es sich an, als gäbe es nur ihn und mich auf der Welt. »Du hast schon immer Fotos gemacht. Das hat also nichts mit mir zu tun.«

»Ich habe Fotos gemacht«, entgegnete er. »Aber dabei wäre es geblieben. Du hast mir den Mut gegeben, mehr daraus zu machen. Du hast mich ernst genommen. Und du hast meine Vision verstanden.«

Eine Gänsehaut überzog meinen Körper. »Ich habe nichts gemacht, Nic. Ich habe dich einfach gespiegelt.«

»Das ist es!« Ein kehliges Lachen entwich ihm. Alles in mir zog sich zusammen. Wenn er lachte, war es am schlimmsten. »Aber das hat nie zuvor jemand bei mir gemacht. Ich weiß, für dich war es schon immer etwas Selbstverständliches, weil du ständig von Künstlern umgeben warst, aber das erste Mal, als du ein Foto von mir gesehen hast … Ich werde nie vergessen, was du zu mir gesagt hast. Wahrscheinlich erinnerst du dich nicht …«

»Natürlich erinnere ich mich«, wisperte ich.

Auf dem Foto waren seine Eltern zu sehen gewesen, es war mit einer Analogkamera im Prisma aufgenommen worden, schwarz-weiß und unscharf, aber ich sah es jetzt noch in allen Details vor mir. Thea saß auf Elliots Schoß, er hatte den Arm um ihre Mitte geschlungen, in der freien Hand hielt er ein halb volles Weinglas, sie hatte einen Arm um seinen geschlungen und hielt ihm einen Holzlöffel mit Soße zum Probieren hin. Nic hatte genau in dem Moment abgedrückt, als sie den Löffel an seinen Mund gehalten hatte, abgerutscht war und sein Kinn erwischt hatte. Beide schauten sich halb schockiert, halb lachend an, und ein bisschen Wein schwappte aus dem Glas. Das Bild war Geborgenheit und Hektik zugleich, Aufregung und Ruhe in einem. Es war ein so persönlicher Augenblick, dass sich mir beim Anschauen die Nackenhaare aufgestellt hatten. In diesem Foto waren sie nicht seine Eltern, sie existierten in einem Vakuum, wo es nur sie und ihn gab.

»Dieses Foto«, hatte ich zu Nic gesagt und wie gebannt da-

rauf gestarrt, »sieht aus, als wärst du nie dabei gewesen. Man kann sich kaum vorstellen, dass neben den beiden noch eine andere Person im Raum war. Ich habe noch nie etwas Intimeres gesehen. Wie zur Hölle hast du das geschafft?«

»Normalerweise freuen sich alle über meine Fotos, weil ich eine schöne Erinnerung einfange«, sagte Nic jetzt. »Einen Moment, in dem sie sich selbst schön finden. Aber du warst der erste Mensch, der darauf eingegangen ist, wie *das Foto gemacht wurde. Du warst der erste Mensch, der verstanden hat, dass es harte Arbeit ist, im Hintergrund zu verschwinden, damit die Leute* vor *der Kamera glänzen können. Das hat alles verändert.«*

Ich schluckte hart. »Für mich war es auch nicht selbstverständlich«, sagte ich nach einer langen Pause, in der ich mich fest gegen die Matratze drückte. »Wie du über meine Kunst gesprochen hast, meine ich. Ich war zwar von Künstlern umgeben, aber niemand hat mich so gesehen, wie ich gesehen werden wollte. Niemand hat mich verstanden wie du.«

Nic hatte mal zu mir gesagt, dass er in seinen Fotos einen flüchtigen Moment zeigte, egal wie echt er war, er war nur ein Bruchteil des Ganzen. Im Gegensatz dazu zeigte ich das ganze Spektrum, hatte er mit leuchtenden Augen festgestellt und auf meine Collagen gedeutet. »Du sezierst Menschen, Augenblicke, Objekte, brichst sie auf und setzt sie neu zusammen, sodass sie in all ihren Facetten zu sehen sind.«

»Vielleicht haben wir uns deshalb gefunden«, murmelte er. »Vielleicht gibt es Menschen, die nicht dafür bestimmt sind, auf die klassische Art zusammen zu sein, sondern dafür, das Beste ineinander hervorzubringen.«

»Vielleicht«, würgte ich hervor, während mir der Schmerz den Atem raubte.

Wieso können wir nicht beides sein?, *brüllte ich ihn dabei im Stillen an.* Was, wenn ich dir nie den Mut gegeben hätte,

Fotograf zu werden? Könnten wir dann auf die klassische Art zusammen zu sein?

Aber ich musste die Worte nicht aussprechen, die Antwort war bereits klar. Wäre er kein Fotograf geworden, wäre er nicht mein Nic gewesen. Und ich liebte ihn genau so, wie er war. Auch wenn es mein Herz in Stücke riss. Ich liebte ihn, und ich wollte, dass er glücklich war.

Unsanft landete ich wieder in der Gegenwart. Meine Umgebung vibrierte. Oder war es mein Körper? Ich riss die Tür zur Vorratskammer auf, schlüpfte ins Innere und ließ sie hinter mir zufallen.

Ja, Nic war ein Meister darin, im Hintergrund zu verschwimmen.

Und ich? Ich war eine Meisterin darin, ihn trotzdem zu sehen.

Immer. Überall. Ob ich wollte oder nicht.

16. KAPITEL

Nicolas

Are you over me?

Es war keine bewusste Entscheidung. Meine Beine bewegten sich wie von allein. Ich wusste nur, dass ich etwas tun musste, irgendwas, sonst würde ich bald explodieren.

Sie verschwand in der Vorratskammer. Die Tür knallte hinter ihr zu.

Mit drei großen Schritten war ich bei ihr angelangt, riss sie auf und schloss sie gewissenhaft hinter mir. Der Raum war recht groß, aber zwischen den ganzen Regalen war es eng.

Darcy wirbelte herum. Ihre Lippen bebten, ihre Augen blitzten. »Was willst du?«

Ich hob beide Hände. Bemühte mich um einen versöhnlichen Tonfall. »Ich möchte nur reden. Ich halte diese Stimmung zwischen uns nicht aus.«

»Hier?«, zischte sie.

»Hast du einen besseren Vorschlag?«

Darauf erwiderte sie nichts. Ihr Blick zuckte über mein Gesicht, erst wütend, dann beinahe panisch, schließlich wieder wütend. »Was soll das alles?«

»Was soll was?«

Sie kniff leicht die Augen zusammen. »Die Begrüßung? Ist das dein Ernst?«

Mir drehte sich der Magen um. »Es war nur die Wahrheit.«

Ihr Anblick war nach wie vor ein Schock. Sooft ich mir im letzten Jahr ihre Fotos angeschaut hatte, sie reichten nicht ansatzweise an die Realität heran. Ihre glatten schwarzen Haare, jetzt zu einem Zopf gebunden. Der Pony, der kurz über ihren geschwungenen Augenbrauen endete. Ihr farbenfrohes Make-up. Die Ringe in ihren Ohren. Diese unwiderstehliche Zahnlücke …

Darcys Wangen wurden knallrot, doch es schien nicht so, als läge es daran, dass sie verlegen war. »Was willst du?«, wiederholte sie, die Stimme zittrig vor Wut. »Hier, in Goldbridge?«

Die Worte trafen mich wie Stromschläge. Ich hatte geglaubt, Darcys ganze Emotionspalette zu kennen. Egal, wie viel Zeit seit unserer letzten Interaktion vergangen war, ich kannte sie. Aber diese Art von Wut war neu.

»Ich dachte, du freust dich«, sagte ich leise.

Es schien genau das Falsche zu sein. Blitzschnell trat sie einen Schritt vor, doch dann verharrte sie abrupt in der Bewegung, als wäre sie gegen eine unsichtbare Wand gelaufen. »Ist das ein Spiel für dich?«, zischte sie. »Möchtest du dein Ego ein bisschen aufpolieren? Soll ich dir sagen, wie sehr ich dich vermisst habe, damit du dich gut fühlst und kein schlechtes Gewissen haben musst, wenn du wieder abhaust?«

Mein Herz setzte einen Schlag aus. Das war kein Vergleich mit ihrer Reaktion gestern am Telefon.

»Du dachtest, ich *freue* mich?« Mit jedem Wort wurde ihre Stimme lauter. »Weil wir gute Freunde sind, oder was?«

Sie hatte noch nie auf diese Weise mit mir gesprochen. So redete normalerweise nur Julian mit mir.

Und plötzlich verstand ich. Wie hatte ich so unglaublich naiv sein können?

»Ich glaube dir nicht.« Schon wieder war es keine bewusste Entscheidung. Die Worte waren mir einfach entwischt.

»Was?«

Ich trat auf sie zu. Nur noch Millimeter trennten uns. Sie legte den Kopf in den Nacken, ihr Blick sprühte förmlich vor Wut.

»Was du gestern am Telefon gesagt hast«, fuhr ich fort, obwohl ich wusste, dass ich es damit nur verschlimmern würde. Ich konnte mich nicht zurückhalten. Ich hatte mich so viele Monate zurückgehalten. Und wohin hatte mich das geführt?

Darcy war hier. Sie war hier, verflucht noch mal! Ich müsste nur meine Hand ausstrecken, dann könnte ich sie berühren. Das war alles, was ich mir je gewünscht hatte.

Sie presste die Lippen aufeinander. *Wag es nicht*, schien ihr Blick zu sagen.

Ihr Schweigen hatte mich beinahe umgebracht. Alles war besser als Schweigen. Selbst ihr Zorn.

»Ich glaube dir kein Wort«, flüsterte ich. »Für dich hat sich genauso wenig verändert wie für mich. Sonst wärst du nicht so wütend auf mich.«

Ein paar Sekunden starrte sie mir in die Augen, dann brach ein Lachen aus ihr hervor. Kein fröhliches. Es klang kalt und hart, und es schien ihr selbst wehzutun.

Sie reckte das Kinn. »Fahr zur Hölle, Nic.«

Ich würde mich nicht von ihrer Feindseligkeit beirren lassen. Dank Jules hatte ich sehr viel Übung darin.

»Sag es«, erwiderte ich und näherte mich ihr, bis ich ihren warmen Atem auf meinem Gesicht spürte. Sie zuckte nicht zurück, aber ihre Augen weiteten sich. Mein Herz polterte unregelmäßig in meiner Brust. »Sag, meine Anwesenheit lässt dich kalt. Sag, die letzten Jahre haben einen Scheiß bedeutet. Sag, du hast nicht jede fucking Sekunde an mich gedacht, so wie ich an dich gedacht habe. Sag, es war ein Hirngespinst. Sag, du liebst mich nicht.« Meine Stimme brach. Ich hoffte, sie hörte die Panik darin nicht. »Sag es, dann lass ich dich in Ruhe, und wir müssen nie wieder darüber reden.«

Das Dunkelbraun ihrer Augen verflüssigte sich, ihre Unterlippe bebte, doch ich sah deutlich, wie sie dagegen ankämpfte, mühsam die Tränen zurückdrängte, bis nichts als zornige Kälte übrig blieb.

»Wie ich sehe, hat sich für dich tatsächlich nichts verändert«, fauchte sie. »Du denkst immer noch, wenn du mit Romantik und großen Worten um die Ecke kommst, vergesse ich plötzlich all meine Zweifel und falle vor dir auf die Knie. Für *mich* hat sich alles geändert, weil ich diese Nostalgiegefühle nicht mehr mit Liebe verwechsle.« Sie holte tief Luft, ich erstarrte. »Weißt du was? Es ist mir vollkommen egal, wie wir es nennen. Nenn es Liebe, wenn du dich selbst quälen willst. Liebe kann mich mal, wenn sie mich unglücklich macht. Im Grunde können wir es auf etwas ganz Simples runterbrechen.« Im nächsten Moment stellte sie sich auf die Zehenspitzen, griff nach meinen Schultern und zog mich zu sich, bis unsere Nasenspitzen sich berührten.

Ich vergaß zu atmen. Wann war ich das letzte Mal so berührt worden?

Und dann holte sie zum Todesstoß aus.

»Was kannst du mir geben? Wie kannst du mein Leben besser machen? Kannst du versprechen, bei mir zu bleiben? Kann ich mich auf dich verlassen, Nic?«

Sekunden vergingen. Sie hielt mich mit ihrem Blick gefangen. Selbst wenn ich hätte flüchten wollen – und der Gedanke war gerade wirklich verlockend –, ich konnte mich nicht rühren.

»Du warst immer eifersüchtig auf Julian«, fuhr sie fort, leiser diesmal, aber nach wie vor bestimmt.

Meine Gesichtszüge erstarrten.

»Du hast mir vorgeworfen, dass ich mich für ihn entscheiden würde, wenn es eine Wahl zwischen euch beiden wäre. Du hast gedacht, es liegt daran, dass ich heimlich verliebt in ihn bin.« Kopfschüttelnd fixierte sie mich. »*Natürlich* würde ich mich für ihn entscheiden«, zischte sie. »Aber das hatte noch nie etwas mit Verliebtsein zu tun. Er war immer da, Nic. Immer. Julian bedeutet Sicherheit und Geborgenheit und Vertrauen. Wenn er mir etwas verspricht, dann hält er es. Er hört mir zu, er nimmt meine Gefühle ernst, er ist offen für Kompromisse. Und du? Du bedeutest Aufregung und Drama und Verwirrung. Du glaubst, weil wir uns wegen der Kunst gut verstanden haben und die Chemie zwischen uns halbwegs stimmt, lasse ich alles stehen und liegen, wenn du nach zwei Jahren zurückkommst?«

Ich konnte nichts erwidern, konnte nicht einmal etwas fühlen. Sie hatte alles in mir zum Stillstand gezwungen.

Genauso abrupt, wie sie mich berührt hatte, ließ sie mich jetzt los. »Nicht meine Gefühle für dich haben sich verändert, Nicolas«, schloss sie. »*Ich* habe mich verändert.«

17. KAPITEL

Darcy

From everything to nothing

»Bitte schön, zweimal die Self-Care-Platte.«

Julian, Tori und ich saßen an einem Ecktisch im Recipe for disaster, auf dem Ash die beiden Servierteller mit verschiedenen Dips, Gemüsesticks und knusprigen Gitterkartoffeln vor uns abstellte. »Gemüse ist gut für den Körper, frittiertes Zeug für die Seele«, lautete Ashs Devise, weswegen they das Gericht so benannt hatte.

»Danke«, sagte ich, während Tori und Julian, die gegenüber voneinander saßen, damit beschäftigt waren, sich böse Blicke zuzuwerfen, und sonst kaum etwas wahrnahmen.

Ash runzelte die Stirn. »Alles gut bei euch? Habt ihr alle frei?«

Ich schüttelte den Kopf. »Mittagspause«, erwiderte ich möglichst fröhlich.

»Seit wann verbringt ihr die hier?«

Jules schaute auf. »Seit das Prisma verseucht ist.«

Ich warf Ash einen »Frag nicht«-Blick zu und schüttelte kaum merklich den Kopf.

»Na dann«, sagte they mit einem Lachen. »Lasst es euch schmecken.«

Ich schnappte mir eine Gitterkartoffel und dippte sie in etwas, das nach Aubergine und Knoblauch duftete. Kaum hatte ich sie zum Mund geführt, ging es wieder los.

»Ich fasse es nicht, dass du mir in den Rücken fällst«, rief Julian, ohne sich darum zu bemühen, die Stimme zu senken. Neben einem älteren Ehepaar, das an der Bar saß und mit deprimierten Blicken in ihre Bloody Marys schaute, waren wir die Einzigen im Pub.

Im Prisma hatten sich beide zurückgehalten, doch sobald wir uns auf den Weg hierher gemacht hatten, war ein Streit ausgebrochen, aus dem ich mich bislang rausgehalten hatte. Julian und Tori stritten eigentlich nicht. Wenn sie sich anschrien, dann nur aus sogenannten Liebesgründen (»Ich bin nicht gut genug für dich!« »Das hast nicht du zu entscheiden!«). Das hier war ungewohntes Terrain. Ich hielt es also für klüger, erst mal nichts zu sagen.

Gleichzeitig war mein Kopf noch voll von dem Gespräch mit Nic. Nach meiner Ansage hatte er die Vorratskammer verlassen und war meinem Blick ausgewichen. Er hatte Fotos von uns bei der Arbeit gemacht, den Saucier-Bereich aber gemieden. Gut so. Ich war stolz auf mich, wie ich mit der Situation umgegangen war. Und gleichzeitig musste ich jedes Mal gegen das Bedürfnis ankämpfen, in Tränen auszubrechen, wenn mein Blick ihn streifte. Glücklicherweise wusste ich aus Erfahrung, dass das nicht bedeutete, dass ich etwas Falsches getan hatte. Es war Teil des Prozesses.

»Von Anfang an habe ich deine Grenzen akzeptiert«, fuhr Julian aufgebracht fort. »Was ist mit meinen Grenzen? Da kommt dieses Arschloch daher, und du stellst dich auf seine Seite? Glaubst du ernsthaft, ich habe Lust, mit ihm zusammenzuarbeiten?«

»Es tut mir leid«, sagte Tori zum gefühlt hundertsten Mal. »Ich hätte diesen Vorschlag nicht vor allen bringen sollen. Aber wie kannst du sagen, dass ich mich auf seine Seite stelle?

Es geht mir nicht um deinen Bruder, sondern um dich! Ich will, dass *du* glücklich bist!«

»Ich bin glücklich!«, brüllte er.

Ein paar Sekunden herrschte Stille, in denen mir Tori, die mir schräg gegenübersaß, einen vielsagenden Blick zuwarf. Als ich mich hektisch übers Essen beugte und nach ein paar Karottensticks griff, um zu verhindern, in die Schusslinie zu gelangen, seufzte sie tief.

»Du bist derjenige, der mir beigebracht hat, dass Reden das Allerwichtigste ist und Verdrängung mir nur selbst schadet.«

Augenblicklich wurde Jules' Blick weicher. Den Moment schien sie zu nutzen. »Ich bin dir so dankbar dafür. Genauso wie ich dir dankbar dafür bin, dass du meine Grenzen akzeptiert hast, aber du hast auch nicht einfach nur tatenlos danebengesessen, während ich mich selbst sabotiert habe, Julian. In den richtigen Momenten hast du mich herausgefordert, damit ich über mich hinauswachsen kann. Ich möchte diesen Gefallen nur erwidern.«

Seine Wut kehrte schlagartig zurück. »Du denkst, ich sabotiere mich selbst?«, zischte er.

»Ich denke, du hast deinen Bruder vermisst.«

Er öffnete den Mund, todsicher, um ihr zu widersprechen, doch sie ließ ihn nicht zu Wort kommen.

»Und natürlich bist du wütend auf ihn – zu Recht! Ich werde deine Gefühle garantiert nicht kleinreden, ich verstehe dich und bin auf deiner Seite! Aber weißt du, wen ich auch verstehe?«

»Das ist jetzt nicht dein fucking …«

»Du hast selbst gesagt, dass du ihn beneidest!«, rief sie. »Er ist gegangen und hat seinen Traum verfolgt, er hat seine Bedürfnisse nicht für seine Familie hinten angestellt. Würdest du je zu mir sagen, dass ich ein egoistisches Monster bin, weil ich London hinter mir gelassen und nur auf mich geachtet habe?«

Julian war inzwischen puterrot angelaufen. »Das kannst du nicht ernsthaft vergleichen!«

»Wieso? Ist es so schwer, sich vorzustellen, dass er sich auch eingesperrt gefühlt hat und deshalb gehen musste?«

Nun starrte auch ich Tori an. Ich war mir nicht sicher, ob sie damit zu weit gegangen war oder ob es genau die Worte waren, die Julian hören musste.

Er schien in sich zusammenzufallen. »Ich wollte ihn nie einsperren«, wisperte er, und jetzt kam sein Schmerz unter der Wut zum Vorschein und wurde allgegenwärtig. »Ich wollte doch bloß sein Bruder sein.«

Tori griff über die Teller hinweg nach seinen Händen und hielt sie fest. Ihr Blick wurde sanft. »Er ist auch ganz bestimmt nicht wegen dir gegangen«, sagte sie. »Aber vielleicht war der Druck, den eure Eltern auf euch ausgeübt haben, zu viel?«

Ich sah Jules an, dass er sich zusammenreißen musste, ihr seine Hände nicht zu entziehen. »*Mir* war er auch nicht zu viel«, sagte er abfällig, doch dann schien er zu registrieren, was er da gerade gesagt hatte, und ein Stöhnen entwich ihm. »Na schön. Das ist Bullshit.«

Erleichtert atmete ich auf. »Das Essen wird kalt«, sagte ich mit einem versöhnlichen Lächeln. »Und wir wollen doch nicht zulassen, dass Nic einen Keil zwischen uns treibt, oder?«

Tori warf mir kurz einen irritierten Blick zu, vielleicht, weil ich *wir* und *uns*, nicht *ihr* und *euch* gesagt hatte, doch dann nickte sie. Und auch Jules nickte, führte ihre Hände zu seinem Mund und hauchte mehrere kleine Küsse darauf, bis sie kichern musste.

»Du hast recht«, sagte er in meine Richtung und gab Tori frei. »Das werden wir garantiert nicht zulassen.«

Wir stürzten uns aufs Essen. Als die Teller fast leer waren, bimmelte das Glöckchen über der Tür und der Samtvorhang teilte sich. Echo trat ein, schaute sich kurz um und lief dann grinsend auf uns zu.

»Hier seid ihr!«

»Oh, hi Echo«, rief Tori. »Ich hätte dich gefragt, ob du mit uns Mittagspause machen willst, aber ich dachte, du bist schon mit Alexis verabredet?«

Ein warmes Gefühl füllte meinen Bauch. Ich liebte es mitzuerleben, wie offen Tori Echo gegenüber war und wie sehr sie sich bemühte, sie zu integrieren. Echo war wie Tori verschlossen und zurückhaltend gewesen, als sie im Prisma angefangen hatte, und dank Tori und Alexis war sie nach und nach ein Teil des Teams geworden. Es gab nichts Schöneres, als zu bezeugen, wie Menschen sich öffneten und entspannten, weil man ihnen einen Safe Space bot.

»War ich auch«, gab Echo zurück und ließ sich auf die Bank neben Tori fallen, die ihr bedeutete, sich am Essen zu bedienen. »Aber dann kam euer Bruder an«, fuhr sie mit einem Blick zu Julian fort, »und ich dachte, ich lass die zwei allein.«

Tori setzte ein Lächeln auf, während Julians Miene wieder versteinerte.

Kurz herrschte Stille. Echo schaute zwischen uns dreien hin und her, schnappte sich einen Gurkenstift, tunkte ihn in einen Linsen-Papaya-Dip und aß genüsslich. Als sie fertig war, leckte sie sich die Finger ab und grinste breiter. »Ihr könnt gern weiterlästern«, sagte sie fröhlich. »Ich bin unparteiisch.«

Ein Lächeln zupfte an meinen Mundwinkeln, auch wenn ich mich eigentlich nicht danach fühlte. Ihre Art war der Hammer.

»Okay, Lüge.« Sie griff nach einer Karotte. »Ich weiß, Alexis hat die Zeit mit ihm in London echt gutgetan, und das ist geil, aber er ist schon ein Großkotz, oder? Fühlt sich ein bisschen *zu* cool? Oder sind das meine eigenen Komplexe?« Erneut ein Blick zu Jules. »Nichts für ungut.«

Dieser musste lachen, offensichtlich hatte sie ihn auch überrumpelt. »Bitte, halte dich vor mir nicht zurück. Ich bin ganz deiner Meinung. Und es sind *definitiv* nicht deine Komplexe. Nic ist ein privilegiertes Arschloch.«

Sie lachte. »Apropos privilegiert: Wie viel Kohle hat der, wissen wir das? Ich hab vorhin gehört, wie er zu Alexis gesagt hat, dass er eine Party schmeißen will. Eine Ich-bin-zurück-Party. Und es soll keine gewöhnliche werden, sondern eine, die ganz Goldbridge miteinbezieht. Er stellt sich verschiedene Party-Stationen vor, jeder Bezirk soll Teil davon sein, und Drinks gehen auf ihn.«

Alles in mir zog sich zusammen. War das Nics Art, uns zu zeigen, dass er vorhatte, länger zu bleiben? Oder verhöhnte er uns einfach nur?

Jules befand sich wieder auf dem direkten Weg auszuticken. »Natürlich«, zischte er. »Natürlich soll es keine gewöhnliche Party sein. Das wäre ja was für den Pöbel, nicht für den großen Nicolas Bithersea.«

Echo betrachtete ihn amüsiert, Tori besorgt.

»Und was soll bitte eine Ich-bin-zurück-Party sein?«, fuhr er verächtlich fort. »Organisieren nicht normalerweise andere Menschen Willkommenspartys für einen?« Er lachte gehässig. »Tja, wenn man es sich mit allen verschissen hat, muss man das wohl selbst in die Hand nehmen.«

Echo zuckte mit den Schultern. »Kostenlose Drinks klingen doch gut, oder?« Sie seufzte. »Alkoholfreie für mich, versteht sich.«

Bevor noch jemand was sagen konnte, kam Ash zu uns an den Tisch, begrüßte Echo und nahm dann Jules ins Visier. »Dein Bruder hat gerade angerufen. Ich wusste gar nicht, dass er zurück ist. Er hat gesagt, er würde am Freitag gern eine Party hier veranstalten.« Ashs Blick wurde ungläubig. »Ich muss mich verhört haben, mir kam es so vor, als hätte er gesagt, dass alle Getränke auf ihn gehen? Also nicht im Sinne einer geschlossenen Gesellschaft, sondern einfach alle Getränke, die bestellt werden. Das kann er doch unmöglich so gemeint haben?«

Ein Lachen brach aus Julian hervor. Kopfschüttelnd schaute er zu Ash hoch. »Das ist so typisch, ich fasse es nicht. Jetzt will er sich die Anerkennung der Leute erkaufen!«

»Ich bin mir ziemlich sicher, er hat es genauso gemeint«, sagte ich zu Ash, weil Jules damit anfing, die kreativsten Beleidigungen vor sich hin zu murmeln.

They lachte. »Also mir soll's recht sein! Wenn sich das rumspricht, können wir uns auf einen saftigen Umsatz freuen. Ich wusste ja, dass er erfolgreich ist, aber *so* erfolgreich?«

18. KAPITEL

Nicolas

It's time you know the feeling

Ich stand geschlagene fünfzehn Minuten in der Weinabteilung des winzigen Sainsburys in West Hill, um einen einigermaßen trinkbaren Supermarktwein auszusuchen, bis mir einfiel, dass Dad Alkoholiker war.

Aus Reflex zog ich mein Handy hervor, um Alexis davon zu erzählen, doch ich verwarf den Gedanken schnell wieder und ließ es zurück in die Tasche gleiten. Alexis wollte garantiert nicht wissen, dass ich mich mit unserem Vater traf.

Ehrlich gesagt hatte ich keine Ahnung, wieso ich das Bedürfnis hatte, Dad überhaupt etwas mitzubringen. Um ihn weichzuklopfen, bevor ich ihn zur Schnecke machte?

Kopfschüttelnd wandte ich mich vom Regal ab und steuerte den Ausgang an. Es war verdammt seltsam, hier zu sein. Der ganze Tag war seltsam gewesen. Nach dem Gespräch mit Darcy war eine Sicherung in mir durchgebrannt. Das Telefonat gestern war hart genug gewesen, doch es hatte noch einen Hoffnungsschimmer gegeben. Jetzt gab es nichts als Leere. Sie hatte recht. Alles, was sie zu mir gesagt hatte, war nachvollziehbar. Sie wollte in Ruhe gelassen werden.

Niemand wollte mich in Goldbridge haben. Für die Prisma-Leute war ich nur eine glitzernde neue Ablenkung, ihre Freude über meine Anwesenheit war oberflächlich, Freunde brauchten sie keine mehr, sie waren eine geschlossene Einheit. Mum stresste meine Anwesenheit, auch wenn sie sich Mühe gab, das zu überspielen. Jules hasste mich, und Alexis brauchte mich jetzt auch nicht mehr, weil er in seinem gewohnten Umfeld war. Es war erbärmlich, das zuzugeben, aber für ein paar Sekunden hatte mir die Eifersucht den Atem geraubt, als er mir gesagt hatte, dass er in der Mittagspause schon Pläne mit Echo habe. Sie hatte zwar darauf bestanden, dass Alexis und ich Zeit miteinander verbrachten, aber es hatte sich wie eine Mitleidsnummer angefühlt, nicht wie etwas, das er wirklich wollte.

Wäre ich vernünftig gewesen, hätte ich mich also bedeckt gehalten, niemanden mehr provoziert, Fotos geschossen, so wie ich es Mum versprochen hatte, und wäre dann schnellstmöglich abgehauen. Ein paar Bilder hatte ich heute schon gemacht, aber ansonsten hatte ich das getan, was Felicia als meinen Verdrängungsmechanismus bezeichnen würde.

»Du hast nie einen gesunden Umgang mit Schmerz gelernt«, hörte ich sie in meinen Gedanken sagen. *»Deshalb suchst du nach Wegen, diesen sofort zu betäuben, wenn er einsetzt. Das kommt häufig vor. Manche Menschen benutzen dafür Rauschmittel, andere arbeiten unaufhörlich, sind spiel- oder sexsüchtig.* Deine *liebsten Verdrängungswege sind Shooting-Aufträge, und wenn diese nicht ausreichen, Partys.«*

Was hatte ich also stattdessen getan? Ich hatte beschlossen, ein rauschendes Fest zu organisieren, um ganz Goldbridge mitzuteilen, dass ich zurück war und dass ich mich besser denn je fühlte. Ziemlich lächerlich, ja. Aber es ging mir dadurch schon deutlich besser.

»Nicolas Bithersea?«

Ich war gerade um die Ecke gelaufen und blieb jetzt wie angewurzelt zwischen dem Müsli- und Tee-Regal stehen.

Vor mir befand sich eine Frau Mitte vierzig mit wilden

schwarzen Locken, die von silbergrauen Strähnen durchzogen waren. Sie trug einen Stoffmantel mit unzähligen bunten Flicken und darunter eine türkisfarbene Schlaghose. Genau wie Mum schien sie sich kaum verändert zu haben, seit ich sie das letzte Mal gesehen hatte. Ihr Blick tanzte über meine Gestalt, bis er zu meinem Gesicht zurückkehrte. Sie lächelte nicht. Sie starrte einfach.

Mir drehte sich der Magen um.

»Hi, Miss Gruber«, brachte ich hervor und schenkte ihr ein breites Lächeln, das hoffentlich überzeugender aussah, als es sich anfühlte.

Eine kleine Pause entstand, dann lächelte auch sie. Mein Puls schoss in die Höhe.

»Immer so förmlich«, rief sie, erinnerte mich aber nicht wie früher daran, dass ich sie beim Vornamen nennen sollte. »Willkommen zurück, Nic. Wie geht's dir?«

Oh, hervorragend, erst vor wenigen Stunden habe ich mit deiner Tochter ein Gespräch geführt, in dem sie mir ein für alle Mal klargemacht hat, dass ich mich von ihr fernhalten soll. Deine Tochter, in die ich, seit ich denken kann, verliebt bin. Die es irgendwie schafft, mir immer und immer wieder das Herz zu brechen.

»Extrem gut«, antwortete ich. »Und dir?«

»Deine Familie muss sich sehr über deinen Besuch freuen«, sagte sie, ohne auf meine Rückfrage einzugehen. »Wie lange bleibst du?«

Ich fuhr mir durchs Haar, während mein Herz noch heftiger zu schlagen begann. Irgendwas an ihrem Blick machte mich verdammt nervös. »I-ich weiß es noch nicht.«

»Ach, schön flexibel bleiben, nicht?« Sie lachte auf, und ich hätte am liebsten die Flucht ergriffen. Ihre Stimmlage passte nicht zu ihren Worten, und diese wiederum passten nicht zu ihrer Miene.

»Ja, ähm, ich gönne mir gerade eine Pause«, murmelte ich. »Die Arbeit wurde stressig.«

Sie nickte. »Pausen sind wichtig.«

Die Sekunden vergingen, ohne dass wir etwas sagten. Die Geräusche um uns herum kamen mir lauter vor, das Piepsen des Barcodescanners, das Gespräch eines Paars, in dem es darum ging, ob Vollkorn- oder Dinkelnudeln gesünder seien.

»Also dann …« Ich machte Anstalten, mich an ihr vorbeizudrücken, bevor die Situation noch unangenehmer wurde.

Im selben Moment sagte sie: »Hör mal.«

Sofort erstarrte ich.

»Ich freue mich für deinen Erfolg«, fuhr sie fort, diesmal ruhiger, nicht so aufgesetzt fröhlich. »Es ist nicht selbstverständlich, in jungen Jahren so weit mit seinem Traum zu kommen. Ich habe deine Arbeit verfolgt, du bist wirklich gut.«

Kalt erwischt blinzelte ich. Damit hatte ich nicht gerechnet. Hauptberuflich war Agata Gruber Künstlerin, spezialisiert auf Installationen, aber ich hatte nie viel mit ihr zu tun gehabt. Was daran lag, dass mich Darcy nie zu ihnen nach Hause eingeladen hatte.

»Danke«, erwiderte ich. »Das bedeutet mir …«

»Sie ist meine Tochter, Nicolas«, fiel sie mir ins Wort. Ihre Augen glühten plötzlich. »Und du hast ihr wehgetan, wie ihr noch nie jemand wehgetan hat.«

Sämtlicher Sauerstoff wurde aus meinen Lungen gepumpt. Mein letzter Stand war gewesen, dass Darcy ein gutes Verhältnis zu ihren Eltern hatte, ihnen allerdings nie etwas von *uns* erzählt hatte. Weil sie niemandem davon erzählt hatte.

»Ich sage nicht, dass du es mit Absicht getan hast oder ein schlechter Mensch bist«, fuhr sie fort, jedes Wort mit Nachdruck, wohl um mir klarzumachen, wie ernst sie es meinte. »Aber es gibt nichts Schlimmeres für eine Mutter, als ihr Kind leiden zu sehen.« Sie holte tief Luft. »Also möchte ich dich bitten: Egal, was du hier in Goldbridge tust, lass sie in Frieden. Ihr geht es langsam wieder besser. Das war harte Arbeit.«

Ich wollte etwas zu meiner Verteidigung vorbringen oder einen Angriff starten, wollte sie fragen, was Darcy wohl davon halten würde, dass ihre Mutter auf diese Art mit mir redete, aber kein Wort kam mir über die Lippen. Denn Darcys Mum sah aus, als würde sie jeden Augenblick in Tränen ausbrechen.

Und dann, als ich überzeugt war, dass es nicht schlimmer kommen könnte, fügte sie noch etwas hinzu. Diesmal mit belegter Stimme.

»Sie hat jemanden verdient, der weiß, was er will.« Sie streckte eine Hand aus, strich mir sanft über den Arm und lächelte traurig. »Alles Gute für dich, Nicolas. Grüß Thea und Elliot von mir.« Damit lief sie an mir vorbei.

Ich wirbelte herum, starrte ihr hinterher.

Da waren Worte, die ich ihr hinterherrufen wollte. *Es tut mir leid. Ich wollte das nie. Ich leide auch. Ich leide jeden Tag. Ich weiß nicht, wie ich andere Menschen glücklich machen soll, ich weiß nicht mal, wie ich mich glücklich machen soll. Es tut mir leid. Ich hätte nie herkommen sollen.*

19. KAPITEL

Nicolas

What happened to this family?

Das Ebony Haven war nicht das schlimmste Hotel, das Goldbridge zu bieten hatte, aber dennoch war sein Anblick mehr als deprimierend. Ein beigegrüner Teppichboden belegte den gesamten Eingangsbereich, offensichtlich künstliche Orchideen standen auf kleinen braunen Tischchen, und der graue Stoffbezug der Sessel war verschlissen. Ich hatte sofort eingewilligt, als Dad das Restaurant vorgeschlagen hatte, das sich in dem Hotel befand, in dem er gerade wohnte. Jetzt wünschte ich mir, ich hätte etwas Schöneres rausgesucht.

Der Strauß in meiner Hand passte viel zu gut in die Umgebung, die Hälfte der Blumen war bereits verwelkt oder zerdrückt, und obwohl ich die Plastikverpackung drum herum abgemacht hatte, die ihn sofort als Supermarktstrauß entlarvt hätte, wirkte er nach wie vor billig und trostlos. Ob das besser als eine Weinflasche war, blieb fraglich … Es fühlte sich an, als würde ich zu einer Beerdigung gehen.

Als ich um die Ecke bog und durch eine schwere Holztür das Restaurant betrat, meldete sich mein schlechtes Gewissen. Höchstwahrscheinlich hatte sich Dad nicht für dieses Hotel entschieden, weil es ihm so gut gefiel. Ich musste dringend aufhören, mich wie ein privilegiertes Arschloch aufzuführen. Während sie wegen des Restaurants einen riesigen Schuldenberg angehäuft hatten, hatte ich innerhalb kürzester Zeit so viel Kohle verdient, dass ich nicht wusste, wohin damit. Seit Monaten schaute ich nicht mehr auf mein Konto, weil mir die Summe darauf Übelkeit bereitete.

Ich entdeckte Dad an einem Fensterplatz, direkt neben einem ziemlich geschmacklosen …

Boah, ich musste *wirklich* damit aufhören. Er saß an einem Tisch neben einem Zimmerbrunnen und einem Aquarium. Als er mich sah, erhob er sich.

Ich hatte mit Wut gerechnet, Befangenheit oder auch mit Scham. Womit ich nicht gerechnet hatte, war die Gänsehaut, die sich auf meinen Körper legte.

Im Gegensatz zu Mum sah er mindestens zehn Jahre gealtert aus. Es war deutlich, dass er sich Mühe gegeben hatte. Er trug einen dunkelblauen Anzug mit weißem Hemd, was hier fehl am Platz wirkte und mich nur noch trauriger machte. Seine dicke Brille war ihm auf die Nasenspitze gerutscht, und als er sie hochschob, fiel mir auf, dass seine Hände zitterten. Die grauen Haare, die etwa so lang wie meine waren, hatte er sorgfältig mit Gel nach hinten gekämmt.

Er konnte mir nicht in die Augen sehen.

»Hi, Dad«, krächzte ich, sobald ich bei ihm angekommen war, legte den erbärmlichen Blumenstrauß auf einen freien Stuhl und warf meine Arme um ihn.

Wir waren etwa gleich groß. Er war immer breiter und kräftiger als ich gewesen, jetzt spürte ich seine Knochen unter meinen Händen.

Sekundenlang versteifte er sich, doch dann schloss er mich ebenfalls in eine Umarmung und umklammerte mich so fest, dass es mir für einen Moment die Luft abschnürte. Sein Aftershave war das Einzige an ihm, was sich nicht verändert hatte.

»Nici.« Etwas an seiner Stimmlage verriet mir, dass er am liebsten losgeheult hätte.

Keine Ahnung, wie lang wir so dastanden. Es fühlte sich wie mehrere Minuten an. Als wir uns voneinander lösten, nahm er die Brille ab und wischte sich mit dem Jackettärmel über die Augen.

Wir setzten uns gegenüber voneinander, ich mit dem Rücken zum Fenster und Blick zur Tür. Auf dem Tisch befanden sich bereits eine Wasserflasche und zwei gefüllte Gläser.

»Ich freue mich so, dass du hier bist«, sagte er.

Statt einer Antwort nickte ich bloß und griff nach der Speisekarte. »Was kannst du empfehlen? Ich sterbe vor Hunger.«

Er räusperte sich. »Bist du noch Vegetarier?«

»Mit ein paar Ausnahmen, ja.« Grüße gingen raus an Mums Tintenfisch. Seit Darcy mir vor zehn Jahren eine Doku über Massentierhaltung gezeigt hatte, versuchte ich, mich hauptsächlich pflanzlich zu ernähren. Betonung auf *versuchen*.

»Der Blumenkohlauflauf ist echt gut.«

Ich hielt den Blick weiterhin auf die Karte gerichtet, ohne auch nur ein einziges Wort zu lesen. Die Buchstaben verschwammen vor meinen Augen. Die Zeit verging schleppend, meine Haut begann zu kribbeln, mein Herz schlug schneller, und ich wünschte mir, einfach aufstehen und gehen zu können.

Es tat weh zu realisieren, dass ich ihn vermisst hatte. Noch mehr weh, als zu wissen, dass ich Mum enttäuscht hatte. Schon früh hatte ich mich von den Vorstellungen meiner Eltern abkapseln müssen, um ein selbstbestimmtes Leben zu führen. Ihre Meinung von mir war mir nicht ansatzweise so wichtig wie die meiner Brüder. Hatte ich zumindest gedacht. Und jetzt saß ich hier mit dem Menschen, der Alexis das Leben zur Hölle gemacht hatte, und fühlte mich wie ein kleiner Junge, der viel zu lang nicht mehr zu Hause gewesen war und am Heimweh zu ersticken drohte.

War das nicht absurd? Ich befand mich in Goldbridge, saß direkt vor meinem Vater, und dennoch hatte ich Heimweh. Vielleicht, weil diese Situation so weit weg von unserem früheren Leben war, dass wir genauso gut Fremde in einer anderen Stadt hätten sein können.

»Es ist nicht selbstverständlich für mich, dass du hier bist«, holte mich Dads Stimme aus meinen Gedanken.

Ich hob den Kopf und stellte fest, dass er angestrengt seine Fingernägel fixierte.

»Wurde mal wieder Zeit, dass ich zu Besuch komme«, murmelte ich.

Er schüttelte den Kopf. »Ich meine *hier*. Mit mir.«

Kälte machte sich in mir breit, und ich fröstelte, obwohl sich die Heizung direkt hinter unserem Tisch befand.

»Weil du unsere Familie zerstört hast?«, schoss es aus mir hervor.

Seelenruhig schaute er auf und erwiderte meinen Blick. Seine blauen Augen waren klar wie ein Sommerhimmel. Kein Schmerz. Keine Reue.

Und plötzlich packte mich die Wut.

»Was zur Hölle sollte das mit Alex, Dad? Die Alkoholsucht verstehe ich, das ist eine Krankheit, und ich kann mir vorstellen, wie hart der Kampf dagegen ist. Aber *Alexis*? Was hat der dir bitte getan?«

Diesmal zuckte er zusammen. Räusperte sich schon wieder. Bevor er antworten konnte, erschien ein Kellner neben unserem Tisch. Ich hatte ihn nicht näher kommen sehen. Ich sah nichts mehr außer Dad.

Wir bestellten beide den Auflauf und ich noch ein Glas Rotwein, nicht weil ich Lust darauf hatte, sondern weil ich ein Mistkerl war.

Dad ließ sich nichts anmerken. Als der Kellner uns wieder allein ließ, ergriff er das Wort.

»Ich schäme mich so sehr für mein Verhalten, Nic.«

»Das solltest du auch«, erwiderte ich hart. Es war keine Erleichterung, ihn erneut zusammenzucken zu sehen. Sein Schmerz half nicht. Er machte alles nur noch schlimmer.

»Tut mir leid«, nuschelte ich und nahm einen großen Schluck Wasser. »Ich bin nicht hier, um dir zu sagen, dass du versagt hast.«

»Du kannst es mir sagen«, erwiderte er. »Es ist die Wahrheit, und ich verdiene es, sie zu hören.«

Ich schüttelte den Kopf. »Ist mir egal. Ich bin der Letzte, der das Recht hat, dich zu verurteilen.«

Stirnrunzelnd betrachtete er mich. »Wie geht es dir, Nic?«

»Das ist eine große Frage.« Ein Seufzen entwich mir. »Könntest du sie beantworten?«

Kurz überlegte er, dann erschien ein kleines Lächeln auf seinen Lippen. »Meistens in Ordnung. Mein Kopf ist klar, wenn ich aufwache, und das ist das Allerwichtigste. Egal, wie schlimm die Erinnerungen an meine Taten sind, es ist nie so schlimm, wie nicht zu wissen, was ich getan habe. Ich nehme jeden Tag an einem AA-Meeting teil. Ich treibe Sport, ich gehe spazieren, ich unternehme viel mit anderen Menschen, die ich von der Selbsthilfegruppe kenne. Die Arbeit fehlt mir, aber es ist gut, dass ich mich auf nichts anderes als meine Genesung konzentrieren kann. Das hat mir auch der Therapeut geraten, zu dem ich seit ein paar Wochen gehe.«

»Wie gut, dass wir jetzt alle in Therapie sind«, murmelte ich ironisch. »Besser spät als nie, was?«

»Alle? Du auch? Oder meinst du Alexis?«

Als er seinen Namen aussprach, wurde seine Stimme ganz rau, und der Schmerz in seinen Augen verschluckte jede andere Emotion.

Ich atmete tief durch. Nachdem Alexis mir die ganze beschissene Geschichte erzählt hatte, hatte ich ihn gedrängt, einen Termin bei meiner Therapeutin auszumachen. Gespräche mit mir waren kein Ersatz für professionelle Hilfe. In der Vergangenheit hatte er schlechte Erfahrungen mit Therapie gemacht, aber ich hatte ihn davon überzeugt, es noch mal zu versuchen. Irgendwann hatte er nachgegeben, trotz seines schlechten Gewissens, dass ich dafür zahlte. Als ich ihm mein letztes Honorar verraten hatte, hatte er nichts mehr in die Richtung gesagt. *»Sie ist irgendwie echt normal für eine Therapeutin«*, hatte er nach der ersten Videosession gesagt. Ich hatte gelacht. *»Felicia ist der Hammer!«* Seitdem hatte er wöchentlich einen Termin mit ihr. Ich hatte zwölf im Voraus gebucht, damit er nicht mehr aus der Nummer rauskam, und meine dafür pausiert. Seit Alexis zu mir gekommen war, hatte ich nicht mehr das Bedürfnis gehabt, mich bei ihr auszuheulen.

»Ich werde mit dir nicht über Alexis sprechen«, sagte ich zu Dad.

Sofort nickte er. »Natürlich. Es sollte nicht so klingen, als wollte ich über dich an ihn rankommen.«

Der Kellner brachte meinen Rotwein.

»Tut mir leid«, sagte ich zu ihm. »Können Sie den wieder mitnehmen? Ich zahle selbstverständlich dafür. Aber ich habe es mir anders überlegt.«

Verwirrung zeichnete seine Züge, doch er nickte. »Wie Sie wünschen.«

Dads Blick brannte auf mir.

»Ich bin seit Anfang des Jahres in Therapie«, sagte ich, als der Kellner außer Hörweite war.

Seine Augen glänzten. »Gut. Das ist gut.«

»Willst du nicht fragen aus welchem Grund?«

Er blinzelte zu oft, dann lachte er traurig auf. »Hätten deine Mutter und ich vor deiner Geburt unsere Seelen aufgeräumt, hätten wir nicht so viel Ballast auf deine Brüder und dich übertragen. Und überhaupt: Ich fange an zu verstehen, dass man dafür keinen speziellen Grund braucht. Es täte allen Menschen gut, eine objektive Person zum Reden zu haben, oder nicht?«

Ich seufzte. »Da ist was dran. Aber ihr könnt nicht die ganze Schuld auf euch nehmen, Dad. Nicht all unser Schmerz basiert auf euren Fehlern.«

Eine Weile kämpfte er mit den Tränen, nahm einen Schluck Wasser, nickte. »Aus welchem Grund bist du in Therapie gegangen?«, fragte er dann.

»Einsamkeit.« Ich wich seinem Blick aus. Ich wollte nicht sehen, was diese Information mit ihm machte. »Und ich hatte das Gefühl, dass ich irgendwann in meinem Leben falsch abgebogen war und seitdem das eines Fremden gelebt habe. Keine Ahnung, warum ich in der Vergangenheitsform rede, das Gefühl habe ich nach wie vor.«

»Macht dir die Fotografie keinen Spaß mehr?«, fragte er leise, offenbar bemüht um einen neutralen Tonfall.

Damals, als ich ihm und Mum meinen Plan eröffnet hatte, waren sie alles andere als begeistert gewesen. Sie hatten mich mit Fragen bombardiert.

»Warum kannst du es nicht als Hobby machen?«

»Warum musst du dafür wegziehen?«

»Warum kein Studium, wenn du schon nicht Kochen willst?«

»Warum eigentlich Fotografie, *Nic?«*

Mir war von Anfang an klar gewesen, dass ich nicht um Erlaubnis fragen oder Tipps von ihnen annehmen würde. Mein Motto: Folge ausschließlich den Ratschlägen von Menschen, die das Leben haben, das du auch haben willst.

Ich war mir sicher, meine Eltern damit verletzt zu haben, indem ich all ihre Sorgen an mir abprallen lassen hatte und stur meinen Weg gegangen war. Aber nachdem der Erfolg in schwindelerregendem Tempo eingesetzt hatte, hatte ich nie wieder etwas Negatives von ihnen gehört. Sie waren so stolz auf mich gewesen. Mum hatte mir sogar mal gesagt, dass sie ihr junges Ich in mir sah. *»Dieser Kampfgeist, Nic, diese Zielstrebigkeit, lass sie dir niemals nehmen, auch nicht von uns. Wir sind deine Eltern, wir haben viel zu viel Angst. Aber mit Angst kommt man nirgendwohin. Dein Mut hat dich an diesen Punkt gebracht.«*

Manchmal wünschte ich mir, ihnen sagen zu können, dass mich ihr Zuspruch freute, aber dass ich ihn viel eher gebraucht hätte, als ich eben noch nicht erfolgreich gewesen war. Dafür hatte ich aber Darcy gehabt.

»Oh, doch.« Ich erwiderte Dads Blick. »Die Fotografie ist nach wie vor meine größte Leidenschaft.«

»Aber?«

»Aber sie reicht nicht aus.«

Gott, wie undankbar das klang. Als ich Goldbridge verlassen hatte, war dieser Erfolg genau das gewesen, was ich gewollt hatte. Um ehrlich zu sein, hätte mir auch nur ein Bruchteil davon gereicht, um glücklich zu sein. Und jetzt? Jetzt heulte ich rum.

Ich drängte das Gefühl zurück und zwang mich, die Wahrheit auszusprechen, auch wenn ich damit riskierte, den schlimmsten Satz zu hören zu bekommen: *Ich hab's dir doch gesagt.*

»Am Anfang habe ich in irgendwelchen krassen Hotelzimmern gewohnt und ständig Party gemacht. Aber irgendwann hat mich dieses Unpersönliche, Unverbindliche richtig fertiggemacht, also bin ich zu Airbnbs übergegangen. Ich habe mir extra welche ausgesucht, die persönlich wirkten, und abends nach dem Job bin ich durch die Räume gegangen und habe mir vorgestellt, das Leben der Wohnungsbesitzer zu leben. Irgendwie hatte ich immer eine große, laute Familie vor Augen, auch wenn ich genau davor geflohen bin.« Ein hohles Lachen entwich mir. »Während ich bei einem Fotoshooting war, war alles okay. Von außen betrachtet habe ich richtig glücklich gewirkt. Ich hatte auch nie ein Problem damit, mich zum Arbeiten zu motivieren. Aber in mir war nichts als Leere. Meine Therapeutin sagt, das sind Anzeichen einer hochfunktionalen Depression. Es gab ganze Wochen, da habe ich außerhalb eines Projekts kein einziges ordentliches Gespräch mit jemandem geführt. Als ich mal in einem Coffeeshop in New York war und die Bedienung mir richtig in die Augen geschaut und mich floskelhaft gefragt hat, wie es mir heute geht, hatte ich einen Zusammenbruch.« Ich lachte. »War richtig peinlich.«

Dad sagte weder »Ich hab's dir doch gesagt« noch »Wärst du hiergeblieben, hättest du jemanden zum Reden gehabt« oder »Selber schuld«.

Mit dem Handrücken wischte er sich die Träne fort, die ihm über die Wange lief, und nickte. »Das verstehe ich sehr gut. Es ist bestimmt schwer, Kontakte zu knüpfen, wenn man ein ständig wechselndes Arbeitsumfeld hat, oder?«

Ich nickte. »Und die meisten Leute, mit denen man in Berührung kommt, sind ziemlich oberflächlich. Es geht nur um diese beschissene Arbeitswelt, wer kennt wen, auf welche Party muss man kommen, um mit der und der Person zu networken.« Mir entwich ein Stöhnen. »Ich bin selbst zu so einem Roboter geworden. Das habe ich am meisten gehasst.«

»Hattest du niemanden, mit dem du richtig reden konntest?«, wisperte er. Ich hörte heraus, was er nicht sagte: *Wieso hast du nicht mit uns geredet? Ist es unsere Schuld? Hätten wir mehr fragen sollen?*

»Erst schon«, erwiderte ich, ohne darauf zu achten, ihm ein besseres Gefühl zu geben, indem ich ihm versicherte, dass es nicht seine Verantwortung war, sondern meine. »Ich hatte immer jemanden, mit dem ich jeden Tag kommuniziert habe. Beim Aufstehen, in jeder Pause, vor dem Schlafengehen. Sie … Sie hat mich daran erinnert, wenn ich zu wenig gegessen oder getrunken habe, ich konnte mich bei ihr über nervige Kollegen oder eigenwillige Fotomodelle beschweren. Sie hat mir einfach das Gefühl gegeben, nicht allein zu sein, nicht verrückt zu werden. Und dann habe ich es versaut. Aber im Nachhinein war das vermutlich gar nicht so schlecht, weil ich so gelernt habe, mit meinem eigenen Scheiß klarzukommen.«

Bevor er nachhaken oder ich weitersprechen konnte, kam der Kellner mit dem Essen.

Als mir der Duft von gratiniertem Blumenkohl in die Nase stieg, erinnerte ich mich wieder daran, wie hungrig ich war.

Wir begannen zu essen. Ich bemühte mich nicht darum, es zu genießen, sondern schlang es runter und ließ mich nicht mal davon beirren, als ich mir die Zunge verbrannte.

Im Gegensatz zu mir aß Dad gewissenhaft und langsam, dabei beobachtete er mich amüsiert. »Es schmeckt also?«

Ich nickte grinsend. Für den Bruchteil einer Sekunde waren wir nur ein Vater und sein Sohn bei einem Abendessen. Kein großes Familiendrama. Keine Schwere.

»Das mit der Abhängigkeit kenne ich sehr gut«, sagte er zwischen zwei Bissen, und die Leichtigkeit verflog so schnell, wie sie gekommen war.

Bitte sag jetzt nicht, du warst von Alexis' Aufmerksamkeit abhängig, sonst schreie ich. Bitte vergleich das, was ich mit Darcy hatte, nicht mit diesem Bullshit, den du ihm aufgezwängt hast.

»Ich glaube, deine Mutter und ich waren sehr abhängig voneinander«, sagte er, und ich atmete erleichtert auf, auch wenn die Info alles andere als erleichternd war. »Vermutlich sind wir das noch immer. Es ist uns nur nicht aufgefallen, weil diese Abhängigkeit beidseitig war.«

»Ist ein bisschen Abhängigkeit in Beziehungen nicht auch … normal?« Ich hasste das Wort. Darcy hatte es auch für uns benutzt – »co-abhängig« hatte sie uns genannt. »Ich meine, wenn ich jemanden liebe, will ich doch, dass es dieser Person gut geht? Und wenn es ihr schlecht geht, dann mir natürlich auch. Ist das nicht menschlich? Und ist es nicht ein gutes Zeichen, wenn man diese eine Person hat, mit der man alle Erlebnisse teilen und im Gegenzug auch alles aus ihrem Leben wissen will? Wieso muss man das pathologisieren?«

»Bis zu einem gewissen Grad hast du natürlich recht«, lenkte Dad ein. »Aber was, wenn du nur noch glücklich sein kannst, wenn die andere Person glücklich ist? Was, wenn es keine Grenze mehr zwischen ihren und deinen Gefühlen gibt? Was, wenn du deine eigenen Bedürfnisse vollständig verdrängst, um sie zufriedenzustellen? Und was, wenn du dieser einen Person, die alles für dich bedeutet, nicht mehr alles bedeutest? Was, wenn es sich anfühlt, als wäre dein Leben ohne diese Person nicht mehr lebenswert? Wenn all deine Ziele und Ambitionen und deine Lebensfreude mit ihr zusammenhängen? Findest du das noch normal, Nici?«

Vor meinem inneren Auge erschien ein Wasserfall. Dann Felsen, halb gefroren. Ich war den Berg weit nach oben geklettert, nur zweimal war ich auf der vereisten Oberfläche fast ausgerutscht. Niemand war dort gewesen. Das Wasser vor mir hatte blaugrün geglitzert. Januar war eine beschissene Zeit zum Wandern.

Nein.

Nein. Weg da.

Ich schluckte hart, schüttelte den Kopf, wandte mich wieder meinem Essen zu.

»Ging es dir so mit Mum?«, wagte ich es irgendwann zu fragen, als die Stille zwischen uns unerträglich wurde.

»Teilweise ja.« Seine Stimme war ruhig und klar, er hatte keine Probleme, darüber zu sprechen. Vermutlich, weil er es nicht zum ersten Mal tat. »Ich weiß nicht, wie viel du inzwischen weißt ... Über alles, was in deiner Abwesenheit geschehen ist, meine ich.«

»Ich weiß genug«, erwiderte ich hart. Mehr als genug, um genau zu sein. So viel, dass ich mir wünschte, die Hälfte wieder vergessen zu können.

Er nickte. »Als ich deine Mutter kennengelernt habe, ging es ihr psychisch sehr schlecht. Wir haben uns schnell und heftig ineinander verliebt. Ich habe ihr geschworen, sie vor allem Übel der Welt zu beschützen, und es wirklich so gemeint.«

»Warst du je in Therapie, Mum?«, hatte ich sie gestern gefragt.

Ihre Antwort hallte jetzt in meinen Gedanken wider. *»Ich hatte deinen Vater.«*

»Ich war zu jung, um zu verstehen, dass ich weder die Macht dazu hatte noch dass es meine Aufgabe war, so hart das klingt«, fuhr er fort. »Und eine ganze Weile hat dieses System für uns funktioniert. Jahrzehnte, um genau zu sein. Wir haben uns so sehr geliebt, wir haben wirklich geglaubt, mit dieser Liebe alles verändern zu können. Und könnte ich die Zeit zurückdrehen und es noch mal tun, ich würde nichts ändern. Denn wer weiß, vielleicht gäbe es euch dann heute nicht.« Er seufzte tief. »Als sie mir die Affäre gebeichtet hat, war ich nicht nur verletzt, Nic. Es hat sich angefühlt, als hätte sie mich umgebracht. Der Schmerz war so überwältigend, ich habe in meinem Leben noch nie etwas Vergleichbares empfunden. Ich wusste nicht, wohin damit, nur, dass ich ihr nicht böse sein konnte. Ich habe sie kein einziges Mal angeschrien, ihr keinen Vorwurf gemacht, habe es nicht runtergeschluckt –

da war einfach nichts. Wir haben uns in dieser Zeit pausenlos gestritten, aber nicht, weil ich wütend war. Sondern weil ich es *nicht* war. Sie wollte darüber reden, ich wollte es unter den Teppich kehren. Das ist keine gesunde Reaktion. Denn ich habe ein Ventil für meinen Schmerz gebraucht. Und das habe ich dann in deinem Bruder gefunden.« Sein Gesicht verzog sich, ein trockenes Schluchzen entwich ihm. Ich konnte ihn nur anstarren. »Was ich ihm angetan habe, ist unverzeihlich. Aber ich verstehe inzwischen, wieso ich es getan habe. Das ist es, was Abhängigkeit aus Menschen macht. Sie raubt uns die Möglichkeit, einen gesunden Umgang mit unserem Schmerz zu finden.«

Mein Herz raste. Ich zwang mich, den Rest des Auflaufs zu essen, obwohl ich kaum mehr etwas schmeckte. Meine Gedanken überschlugen sich. Dad hatte mich immer wie den ältesten Sohn behandelt, hatte mir mehr Verantwortung übertragen als Jules und Alexis, aber noch nie hatte er so ehrlich und offen mit mir gesprochen. Auf Augenhöhe, wie mit einem Erwachsenen, nicht wie mit seinem Kind. Und sosehr ich ihn wegen Alexis hassen wollte, ich verstand ihn. Alles, was er sagte, ergab Sinn. Auch wenn es verdammt wehtat.

Nachdem auch er aufgegessen hatte, traute ich mich, die Frage auszusprechen, die mich am allermeisten fertigmachte.

»Du hast gesagt, ihr *habt* euch geliebt ...« Meine Stimme brach. »Liebt ihr euch nicht mehr?«

Dad lächelte schon wieder sein trauriges Lächeln. »Natürlich lieben wir uns. Aber ich fürchte, wir haben nie gelernt, uns selbst zu lieben, bevor wir einander geliebt haben.«

Ich liebe dich auch, sah ich Darcys Worte vor mir, jeder Buchstabe eine Messerspitze. *Aber ich liebe mich mehr.*

»Also wirst du nicht um sie kämpfen?«, entfuhr es mir kalt. »Du willst einfach aufgeben?«

Er schüttelte den Kopf. »Ich werde deine Mutter niemals

aufgeben, Nicolas. Aber sie braucht gerade Freiraum, um zu heilen. Manchmal bedeutet Liebe nicht krampfhaftes Festhalten, sondern Loslassen. Nicht, weil man darauf hofft, dass der geliebte Mensch zurückkehrt, sondern weil es das Richtige ist.«

20. KAPITEL

Darcy

Starting the engine, every single day

Meine Worte schienen Wirkung zu zeigen. Die nächsten Tage ging Nic auf Abstand. Nachdem er ein paar Fotos im Prisma geschossen hatte, wobei er mir aus dem Weg gegangen war, ließ er sich tagsüber gar nicht mehr blicken. Nach Feierabend arbeitete er zusammen mit Thea an den Promofotos, wie ich von Julian erfuhr.

»Er wollte Bilder machen, um *uns* zu helfen, und jetzt halst er ihr nur noch mehr Arbeit auf«, sagte Julian zähneknirschend.

Tori sah aus, als wollte sie etwas erwidern, doch sie hielt sich zurück und schlug nicht noch mal vor, dass er und sie ja helfen könnten.

Es sollte mir besser damit gehen, dass Nic mich ignorierte. Allerdings verging trotzdem keine Stunde, in der sein Name nicht fiel, da er das Gesprächsthema Nummer eins im Prisma war und Julian nicht aufhören konnte, sich über ihn aufzuregen. Und dann war da noch meine Mutter, die sich viel häufiger als sonst bei mir meldete; sie sprach das Thema nie an, aber der Grund für ihre Sorge war eindeutig. Sosehr ich versuchte, mich auf meine Arbeit zu konzentrieren, er war alles, woran ich dachte.

Deshalb war meine Erleichterung groß, als Julian vorschlug, Freitag nach Feierabend einen Filmabend bei uns in der WG zu veranstalten – als Alternativprogramm zu Nics Party, von der ganz Goldbridge sprach. Wir holten Snacks, mixten Getränke und luden Tori, Alexis und Echo ein.

»Lass uns heute nicht über ihn reden, okay?«, sagte ich, als wir gerade dabei waren, Essen und Trinken ins Wohnzimmer zu tragen.

Julian seufzte. »Ich bin richtig anstrengend, seit er wieder da ist, oder? Ich merke ja selbst, dass ich ständig darüber rede. Es kotzt mich an. Das merkt Tori auch, obwohl sie mir das nie sagen würde.«

Hastig schüttelte ich den Kopf. »Sie macht sich nur Sorgen, Jules.«

Er musste grinsen und stupste mich mit dem Ellbogen in die Seite. »*Und* sie ist genervt von mir. Genau wie du. Gib's zu.«

Unwillkürlich erwiderte ich sein Grinsen. »Du könntest mich nieeemals nerven!«

Erst lachte er, doch Sekunden später verdüsterte sich seine Miene wieder. »Darf ich noch eine Sache ansprechen?«

Ich setzte ein Pokerface auf. »Klar.«

»Es ist eher eine Frage. Ein Gefallen. Ein ziemlich großer.«

Stirnrunzelnd schaute ich ihn an. »Spuck's aus.«

Mit beiden Händen fuhr er sich durch die schwarzen Haare. »Ich habe absolut keine Lust, mehr Zeit als nötig mit dem Vollpfosten zu verbringen, solange ich nicht weiß, wie lang er zu bleiben gedenkt. Aber ich kann nicht mit ansehen, wie Mum schon wieder Überstunden macht.«

Für einen Moment starrte ich ihn perplex an. *»Solange ich nicht weiß, wie lang er zu bleiben gedenkt …«* Bedeutete das, Julian konnte sich vorstellen, Nic eine zweite Chance zu geben, sollte er länger in Goldbridge bleiben? Das waren ja ganz neue Töne.

»Ich garantiere dir, sie hilft ihm nur mit dem Fotoscheiß, weil sie ihm ein gutes Gefühl geben will, nicht weil sie denkt, es wird dem Prisma wirklich was bringen. Ist dir aufgefallen, wie anders sie ihn behandelt? Sie macht alles, was er will, aus Schiss, ihn wieder zu vergraulen, und …«

»Jules«, unterbrach ich ihn sanft. »Der Gefallen?«

Er verzog das Gesicht. »Sorry, sorry. Also, ich wollte fragen, ob *du* vielleicht helfen könntest … Statt Mum. Bei den Fotos.« Zerknirscht sah er mich an. »Ich weiß, es ist echt zeitintensiv und du hast sicherlich auch keine Lust drauf, aber du bist so tiefenentspannt. Außerdem bringt der Pisser dich nicht so zum Ausrasten wie mich. Ich wünschte ehrlich, ich könnte mehr wie du sein, Miss Diplomatik.«

Mir wurde übel.

Ach, Jules, wenn du wüsstest …

»Ähm, was ist mit Alex? Nic und er verstehen sich doch gut?«

Julians Blick wurde hart, und ich bereute meinen Vorschlag sofort.

Panik machte sich in mir breit. Wie sollte ich sonst ablehnen? *Sorry, keine Lust*, obwohl ich sonst die Allererste war, die sich freiwillig meldete, um zu helfen? Ich war das Gegenteil von tiefenentspannt, wenn es um Nic ging. Aber woher sollte Julian das wissen?

»Nee, Quatsch, Alexis ist der Letzte, der gerade zusätzliche Arbeit fürs Prisma leisten sollte«, korrigierte ich mich hastig und gab mir dann einen Ruck. »Klar. Ich mach's. Das dürfte ja nicht allzu viel Zeit in Anspruch nehmen, oder?«

Ein erleichtertes Lächeln breitete sich auf Julians Lippen aus. »Du bist die Beste. Ehrlich. So kannst du auch unauffällig herausfinden, wann er sich wieder verpisst. Je früher, desto besser.«

Ich konnte bloß nicken. Mein Herz raste. Was zur Hölle?

Ich konnte unmöglich die Abende mit Nic verbringen. Die Zweisamkeit war schlimm genug, aber ihn dann noch bei seiner großen Leidenschaft beobachten?

Bevor ich mich in der Gedankenspirale verlieren konnte, klingelte es an der Tür. Julian erhob sich, um zu öffnen, während ich verzweifelt versuchte, meinen Gesichtsausdruck unter Kontrolle zu bringen.

Sekunden später schneiten Alexis, Echo und Tori in unsere WG. Ablenkung. Sehr gut. Das war es, was ich gerade dringend nötig hatte.

Wir begrüßten uns, und obwohl ich mir alle Mühe gab, mich aufs Hier und Jetzt zu konzentrieren, bombardierten mich die Gedanken von allen Seiten. *Nic und du. Ganz allein. Stell's dir vor. Du richtest Essen an, er fotografiert es. Gemeinsam kreativ sein. So wie früher.*

»Alles gut bei dir?«, kam es von Echo, die sich gerade aus ihrer goldfarbenen Bomberjacke schälte. Darunter trug sie einen glitzernden Jumpsuit und Netzstrumpfhose.

Schleunigst nickte ich. Mein Blick wanderte zu Alexis. Auch er sah verdächtig schick aus – kein Pulli und Jogginghose wie meistens, sondern Bluejeans und ein schwarzes Hemd.

Auch Julian schien die Garderobe der beiden aufzufallen. Stirnrunzelnd nahm er seinen kleinen Bruder ins Visier. »Jetzt fühl ich mich schlecht, dass ich meine hässlichsten Gammelklamotten anhabe«, sagte er und lachte betont fröhlich, doch ich hörte die leise Panik aus seiner Stimme heraus. »Ich dachte, wir chillen heute bloß?«

Alexis erwiderte seinen Blick mit unergründlicher Miene, bevor er sich räusperte. »Ich …«

Tori hatte gerade etwas zu Echo gesagt und hielt mitten im Satz inne. Und auch Julian wurde plötzlich ganz still.

»Ich dachte, wir könnten vielleicht auf die Party gehen«, flüsterte Alexis. »Zusammen.«

Mein Herz setzte einen Schlag aus. Für einen Moment trat meine Panik in den Hintergrund. Es war Monate her, dass Alexis in Julians Anwesenheit gesprochen hatte. Er litt unter selektivem Mutismus, und eine ganze Weile hatte er mit niemandem aus seiner Familie oder dem Prisma sprechen können.

Julian blinzelte heftig. Am liebsten hätte ich ihn in den Arm genommen. Ich wartete auf die Explosion, den großen Wutanfall, doch nichts geschah. Er öffnete nur den Mund und schloss ihn wieder.

Echo wirkte, als müsste sie sich vom Augenverdrehen abhalten, Tori schaute ihn voller Zärtlichkeit an, und Alexis seufzte leise.

»Ich weiß, du bist sauer auf Nic«, fügte Alexis hinzu, »aber wir müssen ja nicht mit ihm abhängen.«

Und dann geschah ein Wunder.

Jules nickte. »Okay«, brachte er hervor. »Okay. Ich zieh mich um.«

Ehe noch irgendjemand reagieren konnte, drehte er sich um und stapfte in Richtung seines Zimmers.

Ich wirbelte herum. Starrte auf seinen schwarzen Haarschopf. Wer war er und was hatte er mit meinem besten Freund gemacht?

Echo kicherte. »Du solltest öfter mit ihm reden. Scheinst ’ne krasse Wirkung auf ihn zu haben.«

Langsam wandte ich mich wieder ihnen zu. Alexis versuchte vergeblich, ein Grinsen zu unterdrücken. »Irgendetwas sagt mir, dass diese Wirkung nur so lange anhalten wird, bis er sich wieder daran gewöhnt hat.«

Auch für mich war es absolut surreal, ihn in ganzen Sätzen sprechen zu hören. Toris Blick zufolge ging es ihr ähnlich. Nur Echo wirkte kein bisschen überrascht. Vermutlich, weil Alexis von Anfang an mit ihr gesprochen hatte.

»Ich glaube, du unterschätzt, wie sehr er dich vermisst hat«, sagte ich zu Alexis.

Tori nickte zustimmend. »Das glaube ich auch.«

Echo stemmte die Hände in die Hüften und schaute zwischen Tori und mir hin und her. »Ihr braucht noch was Krasseres zum Anziehen.«

Ich trug löchrige Leggins und ein altes Shirt von Jules, Tori eine Schlaghose, darüber einen verwaschenen Pullover, ebenfalls von Jules.

»Was genau wird das für eine Party?«, fragte ich im Flüsterton, während die Erkenntnis tröpfchenweise in mich sickerte. Wir würden auf Nics Party gehen. Nachdem ich gerade zugesagt hatte, ihm mit den Fotos zu helfen. Nic. Überall Nic. Fuck. Die Übelkeit war schlagartig zurück. »Wisst ihr, was er außer dem Recipe for disaster angefragt hat?«

Echo und Alexis tauschten einen schnellen Blick. Beide wirkten, als würden sie jeden Moment losprusten. Es war verdammt ungewohnt, ihn so glücklich zu erleben. »Das Lighthouse und das Purple Pearl auf dem Pier.«

»Bitte was?«

Ersteres war eine Rooftopbar auf dem East Hill, von der aus man den perfekten Blick über ganz Goldbridge hatte, Letzteres ein Pub, der sich am Ende des Piers über dem Meer befand und in dem nach Mitternacht ein paar Hobby-DJs auflegten. Es war Jahre her, dass ich in einem der beiden Läden gewesen war, die Preise waren eher was für Touristen.

Als Tori mich verwirrt anschaute, bemühte ich mich hastig um eine entspannte Miene. »Na, wenn er wirklich so viel Geld ausgeben will«, murmelte ich.

»Dann sagen wir nicht Nein«, vervollständigte Echo lachend.

Überleg dir eine Ausrede, schrie die Panik in mir. *Du willst Nic ganz sicher nicht im Nachtleben begegnen.*

Es sind drei verschiedene Locations, hielt meine Vernunft dagegen. *Wie hoch ist die Wahrscheinlichkeit, dass du ihm überhaupt begegnest?*

Zusammen mit Tori lief ich in mein Zimmer, um uns beiden etwas zum Anziehen rauszusuchen. Während sie sich über meinen Kleiderschrank hermachte, schnappte ich mir mein Handy und rief den Chat mit Kiki auf.

Darcy: *Heute schon was vor?*

So kindisch es war, ich brauchte einen Schutzschild.

21. KAPITEL

Nicolas

Too much at stake

Ich war kaum eine Stunde im Recipe for disaster und schon von vier ehemaligen Schulkameraden belagert worden. Ayden, genau wie ich fünfundzwanzig, war mit Josephine, ebenfalls aus unserer damaligen Stufe, verheiratet und hatte vor einem halben Jahr Zwillinge bekommen, Michael zeigte mir verwackelte Urlaubsfotos, die seine Mutter gelobt hatte, und erzählte mir, dass auch er mit Fotografie beginnen wollte. Er erkundigte sich, wie ich denn an den *Vogue*-Kontakt gekommen sei und ob ich ihm da etwas klarmachen könnte. Carla, eine meiner Ex-Freundinnen, flirtete heftig mit mir, bis ich aus Verzweiflung vorgab, vergeben zu sein, weil ich mich nicht mehr daran erinnerte, wie man jemandem nett einen Korb gab – es war viel zu lang her, dass ich mich in einer Flirtsituation befunden hatte –, woraufhin sie »Na und? Ich doch auch!« erwiderte und mit einem Augenrollen in Richtung ihrer Freundinnen das Weite suchte. Und dann war da noch George, der gemeinsam mit mir in Erinnerungen schwelgen wollte, allerdings drei Anekdoten erzählte, bei denen ich nie anwesend gewesen war. Es war eindeutig, dass er mich verwechselte.

Als ich ihn loswurde, weil er von seinen Kumpels zu einem Trinkspiel aufgefordert wurde – Halleluja –, drehte ich mich zu Ash um und seufzte so laut, dass es selbst über den Girl-in-Red-Song zu hören war.

They lachte. »Na, bereust du es schon?«

»Zurückgekommen zu sein?«

Ein Lachen entfuhr them. »Je gegangen zu sein.«

Dankend nahm ich den grünen Shot entgegen, den they mir anbot, und kippte ihn. Er schmeckte sauer und süß zugleich. Es war mein vierter, allerdings kam ich weder in Partystimmung noch fühlte ich mich angetrunken. Alle paar Minuten checkte ich mein Handy in der Hoffnung, Neuigkeiten von Alexis zu bekommen. Vergeblich. Er wollte den Abend bestimmt mit Echo verbringen. Niemand, der mir wichtig war, hatte Lust auf diese Party.

»Weißt du, ich wollte weg, weil ich mich von den Leuten so eingeengt gefühlt habe«, rief ich Ash zu. »Von dieser Einöde. Und die letzte Stunde bestätigt mich in meiner Entscheidung. Es fühlt sich an, als wäre die Zeit hier stehen geblieben. Die hängen noch mit denselben Leuten ab, gehen in dieselbe Bar, trinken dieselben Drinks, tragen dieselben Klamotten und führen dieselben stumpfsinnigen Gespräche. Wie kann man hier nicht eingehen?«

Ash legte den Kopf schief und musterte mich prüfend. »Und bei dir ist es anders?«

»Alles ist bei mir anders! Ich habe ein komplett anderes Leben als noch vor zwei Jahren.«

»Haben Ayden und Jo nicht Kinder bekommen? Das ist doch eine riesengroße Veränderung.«

»Ja, ja, aber …« Den Rest dieses Satzes behielt ich lieber für mich. »Du weißt doch, was ich meine. Es ist so ein kleines Leben. Ein vorgefertigtes. Die gehen alle den Weg des geringsten Widerstandes. Und in fünfzehn Jahren haben sie dann eine Midlife-Crisis und fragen sich, wieso sie nicht schon früher ausgebrochen sind.«

Ash grinste. »Und du hast ein großes Leben?«

Kopfschüttelnd fuhr ich mir übers Gesicht. »Ich weiß nicht, was ich habe. Aber wenigstens hab ich's versucht.«

»Und das hat dich glücklich gemacht?«

Etwas Großes, Scharfes bewegte sich auf mein Herz zu. Als ich schluckte, tat es weh. »Ach, keine Ahnung.«

Their Blick wurde mitfühlend. »Ich versteh's schon. Ich bin ja auch hier geboren und wollte irgendwann einfach nur weg.«

Sofort fühlte ich mich schlecht. »Bei dir muss es doch noch krasser gewesen sein. Ich meine, ich habe jedes fucking Privileg der Welt, du wurdest hier so oft diskriminiert. Ist es in Großstädten nicht deutlich entspannter für dich?«

Ash zuckte mit den Schultern. »Vielleicht, ja. Aber ich hasse Großstädte. Und es geht nie um die Größe einer Stadt, sondern um die Menschen, die einen umgeben. Großstädte sind ja auch in kleine Bezirke unterteilt, und dort bewegst du dich im Endeffekt in einem ähnlichen Mikrokosmos. Ich glaube nicht, dass du den Drang hattest zu gehen, weil die Leute hier alle so furchtbar sind. Ich glaube, du hattest nur nicht die richtigen Menschen um dich herum.«

»Das stimmt nicht«, sagte ich so leise, dass meine Stimme beinahe komplett im dröhnenden Bass unterging. »Ich wusste mein Glück nur nicht zu schätzen.«

In diesem Moment meinte ich, trotz der lauten Musik das Glöckchen über der Tür zu hören, und aus einem hoffnungsvollen Reflex wandte ich mich um. Nur um es eine Sekunde später zu bereuen.

Der Samtvorhang teilte sich, und eine junge Frau mit blau gefärbten Haaren erschien. Ich kannte sie nicht, was bedeutete, dass sie in den letzten beiden Jahren nach Goldbridge gezogen oder nur zu Besuch hier war. Sie hielt die Hand einer anderen Frau.

Alles in mir zog sich zusammen. Mein Herz schien von mehreren Seiten gleichzeitig durchbohrt zu werden. Wie seltsam, dass all diese Klischees einen wahren Ursprung hatten. Wie seltsam, dass psychischer Schmerz so körperlich war.

Darcy hatte den Mantel ausgezogen und über ihren freien Arm geworfen. Sie trug eine kurze gelbe Latzhose, darunter ein weißes Spitzenhemd mit Pumpärmeln und eine Strumpfhose mit Blumenmuster sowie hohe Stiefel, die ihr bis über die Knie reichten. Ihre glatten schwarzen Haare ergossen sich wie schwarzer Satin über ihre Schultern.

Fuck.

Ihre Begleitung trug einen rosafarbenen Mantel, auf den abstrakte Gesichter gestickt waren. Ihr Make-up schimmerte und glänzte genau wie Darcys. Sie hielten nicht Hände wie gute Freundinnen. Ihre Finger waren fest miteinander verschränkt, und die Blauhaarige fuhr ihr mit dem Daumen sanft über den Handrücken.

»Ich hatte ein Date«, hörte ich sie durch den Lautsprecher meines Handys flüstern.

Ich brauchte mehr Shots.

Gerade wollte ich mich wieder Ash zuwenden, damit mein Gesichtsausdruck meine heftige Eifersucht nicht verriet, da teilte sich der Vorhang erneut. Ein schwarzer Haarschopf, dann ein rasierter Kopf. Julian und Alexis betraten die Bar, dicht gefolgt von Tori und Echo.

Mein Atem stockte.

Okay. Okay, damit konnte ich arbeiten. Ich würde mich später damit auseinandersetzen, was Darcys Anblick mit einem Date in mir auslöste. Stattdessen würde ich mich auf meine Brüder konzentrieren.

Julians Blick traf auf meinen. Für den Bruchteil eines Herzschlags froren seine Züge ein, und er wirkte, als sei er drauf und dran, rückwärts wieder aus dem Pub zu laufen.

Keine Chance. Diese Gelegenheit würde ich mir nicht entgehen lassen.

»Hey«, rief ich mit dem breitesten Lächeln der Welt, sprang vom Hocker und lief auf sie zu. »Wie cool, dass ihr gekommen seid!«

Ich konzentrierte mich ausschließlich auf Julian, und als sein Blick wütender wurde, wechselte ich zu Alexis und schließlich zu Tori und Echo. Hauptsache, ich schaute nicht zu *ihr*.

»Hi, Nic«, kam es von Alex.

Bildete ich es mir ein oder klang er schuldbewusst?

Ich deutete auf einen Tisch neben der Bar, der soeben frei geworden war. »Wie wär's mit dem? Da passen wir alle hin.«

Ihre Mienen waren eindeutig, und mir drehte sich der Magen um. Mit großer Wahrscheinlichkeit hatte niemand von ihnen Lust, mit mir abzuhängen. Sie erinnerten mich an eine Freundesgruppe, die gerade miteinander getuschelt hatte, um abrupt damit aufzuhören, nachdem jemand Fremdes den Raum betreten hatte. Wann war ich in die Rolle des Außenseiters geschlüpft? Ich war immer der Mittelpunkt der coolen Gruppen gewesen.

Sekunden vergingen, in denen niemand ein Wort sagte. Heißkalte Stöße durchfuhren mich. O Gott, ich würde auf der Stelle im Boden versinken.

Voller Verzweiflung schaute ich zu Alexis. *Bitte*, flehte ich ihn mit meinem Blick an. *Bitte, tu so, als hättest du Bock auf mich, auch wenn's nur aus Mitleid ist.*

Doch es war nicht Alexis, der die Stille durchbrach, sondern Darcys Begleitung.

»Nichts für ungut, aber Darcy und ich hätten heute gern ein bisschen Zweisamkeit.« Sie grinste mich an.

Es war eine Herausforderung, sie nicht anzustarren, als würde ich gerade ihren Mord planen. Ich wünschte, sie sähe ein bisschen weniger gut aus. Sie passte perfekt zu Darcy. Künstlerisch und interessant und cool. Ich wollte kotzen.

»Ich bin übrigens Kiki.« Sie hielt mir ihre freie Hand hin, mit der anderen umklammerte sie noch immer Darcys. Ihre knallrot lackierten Nägel harmonierten mit Darcys bunten. Ich war mir noch nie so langweilig vorgekommen.

Wie durch ein Wunder schaffte ich es trotzdem zurückzulächeln. Ihre Hand ignorierte ich. »Nicolas«, rief ich über die Musik hinweg. »Schön, dich kennenzulernen. Genießt euren Abend!« Und dann – ich war so verflucht stolz auf mich – zwinkerte ich ihr zu. »Mir würde im Traum nicht einfallen, eure Zweisamkeit zu stören.« Ich wandte mich ab, darauf bedacht, Darcy nicht anzuschauen, weil meine schöne lässige Fassade jede Sekunde in sich zusammenbrechen würde, und blickte zu den anderen. »Also, niemand hat Lust auf mich, verstehe ich das richtig?«, sagte ich mit einem Lachen.

Echo zuckte mit den Schultern. »Nicht so richtig, nee, aber du zahlst ja die Drinks, also sollten wir wohl nett zu dir sein, was?« Und damit wandte sie sich ab, um den freien Tisch anzusteuern, wobei sie Ash zuwinkte.

Alex presste die Lippen zusammen, als müsste er sich vom Lachen abhalten, und Tori lächelte peinlich berührt.

»Der einzige Grund, aus dem ich hier bin, ist er«, sagte Jules angepisst und deutete auf Alexis. »Und er hat gesagt, wenn ich mitkomme, müssen wir nicht mit dir chillen.«

Ich schluckte hart. Immerhin war er ehrlich.

»Können wir kurz reden?«, fragte ich. »Draußen? Bitte?«

Eine halbe Ewigkeit starrte er mich an, und ich war mir fast sicher, dass er ablehnen oder mich beleidigen würde, doch dann verdrehte er die Augen und stapfte in Richtung Tür.

Erleichtert atmete ich aus. Das war ein erster Schritt.

Alex klopfte mir auf die Schulter, Tori schaute mich mit einer Mischung aus Angst und Mitleid an, ich gab mir einen Ruck.

Versau's nicht. Das ist deine Chance. Wenn du Julian hast, hast du sie alle.

Draußen war es eisig kalt. Der Wind war erbarmungsloser als vorhin, und der Regen hatte sich verstärkt. Vermutlich hätte ich meine Jacke mitnehmen sollen. Julian lief nach rechts um die Ecke, bis die Musik und die Stimmen von drinnen kaum mehr zu hören waren. Ich folgte ihm und blieb vor ihm stehen, als er sich mit genervter Miene gegen die Außenwand des Pubs lehnte.

»Was willst du?«, blaffte er.

Ich verschränkte die Arme vor der Brust – ein verzweifelter Versuch, mich vor der Kälte zu schützen … oder vor seinem Zorn. Und dann tat ich das, was ich vor Ewigkeiten hätte tun sollen. Ich sagte die Wahrheit.

»Ich vermisse dich.«

Es kostete mich große Überwindung, die Worte auszusprechen, dennoch schienen es genau die falschen zu sein. Julians Augen glühten vor Wut, er stieß sich von der Wand ab und machte Anstalten, wieder reinzulaufen.

»Hey!«, rief ich. »Ich meine es ernst!«

Er wirbelte herum. Seine Nasenlöcher blähten sich. »Hör auf mit der manipulativen Scheiße und rede Klartext!«, brüllte er. »Was willst du von mir?«

Darcy hatte mir dieselbe Frage gestellt, und auch ihr hatte meine Antwort nicht gefallen.

Also musste ich mir mehr Mühe geben.

»Es tut mir leid«, brach es aus mir hervor. »Es tut mir leid, dass ich dich verletzt habe und …«

»Du hast mich nicht …«

»Es tut mir leid«, fuhr ich hastig fort. »Bitte sag mir, wie ich es wiedergutmachen kann.«

Er schüttelte den Kopf, hin und her, Regen lief ihm übers Gesicht.

»Und wenn ich es nicht wiedergutmachen kann, dann sag mir bitte, was ich tun kann, um es auch nur ansatzweise besser zu machen.«

Seine Augen wurden ganz schmal. »Du hast meine Frage nicht beantwortet«, zischte er. »Was. Willst. Du.«

Der Wind peitschte meine Haare nach vorn. Wütend strich ich sie nach hinten. »Ich will, dass du mir eine Chance gibst.«

Meine Stimme zitterte. »Ich will, dass du aufhörst, mich aus deinem Leben auszusperren.«

Einen Augenblick lang war ich mir sicher, dass er auf mich losgehen würde. Mit letzter Kraft schien er sich zurückzuhalten.

»*Du* hast *mich* ausgesperrt!«, schrie er. »*Du* bist gegangen! *Du* wolltest *mehr* als dieses Leben! *Du* wolltest *mich* nicht!«

Es war nicht mehr nur der Regen, der ihm übers Gesicht lief. Julians Stimme überschlug sich, und er bebte am ganzen Körper. Das war nicht nur Wut. Das war der blanke Hass. Und diese Art von Hass konnte nur von einer einzigen Emotion stammen.

Es war das erste Mal, dass er mich das gesamte Ausmaß des Schadens sehen ließ, den ich angerichtet hatte. Und es war das erste Mal, dass ich mich zwang hinzusehen.

Ich schüttelte den Kopf. »Das stimmt nicht.«

Seine Augen blitzten. Er öffnete den Mund. Klappte ihn wieder zu. Und dann stürzte er sich auf mich. Packte mich an den Schultern und wirbelte mich herum, presste mich gegen die Hauswand.

Julian war anderthalb Köpfe kleiner als ich, es wäre einfach gewesen, mich loszumachen, doch der Schock lähmte mich.

Vielleicht lag es nicht nur am Schock. Vielleicht war es auch Erleichterung, weil er mir endlich seine wahren Gefühle zeigte. Der Schmerz des Aufpralls war nichts gegen diese Erleichterung.

»Ihr seid vielleicht für ein kleines Leben bestimmt, aber ich garantiert nicht«, fauchte er, während sich seine Finger durch das Hemd in meine Haut bohrten.

»W-Was?«

»Das waren *deine* Worte!«

Sekundenlang hatte ich keine Ahnung, wovon er sprach. Doch je länger er mich mit dieser Mordlust in den Augen niederstarrte, desto mehr kehrte die Erinnerung an damals zurück.

Erneut schüttelte ich den Kopf. »Jules, das habe ich im Streit zu dir gesagt. Ich war angepisst, weil du versucht hast, meinen Traum kleinzumachen.«

Er schnappte nach Luft, stieß sich von mir ab und trat zurück, als würde er sich ekeln, mich auch nur eine weitere Sekunde zu berühren. Mit wütenden Bewegungen wischte er sich übers Gesicht. »Ich habe nie ...«

»Klar hast du das!« Jetzt brüllte ich auch. »Du wolltest, dass ich hierbleibe und etwas tue, das mich unglücklich macht, nur damit du jemanden hast, der dein Schicksal teilt! Du hast mir um die Ohren gehauen, wie unrealistisch es ist, Erfolg zu haben. Dass es Tausende Menschen gibt, die Fotograf werden wollen. Dass ich nicht die nötigen Skills habe. Dass es viel sicherer ist, es nebenbei als Hobby zu machen! Das waren *deine* Worte!«

Seine ganze Wut fiel in sich zusammen. Darunter kam Scham zum Vorschein.

Ich hatte Julian nie gesagt, wie sehr es mich verletzt hatte, dass er mich nicht in meinem Traum unterstützte. Meinen Erfolg hatte ich ihm auch nie unter die Nase gerieben. Es war Triumph genug gewesen zu wissen, dass unsere Eltern und er mitbekamen, wie schnell ich erfolgreich geworden war, wenn sie meinen Namen in eine Suchmaschine eingaben.

»Alexis fand es auch scheiße, dass ich gehe«, fuhr ich fort.

»Aber er hat die Klappe gehalten und mir viel Glück gewünscht. Du hast einfach mal wieder Mum und Dad kopiert und versucht, mich kleinzuhalten.«

Er ballte die Hände zu Fäusten, schüttelte den Kopf, atmete ein paarmal tief durch. »Ich wollte nicht, dass du bleibst, damit ich jemanden habe, der mein Schicksal teilt, du Arschloch«, sagte er leise, so leise, dass ich mich konzentrieren musste, um jedes Wort zu verstehen. »Ich wollte einfach, dass du bleibst, weil du ... weil du ...«

Ich stieß mich von der Wand ab und machte einen Schritt auf ihn zu. »Weil ich was?«

Wütend blinzelte er die Tränen weg. Mein Herz schlug mir bis zum Hals, und am liebsten hätte ich ebenfalls geweint.

»Weil du mein verdammter Bruder bist.«

Jetzt war es meine Wut, die auf einen Schlag verpuffte.

»Weil du jeden Tag besser gemacht hast.« Er wich meinem Blick aus. »Weil du mein größtes Vorbild warst und mich zurückgelassen hast, als wäre es das Einfachste auf der Welt.«

Fuck.

Es war eine Sache, mit seiner Wut konfrontiert zu werden, und eine ganz andere, ihn so offen zu erleben.

Ich atmete tief durch. »Es war auch einfach«, sagte ich, und sein Blick wurde hart. »Am Anfang zumindest. Weil ich mich nur darauf konzentriert habe, was ich gewinne, nicht darauf, was ich verliere. Aber glaub mir, es hat nicht lang gedauert, bis ich verstanden habe, was ich zurückgelassen habe.«

Noch immer schaute er mich nicht an, sondern fixierte einen Punkt an der Wand links von mir. »Und warum bist du dann nicht zurückgekommen?«, brachte er hervor und klang in diesem Moment so verloren, dass es mir den Magen umdrehte.

Ein hohles Lachen entfuhr mir. »Weil ich das Gefühl hatte, ich muss euch allen beweisen, dass es die richtige Entscheidung war zu gehen. Ich hätte mich wie der größte Versager gefühlt, wäre ich zurückgekommen. Und außerdem … außerdem *liebe* ich den Job.«

Er spannte seinen Kiefer an. »Warum bist du dann jetzt hier?« Ein Stück der Wut hatte sich zurückgeschlichen.

Sag es. Sag die Wahrheit. Schlimmer wird's eh nicht.

Ich räusperte mich. »Weil mich alles andere kaputtgemacht hat.«

Sofort lag Julians Blick wieder auf mir. Er zog die schwarzen Brauen zusammen. Keine Wut in seiner Miene. Kein Schmerz. Sondern Sorge. Wie lange war es her, dass er mich auf diese Weise angeschaut hatte?

Eine Weile schwiegen wir beide, sahen uns lediglich an. Dann öffnete sich die Tür, es ertönten Stimmengewirr und Gelächter sowie der Anfang eines neuen Songs.

»Bad Romance« von Lady Gaga.

Gegen meinen Willen verzogen sich meine Lippen zu einem Lächeln. »Ist das immer noch der einzige Song, den Darcy *und* du gut findet?« Die beiden hassten den Musikgeschmack des jeweils anderen.

Mein Herz setzte einen Schlag aus, als er zurücklächelte.

»Jep. Ich sollte wohl rein und mit ihr dazu tanzen.«

In jeder anderen Situation hätte mich die Eifersucht zerfressen, in dieser war ich einfach nur dankbar, dass er mir nicht mehr mit Feindseligkeit begegnete.

Während ich eine Hand ausstreckte, nahm ich all meinen Mut zusammen. »Waffenstillstand?«

Sein Lächeln verschwand. Ein paar Sekunden erwiderte er gar nichts. Dann brachte er eine gewisperte Frage hervor.

»Wie lange bleibst du?«

Eine Gänsehaut überzog meinen Rücken. *Ich weiß es nicht*, wäre die Wahrheit gewesen. *Ich habe wirklich keinen blassen Schimmer.* Aber ich konnte mit hundertprozentiger Sicherheit sagen, dass es das Letzte war, was er hören wollte.

Also sprach ich eine andere Wahrheit aus.

»Mindestens bis Ende des Jahres.«

Für den Bruchteil einer Sekunde breitete sich eine derart heftige Erleichterung auf seinem Gesicht aus, dass es mir das Herz zerriss. Was hatte er erwartet? Dass ich nach ein, zwei Tagen wieder verschwinden würde?

In Rekordschnelle hatte er seine Züge wieder unter Kontrolle. Und dann griff er nach meiner Hand. »Waffenstillstand.«

Als wir hintereinander wieder in den Pub liefen, machte mir der Regen nichts mehr aus. Eine Wärme hatte sich in mir ausgebreitet, die mich vor jeglicher Kälte schützte. Wir traten an die Bar und bestellten zwei Kirschcider bei Ash, während uns alle mit unverhohlener Neugierde beobachteten.

»Wo ist Darcy?«, rief Julian.

Tori deutete mit einem Grinsen Richtung Toiletten.

Darcy kam gerade aus der Tür, hinter ihr Kiki, und beide lächelten so losgelöst, dass mein kurzes Glück sofort einen Dämpfer erhielt.

»I want your ugly, I want your disease«, begann Julian lautstark den Text mitzusingen, sodass auf einen Schlag alle Blicke der Anwesenden auf ihm lagen, dann ging er in die Knie, streckte eine Hand nach ihr aus. »I want your everything as long as it's free!«

Sie schaute blitzschnell zu Kiki, die sie lachend in Richtung Julian schob, und ergriff seine Hand.

»I want your love«, sang sie und zog ihn mit einem Ruck hoch. »Love, love, love, I want your love.«

Ich nahm die beiden Cider entgegen, die mir Ash feixend hinstellte, und lief zum Tisch, wo Tori gerade dabei war, ihr Handy zu zücken, um Julian und Darcy zu filmen.

Obwohl ich mich damit nur selbst quälte, schaute ich auch zu den beiden. Wie sie völlig im Einklang miteinander tanzten, wie jede ihrer Bewegungen aufeinander abgestimmt schien, wie nichts als unverfälschte Liebe in ihren Augen glänzte. Ein paar Gäste standen auf und gesellten sich zu ihnen, begannen mitzutanzen oder zu klatschen.

Eine Gänsehaut überzog meinen Körper. Das war es. Genau das. Ich wollte, was sie hatten. Seelenverwandtschaft. Vertrauen. Nähe.

Von mir aus sollte es nur Freundschaft sein. Scheiß auf die anderen Gefühle in mir, die mich jedes Mal, wenn ich an sie dachte, fast um den Verstand brachten. Es ging um so viel mehr als Romantik. Ich wollte, dass sie mich ansah und lachte, wie sie es bei ihm tat, ich wollte, dass sie sich bei mir wohlfühlte, ich wollte, dass sie der ganzen Welt demonstrierte, was sie für mich empfand. Ich wollte kein Geheimnis sein. Sondern ein echter, greifbarer Teil ihres Universums.

»I want your love, and I want your revenge«, grölten sie mit ein paar anderen Gästen im Einklang, und da geschah es.

Darcys Blick zuckte zu mir und verharrte. Pechschwarze Augen, umrahmt von Gold und Silber.

Träumte ich?

»I want your love«, sang sie, und mein Herz blieb fast stehen, »I don't wanna be friends.«

22. KAPITEL

Darcy

Only here passing time in her arms

Es machte Spaß, mit Kiki zu tanzen. Normalerweise war Julian der einzige Mensch, mit dem ich unbefangen tanzen konnte, weil wir so gewöhnt aneinander waren, dass wir uns dabei nicht in die Quere kamen. Außerdem war die Musik gut. Wir standen links vom DJ-Pult im Purple Pearl, künstlicher Nebel tauchte uns in unser eigenes Universum, der Alkohol floss durch meine Adern und ließ sie noch schöner als sonst erscheinen.

Sie grinste mich an, nahm mein Gesicht zwischen die Hände und schob mir eine Haarsträhne hinters Ohr. »Du kannst nicht aufhören, an ihn zu denken, was?«, rief sie über die Musik hinweg.

Ich zuckte zusammen.

Kiki hatte vorhin sofort auf meine Nachricht geantwortet, und ich hatte ihr die Lage erklärt. Ich war ehrlich gewesen, obwohl ich mich dafür geschämt hatte, dass ich sie als meinen Puffer benutzen wollte. Aber Kiki hatte kaum überlegt, bevor sie zugesagt hatte. *Bin gegen Mitternacht mit jemandem verabredet*, hatte sie mit einem anzüglich guckenden Emoji geschrieben, *aber bis dahin stehe ich dir zur Verfügung, Baby.*

Nachdem ich mit Jules im Recipe for disaster getanzt hatte,

hatten wir noch einen Drink bestellt und uns dann von den anderen verabschiedet. Kikis Anwesenheit hatte geholfen, aber wie sich herausstellte, ertrug ich Nics Nähe trotzdem nicht. Auch wenn wir nicht mit den anderen zusammensaßen, machte es mich wahnsinnig, daran zu denken, wie sie sich unterhielten, alles über sein Leben erfuhren, wie selbst Julian irgendwann normal mit ihm umging. Also waren wir abgehauen.

»Tut mir leid«, gab ich zurück und schlang meine Arme um ihre Mitte. »Ich bin heute wirklich die schlimmste Gesellschaft.«

Was hätte ich dafür gegeben, diesen Moment genießen zu können. Sie roch so verdammt gut. Sie war heiß. Sie war lieb. Obwohl ich ihr vor wenigen Tagen praktisch einen Korb gegeben hatte, war sie mir zu Hilfe geeilt.

Mit einem Lächeln schüttelte sie den Kopf, dann trat sie zurück und hielt mir eine Hand hin. Ich nahm sie und ließ mich von der Tanzfläche runterziehen. Kiki steuerte die Bar an, bestellte uns zwei Wasser und führte mich dann durch die Menschenmassen nach draußen. Es war wirklich viel los. Ich konnte nicht einschätzen, ob es daran lag, dass alle Drinks auf Nic gingen, oder ob dieser Club jede Woche so gut besucht war.

Wir liefen ein Stück den Pier hinunter, ich inhalierte die eisige Meerluft und seufzte laut.

»Das war eine gute Idee«, sagte ich und hielt die Wasserflasche in die Höhe, nachdem ich einen großen Schluck genommen hatte. Der Boden schien bei jedem Schritt zu vibrieren. Ich hatte schon seit Wochen keinen Alkohol mehr getrunken, da ich viel Zeit mit Echo und Tori verbrachte, die beide nicht tranken, und heute gleich zwei Cocktails in kurzer Zeit gekippt.

»Ich bin für meine guten Ideen bekannt.«

Wir verließen den Pier und setzten uns auf eine freie Bank direkt am Meer. Wahrscheinlich hätten wir unsere Mäntel aus der Garderobe holen sollen, aber dank des Alkohols war mir nicht kalt.

»Du kannst mich allein lassen«, sagte ich mit einem weiteren Seufzen und ließ den Kopf hängen. »Ehrlich, ich komme klar. Vermutlich sollte ich einfach schlafen gehen.«

»Hey.« Sie tastete nach meinem Kinn und hob es leicht an. »Es sind noch genau dreiundzwanzig Minuten, bis Ama Feierabend hat und Sex will.« Ein breites Grinsen erhellte ihr Gesicht. »So lange musst du mich noch aushalten.«

Unwillkürlich musste ich lachen. »Ich bin echt froh, dass du heute noch spannende Pläne hast, sonst würde ich mich schlechter fühlen als sowieso schon.«

Sie winkte ab. »Ich dachte, ich höre das nächste Mal frühestens in 'nem halben Jahr von dir. Also war es eine wirklich angenehme Überraschung, als du dich gemeldet hast. Ich weiß, es ist echt schockierend, aber ich verbringe nicht nur gern Zeit mit dir, um dich ins Bett zu kriegen, Darcy.«

»Danke.« Ich lachte erneut. »Ich finde es trotzdem peinlich, dass ich dich in diesen Kindergarten reingezogen habe.«

Sie zuckte mit den Schultern, nahm einen großen Schluck Wasser und schlug die Beine übereinander. »Aber es hat funktioniert, oder nicht?«

Wortlos sah ich sie an.

»Na, der Typ ist vor Eifersucht fast umgekommen.«

Ich schluckte hart. »Woher weißt du, wer …«

»Also bitte! Hast du gesehen, wie er mich angeglotzt hat? Am liebsten wäre er mir an die Gurgel gegangen. Wie schon gesagt, ich kenne mich mit Typen aus, für die es ein Fetisch ist, wenn zwei Frauen was miteinander haben. Bei dem müssen wir uns *darum* keine Sorgen machen.«

Ich stellte die Flasche neben mich auf der Bank ab und vergrub das Gesicht in den Händen. Ein lautes Stöhnen entwich mir. »Ich weiß. Das war noch nie ein Problem.«

Eine Weile sagte sie nichts. Lediglich das Meeresrauschen, die Musik aus dem Club und das angetrunkene Geplapper von Partygästen war zu hören.

Dann legte sie mir eine Hand auf den Rücken. »Und was *ist* das Problem?«

Abrupt hob ich den Kopf und erwiderte ihren Blick. »Ich liebe mein Leben!«, sagte ich eine Spur zu heftig.

Kiki wirkte, als müsste sie sich ein Lachen verkneifen, und nickte. »Okay?«

»Ich liebe es, wie ich bin, was ich tue, mit welchen Menschen ich mich umgebe«, fuhr ich fort. »Und du … du bist verdammt umwerfend. Du wärst perfekt für mich. Du würdest so gut in mein Leben passen. Du bist nicht toxisch, du redest über deine Gefühle, du bist lustig. Uns würden nie die Gesprächsthemen ausgehen. Meine Freunde würden dich lieben. Mit dir an meiner Seite würde ich mir nie Sorgen machen müssen, dass alle mich als hetero betrachten, wenn ich einen Raum betrete. Ich müsste dir nie erklären, wie es sich anfühlt, weil du es selbst tagtäglich erlebst. Es wäre so … so … einfach.«

»Danke für die Blumen.« Sie runzelte die Stirn. »Also ist das Problem, dass er ein Mann ist?«

Heftig schüttelte ich den Kopf. »Das Problem ist, dass ich *mehr* verdient habe. Jemanden, der sich für mich entscheidet. Der klipp und klar macht, was er will. Dessen Taten zu seinen Worten passen. Jemanden wie dich.«

»Ich fühle mich echt geehrt, Darcy, aber ich bin auch nicht perfekt.«

»Ich weiß, wir kennen uns ja kaum. Und ich behaupte auch gar nicht, dass du perfekt bist. Das bin ich genauso wenig. Ich brauche keine Perfektion, habe ich auch noch nie gebraucht.

Also frage ich mich, was zur Hölle ich hier tue. Warum ich mich … immer noch so fühle, wenn er in der Nähe ist.«

Eine Emotion, die ich nicht benennen konnte, blitzte in ihren Augen auf. »Was war das mit euch?«, wollte sie wissen.

»Wie meinst du?«

»Wart ihr zusammen? War es eine schlimme Trennung?«

Mit einem trockenen Lachen schüttelte ich den Kopf. »Wir haben uns noch nicht mal geküsst. Wir haben quasi alle Phasen einer Beziehung durchgemacht, ohne je eine richtige Beziehung zu führen.«

Sie legte den Kopf schief. »Da hast du das Problem.«

»Hm?«

»Du sagst, du willst keine Perfektion, dabei rennst du der perfekten Vorstellung von Liebe hinterher, oder? Deshalb gibst du anderen Menschen keine Chance. Weil er diesen Platz besetzt. Nein, nicht *er*. Sondern die perfekte Traumvorstellung von ihm. Wie sollst du dich jemals anders fühlen, wenn du dasselbe Muster wiederholst? Ich gebe dir recht, du hast etwas Besseres verdient, als hingehalten zu werden. Das haben wir alle. Aber indem du vor deinen Gefühlen wegrennst, hältst du dich selber hin. Und all die Menschen, die dein Leben bereichern könnten.«

Ich wollte widersprechen. Ich wollte wirklich, wirklich widersprechen. Doch plötzlich hatte ich Oli vor Augen.

Kopfschüttelnd sah ich sie an. »Mein Dad hat mir etwas Ähnliches empfohlen«, wisperte ich. »Konfrontationstherapie. Ich soll meine Fantasie mit der Realität bekämpfen, hat er gesagt.«

Sie grinste. »Klingt nach ’nem schlauen Kerl.«

»O Gott, ihr habt recht.« Mir entwich ein weiteres Stöhnen. »Verdammt, ihr habt recht.«

»Ich weiß.« Ihre Stimme wurde sanfter. »Aber das macht dir wahrscheinlich echt viel Angst, oder?«

Mein Blick war wohl Antwort genug.

Sie lächelte traurig, dann schaute sie an mir vorbei, und ihre Züge froren kurz ein. Bevor ich mir einen Reim darauf machen konnte, beugte sie sich vor, als wollte sie mich auf die Wange küssen, aber verharrte mit den Lippen an meinem Ohr.

»Da ist deine Chance.« Und mit diesen Worten erhob sie sich, warf mir eine Kusshand zu und grinste. »Es war mir ein Fest, Darcy. Das nächste Mal, wenn wir uns sehen, erzählst du mir alles von deiner perfekt-unperfekten Nacht, okay?«

Ich brachte kein Wort heraus, folgte nur verdattert ihrem Blick zurück in Richtung Strandpromenade.

Julian und Tori liefen geradewegs auf den Pier zu. In ihrer Mitte niemand Geringeres als Nicolas. Das war Grund genug, um mein Herz zum Rasen zu bringen, aber es war nicht alles.

Sie lachten. Alle drei. Selbst Julian, verdammt. Als wären die letzten zwei Jahre nie geschehen. Als wäre heute Nacht alles anders.

Als verdienten Menschen eine zweite Chance …

Langsam erhob ich mich. Meine Beine zitterten. Ich leerte die Flasche auf einen Zug. Es half nichts. Die Welt vibrierte noch immer.

Kiki lief los, blieb vor den dreien stehen, sie unterhielten sich kurz, deuteten auf mich. Der brausende Wind und die Musik verschluckten jedes ihrer Worte.

Ich schaffe das. Ich will endlich frei sein. Es wird nie vorbei sein, wenn ich mich der Realität nicht stelle.

Als Kiki weiterlief, setzte ich mich in Bewegung. Sie kamen mir entgegen, Tori und Julian nach wie vor fröhlich, Nic jetzt mit vorsichtiger Miene. Ich konnte ihn nicht anschauen. Es war zu viel. Vor allem, wenn noch andere dabei waren.

»Hi«, brachte ich hervor, als wir am Fuß des Piers stehen blieben.

»Hi, Darcy!«, rief Tori. »Alles okay?«

Julian drehte sich halb um und deutete auf Kikis Gestalt, die kleiner wurde. »Erzählst du uns jetzt endlich, was zwischen euch abgeht?«

Das hatte er vorhin schon fragen wollen, als Kiki zu uns gestoßen war, da war ich mir sicher, nur hatte er keine Gelegenheit dazu gefunden. Er wirkte, als würde er vor Neugierde fast platzen. Und gleichzeitig klang er so … frei. So glücklich.

Heiße Scham brannte in meinen Wangen. »Was soll abgehen?«, fragte ich betont locker.

»Julian und Tori haben erzählt, dass euer erstes Date nicht besonders gut gelaufen ist.«

Alles in mir gefror zu Eis. Obwohl ich flüchten oder – besser – ihm die Flasche ins Gesicht werfen wollte, drehte ich mich zu Nic um, der mich mit einem Glitzern in den Augen musterte.

»Deshalb haben sie sich gewundert, dass ihr den Abend erneut miteinander verbringt«, fuhr er fort.

Heißkalte Stöße durchfuhren mich. Ich wollte auf der Stelle im Boden versinken.

»Gar nichts haben wir erzählt«, klinkte sich Jules ein. »Wir haben unter vier Augen miteinander gesprochen, und der hier hat sich mal wieder in Sachen eingemischt, die ihn nichts angehen.« Er versuchte wohl, genervt zu klingen, aber ich kannte ihn gut genug, um zu wissen, dass es nicht ernst gemeint war. Und wenn mich nicht alles täuschte, dann klang er leicht betrunken?

Nic schaute gespielt empört zu ihm. »Mal wieder?«

Julian versuchte, sich ein Grinsen zu verkneifen, und scheiterte auf ganzer Linie. »Ja, wer ist denn wie der Heilsbringer vom Dienst ins Prisma geschwebt und hat verkündet, er werde das Restaurant retten?«

Ich bildete mir das Lallen in seiner Stimme definitiv nicht ein.

Sekundenlang sahen sie sich an, dann prusteten sie zeitgleich los. Tori lächelte zufrieden.

Mein Magen fuhr Achterbahn. Wieso, wieso, wieso hatte mein bester Freund ausgerechnet heute beschlossen, sich wieder mit seinem Bruder zu vertragen? Und was zur Hölle hatte Nic zu ihm gesagt, um das in so kurzer Zeit zu schaffen? Vor wenigen Stunden hatte Julian ihm noch eine reinschlagen wollen.

Ich rang mir ein Lächeln ab. »Zwischen Kiki und mir ist alles gut«, sagte ich. »Sie hatte nur noch andere Pläne. Wo habt ihr Echo und Alexis gelassen?«

»Echo hat morgen noch vor ihrer Frühschicht ein Treffen mit ihrer Selbsthilfegruppe und wollte fit dafür sein«, klärte Tori mich auf. »Und Alexis begleitet sie nach Hause.«

»Man könnte fast meinen, er hat mich unter falschen Versprechungen nach draußen gelockt«, murmelte Julian. »Und wollte gar nicht mit *mir* Zeit verbringen.«

Schon wieder passte seine fröhliche Stimmlage nicht zu der Aussage.

Tori schlang ihm einen Arm um die Mitte und grinste ihn an. »Ach, ich glaube, die zwei haben sich ziemlich vermisst, auch wenn Echo lieber sterben würde, als das offen zuzugeben. Und hey, du hast ja noch mich. Bin ich kein guter Trostpreis?«

Sofort legte er einen Arm um ihre Schultern und erwiderte ihr Grinsen mit einem noch breiteren. »Was für ein Unsinn. Du bist der fucking Hauptgewinn.«

Sie küssten sich, und ich musste wegsehen, weil mir bei dem Anblick ganz anders wurde.

Nic starrte mich an. Jegliche Heiterkeit war aus seinem Gesicht gewichen. Sein Blick war von der Sorte, die mich in Hunderte Teilchen zerlegte, bis nichts als die Wahrheit übrig blieb. Auch ich hatte ihn so angesehen. Vorhin, während ich mit Jules getanzt hatte. Es war nicht geplant gewesen. Der verfluchte Alkohol war schuld.

Kikis Stimme in meinem Kopf. »*Da ist deine Chance.*«

Ja, hier war sie.

»Wollen wir tanzen gehen?«, brachte ich hervor, weil mir auf die Schnelle nichts Besseres einfiel. Was ich eigentlich sagen wollte: *Es ist die pure Folter, wenn du mich so ansiehst. Rast dein Herz gerade auch so schnell, dass es wehtut? Glaubst du, eines Tages wirst du einfach nur ein Mensch für mich sein?*

Tori und Julian antworteten nicht. Die Geräusche, die sie von sich gaben, waren eindeutig. Also blieb mir nichts übrig, als weiter in Nics dunkelblaue Augen zu schauen, während mein Inneres ganz warm wurde und sich verflüssigte.

»Ich würde gern mit dir tanzen«, sagte er leise, so leise, dass nur ich es hörte. Meine Nackenhaare richteten sich auf. »Aber nur, wenn du willst.«

Nein, ich will nicht mit dir tanzen, sollte ich ihm entgegenschleudern. *Ich will, dass du mich endlich in Ruhe lässt, wie oft soll ich es dir noch sagen?*

Wäre es nur die Wahrheit.

Ich konnte nichts erwidern. Meine Stimme versagte.

Nach einer halben Ewigkeit lösten sich Tori und Julian endlich voneinander.

Mit gerötetem Mund und glänzenden Augen sah Julian mich an. »Wie sauer wärt ihr, wenn wir auch abhauen?«

Tori biss sich auf die Unterlippe. Ihr Blick war glasig. Sie nickte hastig. »Jules hat einen über den Durst getrunken. Ich sollte ihn lieber nach Hause bringen. Das wäre nur vernünftig.«

Ein Kichern entwich ihm. »Oh ja, vernünftig können wir.«

Ich musste sämtliche Willenskraft aufbringen, um ihnen die Panik, die in mir hochkochte, nicht zu offenbaren.

»Klar«, würgte ich hervor, ohne Nics Blick zu erwidern, der unaufhörlich auf mir brannte. »Viel Spaß.«

Julian boxte Nic ein bisschen zu fest gegen die Schulter. »Übrigens hat sich Darcy dazu bereit erklärt, dir mit den Fotos zu helfen.« Er schaute zu mir und formte stumm »Du bist die Beste« mit den Lippen.

Nic erwiderte nichts.

Es fühlte sich an, als hätte ich meinen Körper verlassen und würde als unbeteiligte Beobachterin am Rand stehen. Ich sah zu, wie ich Julian und Tori umarmte, wie mein Lächeln noch breiter wurde, wie Julian für den Bruchteil einer Sekunde verwirrt wirkte, als er mich ansah, weil er mich zu gut kannte. Doch der Moment verflog so schnell, wie er gekommen war, und dann liefen sie los, Hand in Hand, die Strandpromenade entlang und über den Sand bis zur Treppe, die sie die Klippen nach oben und auf die Straße bringen würde.

»Da waren es nur noch zwei«, erklang es neben mir.

23. KAPITEL

Darcy

Is this a part of your story?

Was brauchte es, um sich ernsthaft in jemanden zu verlieben?

Ich traf regelmäßig neue Menschen, ich war offen, ich ließ mich auf Gespräche ein, es gab so vieles, was mich an ihnen interessierte. Begeisterungsfähigkeit war eine meiner ausgeprägtesten Charaktereigenschaften. Jeden Tag, wenn ich das Haus verließ, gab es die Möglichkeit, jemanden zu finden, der mein Leben bereichern würde.

Aber Verliebtsein? Mir vorstellen können, mit jemandem mein Leben zu teilen? Reichte dafür Sympathie? Reichte es, mich zusätzlich dazu körperlich zu jemandem hingezogen zu fühlen, um von Liebe sprechen zu dürfen?

Wieso hatte ich mich nie in Julian verliebt? Wieso war sein Bruder derjenige, der diesen Posten von Anfang an besetzt hatte? War es das Mysterium? Waren es die Leerstellen, war es das Ungesagte zwischen all den Worten? Oder gab es eine höhere Macht, etwas, das ich niemals verstehen würde, weil es nicht irdisch war? War es Chemie? War es Magie? War es Schicksal?

Wieso fühlte es sich bei anderen Menschen nicht so an? Weil ich sie alle mit ihm verglich? Oder weil es tatsächlich schwer war, diese Art von Verbindung mit jemand anderem zu finden?

Es gab nicht nur einen Seelenverwandten für jeden von uns, das hatten mir meine Eltern mehrmals versichert. Aber Seelenverwandte fand man sicherlich auch nicht an jeder Ecke. Was, wenn ich es mein Leben lang bereute, wenn ich jetzt nichts unternahm? Was, wenn die Jahre vergingen, wenn Menschen kamen und gingen, aber niemand jemals an das rankam, was ich mit ihm teilte?

Was, wenn es pure Verschwendung war, es nicht zu probieren, nur weil ich Angst hatte? War das Schlimmste, was passieren könnte, wirklich schlimmer, als es nie versucht zu haben?

Es dauerte eine Weile, bis ich ihn ansehen konnte. Mein Herz wollte sich nicht beruhigen.

Da war noch eine Frage. Vielleicht die wichtigste: Warum gingen wir durchs Leben, als hätten wir mehr als eines?

Alles an ihm schien plötzlich anders. Sein Blick war weicher, vorsichtiger, offener. Gerade mit Julian hatte er ebenfalls angetrunken gewirkt, doch davon war jetzt nichts mehr zu sehen. Als würde er nicht anders können, als mir die Wahrheit unter all seinen Schichten zu zeigen.

»Keine Ahnung, wie du das machst«, hatte er mal zu mir gesagt. *»Aber wenn ich mit dir rede, funktionieren meine üblichen Tricks nicht.«*

Ich schlang die Arme um mich selbst. Wir sahen uns so lange an, bis unsere Umgebung zu Staub zerfiel.

»Du willst mir mit den Fotos helfen?«, wisperte er.

Meine Züge froren ein. »Julian hat mich darum gebeten.«

Schmerz zuckte über sein Gesicht. »Ich möchte nicht, dass du etwas tust, was du nicht willst.«

»Ach, auf einmal geht es darum, was ich will?«

Abrupt trat er einen Schritt zurück. »Keine Sorge, ich werde gehen. Wir müssen keine Zeit miteinander verbringen.«

Das war alles, was ich mir gewünscht hatte. Dass er endlich meine Grenzen akzeptierte und auf Abstand ging. Richtig?

Ich schüttelte den Kopf. »Nein.«

Sekunden verstrichen. Ein neues Lied erklang vom Pier her, ein Remix von LPs »One Last Time«, jemand grölte.

Another verse, another search for something holy

Another chance to make it right

When it's young and it's fun there's nothing lost nothing won

And no consequence in sight

Warum war es so verdammt schwer? Er war hier. Er hatte mir wehgetan, aber er war hier.

»N-nein?«

Erneut schüttelte ich den Kopf. »Zwei Wahrheiten und eine Lüge. Du zuerst.«

Die Worte zündeten ein Feuer in seinen Augen.

Das war unser Ding gewesen. Ich wusste nicht mehr, wer damit angefangen hatte.

Erst war es lustig gewesen. *»Mein kleiner Zeh ist länger als mein vierter«*, hatte er mit dem perfekten Pokerface gesagt, nachdem wir uns beide mit dem Vorwand, aufs Klo zu müssen, aus dem Unterricht gestohlen hatten, um fünf Minuten ungestört reden zu können. *»Das beste Essen aller Zeiten ist Rosenkohl, und als ich mal sauer auf Julian war, habe ich seine Lieblingspuppe im Meer ertränkt.«*

Kurz bevor ich den Kontakt mit ihm abgebrochen hatte, hatten wir das Spiel zum letzten Mal gespielt.

Ich würde die Fotografie aufgeben, wenn du dafür immer bei mir wärst, hatte er mir geschrieben. *Ich kann kein Lied mehr hören, ohne dein Gesicht vor Augen zu haben. Ich kann mir mein Leben ohne dich vorstellen.*

Nic scharrte mit den Füßen im Sand, schaute auf den Boden. Dann räusperte er sich. »Es hat mich verletzt, dass du Julian nie von uns erzählt hast«, sagte er heiser. »Ich war nicht eifersüchtig, weil ich dachte, dass du verliebt in ihn bist, sondern weil er Teil deines richtigen Lebens sein darf und … Und als ich deine Mutter diese Woche im Supermarkt getroffen habe, hat sie mir nicht gesagt, dass ich mich von dir fernhalten soll.«

Meine Augen weiteten sich. »Nicht ihr Ernst«, stieß ich hervor.

Nic biss sich auf die Lippe, wohl um sich ein Grinsen zu verkneifen. »Woher willst du wissen, dass *das* die Lüge war?«

Ein lautes Stöhnen entfuhr mir. »Diese Frau macht mich wahnsinnig.«

Sein Blick zuckte wieder zu mir, wurde beschwichtigend. »Sie meint es nur gut.«

Ich öffnete den Mund, um meiner Wut Luft zu machen, doch er kam mir zuvor.

»Du bist dran«, sagte er nüchtern. »Zwei Wahrheiten, eine Lüge.«

Meine Gedanken überschlugen sich. Damit war Agata *wirklich* zu weit gegangen. Ich sollte mich darauf konzentrieren, die Wut auf sie war gewohnt und sicher und …

Hatte ich ihn ernsthaft verletzt? Er hatte nie so etwas in die Richtung gesagt. Eher im Gegenteil, ich hatte früher das Gefühl gehabt, dass er froh war, weil Julian und auch sonst niemand von uns wusste. Da er sich auf diese Weise niemandem erklären musste.

»Darcy.«

Mein Name aus seinem Mund ließ mich zusammenzucken. Ich würde mich nie daran gewöhnen, ihn zu hören. Er klang so zart und liebevoll und …

Okay, nein. Ich war dran.

»Ich möchte, dass wir uns jetzt voneinander verabschieden«, sagte ich schroff. Die Musik hinter uns schien lauter zu werden.

But if I could have one last time with you

I imagine all the things we would do
Love is in the words unspoken
All these moments are golden
Forever is mine with you

»Mir ist verdammt kalt«, presste ich hervor. »Und ich möchte ins Lighthouse.« Meine Stimme brach. »Mit dir.«

Seine Gesichtszüge entglitten ihm. Da war so viel Hoffnung in seinem Blick, dass ich schreien wollte. Oder weglaufen. Oder ihn umarmen. So fest, dass nichts mehr zwischen uns passte.

Fuck.

Sekunden später hatte er sich wieder unter Kontrolle und deutete auf meine Arme. »Wo ist deine Jacke?«

Ich nickte in Richtung Ende des Piers. »Ich gehe sie holen.« Und dann gab ich mir einen Ruck. »Warte hier, okay?«

Zehn Minuten später saßen wir auf der Rückbank eines Taxis in Richtung East Hill. Ich war gottfroh, dass wir den Fahrer nicht kannten. Normalerweise liebte ich es, dass Goldbridge ein Ort war, an dem jeder jeden kannte, aber gerade Small Talk mit jemandem führen, während ich mit Nic unterwegs war ... Nein, danke.

»Was hat sie zu dir gesagt?«, wisperte ich, als die Altstadt an uns vorbeiflog und wir ein paar Minuten schweigend verbracht hatten. »Meine Mutter?«

Es dauerte eine Weile, bis er antwortete. Er schien jedes Wort abzuwägen. »Im Grunde nichts anderes als du. Dass ich dich in Ruhe lassen soll, weil du gerade glücklich bist und ich das nicht aufs Spiel setzen soll, wenn ich ... wenn ich nicht weiß, was ich will.«

Mit beiden Händen fuhr ich mir durch die Haare. »Sie kann's einfach nicht lassen!«

»Weiß sie alles?«, flüsterte er. »Was zwischen uns passiert ist?«

»Ja«, würgte ich hervor. »Es ließ sich nicht vermeiden. Mit irgendjemandem musste ich reden.«

Er nickte, dann wandte er sich ab und schaute aus dem Fenster. »So ging es mir auch.«

Frag ihn. Tu es. Du möchtest es wissen. Es bringt doch nichts, so zu tun, als hättest du abgeschlossen. Wenn du wirklich eine neue Chance willst, dann musst du es versuchen.

Doch bevor ich die Frage formulieren konnte, fuhr er fort.

»Ich glaube, meine Therapeutin ist schon genervt von mir, weil ich so viel über dich rede.«

Ein Stich in meiner Brust.

Das war gut. Es war gut, dass er in Therapie war. Ich hatte mir immer gewünscht, nicht die einzige Vertrauensperson für ihn zu sein, damit nicht die gesamte Verantwortung auf mir lastete. Doch gleichzeitig schnürte es mir die Luft ab, dass ich nicht für ihn da gewesen war. Dass es so viele Dinge gab, die ich nicht mehr über ihn wusste.

»Seit wann ...?«, flüsterte ich.

»Kurz nachdem es zwischen uns vorbei war«, erwiderte er genauso leise.

Es gab einiges, was ich ihn fragen wollte. *War es für dich auch so schlimm wie für mich? Hast du mit der Therapie angefangen, als es fast schon zu spät war, oder war es die natürliche Konsequenz daraus, dass du mich nicht mehr zum Reden hattest?*

Aber ich war noch nicht bereit dafür. Es war zu viel. So viele Stunden, Tage, Wochen ohne ihn, und jetzt saß er keinen halben Meter von mir entfernt. Ich würde es nicht ertragen, von null auf hundert zu gehen.

»Manchmal habe ich mich gefühlt, als hätte ich mir alles nur eingebildet«, begann ich also mit etwas Einfacherem. »Als wäre das alles zwischen uns nie passiert, weil es außer uns niemand wusste. Ging es dir auch so?«

Mit einem heftigen Nicken drehte er sich wieder zu mir. »Das war eins meiner größten Probleme. Niemand wusste von ... von meinem Glück, also hat sich mein Schmerz auch so surreal angefühlt. Die äußeren Umstände haben nicht zu meinen Gefühlen gepasst. Ich habe mal versucht, mit einem Typen darüber zu reden, den ich nach einem Job in einer Bar in Tokio kennengelernt habe. Wir haben darüber connectet, dass wir beide die ältesten Brüder sind. Erst haben wir über Familie und Druck geredet, und dann hat er mir von seiner Freundin erzählt. Ihm ging's scheiße wie mir, weil er Stress mit ihr hatte, und sie war auch am anderen Ende der Welt. Das war eine *richtige* Beziehung, weißt du? Sein Blick war so heftig, wenn er ihren Namen ausgesprochen hat. Er hat über sie geredet, als würde er sie heiraten wollen. Und ich? Ich weiß nicht mal, wie es sich anfühlt, dich zu küssen.« Nic lachte trocken. »Es war, als hätte ich kein Recht darauf, mich so zu fühlen, weil wir nie richtig zusammen waren. Dabei ...«

»Dabei hat es sich verdammt echt angefühlt«, vervollständigte ich, als er nicht weitersprach.

»Ja.« Ein trauriges Lächeln erschien auf seinen Lippen. »Ich dachte früher, ich bin der geborene Einzelgänger. Dabei habe ich nie versucht, allein zu überleben. Erst hatte ich meine Familie, dann dich, auch wenn es von außen nicht so aussah.« Er holte tief Luft. »Ich würde nicht so weit gehen zu sagen, dass ich dir dankbar dafür bin, was du letztes Weihnachten getan hast. Aber es hat mich aufgeweckt. Und das war notwendig.«

Ein Lachen entfuhr mir. »Ich habe es nicht für dich getan.«

»Ich weiß. Aber du warst ein gutes Vorbild. Indem du dich selbst priorisiert hast, hast du mir die Chance gegeben, das Gleiche bei mir zu tun.«

»Gern geschehen?«

Er grinste, und in meinem Magen öffnete sich eine Falltür.

Und plötzlich hielt ich es nicht länger aus. »Geht's dir gut? Bist du glücklich?«

Das Taxi hielt. Erst jetzt kehrte unsere Umgebung stückweise in meine Wahrnehmung zurück. Die steile Straße. Der Fuß des Felsens.

»Ich arbeite dran«, sagte Nic genau in dem Moment, in dem der Fahrer sich zu uns umdrehte.

»Weiter kann ich nicht fahren.«

Ich beeilte mich, mein Portemonnaie aus der Tasche zu holen, während Nic in seine Hosentasche griff.

Bestimmend schob ich seine Hand weg. »Ich zahle. Auf dich gehen ja schon alle Drinks.«

Er setzte zum Protest an, doch ich drückte dem Fahrer bereits passend die Scheine in die Hand und bedankte mich.

Als wir draußen standen, wirbelten meine Haare nach hinten. Hier oben war der Wind viel heftiger als am Strand. Auf dem Gipfel des Hügels war das warme Licht der Laternen zu sehen, die an Holzplanken befestigt waren. Wir mussten einen verschlungenen Pfad nach oben laufen, um die Bar zu erreichen. Das Lighthouse befand sich etwas abseits des Wohngebiets des East Hills; von hier aus wirkte die Stadt unten unendlich weit weg. Es roch außerdem anders, mehr nach Wald und Moos, weil der Berg dicht bewachsen war, statt nach Meer und Fisch. Sanfte Pianomusik war von oben zu hören, aber der Gesprächslärm hielt sich in Grenzen. Es klang nicht nach einem rauschenden Fest.

»Ich war nur ein einziges Mal hier«, brach ich das Schweigen zwischen Nic und mir, als wir losliefen. »Und ich würde die Erinnerung daran gern überschreiben.«

»Was ist passiert?«

»Egal.«

Ich hatte ein Date mit einem Touristen gehabt, er hatte die Location ausgesucht, und es war alles andere als gut gewesen.

Weniger die Zeit, die wir im Lighthouse verbracht hatten, als das, was anschließend geschehen war. Aber ich hatte gerade wirklich keine Lust, Nic diese Geschichte zu erzählen und von ihm bemitleidet zu werden.

»Wusstest du, dass die Bar auf Tripadvisor in den Top fünf der besten Bars in Goldbridge rangiert?«, fragte ich, um die Stille zu füllen.

»Na ja, keine große Kunst, mehr als fünf gibt's ja auch nicht«, warf Nic ein, und ich musste mir ein Grinsen verkneifen. Während ich Goldbridge für seine Überschaubarkeit liebte, hatte sich Nic stets darüber aufgeregt.

»Als ich hier war, habe ich mich zu Anfang unwohl gefühlt«, fuhr ich fort. »Weil ich nicht zur gewöhnlichen Klientel passe. Zu wenig elegant bin. Ich hatte ein Korsett mit Zebramuster über einer pinken Bluse an.«

»Ich habe deinen Stil immer geliebt«, erwiderte Nic leise. »Gerade weil du dein eigenes Ding machst.«

Ich wusste, das Kompliment war aufrichtig gemeint, es war nicht das erste Mal, dass er so etwas zu mir sagte, doch der Typ damals hatte etwas Ähnliches angemerkt, als ich in dem Outfit aufgekreuzt war, während er selbst Hemd und Anzugshose getragen hatte.

»Du bist nicht wie die anderen Mädchen auf dieser App, das ist mir direkt aufgefallen«, waren seine Worte gewesen, und mein Magen hatte sich zusammengekrampft, weil meine Mutter mir schon früh erklärt hatte, was es bedeutete, wenn ein Mann diesen Satz zu einer Frau sagte.

Trotzdem hatte ich drei Stunden im Lighthouse mit ihm verbracht, hatte über seine Anekdoten gelacht und war ihm danach in sein Hotelzimmer gefolgt. Nur weil ich feministisch erzogen worden war, hieß das nicht, dass ich gegen den Rausch immun war, den männliche Anerkennung mir einbrachte. Zumal ich verbissen versucht hatte, mir Nic aus dem

Kopf zu schlagen. Verzweiflung war keine gute Motivation, um auf ein Date zu gehen. Ich hatte Ja zu allem gesagt. Enthusiastisch Ja. Obwohl es unangenehm gewesen war, nicht wie etwas, das ich wollte, sondern wie etwas, von dem ich dachte, ich *sollte* es wollen. Als er in mir gekommen war, hatte es sich zu nass angefühlt, und Sekunden später hatte ich das abgezogene Kondom auf dem Boden entdeckt. *Dazu* hatte ich ganz sicher nicht Ja gesagt. Statt ihn damit zu konfrontieren, was er getan hatte, war ich ins Bad verschwunden und hatte eine halbe Ewigkeit geduscht, ehe ich mich höflich verabschiedete und mit einem ekelhaften Gefühl im Bauch ging.

Am nächsten Tag hatte ich es Julian und anschließend meiner Mutter erzählt. Sie hatten mich zur Polizei geschleppt und dann ins Krankenhaus, wo ich die Pille danach bekam. Stealthing, der Begriff dafür, wenn man das Kondom während des Geschlechtsverkehrs ohne das Wissen seines Sexualpartners abzog, war in Großbritannien erst seit 2020 und an den meisten Orten auf der Welt gar nicht strafbar, da es nicht als eine Form von sexuellem Missbrauch angesehen wurde, also sollte ich mich wohl glücklich schätzen. Nicht, dass es irgendwas gebracht hatte, der Typ war am nächsten Tag abgereist, und ich hatte nie wieder was von der Polizei oder ihm gehört.

»Alles okay?«, durchbrach Nics sanfte Stimme meine Gedankengänge.

»Was?«

Seine Stirn war gerunzelt, Sorge glänzte in seinen Augen. »Wir müssen echt nicht in diese Bar, wenn du den Ort mit einer schlechten Erfahrung verbindest.«

Ich konnte mir denken, wie Nic reagieren würde, wenn ich ihm die Geschichte erzählte. Wahrscheinlich würde er genauso ausrasten wie Julian. Und ich müsste den Impuls unterdrücken zu erwidern, dass es nicht so schlimm gewesen war.

Es war schlimm genug gewesen, das wusste ich. Seitdem hatte ich nie wieder Sex mit einem Mann gehabt. Nicht, dass es mir wirklich fehlte, aber ich fragte mich schon, was meine bewusste Entscheidung und was Teil meines Schutzmechanismus war. Es ging mir inzwischen deutlich besser damit, auch wenn es Spuren hinterlassen hatte. Jedenfalls war ich froh, dass es nicht meine erste sexuelle Erfahrung gewesen war.

Hitze durchfuhr meinen Körper wie Millionen kleine Stromschläge. Nein. Es war jetzt wirklich nicht der richtige Moment, um *daran* zu denken.

»Doch«, sagte ich schnell. »Wie gesagt, ich würde die Erinnerung gern überschreiben.«

»Wie funktioniert das genau?«, fragte er halb belustigt. »Ich weiß nur, wie man vor Erinnerungen wegrennt.«

Ich hob eine Braue. »Wenn man vor Erinnerungen wegläuft, muss man sich ständig neue Orte suchen.«

Er erwiderte meinen Blick, als hätte ich etwas Offensichtliches übersehen. »Exakt. Was glaubst du, womit ich die letzten Jahre beschäftigt war?« Er sagte es im Spaß, aber die Wahrheit darin ließ mich schaudern.

Das war immer der große Unterschied zwischen uns gewesen. Nic hatte meine Liebe zu Goldbridge nie ganz nachvollziehen können. Und ich hatte nicht verstanden, wie man aus seinem Koffer leben und nie ein richtiges Zuhause haben konnte.

»Wenn an einem bestimmten Ort etwas Negatives passiert, muss man so schnell wie möglich die Erinnerung mit etwas Positivem besetzen. Also natürlich nur, wenn man dazu in der Lage ist. Sonst wird die ganze Stadt irgendwann zu einem Minenfeld.«

Wir waren inzwischen am Eingang der Bar angekommen, und erst jetzt bemerkte ich, wie außer Atem ich durch den steilen Weg nach oben geraten war. Nic ging es exakt wie mir.

»Okay«, brachte er keuchend hervor. »Wie kann ich dir dabei behilflich sein?«

Augenblicklich hatte ich meinen Vater vor Augen. Und dann Kiki.

Was hätte ich all die Zeit für eine solche Gelegenheit gegeben? Der Mensch, in den ich, seit ich denken konnte, verliebt war, und ich.

Plötzlich wurde ich von einer Leichtigkeit erfasst, die weder zu meiner Erinnerung an das beschissene Date noch zu meiner aktuellen Gesellschaft passte. Meine Mundwinkel bogen sich nach oben, und ich hielt ihm eine Hand hin.

Seine Augen weiteten sich.

»Komm«, flüsterte ich.

24. KAPITEL

Nicolas

History repeating

Es brauchte eine Stunde und zwei Gin Tonics, bis ich es ansatzweise schaffte, mit der Situation klarzukommen.

Das passiert nicht wirklich, schrie eine Stimme in meinem Kopf. *Das kann nicht real sein.*

Und doch saß ich mit der Person, nach der ich mich all die Jahre verzehrt hatte, in einer Rooftopbar am Geländer, die glitzernde Stadt unter uns, funkelnde Laternen über uns, neue Drinks zwischen uns. Trotz der Temperaturen war es warm, denn auf der Terrasse standen Heizpilze.

Ich hatte zu viel getrunken, aber es war mir egal. In der Bar war kaum etwas los, neben zwei anderen Paaren waren wir die einzigen Gäste. Obwohl es sich in Goldbridge herumgesprochen hatte, dass ich heute Nacht die Drinks zahlte, wollte wohl niemand den Weg nach hier oben auf sich nehmen. Es war mir nur recht. Je weniger Trubel, desto besser konnte ich mich auf Darcy konzentrieren.

»Welches Projekt war dein liebstes?«, fragte sie, schob ihr halb volles Cocktailglas beiseite und beugte sich über den Tisch, um das Kinn in die Hand zu stützen.

Ich konnte nicht fassen, dass sie vor mir saß und mit mir redete, als wäre nie etwas zwischen uns vorgefallen.

Beantworte ihre Frage. Du kannst dich glücklich schätzen, dass sie Zeit mit dir verbringen will, verdammt!

»Das wird vielleicht nach Koketterie klingen«, sagte ich, »aber tatsächlich eher die kleinen. Bei großen Shoots passiert zu viel, und es sind zu viele Meinungen, die ich im Kopf habe. Außerdem ist der Druck viel größer, es nicht versauen zu dürfen. Ich liebe es, mich nur auf eine Person zu konzentrieren und im Moment zu verlieren.«

»Also hat sich im letzten Jahr nicht so viel verändert.«

Ihre dunklen Augen glänzten, die Laternen reflektierten ihre Schminke. Ich wünschte, ich hätte meine Kamera dabei und könnte sie so fotografieren.

Ich schüttelte den Kopf. »In mir nicht. Aber meine Außenwirkung hat sich verändert.«

»Weil du jetzt ein großer Starfotograf bist?«

Es klang nicht spöttisch, aber ich schämte mich trotzdem.

»Es ist lächerlich«, protestierte ich. »Ich arbeite genau wie am Anfang meiner Karriere. Also natürlich entwickle ich mich weiter, aber im Grunde mache ich nichts anders. Nur weil ein krasses Magazin entschieden hat, mit mir zusammenzuarbeiten, werde ich plötzlich ernst genommen. Das hat nichts mit der Kunst zu tun. Es ist die reinste Farce.«

»Aber du wolltest doch groß werden«, sagte sie, und zum ersten Mal, seit wir die Bar betreten hatten, hörte ich eine gewisse Schärfe in ihrer Stimme. »Du wolltest an der Spitze sein, nicht einfach nur irgendein Fotograf.«

Das war ein Streitpunkt zwischen uns gewesen. Ich hatte sie dazu überreden wollen, Geld für ihre Kunst zu nehmen, einen Job daraus zu machen. Und sie hatte dagegengehalten, dass sie ihre Kunst vor der Außenwelt beschützen wollte, vor den Meinungen anderer, dass es ihr um Seelenfrieden ging, nicht um Ruhm.

Ich nickte. »Versteh mich nicht falsch, ich bin dankbar für

all die Chancen, die mir eröffnet wurden. Das Geld und die damit einhergehenden Möglichkeiten sind großartig, aber darum geht es mir nicht. Mir geht's um die Freiheit.«

»Bist du wirklich frei, wenn andere Menschen darüber bestimmen, ob deine Arbeit gut oder schlecht ist?« Sie schien selbst überrumpelt von ihren Worten, tastete nach ihrem Drink, nahm zwei große Schlucke, wich meinem Blick aus.

»Sind wir je wirklich frei?«, antwortete ich und trank ebenfalls. Mein Herz klopfte schneller. Es wäre besser, die Wogen zu glätten, aber ich konnte nicht hier sitzen und Small Talk mit ihr führen, als seien wir Fremde. »Wäre ich frei gewesen, wäre ich hiergeblieben, hätte im Restaurant meiner Eltern gearbeitet, mehr als die Hälfte meiner Lebenszeit darauf verwendet und meine wahre Leidenschaft, die eine Sache, die mir wirkliche Freude bereitet, in gestohlenen Momenten ausgeübt?«

Sie biss die Zähne zusammen. »Ich habe nie gesagt, dass du im Restaurant arbeiten sollst. Aber …«

»Aber was?«

»Vergiss es«, sagte sie kopfschüttelnd.

»Nein, spuck's aus, ich will es wissen.«

»Es gibt nicht nur diese zwei Extreme«, sagte sie eine Spur zu laut. »Es gibt nicht nur ›alles für seine Leidenschaft aufgeben‹ oder ›sie komplett verdrängen‹. Ich übe meine Leidenschaft aus und liebe mein Leben, obwohl ich zusätzlich einen Job habe, der mich über die Runden bringt.«

»Das ist was anderes.«

»Wieso?«, zischte sie. »Weil ich im Gegensatz zu dir keine Ambitionen habe? Weil ich nicht gut genug bin? Weil meine Vorstellung eines erfüllten Lebens klein und konventionell und geistlos ist?«

»Das habe ich nie gesagt.« Ich wollte ruhig bleiben, mir war doch klar, dass dieses Thema einen Nerv traf … Verdammt, glaubte sie wirklich, ich hielt mich für etwas Besseres? Ausgerechnet *sie*?

»Es ist was anderes, weil du nicht in diese Familie hineingeboren worden bist!« Auch ich wurde mit jedem Wort lauter. »Du hast dir die Arbeit im Prisma ausgesucht, für dich ist es der perfekte Ausgleich zu deiner Kunst. Der Job schenkt dir finanzielle Sicherheit und damit die Freiheit, dich außerhalb davon auszutoben und du selbst zu sein. Aber ich ... ich hatte keine Wahl, okay?«

Mir war plötzlich, als hätte jemand die Musik runtergedreht und die Gespräche gleich mit dazu. Die Farbe aus den Drinks, den stilvollen weißen Hockern, den Tischen genommen. Alles war blass und still. Alles außer Darcy, mir gegenüber.

Mit den Fingern trommelte sie eine zornige Melodie auf die Unterseite des Tischs, während ihre Augen förmlich Funken sprühten. »Und Julian hatte eine, oder was?«

Wut kochte in mir hoch, schäumend und heiß riss sie jede andere Emotion mit sich. »Die ganze Welt sollte wie mein Bruder sein, stimmt's? Sich selbst ständig zurücknehmen, sich aufopfern für das Glück anderer und dann fragen, woher bloß die Leere im Inneren kommt. Und nicht zu vergessen: alle verurteilen, die es wagen, sich aus dieser Hölle zu befreien. *Natürlich* hatte Julian eine Wahl. Er hat sich dafür entschieden, seine Bedürfnisse hinten anzustellen, damit es allen anderen gut geht. Das hat er sich bei unserer Mutter abgeguckt. Herzlichen Glückwunsch, das nennt sich People Pleasing für Anfänger. Darüber beziehen die beiden ihren gesamten Selbstwert. Und alle drum herum applaudieren. Natürlich tun sie das, sie profitieren ja davon.« Ich leerte den Rest meines Drinks in einem Zug, knallte das Glas auf den Tisch. Die Eiswürfel darin klapperten. »Glaubst du, ich hätte das nicht tun können? Glaubst du, es wäre mir schwergefallen? Ich bin der

Älteste, verflucht noch mal, das war *meine* Aufgabe. Meine Eltern haben von *mir* erwartet, dass ich mich aufopfere. Aber ich habe nicht den einfachsten Weg gewählt, sondern den, der mich zum Sündenbock gemacht hat. Das solltest du am besten wissen, immerhin warst du die Einzige, die mich darin unterstützt hat.«

Darcy hielt ihre Finger still. Ihre Wangen waren knallrot und ihre Augen ganz schmal. »Ich habe dich in deinem Traum unterstützt, nicht darin, alles stehen und liegen zu lassen«, fauchte sie. »Es gibt auch einen Mittelweg! Du machst es dir verdammt einfach, wenn du Julian in diese Schublade steckst. Ja, vielleicht ist er oft zu selbstlos. Ja, vielleicht vergisst er dabei manchmal seine eigenen Bedürfnisse. Aber er gibt sich nicht komplett für andere auf. Und er führt deshalb auch kein unerfülltes Leben. Im Leben geht es nämlich nicht nur darum, was man selbst will, sondern auch um Kompromisse, ein Miteinander. Wir sind Menschen, keine Maschinen. Er hat das verstanden.«

»Können wir endlich, endlich aufhören, über meinen beschissenen Bruder zu reden?«

»Gut, du willst über uns reden?« Sie spie die Worte förmlich aus. »Dann nur zu! Hast du dich in den letzten Monaten großartig gefühlt, Nic? Bist du deshalb in Therapie gegangen? Weil dein Job dich so gottverdammt glücklich gemacht hat? Weil er alles ist, was in deinem Leben zählt? Weil er die Leere komplett ausgefüllt hat?«

Ich starrte sie an. Meine Wut war auf einen Schlag verschwunden. Stattdessen machte sich Übelkeit in mir breit.

Aber Darcy war noch nicht fertig.

»Du bist mehr als gut in deinem Job. In jeder Aufnahme ist deine Leidenschaft und deine Kreativität zu sehen.« Sie schluckte hart, blinzelte heftig. »Es gibt niemanden auf der Welt, mit dem ich lieber über Kunst geredet habe. Aber das war doch nur Mittel zum Zweck! Lediglich eins der Millionen Dinge, die dich so besonders für mich gemacht haben. Es ging nur darum, mich dir näher zu fühlen.«

Mein Herz raste so schnell, dass es in meinem ganzen Körper widerhallte, in meiner Brust, in meinen Fingerspitzen, selbst in meinen Füßen.

»Du hast mir mal geschrieben, du würdest die Fotografie aufgeben, wenn ich dafür immer bei dir wäre. Das habe ich doch nicht von dir verlangt! Es war nie eine Entscheidung zwischen deiner Leidenschaft und mir.«

Tränen quollen aus ihren Augen. Ich wollte die Hand ausstrecken und sie fortwischen. Und gleichzeitig wollte ich mit ihr weinen. Auch wenn ich nicht mehr wusste, wie das ging.

»Ich habe keine Ahnung, was an mir dir das Gefühl gegeben hat, eingesperrt zu sein. Du hast von Freiheit geredet, als wäre Goldbridge ein Gefängnis. Als wäre *ich* ein Gefängnis.«

Ich schüttelte heftig den Kopf. »Darcy, *du* hast es beendet. *Du* hast gesagt, wir halten einander davon ab, richtig zu leben. *Ich* war ein Gefängnis für *dich*, nicht andersrum.«

»Was für ein Quatsch!«, rief sie und wischte sich fahrig über die Wangen. »Ich habe es beendet, weil ich fast zugrunde gegangen bin bei dem Versuch, alles für dich zu sein!«

Und bevor ich noch ein weiteres Wort sagen konnte, schob sie abrupt den Stuhl zurück und stand auf. »Ich muss aufs Klo«, brachte sie hervor, wandte sich um und wankte in Richtung Toiletten.

25. KAPITEL

Darcy

Spilling secrets

Ich puderte mein Gesicht dreimal hintereinander. Nicht, weil es was brachte, sondern weil mich die gewohnte Bewegung beruhigte. Dazwischen hielt ich mir den Zeigefinger unter die Augen, um die verräterischen Tränen aufzufangen.

Ich wollte mich nicht mit Nic streiten. Ich wollte die verdammte Zeit zurückdrehen, bis letztes Weihnachten, und das tun, von dem ich soeben gesagt hatte, es niemals von ihm zu verlangen. Statt es einfach so zu beenden, ihn vor die Wahl stellen. *Entweder du kommst zurück, oder es ist vorbei.* Es ging nicht darum, ihn an Goldbridge zu fesseln. Sondern darum, dass er zu mir stand.

Aber hatte ich je wirklich zu ihm gestanden?

»Es hat mich verletzt, dass du Julian nie von uns erzählt hast.«

Ich starrte in meine blutunterlaufenen Augen und schüttelte den Kopf. Mein Pony klebte an meiner Stirn, und mein Lidschatten war verschmiert.

Als hinter mir die Tür aufflog, fuhr ich zusammen.

»Darcy.«

Nach wie vor starrte ich in den Spiegel, direkt in sein Gesicht. Jegliche Farbe war daraus gewichen.

»Was machst du hier?«, flüsterte ich.

Er beschrieb eine allumfassende Geste. »Was machen *wir* hier?«

Seine Stimme klang irgendwie wund.

Ganz langsam wandte ich mich um. »Wir drehen uns im Kreis, oder?«

Er nickte. »Wollen wir ihn durchbrechen?«

»Wie?«

Er machte einen Schritt auf mich zu, noch einen, registrierte meinen panischen Blick, blieb stehen.

»Ich weiß nicht, wie es dir geht, aber ich will alles über dich erfahren, was ich verpasst habe.«

Noch vor wenigen Stunden hätte ich abgestritten, dass es mir genauso ging. Jetzt kam es mir lächerlich vor, diese Tatsache zu leugnen. Also nickte ich.

»Okay.« Er atmete tief durch. »Wie wäre es, wenn wir uns abwechselnd Fragen stellen, wie auf einem Speed Date? Wir müssen nicht auf die Antworten eingehen, keine Diskussion anfangen. Einfach zuhören und weitermachen?«

Ich ließ meinen Blick über sein müdes Gesicht gleiten, seine blauen Augen, die jetzt fast schwarz wirkten, seinen roten Mund, sein Kinn mit den Bartstoppeln darauf …

»Vielleicht schaffen wir es auf diese Weise, uns nicht an den Kragen zu gehen«, fuhr er fort, und ein kleines Lächeln umspielte seine Lippen.

»Ich kann für nichts garantieren«, gab ich schwach zurück, und dann musste ich auf einmal auch lächeln. »Gut. Versuchen wir's. Aber ich brauche einen frischen Drink.«

Sein Lächeln wurde breiter. »In weiser Voraussicht habe ich uns schon mal Nachschub bestellt.«

Als wir wieder am Tisch saßen, einen Mai Tai und einen Gin Tonic sowie zwei Wassergläser vor uns, straffte ich die Schultern und sah ihn an. »Willst du beginnen?«

»M-hm.« Mit dem Zeigefinger und Daumen seiner rechten Hand fuhr er an seinem Glas hoch und runter. Das Tattoo der Schere hob sich von seiner gebräunten Haut ab. Ich liebte es. Es hatte etwas Verwegenes, und gleichzeitig war es mir wegen Julians und Alexis' Tattoos im gleichen Stil unglaublich vertraut.

»Wieso lief dein Date mit Kiki nicht gut?«, fragte er mit völlig emotionsfreier Stimme.

Wie hatte ich auch nur für einen Moment annehmen können, dass er mich etwas Unverfängliches fragen würde?

Egal. Das bedeutete, auch ich konnte ihm Fragen dieser Art stellen.

»Weil es mir seit einiger Zeit schwerfällt, mich emotional auf Menschen einzulassen«, antwortete ich trocken.

»Wegen mir?«

Mein Herz geriet ins Stolpern.

Ich schüttelte den Kopf. »Folgefragen sind nicht erlaubt. Sonst entsteht wieder eine Diskussion. Ich bin an der Reihe.«

Er verzog das Gesicht. »Du hast recht.«

»Wie viele Menschen hast du seit letztem Weihnachten gedatet?«

Innerlich wappnete ich mich. Es war okay, redete ich mir ein. Ich würde es ertragen. Schlimmer konnte es sowieso nicht mehr kommen.

»Keine.« Er nahm einen Schluck von seinem Longdrink. »Wolltest du mich heute eifersüchtig machen?«

»Ja.« Ich nahm ebenfalls einen Schluck von meinem Mai Tai. »Was war der Auslöser dafür, dass du nach Goldbridge gekommen bist?«

»Alexis«, erwiderte er und hielt mich mit seinem Blick fest. Bevor ich seine letzten beiden Antworten richtig verarbeiten konnte, fuhr er schon fort. »Was ist das letzte Mal passiert, als du im Lighthouse warst?«

Damit hätte ich rechnen müssen.

Ich gab mir Mühe, locker und gelassen zu klingen. »Ich war auf einem Date mit einem Typen, und es lief nicht gut.«

Sein Blick loderte. »Wieso?« Das Wort klang beinahe wie ein Knurren.

»Du tust es schon wieder, Nic.«

Er blinzelte. »Aber …«

»Nein.« Ich nahm noch einen Schluck. Mein Herz begann wieder zu rasen. »Besteht die Möglichkeit, dass du hierbleibst?«

»Hier?«, echote er.

Schlagartig ertrug ich seinen Anblick nicht mehr. »In Goldbridge.«

Sekunden vergingen. Wie aus weiter Ferne hörte ich, wie eins der beiden Paare sich vom Kellner verabschiedete. »Wirklich angenehm bei euch«, sagte die eine. »Ja, die pure Idylle«, fügte die andere hinzu. »Wir kommen wieder.«

Und dann erklang seine Stimme.

»Ja.«

Nur ein Wort. Kein Versprechen. Eine Möglichkeit. Doch sie war so viel mehr als alles, was ich je zu hoffen gewagt hatte.

Als ich erneut nach meinem Glas griff, zitterten meine Finger, und es tat weh zu schlucken.

»Wie war dein erstes Mal Sex?«

Diesmal ließ er mich alle Emotionen hören: Angst. Wut. Schmerz.

»Das weißt du.« Ich zwang mich, ihn anzusehen. »Du warst dabei.«

An seinem Blick erkannte ich, dass er sekundenlang in der Erinnerung ertrank.

»Dein erstes richtiges Mal, meine ich«, sagte er heiser.

»Das war richtig.« Ich schnaubte. »So viel richtiger als das, was ich anschließend erlebt habe.«

Für mich war die Erfahrung mit dem Touristen zwar mein erstes Mal mit Körperkontakt, aber kein Sex gewesen, sondern ein Übergriff. Danach war ich noch mit zwei Frauen im Bett gewesen, und beide Male waren spannend gewesen, auch wenn es mich einige Überwindung gekostet hatte, überhaupt mit jemandem zu schlafen, aber ich hatte die zwei nicht wirklich an mich rangelassen. Sie zu befriedigen war einfacher gewesen, als von ihnen befriedigt zu werden. Selbst im Fokus des Geschehens zu stehen, fiel mir schwer. Es bedeutete, dass ich mich komplett fallen lassen musste.

»Okay.« Er schien mit sich zu kämpfen. »Du hast die Frage aber nicht beantwortet. Nur, weil ich ein Teil davon war, heißt es nicht, dass ich weiß, wie es sich für dich angefühlt hat.«

Ich setzte mein Glas an, wollte trinken, nur um festzustellen, dass es schon wieder leer war.

Verdammt. Hastig griff ich nach dem Wasser und leerte auch dieses. Die kalte Flüssigkeit ließ mich frösteln.

Unsere Blicke verketteten sich ineinander. Wieso schaute er nicht weg? Wieso tat ich es nicht?

»Bist du allein?«, hörte ich seine Stimme in meinem Kopf. Leise, ganz leise.

Und plötzlich saß ich nicht mehr mit ihm hier, sondern auf meinem Bett, in meinem stockdunklen Zimmer, mit dem Rücken zur Wand.

»Nein«, flüsterte ich. »Aber Julian schläft.«

Wir telefonierten seit einer halben Stunde, ich war erst aufs Dach gegangen, damit ich ungestört mit ihm reden konnte, doch dann war es zu kalt geworden, also war ich in mein Zimmer zurückgekehrt. Es war nach zwei Uhr, morgen musste ich früh raus. Und trotzdem dachte ich nicht daran, das Gespräch zu beenden.

»Was gäbe ich dafür, jetzt bei dir zu sein …«

Seine Stimme klang ganz weich, und wenn ich die Augen

zupresste, konnte ich mir vorstellen, er befände sich direkt neben mir.

Er war angetrunken. Ein bisschen zu viel Scotch auf einer After-Party eines Fotoshoots, hatte er gesagt.

Ich war nüchtern. Aber so fühlte es sich nicht an. Deshalb traute ich mich auch, die nächsten Worte auszusprechen.

»Was würdest du tun, wenn du hier wärst?«

Mein ganzer Körper stand in Flammen. Mein Herzschlag war alles, was ich hörte, während er viel zu lange schwieg.

»Willst du das wirklich wissen?«

Ein Lächeln schlich sich auf meine Lippen. »Ich will es wirklich wissen.«

Er lachte heiser. Dann hustete er. »Darcy ...«

Ich liebte es, wie er meinen Namen aussprach. Als wäre er eine Offenbarung.

»Ich habe gerade keinen Filter«, murmelte er. »Das ist gefährliches Terrain.«

Gott, er machte mich wahnsinnig. Wie von allein wanderten meine Finger über meine Oberschenkel. Ich trug eine Pyjamashorts und ein dünnes Top. Gänsehaut überzog meine Haut.

Was war schon das Schlimmste, was passieren könnte? Ich hatte so oft darüber fantasiert. Und so wie er klang, war ich nicht die Einzige.

»Ich will keinen Filter.« Ich umklammerte das Handy fester. »Ich will die Wahrheit.«

Unverständliches Gemurmel erklang. Fluchte er?

»Du wolltest nicht mal, dass ich dich küsse«, sagte er nach einer Pause. »Also weiß ich nicht, ob du bereit bist, die Wahrheit zu hören.«

Bunte Lichter explodierten vor meinem inneren Auge. Natürlich hatte ich gewollt, dass er mich küsste. Ich hatte nur Angst davor gehabt, was es mit mir anrichten würde. Aber seit er gegangen war, war über ein halbes Jahr vergangen, und ich konnte nicht aufhören, an all die Möglichkeiten zu denken.

»Ich wollte alles«, widersprach ich. Es fühlte sich an, als würde eine Fremde die Worte sagen. »Ich will es noch immer.«

Weg mit der Scham. Weg mit der Angst. Das war Nic. Mein Nic. Er würde dieses Geständnis niemals gegen mich verwenden. Ich war in Sicherheit.

»Ich will dich hier, direkt neben mir«, sagte ich. »Ich will, dass du mich berührst, erst langsam, zärtlich. Ich will, dass du deine Fingerspitzen über meinen Arm gleiten lässt, bis all meine Härchen sich aufrichten. Dann meine Beine entlang, außen, innen, langsam, ganz langsam, bis ich nicht mehr richtig atmen kann.«

Am anderen Ende der Leitung herrschte Totenstille, doch ich ließ mich nicht davon beirren.

»Ich will, dass du mich küsst. Meine Schultern, meinen Nacken, meine … meine Brüste. Ich will, dass du mich überall küsst, während deine Hände über meinen Körper wandern. Und dann will ich, dass du dich auf mich legst. Ich will dein ganzes Gewicht spüren, die Hitze deines Körpers. Ich will, dass du mein Gesicht zwischen deine Hände nimmst und mich richtig küsst. Ich will wissen, wie du schmeckst. Was für Geräusche du machst, wenn unsere Zungen sich berühren. Ich … ich will …«

Sein Atem beschleunigte.

Meine Hand wanderte zwischen meine Beine, verharrte dort über der Shorts, obwohl alles in mir danach schrie, die Finger in meinen Slip zu schieben und mir Erlösung zu verschaffen.

»Darcy.«

Ich lächelte, obwohl ich meinen Kopf ins Kissen drücken und schreien wollte vor lauter Verlangen.

»Willst du dich anfassen?«, raunte ich.

»Ja, verdammt.«

»Ich fasse mich schon an.«

Er gab einen Laut von sich, halb Qual, halb Ekstase. »Du willst mich umbringen.« Ein paar tiefe Atemzüge. »Ich wusste nicht, dass du … dass du auch …«

»Dass ich mir das auch vorgestellt habe?«

»Ja.«

ER HAT ES SICH VORGESTELLT, *schrie ich innerlich.*

»Erzähl mir, was du willst«, verlangte ich mit erstickter Stimme. »Und fang an, dich zu berühren.«

Es dauerte eine Weile, bis er sprach. Die Hitze in mir wurde unerträglich. Mit der freien Hand wanderte ich unter mein Top, streichelte meinen Bauch, packte meine Brüste, grub meine Nägel in die Haut und stellte mir vor, es wären seine.

»Ich will dich ausziehen. Langsam. Bis du vollständig nackt vor mir liegst. Und dann will ich meine Kamera holen und dich genauso fotografieren. Ich will festhalten, wie du vorher aussiehst und danach, wenn ich mit dir fertig bin. Am Anfang möchte ich mich langsam hocharbeiten, erst deine Füße küssen, deine kleinen, perfekten Füße, dann deine Waden. Ich will dein Bein auf meiner Schulter ablegen und die Innenseite küssen. Ich will wissen, wie du dort riechst. Ich will wissen, wie sich deine Haut dort anfühlt. Ich will dich streicheln, überall. Und wenn du nicht stillhältst …«

Er brach ab, und ich bäumte mich leicht auf, drückte meine Hand auf meine pulsierende Mitte.

»Wenn ich nicht stillhalte?«, gab ich zurück. Mein Mund war ganz trocken. Mein Puls raste.

»Dann will ich dich festhalten. Und wenn das nicht reicht, dann will ich dich ans Bettgestell fesseln.« Ein Rascheln ertönte. »Ich habe hier im Hotel das perfekte Bett. Das Gitter eignet sich hervorragend dafür.«

Mein Atem stockte. Sekunden vergingen wie Stunden. Mir war so heiß.

»Ist das okay?«, flüsterte er. »Oder gefällt dir das nicht?«

»Es gefällt mir«, brachte ich hervor. »Ich mag den Gedanken, die vollständige Kontrolle über dich zu haben. Aber genauso mag ich den Gedanken, vollständig von dir dominiert zu werden. Ist das … seltsam?«

Scharf sog er die Luft ein. »Wenn es seltsam ist, will ich nie wieder etwas anderes sein.«

Gott, wie mich seine Stimmlage anmachte.

»Erzähl mir, wieso du mich fesseln willst«, verlangte ich.

»Damit du nicht versuchst, von dir abzulenken. Damit ich dir in Ruhe geben kann, was du willst, ohne dass du probierst, den Gefallen zu erwidern.«

Gerade noch so konnte ich ein lustvolles Stöhnen unterdrücken. Ich hatte ihm mal erzählt, dass ich Angst davor hatte, beim Sex zu viel Zeit zu beanspruchen, weil es bei mir länger dauerte, bis ich einen Orgasmus hatte. Er hatte nicht sofort etwas darauf erwidert, und ich hatte hastig das Thema gewechselt.

»Es ist mir scheißegal, wie lange es dauert, Darcy. Ich kann mir nichts Besseres vorstellen, als dich stundenlang zu küssen … zu streicheln … zu lecken.«

Okay, fuck. Ich hielt es nicht länger aus. Ruckartig schob ich meine Hand unter den Saum meiner Shorts und meines Slips.

»Bist du feucht?«, wisperte er.

»Ja.« Ich biss mir auf die Unterlippe, schauderte, glitt mit dem Mittelfinger zwischen meine Vulvalippen, begann mit kreisenden Bewegungen, mich zu streicheln.

»Gut.« Er stöhnte leise. »Ich bin so hart.«

»Darcy?«

Ich blinzelte heftig. Die Bar. Nic. Mit glasigem Blick schaute er mich an. Schluckte hart.

Scheiße. Mein Slip war nass.

»Bekomme ich eine Antwort?«, fragte er leise. Sekundenlang starrte ich ihn an, unfähig, mich zu bewegen.

Die Wahrheit. Sag einfach die Wahrheit.

»Ich masturbiere noch immer dazu«, erwiderte ich trocken, als es keine Ausweichmöglichkeiten mehr gab. »Ist das Antwort genug?«

Er hatte gerade einen Schluck von seinem Wasser genommen und hustete prompt los.

Bevor er etwas sagen konnte, kam der Kellner zu uns an den Tisch und teilte uns mit, dass sie leider bald schließen würden.

26. KAPITEL

Darcy

Get out of my vains

Wir standen genau an derselben Stelle, an der ich mit Kiki am Ende unseres ersten Dates gestanden hatte. Der Himmel war dunkelblau, am Horizont wurde er heller, die Sonne würde bald aufgehen. Auf den Straßen war niemand außer uns zu sehen.

Meine Lider waren bleischwer, und der Alkohol ließ meinen Kopf hämmern, aber ich war viel zu aufgekratzt, um mich müde zu fühlen.

»Du hättest auch einfach weiterfahren können«, murmelte ich und deutete auf das Taxi, das sich soeben wieder in Bewegung setzte. Nic hatte darauf bestanden, mich nach Hause zu bringen, obwohl wir auf dem Weg vom Lighthouse in die Altstadt erst an Theas und Elliots Wohnung vorbeigefahren waren.

Er zuckte mit den Schultern und vergrub beide Hände in seinen Jackentaschen. »Es wird mir guttun, ein Stück zu laufen, um einen freien Kopf zu bekommen.«

»Wir haben wirklich viel getrunken«, wisperte ich.

Mein Herz raste. Ich wollte ihn nicht gehen lassen. Noch vor wenigen Stunden war ich panisch gewesen, weil ich nicht gewusst hatte, wie ich ihn behandeln sollte. Und jetzt fühlte es sich an, als wäre die Nacht viel zu kurz gewesen. Aber was sollte ich vorschlagen? Zum Herumlaufen war es viel zu kalt, ich musste ein Zittern unterdrücken, obwohl wir noch keine Minute draußen standen. In die WG konnte ich ihn wohl kaum einladen, selbst wenn Jules und Tori im Wohnheim übernachteten. Was, wenn sie später am Morgen zu uns kämen und ihn sahen? Und zu Nic zu gehen war ebenfalls keine Option, wenn Thea da war.

Er nickte. »Ich bereue nichts.« Es klang nicht, als meinte er den Alkoholkonsum. Sein Blick wurde wehmütig. »Danke für den Abend. Ich hatte wirklich eine gute …«

Der Rest seiner Stimme verlor sich im Rauschen des Bluts in meinen Ohren. Ich hasste es, wie förmlich er mit mir umging. Ich hasste alles an dieser Situation. Wir hatten über so viel geredet, und doch war es nicht genug.

Mein Gott, aber er hatte Ja gesagt. Ja zu Goldbridge. Ja zu der Möglichkeit. Ja, Ja, Ja.

Ohne richtig darüber nachzudenken, machte ich einen Schritt auf ihn zu. Dann noch einen. Und noch einen.

Mitten im Satz hörte er auf zu sprechen. Starrte mich an.

Was tust du?, schien sein Blick zu fragen.

Das, was ich schon vor langer, langer Zeit hätte tun sollen, gab ich still zurück.

Unmittelbar vor ihm ging ich auf die Zehenspitzen. Meine Hände fanden seine Schultern. So hatte ich ihn auch berührt, als ich ihn in der Vorratskammer im Prisma zur Sau gemacht hatte. Zu diesem Zeitpunkt hatte es sich wie ein Triumph angefühlt. Weil ich gespürt hatte, dass er mich von diesem Moment an in Ruhe lassen würde. Jetzt gab es nichts, was ich weniger wollte.

»Darcy«, krächzte er. Plötzlich lagen seine Hände an meinen Hüften. Ich war mir nicht sicher, ob er sich festhielt oder drauf und dran war, mich wegzuschieben.

»Nicolas …« Sein Mund war nur Millimeter von meinem entfernt. »Du riechst genau wie damals. Die letzten Monate habe ich versucht, mir deinen Geruch in Erinnerung zu rufen, aber ich habe es nie ganz geschafft, selbst wenn ich an diesem beschissenen Parfüm geschnuppert habe.«

Korres, Black Sugar. Es war eine verdammte Enttäuschung gewesen, als ich herausgefunden hatte, dass das, was diesen Duft so unvergleichlich für mich machte, Nics Eigengeruch war.

Als er geräuschvoll ausatmete, produzierte er eine weiße Wolke in der Dämmerung. »Darcy, was …« Seine Augen badeten in Panik.

Der Alkohol gab mir den Mut, die nächsten Worte auszusprechen.

»Ich möchte die Fantasie mit der Realität bekämpfen«, sagte ich. »Vielleicht sind wir dann endlich frei.«

Ich musste mich nur vorbeugen, nur eine klitzekleine Bewegung, dann würden unsere Lippen sich berühren. Nur ein Kuss. Keine Magie. Wie oft ich mir diesen Moment ausgemalt hatte. Ich hoffte, er würde sich gewöhnlich anfühlen. Ja, ich hoffte sogar auf Enttäuschung. Dann wäre wenigstens der Bann gebrochen.

Und plötzlich verschwand die Panik aus seinen Augen. Sein Griff verstärkte sich, und mit einem Ruck schob er mich zurück, ehe er mich losließ und zusätzlich noch einen Schritt von mir wegtrat. »Willst du mich verarschen?«

Ich wankte leicht, stützte mich an der Hauswand hinter mir ab. »Was?«

Zorn zuckte über sein Gesicht. »Du willst mich küssen, damit du frei bist?«

»Es ist doch wenigstens einen Versuch wert, oder nicht?«

»Also bin ich dein Versuchskaninchen?«

»So war das nicht …«

»Ist das deine Rache?«, schnitt er mir das Wort ab und fuhr sich durch die Haare. »Weil ich dich damals küssen wollte?«

»Was?«, rief ich erneut. »Was redest du?«

»In der Nacht, bevor ich gegangen bin, wollte ich dich küssen, und du … du hast gesagt …«

»Ich weiß, was ich gesagt habe!« So langsam wurde ich auch wieder wütend. *»Ich werde dich nicht küssen, wenn es nicht für immer ist«,* waren meine Worte gewesen. »Das ist Ewigkeiten her. Ich war noch ein Kind!«

»Du warst zwanzig.« Kopfschüttelnd sah er mich an. »Und zwei Jahre sind keine Ewigkeit.«

Ein Schnauben entwich mir. »Ich hatte diese unrealistische, romantisierte Vorstellung von Liebe und dachte wirklich, man kann jemandem ›für immer‹ versprechen.«

»Was ist so kindisch daran?«, zischte er. »Das nennt sich Hoffnung. Es ist das Gegenteil von diesem ekelhaften Zynismus, an dem die gesamte Welt langsam zugrunde geht.«

Jetzt war ich diejenige, die den Kopf schüttelte. »Ich bin einfach vernünftig geworden. Solltest du auch mal probieren.«

»Ach, deshalb willst du mich küssen, als sei ich ein Experiment für dich?« Seine Brust hob und senkte sich hektisch. Und plötzlich bewegte er sich wieder auf mich zu, blitzschnell war er bei mir, packte mich bei den Schultern, drückte mich gegen die Hauswand.

Ich vergaß zu atmen.

Mit dem Kinn deutete er nach oben. »Soll ich gleich mit hochkommen, ja? Lass uns vögeln, was meinst du?« Seine Stimme überschlug sich. »Und hoffen, dass es richtig beschissen läuft, damit wir es aus unserem System haben? Würde dir das gefallen?«

Ich starrte ihn an. Was zur Hölle war in ihn gefahren?

»Du bist nicht vernünftig geworden«, brachte er zitternd hervor. »Sondern grausam.«

Bitte was?

Und damit ließ er mich los, drehte sich um und lief weg.

Ich rief seinen Namen, einmal, zweimal, dreimal, doch er beschleunigte nur seine Schritte und begann schließlich zu rennen.

Schwindel überfiel mich. Mit fahrigen Bewegungen tastete ich nach dem Hausschlüssel in meiner Tasche. Ich hätte ihm hinterherlaufen können, aber die Erschöpfung brach über mich herein. Ich brauchte Wasser. Und mein Bett. Die Nacht war eindeutig zu lang gewesen. Und zu ereignisreich. Und viel zu verwirrend.

Mit letzter Kraft schloss ich auf und schleppte mich das Treppenhaus nach oben. In der Wohnung erwartete mich Totenstille, aber Julians und Toris Jacken hingen an der Garderobe, und seine Zimmertür war geschlossen, was nur vorkam, wenn sie beide hier schliefen, also schlich ich ins Bad und machte mich so leise wie möglich bettfertig.

Nachdem ich meine Wasserflasche aufgefüllt hatte und im Schlafanzug ins Bett gekrochen war, zog ich mein Handy hervor.

Zwei Nachrichten von Kiki und meinem Vater, aber ich ignorierte sie beide, klickte stattdessen auf meine blockierten Kontakte, wählte Nics Namen aus und atmete zitternd ein.

Und dann tippte ich auf »Blockierung aufheben«.

Was auch immer das heute gewesen war, ich war nicht fertig mit diesem Gespräch. Es fühlte sich vielmehr an, als hätte es gerade erst richtig begonnen.

27. KAPITEL

Nicolas

And I'm the one who gets played

Das Küchenlicht brannte, als ich die Wohnung betrat.

Ich war den gesamten Weg hierher gerannt, und auch wenn es draußen arschkalt war, klebte mein Hemd unter dem Mantel wie eine zweite Haut an mir, jeder Atemzug bereitete mir Schmerzen. Nachdem ich Jacke und Schuhe ausgezogen und zusammen mit Mums, die wie immer verstreut im Eingangsbereich rumlagen, weggeräumt hatte, schlich ich in Richtung Küche. Nur um mitten in der Bewegung zu verharren, als ich sie dort sitzen sah. Mit zerzaustem Haar und Lesebrille, die ihr runtergerutscht war, vor ihr ein Laptop, drei verschiedene Tassen und unzählige Ordner und einzelne Blätter. Das Displaylicht beleuchtete gespenstisch ihr Gesicht, betonte jede einzelne Falte und besonders die tiefen Ringe unter ihren Augen.

»Mum.«

Ihr Kopf ruckte hoch, und sie fuhr zusammen. Reflexartig tastete sie nach ihrem Herzen. »Gott, hast du mich erschreckt«, murmelte sie auf Griechisch.

»Sorry.« Ich runzelte die Stirn und trat näher. »Wie lange sitzt du schon hier?«

Mit einem Seufzen stand sie auf und begann, die Tassen in

die Spülmaschine zu räumen, als wäre es ihr unangenehm, dass ich sie so vorgefunden hatte.

Statt einer Antwort auf meine Frage warf sie mir einen strengen Blick zu. »Du hättest nicht aufräumen sollen. Du bist mein Besuch.«

Die ganze Woche lang hatte es mich schon in den Fingern gejuckt. Die Wohnung sah aus wie ein Schlachtfeld, weil Mum, egal, was sie benutzte, es nie wegräumte. Das war schon damals so gewesen. Sie machte es nicht absichtlich. Sie vergaß es einfach. Früher hatte Dad das Aufräumen übernommen, und als ich am Abend vom Prisma hergekommen war, hatte ich die Chance genutzt, da sie noch im Restaurant gewesen war. Ich war mir sicher, es wäre ihr peinlich gewesen, wenn ich es vor ihr getan hätte. Bevor ich ins Recipe for disaster gegangen war, hatte ich also heimlich ein bisschen Ordnung ins Chaos gebracht.

»Ernsthaft?«, erwiderte ich. »Besuch? Seit wann bin *ich* Besuch?«

Sie seufzte erneut, dann schüttelte sie den Kopf, als hätte sie soeben beschlossen, dass ihr die Energie für diese Diskussion fehlte. »Hast du Hunger?«

Eigentlich war mir kotzübel vom Rennen mit mehreren Cocktails intus – und von den Ereignissen der Nacht –, aber Essen war sicherlich keine schlechte Idee.

Ich nickte, aber sie schaute mich schon gar nicht mehr an, sondern öffnete den Kühlschrank und begann, verschiedene Lebensmittel auf die Arbeitsfläche zu legen.

Bevor ich ihr meine Hilfe anbieten konnte, goss sie mir ein großes Glas Wasser ein, drückte es mir in die Hand und wies mit dem Kinn auf einen Stuhl.

»Setz dich.«

Ich tat wie mir geheißen. Dabei fiel mein Blick auf den Bildschirm. Mehrere Tabs waren geöffnet, der aktuelle war ein

Ordner mit den Fotos, die ich diese Woche schon vom Prisma, den Mitarbeitern und den Gerichten gemacht hatte. Ich hatte sie vorhin auf den Desktop gezogen, aber noch keine Gelegenheit gehabt, sie mir näher anzuschauen.

»Wie war dein Abend?«, fragte Mum im Plauderton, während sie begann, Tomaten in Scheiben zu schneiden.

»Hatte schon bessere.« Ich hielt den Blick auf die Fotos gerichtet, begann durchzuscrollen. »Apropos – Fotos habe ich auch schon bessere gemacht. Irgendwie sieht das Essen lieblos hingeklatscht aus. Findest du nicht?«

»Bist du jetzt unter die Essenskritiker gegangen?« Ihr Ton war locker, aber ihre Hand schloss sich fester um das Messer.

»Das war keine Kritik an deinen Kochkünsten«, beeilte ich mich abzuwiegeln. »Sorry, ich habe mich schlecht ausgedrückt. Ich wollte damit die Aufnahmen kritisieren.« Behutsam streckte ich eine Hand nach ihr aus und zupfte an ihrem Pyjamaärmel. »Schau mal.«

Widerstrebend drehte sie sich um.

»Siehst du den Unterschied zwischen dieser und dieser Aufnahme?« Ich klickte zwischen einem Foto, das ich von Alexis gemacht hatte, während er Teig knetete, und einem Foto von Jakobsmuschelrisotto hin und her.

Ihre Augenbrauen wanderten in die Höhe. »Das kann man essen, das nicht?«

Ich musste grinsen, aber dann zoomte ich das Bild mit dem Essen näher heran, und die Freude verging mir wieder. Der Teller stand auf einem der Tische draußen, im Hintergrund waren das Geländer und das Meer zu sehen. Objektiv betrachtet hatte ich alles richtig gemacht, Blende, Belichtungszeit und der ISO-Wert stimmten, die Farben harmonierten, es gab genug Kontraste. Aber es wirkte so … lieblos. Im Vergleich dazu war das Bild von Alexis dynamisch, interessant, die Mehlpartikel flogen in alle Richtungen, die Bewegung war elegant, geübt, sein Gesicht vor Konzentration angespannt. Der Hintergrund war schlicht, er ließ meinen Bruder glänzen, und durch das Fenster neben ihm fiel natürliches Licht. Ich verstand etwas davon, Menschen abzulichten. Das war alles, was ich die letzten Jahre trainiert hatte. Essensfotografie war etwas völlig anderes.

Mum beugte sich vor, klickte auf das Porträt von Alexis und seufzte. »Mein einziges Kind, das Spaß in der Küche hat.«

Ich riss meinen Blick von den Fotos los und betrachtete stattdessen sie. Mit dem Zeigefinger schob sie sich die Brille nach oben. Ihre Züge waren weich und liebevoll, während sie Alexis fixierte, und, wenn mich nicht alles täuschte, auch eine Spur wehmütig.

»Du bist keine große Hilfe«, zog ich sie auf. »Du reagierst gerade nicht auf mein Foto, sondern auf deinen Sohn.«

»Tut mir leid!« Sie klickte aufs Essensfoto. »Ich weiß nicht, was ich dir sagen soll. Ich verstehe nichts von Fotografie, Nico. Normalerweise ist das die Arbeit eines professionellen Foodstylisten, aber dafür fehlt das Geld. Für mich ist das gut genug.«

Ich verkniff mir den Kommentar, der mir auf der Zunge brannte. »In der Küche würdest du *gut genug* nicht durchgehen lassen«, murmelte ich stattdessen.

Sie zuckte mit den Schultern und wandte sich wieder der Arbeitsfläche zu. »Wahrscheinlich hast du recht. Aber ich muss aufhören, nach Perfektion zu streben. Ich freue mich über deine Hilfe, wirklich …«

Sofort meldete sich mein schlechtes Gewissen. »Es ist dir zu viel, oder? Mir nach Feierabend noch mit den Fotos zu helfen?«

Ihr Schweigen war Antwort genug. Von sich aus würde meine Mutter niemals zugeben, dass ihr etwas zu viel war.

»Darcy will helfen«, platzte es aus mir heraus, und wie auf

Kommando schoss mein Puls in die Höhe. »Sie ist echt gut in Kompositionen. Ich meine, wegen ihren Collagen und so ... Du weißt schon.« Ich spürte, wie sich Hitze auf meinem Gesicht ausbreitete, bis alles in Flammen stand.

»Das ist nett von ihr«, drang Mums Stimme wie durch Watte an mein Ohr. Irgendetwas an ihrem Ton gefiel mir nicht, doch ich war zu abgelenkt, um mich damit auseinanderzusetzen.

Stille.

Der Bildschirm verschwamm vor meinen Augen. Das Atmen wurde wieder zur Herausforderung. Unwillkürlich sah ich ihr Gesicht vor mir, viel zu nah, so nah wie noch nie, das verwischte Make-up, die pure Entschlossenheit in ihren dunklen Augen. So unendlich nah. So nah, wie ich sie sonst nur sah, wenn ich mal wieder ein Foto von ihr heranzoomte, um mich selbst zu quälen. Noch jetzt spürte ich ihren heißen Atem auf meinem Gesicht.

Die Übelkeit war zurück.

Sie hätte mich wirklich geküsst. Nach all dem Scheiß, den wir einander heute Nacht offengelegt hatten. Nicht, weil sie mir eine zweite Chance geben wollte, sondern weil sie mich vergessen wollte. Weil sie frei sein wollte.

Hatte ich sie gefangen gehalten?

»Nico?«

Eine Hand auf meiner Schulter. Sie drückte zu.

»Hey, alles in Ordnung?« Mit sanfter Gewalt drehte sie mich zu sich, legte mir auch die andere Hand auf die Schulter. »Atme«, flüsterte sie auf Griechisch. »Du bist okay.«

Ich atmete. Und atmete. Und atmete.

»Jep, keine Panikattacke«, rief ich. »Das ist Alexis' Ding, nicht meins!«

Als ich sie wieder besser fokussieren konnte, traf mich ihr ungläubiger Blick.

»Sorry«, nuschelte ich. »Ich hätte heute nicht so viel trinken sollen.«

Sie zog einen Stuhl neben mich, setzte sich und nahm meine Hände zwischen ihre. »Alkohol ist pures Gift.«

»Das kannst du laut sagen«, bestätigte ich mit einem Stöhnen, dankbar dafür, dass sie mir keine Moralpredigt hielt.

»Und er verstärkt die Gefühle, die wir ohnehin in uns tragen«, fuhr sie ernst fort.

Erneut stöhnte ich. »Mir geht's gut.«

»Erzähl mir von Darcy.«

Ich starrte sie an.

Und plötzlich lächelte sie. Es ließ ihre Augen strahlen und die Ringe darunter blasser erscheinen. »Ach, Schatz. Ihr denkt alle, ich habe vergessen, wie es sich anfühlt, jung zu sein.«

Darauf ging ich besser nicht ein.

»Was soll ich von Darcy erzählen?«, brachte ich beinahe tonlos hervor.

»Oh, ich weiß nicht. Wie wär's, wenn du damit anfängst, dass du schon dein ganzes Leben verliebt in sie bist?«

Die Welt blieb stehen. Wie … Woher …

Nein. Es spielte keine Rolle. Ich war für heute fertig mit Fragen.

Die Erschöpfung brach über mich herein, und mit ihr bröckelte die Fassade, die ich den ganzen Abend aufrechtzuhalten versucht hatte.

Ich schüttelte den Kopf. *Nein, ich kann das nicht, bitte, ich bin nicht stark genug.*

Sekunden später hatte Mum meine Hände losgelassen, nur um ihre Arme um mich zu werfen und mich an sich zu drücken.

Wieso konnte ich nicht weinen? Wie sonst würde ich diesen verdammten Druck loswerden?

»Mein Baby«, flüsterte sie und strich mir übers Haar.

Sekunden später packte ich ihre Arme und schob sie weg.

»Ich kann das nicht«, wisperte ich, und sie verstand, wich zurück, obwohl der Schmerz in ihrem Blick allgegenwärtig wurde. Körperkontakt war schwierig, wenn er nicht nur beiläufig war. Ich war so lange nicht in den Arm genommen worden, dass ich Angst hatte, mich in Luft aufzulösen, wenn mich jemand zu lang berührte.

Mum gab keine Floskel von sich. Sagte mir nicht, dass alles wieder gut werden würde. Wenn es jemanden gab, der wusste, dass das eine Lüge war, dann sie. Stattdessen raunte sie mir andere Worte zu. Die einzigen, die ich gerade akzeptieren konnte.

»Ich bin da.«

28. KAPITEL

Darcy

Heart heavy

Zum gefühlt hundertsten Mal wälzte ich mich hin und her, als ein zaghaftes Klopfen an meiner Tür erklang.

Meine Rettung.

Ich setzte mich auf. »Jaaa?«

Die Tür öffnete sich einen Spalt. Toris verschlafene Augen hinter ihrer Brille erschienen.

»Schläfst du?«, piepste sie.

»Ich wünschte! Komm rein!«

Einen Moment lang zögerte sie noch, dann schlüpfte sie ins Zimmer und schloss gewissenhaft die Tür hinter sich, ehe sie zu mir kam. Sie trug eine Jogginghose und ein Shirt von Jules, wie immer, wenn sie hier übernachtete. Ihre rostbraunen Locken waren zerzaust, und sie wirkte irgendwie zerknirscht.

»Magst du kurz das Fenster kippen?« Ich räusperte mich, um den Frosch in meinem Hals loszuwerden. Seit ich das erste Mal wach geworden war, hatte ich Durst, fühlte mich aber zu schwach, um mir was zu holen. Erst jetzt fiel mein Blick auf die noch halb volle Flasche von gestern, und ich schnappte sie mir.

Während ich gierig trank, öffnete Tori das Fenster und kam dann wieder zu mir, setzte sich auf meine Bettkante.

»Alles gut?«, fragten wir zeitgleich.

Ich musste grinsen, doch ihre Miene blieb unbeweglich, und für den Augenblick rückte mein eigenes Unwohlsein in den Hintergrund.

»Erst du«, sagte ich sanft.

Eine Weile kaute sie schweigend auf ihrer Unterlippe, bevor sie fragte: »Kann ich dich vielleicht zu einer Yogastunde begleiten?«

Okay. Unerwartet.

Unter normalen Umständen hätte ich Luftsprünge gemacht; ich versuchte in regelmäßigen Abständen, alle Menschen in meiner Umgebung zu überreden, zu einem Kurs mitzukommen. Aber ich war wirklich verdammt verkatert.

»Ich habe gelesen«, fuhr sie fort, so leise, dass ich mich konzentrieren musste, um sie richtig zu verstehen, »dass ... also ... dass es hilft. Bei verschiedenen ... Beschwerden.«

Mein Inneres zog sich zusammen. Irgendetwas sagte mir, dass sie keine organischen Beschwerden meinte.

»Klar«, sagte ich sofort und warf einen Blick auf mein Handydisplay. »In einer Stunde gibt Reena eine Session.«

Tori nickte. »Klingt gut.«

Ihrem Tonfall zufolge klang es überhaupt nicht gut. Kurzerhand rutschte ich auf die Seite und klopfte neben mich.

»Komm. Leg dich mal auf den Rücken.«

Vor zwei Monaten hätte sie sich noch über mich lustig gemacht oder eine Ausrede erfunden, da war ich mir sicher. Aber die aktuelle Tori hatte gelernt, mir zu vertrauen. Mir wurde ganz warm, als sie sich neben mich legte. Zwar nicht wirklich entspannt, aber immerhin wehrte sie sich nicht.

Gemeinsam starrten wir an die Decke. Aus Erfahrung wusste ich, dass es ihr half, wenn ich zuerst redete und mich öffnete.

»Mir geht's heute auch nicht besonders gut«, begann ich.

»Ich hätte gestern nicht so viel trinken sollen. Mein Körper fühlt sich schwer und aufgebläht und ekelhaft an. Ich habe überhaupt keine Lust, in den Spiegel zu gucken, weil ich mich dann noch ekelhafter fühlen werde. In solchen Momenten schaue ich mich nämlich an und frage mich, wie man mich überhaupt lieben kann, in diesem Körper, mit geschwollenen Füßen, zu viel Fettpolstern, unrasierter Haut, fettigem Haar. Ich weiß, dass diese Stimme lügt, ich kämpfe dagegen an, wenn ich die Kraft habe, ich trage, was ich will, ich versuche, mich nicht zu verstecken, aber sie ist trotzdem da. Das Letzte, was ich gerade möchte, ist, mein Bett zu verlassen, aber leider, leider weiß ich, dass Yoga guttut, wenn man sich schlecht fühlt.« Ich tastete nach ihrer Hand und drückte sie kurz, ohne ihr in die Augen zu schauen. Auch das half ihr dabei, sich zu entspannen. »Körperlich sowie psychisch.«

»Was ist es bei dir?«, wisperte sie.

Augenblicklich hatte ich Nics Gesicht vor Augen.

»Beides«, erwiderte ich. »Und bei dir?«

Ihre Atemzüge beschleunigten sich, sie holte tief Luft, kämpfte gegen irgendwas an, versuchte, langsam und gleichmäßig zu atmen.

»Psychisch.«

»Okay.« Ich durfte mir nichts von meiner Sorge anmerken lassen. Es ging jetzt nicht um mich. Und ich durfte sie auch nicht bedrängen.

»Ist gestern etwas passiert?«, wollte sie wissen, ehe ich noch etwas sagen konnte.

Oh ja, gestern ist eine Menge passiert.

Ich wollte sie nicht anlügen. Aber ich konnte ihr schlecht die ganze Wahrheit anvertrauen. Also würde ich mich auf einen kleinen Teil konzentrieren.

»Wir waren gestern noch im Lighthouse, und ich habe mich an etwas erinnert.«

In knappen Sätzen umriss ich meine schlechte Erfahrung mit dem Typen damals.

Tori wandte mir ihr Gesicht zu. Mit aufgerissenen Augen starrte sie mich an.

»Das tut mir so leid«, sagte sie. »Wieso … hast du mir nicht früher davon erzählst?« Röte stieg in ihre Wangen, sie schüttelte den Kopf. »Sorry, nein, das wollte ich nicht sagen. Natürlich musst du mir gar nichts erzählen. Danke, also … Danke für dein Vertrauen. Es tut mir so …«

»Hey.« Ich lächelte. »Alles okay.«

Erneut schüttelte sie den Kopf. »Das ist alles andere als okay. Und meine Reaktion ist auch völlig … Es tut mir leid, Darcy.«

Auch Tori hatte Erfahrungen mit sexualisierter Gewalt gemacht, wenn auch ganz andere als ich.

»Hey«, wiederholte ich. »Nicht entschuldigen, bitte. Ich habe dir nicht davon erzählt, weil es in diesen Momenten, als wir über deine Erfahrungen gesprochen haben, nicht um mich ging. Manchmal ist es hilfreich, weil man sich nicht allein damit fühlt, aber ich wollte nicht, dass du … Ich wollte nicht, dass wir anfangen, unsere Erfahrungen zu vergleichen.«

Ihr Gesichtsausdruck wechselte zu betroffen. »Du meinst, du wolltest nicht, dass ich mich mit dir vergleiche.«

»Nein«, sagte ich sanft. »Das meinte ich nicht.«

Als Tori mir zum ersten Mal von ihrem Trauma erzählt hatte, war sie überzeugt gewesen, dass das, was ihr angetan worden war, nicht schlimm genug war. Als hätte sie kein Recht darauf, sich schrecklich zu fühlen, weil sie nicht »richtig« vergewaltigt worden war. Ich konnte diesen Gedanken sehr gut nachvollziehen. So waren wir sozialisiert worden. Alles, was uns angetan wurde, runterschlucken, lächeln, niemandem ein schlechtes Gefühl geben, weitermachen. Auch wenn meine Eltern viel dafür getan hatten, mir ihre Werte zu vermitteln, war ich trotzdem als Frau in unserer Gesellschaft aufgewachsen. Ich hatte mich nach der Nacht mit dem Typen ähnlich wie Tori gefühlt. *»Das war keine Gewalt«*, hatte ich am nächsten Tag gesagt. *»Es ist absolutes Arschlochverhalten, ja, aber doch keine Gewalt.«*

Es gab noch einen weiteren Grund, aus dem wir solche Erlebnisse kleinredeten oder uns gar selbst die Schuld daran gaben: um die Kontrolle über eine Situation zu erlangen, in der uns jegliche Kontrolle genommen worden war. Denn wenn wir das Ausmaß dessen begriffen, was uns angetan wurde, dann mussten wir auch den Schmerz zulassen.

Sekundenlang sagte sie nichts. Dann verdunkelte sich ihr Blick plötzlich. »Ich hasse ihn«, platzte sie heraus.

Ein Lachen entwich mir. »Danke, ich auch.«

»Hilft dir Yoga?«, fragte sie dann zögerlich. »Beim Verarbeiten?«

Ich nickte. »Neben ganz vielen anderen Dingen, wie ausführlich darüber zu reden. Aber Yoga gibt mir das Gefühl, in meinem eigenen Körper sicher zu sein und mir selbst vertrauen zu können. Deshalb schleppe ich mich auf die Matte, auch wenn ich mich so gar nicht danach fühle.«

Ihre Augen füllten sich mit Tränen. »Das klingt schön.«

Am liebsten hätte ich sie in den Arm genommen, aber intensiver Körperkontakt war schwer für sie, wenn sie ihn nicht selbst initiierte.

»Ich hab Angst«, flüsterte sie schließlich, nahm ihre Brille ab und wischte sich über die Wangen.

»Ist gestern etwas passiert?«, gab ich ihre eigene Frage behutsam zurück.

»Gestern war schön.« Sie schniefte. »Nachdem wir gegangen sind, war es noch richtig, richtig schön.« Ihr Blick wurde kurz träumerisch, und ich musste grinsen. »Aber als ich eben aufgewacht bin, habe ich schlimm Panik bekommen, weil ich mich daran erinnert habe, wie Julian und ich uns diese Woche gestritten haben. Ich habe mich so schlecht gefühlt, weil ich ihn wegen seinem Bruder bedrängt habe. Und plötzlich habe ich daran gedacht, wie ich mich mit meinem Ex gestritten habe, wie er mich bestraft hat, wenn ich etwas gemacht habe, das er nicht wollte, und ich weiß … wirklich, ich *weiß*, dass Julian nicht so ist, aber …« Sie rang um Fassung.

»Aber die Erinnerung hat dir für den Moment sämtliche Sicherheit entzogen, oder?«, vervollständigte ich leise.

Sie nickte. »Weißt du, was für ein Privileg es ist, dass du mich verstehst? Wenn ich mit dir rede, fühle ich mich nie allein oder seltsam.«

»Du bist weder allein noch seltsam.« Ich lächelte. »Es ist auch ein Privileg für mich, diese Gespräche mit dir zu führen. Ich habe mir immer eine Freundin wie dich gewünscht. Du bist so eine Bereicherung für mein Leben, Tori.«

Es war die Wahrheit. Zwar konnte ich mit meiner Mum über Themen wie Sex und Beziehungen reden, aber erst mit Tori hatte ich eine gleichaltrige Freundin gefunden, mit der ich diese Art von Gesprächen führen konnte. Mit Julian, mit dem ich auch über alles sprach, war es anders, weil er natürlich anders sozialisiert worden war. Vieles hatten wir einander erst stundenlang erklären müssen.

»Ach, komm, bring mich doch nicht zum Heulen!«, rief sie.

Mit einem Lachen setzte ich mich auf. »Auf geht's, wir suchen dir was zum Anziehen!«

Gerade wollte ich aufstehen und zu meinem Schrank laufen, da umschlossen ihre Finger mein Handgelenk. »Du kannst jederzeit mit mir reden, weißt du? Egal worüber. Mir ist schon klar, du hast Julian und ganz viele andere Menschen dafür. Aber ich kann … ich kann auch zuhören.«

»Darauf komme ich gern zurück«, sagte ich und lächelte breiter, obwohl ich ein unangenehmes Ziehen in der Brust spürte. Ich wünschte so sehr, ich könnte mit Julian und ihr über gestern reden, ihre Meinungen einholen, mich ausheulen, sie darum bitten, mein Verhalten einzuschätzen. Ich wünschte so sehr, Nicolas wäre nicht Nicolas, sondern irgendein Fremder.

Die letzten Jahre war es vergleichsweise einfach gewesen, die Tatsache zu verdrängen, dass ich mit meinem besten Freund nicht über so ein wichtiges Thema sprechen konnte. Aber was jetzt?

29. KAPITEL

Nicolas

Not who I was, but who I'm gonna be

Um das perfekte Porträt zu schießen, gab es fünf Dinge, die mir heilig waren.

Nummer eins war natürliches Licht. Dieses änderte sich logischerweise mit jeder Tages- und Jahreszeit, es war unberechenbar und launisch, konnte ein Fotoshooting ruinieren oder in ungeahnte Höhen treiben. Am Anfang hatte ich versucht, es zu beherrschen, die Parameter von jedem Lichteinfall zu analysieren, um Perfektion zu erlangen; ich hatte künstliches Licht bevorzugt, weil ich darüber die komplette Kontrolle hatte, doch mit der Zeit war mir bewusst geworden, dass Berechenbarkeit auch Langeweile bedeutete. Stattdessen sah ich inzwischen die Schönheit im Kontrollverlust. Ich ließ mich treiben. Hatte ich strahlendes Sonnenlicht erwartet, aber jetzt war es bewölkt? Kein Problem, ich würde mich anpassen. Die Richtung eines Fotos von vornherein festzulegen, war der sichere Weg zur Enttäuschung. Also war ich auf alles vorbereitet, ohne exzessiv zu planen.

Nummer zwei: Requisiten. Dazu zählte ich alles, was das Aussehen der Person änderte oder betonte, das konnten Accessoires sein, aber auch bestimmte Kleidungsstücke oder Make-up. Jedes Foto erzählte eine Geschichte, und Requisiten waren die Eckpfeiler dafür. Sie bestimmten die Richtung. Sie bauten Spannung auf. Schockierten oder begeisterten. Der Teufel steckte im Detail.

Nummer drei war die Location. Schon seit meiner Jugend hatte ich mir nahestehende Menschen in ihrem natürlichen Umfeld abgelichtet. Erst mit der Analogkamera meines Vaters, die er nie benutzte, später mit einer Canon-DSLR-Kamera, die Jiajià mir gesponsert hatte. Doch als ich anfing, ernsthaft eine Fotografen-Karriere in Betracht zu ziehen, hatte ich nach aufregenderen Orten gesucht. Ich hatte kaum erwarten können, aus Goldbridge wegzukommen, um neue Hintergründe für meine Fotos zu finden. Inzwischen wusste ich, dass es nicht um die Art des Hintergrunds ging, sondern darum, wie man ihn nutzte. Mit den richtigen Skills konnte das vermeintlich trostloseste Setting zur perfekten Kulisse werden.

Nummer vier: Farbe. Früher hatte ich viel schwarz-weiß fotografiert und damit unbewusst meinen Blick für Kontraste geschult. Auch heute griff ich noch gern zur Analogkamera, wenn ich mich kreativ austoben wollte. Eine Fotografie ohne Farbe musste viel mehr leisten, um Emotionen hervorzurufen. Doch je professioneller und größer meine Aufträge geworden waren, desto mehr experimentierte ich mit Farben. Jede Farbe löste eine andere Gefühlspalette aus. Vor jedem Fotoshooting stellte ich ein Moodboard zusammen, in dem ich mich auch für drei dominierende Farben entschied.

Und zu guter Letzt: Intimität. Egal, ob man sein Modell kannte oder nicht, es war hilfreich, eine Verbindung mit der Person aufzubauen, bevor ich Fotos von ihr machte. Um echte Emotionen abzubilden, musste ich einen Blick hinter die Kulisse werfen. Es gab nichts Schlimmeres als ein Foto, auf dem man sah, wie unwohl sich die fotografierte Person fühlte. Auch wenn es erstaunlich viele Fotografen gab, die nicht meiner Meinung waren, ich sah es als Teil meines Jobs, den

Leuten ein Gefühl von Sicherheit zu vermitteln. Wenn es der Auftrag zuließ, vereinbarte ich deswegen im Vorfeld Kennenlerngespräche, ging was mit den Menschen trinken, scherzte mit ihnen, erzählte etwas Persönliches von mir. Hauptsache, sie fühlten sich wohl.

Fotografierte ich jemanden, den ich liebte, war die Intimität aber nicht automatisch gegeben. Manchmal sogar im Gegenteil. Je besser ich eine Person kannte, desto mehr Mühe musste ich mir geben, die persönliche Beziehung zu ihr außen vor zu lassen.

»Du bist soooo cool!«

Die letzte Minute war ich damit beschäftigt gewesen zu versuchen, mir mithilfe des Windschutzes, den ich soeben aufgebaut hatte, eine Zigarette anzuzünden, und genau in dem Moment, als es mir endlich gelang, erklang Julians Stimme.

Ich befand mich unten am Strand, über mir Klippen und die Grotte, in die das Prisma hineingebaut worden war, rechts davon die Treppe, die hoch zur Straße führte und die Julian gerade runterlief. In der Hand ein Tablett mit einem dampfenden Teller.

Ich nahm einen tiefen Zug und hob eine Braue. Vor einer halben Stunde war ich gemeinsam mit Mum ins Prisma gekommen und hatte mich an die Arbeit gemacht. Heute würde ich versuchen, die Gerichte bei Tageslicht am Strand zu fotografieren, da das Licht in der Grotte einfach zu schummrig war. Bisher regnete es nicht, dafür machte mir der Wind Sorgen. Aber ich würde das tun, was ich gelernt hatte: mich anpassen.

Julian war inzwischen bei mir angekommen und deutete auf meine Zigarette. »*So* cool, Nic, echt!«, wiederholte er mit einem spöttischen Grinsen. »Zigaretten sind einfach das Allercoolste, was ich mir vorstellen kann!«

Ich verdrehte die Augen, verkniff mir aber gleichzeitig ein Lachen. Ich hatte mir Sorgen gemacht, dass der Fortschritt, den Jules und ich gestern gemacht hatten, bei Tageslicht und nüchtern – beziehungsweise verkatert – wieder vergessen sein würde.

»Willst du auch eine?«, zog ich ihn auf. Statt die Schachtel, wie Mum vorgeschlagen hatte, zu entsorgen, hatte ich sie einfach vor ihr versteckt und nur auf den richtigen Moment gewartet, in dem ich mich so beschissen fühlte, dass es mal wieder an der Zeit für ungesunde Bewältigungsstrategien war.

»Nee, danke. Ich komme auch ohne die Tumblr-2012-Ästhetik aus, um eine Persönlichkeit zu haben.« Er zeigte auf mein Outfit. »Und was trägst du eigentlich wieder? Ist das ein ironisches Statement oder dein Ernst?«

Nun konnte ich mich nicht mehr zurückhalten, das Lachen brach aus mir hervor. Ich hatte heute zu dem erstbesten Outfit aus meinem Koffer gegriffen, das noch sauber war. Eine schwarze an den Knien eingerissene Jeans und ein eng anliegendes schwarzes Hemd. Na schön, er hatte recht, vor allem in der Kombination mit der Kippe schrie es schon sehr »klischeehafter Künstler«.

»Das sagst grade du?«, gab ich zurück. »Der personifizierte Hipster?«

Julian trug wie gewohnt Vintage von Kopf bis Fuß; einen bunten Strickpullover, eine schmal geschnittene Bluejeans und Chucks, die vermutlich irgendwann weiß gewesen waren. Und, nicht zu vergessen, seine unzähligen Ringe.

Er versuchte, angepisst auszusehen, aber es misslang ihm gründlich. Wärme breitete sich in meinem Bauch aus. Vielleicht würde der Tag doch kein absoluter Reinfall werden, wie ich beim Aufwachen vermutet hatte.

Im nächsten Augenblick drückte er mir das Tablett in die Hand. »Glaub bloß nicht, dass ich hier bin, um dir zu helfen. Es waren nur alle beschäftigt, und ich wollte nicht, dass Tori es umsonst gekocht hat.«

Auf dem schneeweißen Teller waren gefüllte Mangoldblätter mit lila Reis in einer weißgelben Flüssigkeit angerichtet – ich tippte auf Avgolemono, eine typisch griechische Ei-Zitronen-Soße – und mit Sternanis garniert. Neben mir auf dem Sand hatte ich bereits Lachstatar und Kürbis-Tartelettes angeordnet, beides Speisen, mit denen ich herumexperimentieren konnte, weil es egal war, ob sie kalt wurden, der Lachs war sowieso gekühlt.

Ich stellte das Tablett neben den anderen Tellern ab. »Danke fürs Runterbringen.«

Jules wollte sich gerade wieder abwenden, als plötzlich irgendetwas in mir rebellierte. Ich wollte nicht allein mit meinen Gedanken sein. Und vor allem wollte ich mir diese Chance auf ein ungestörtes Gespräch mit ihm nicht entgehen lassen.

»Kann ich kurz Fotos von dir machen?«

Er runzelte die Stirn. »Wieso?«

Ich zuckte mit den Schultern. »Ich wollte doch Porträts von euch allen für die Homepage aufnehmen.«

Das war nichts als ein Vorwand. Ich hatte mich im Laufe der Woche schon dazu entschieden, kein statisches Porträt von meinem Bruder zu machen. Jeder Mitarbeiter sollte auf möglichst authentische Weise dargestellt werden, und das, was Julian ausmachte, war sein Gemeinschaftsgeist. Ich wollte ihn fotografieren, wenn er mit den anderen herumalberte, nicht allein hier unten am Strand.

Trotzdem zückte ich die Kamera, die um meinen Hals hing, als er, wenn auch mit einem genervten Gesichtsausdruck, nickte.

»Wenn's sein muss. Aber wehe, du retuschierst meine Augenringe nicht weg. Die Nacht war echt zu kurz.« Er steckte die Hände in die Hosentaschen. »Wo soll ich hin?«

Ich wies ihn an, sich vor die Klippen zu stellen.

»Hattet ihr noch einen guten Abend?«, fragte ich betont

locker, während ich die Kamera auf ihn richtete. Es war einfacher, ihn durch die Linse zu betrachten, als ihm ohne Barriere in die Augen zu schauen.

»Jo, war cool«, antwortete er gedehnt. »Bin Tori auf die Nerven gegangen. Sie musste mir Geschichten erzählen, bis der Raum sich nicht mehr gedreht hat.« Ein liebevoller Ausdruck trat auf sein Gesicht.

Ich drückte auf den Auslöser.

»Wie lange seid ihr schon zusammen?«, fragte ich, obwohl ich die Antwort darauf bereits kannte, immerhin hatte ich Alexis über sämtliche Details ausgequetscht.

»Ein paar Monate.«

»Liebst du sie?«

Mitleidig sah er mich an.

Klick. Klick. Klick.

»Wieso sollte ich sonst mit ihr zusammen sein?«

Julian hatte mich früher dafür verurteilt, dass ich ständig wechselnde Beziehungen hatte. Er hatte nie verstanden, wie ich mit jemandem zusammen sein konnte, der für mich nicht alles war, während ich nicht verstanden hatte, dass er die krassesten Gefühle brauchte, um sich auf jemanden einlassen zu können.

Aber vielleicht war das auch eine Lüge. Vielleicht hatte ich mich nur dagegen gewehrt, es zu verstehen, weil der einzige Mensch, mit dem ich zusammen sein wollte, nicht zu mir stehen wollte.

»Ich meine nur, weil es für dich früher schwer war, romantische Gefühle zu haben«, murmelte ich und schoss noch ein paar Fotos, ehe ich ihn bat, sich vors Meer zu stellen, und ein paar Einstellungen an der Kamera änderte, damit die Fotos nicht zu dunkel wurden.

Julian nickte, und sein Blick wanderte für einen Moment in die Ferne.

Ich drückte erneut auf den Auslöser.

»Mit ihr war es einfach. Ist es immer noch.« Er lächelte auf diese ganz spezielle melancholische Julian-Art. Ich konnte es nicht fassen, dass ich das zu sehen bekam. Hastig schoss ich noch ein Foto. »Also die Gefühle für sie sind einfach. Der Rest nicht unbedingt. Aber das ist okay.«

»Was ist mit dem Rest?«, traute ich mich zu fragen, als er sich mir wieder zuwandte und direkt in die Linse schaute.

Für den Bruchteil eines Herzschlags war da ein harter Zug um seinen Mund, und ich war mir sicher, eine unsichtbare Grenze überschritten zu haben. Dann zuckte er mit den Schultern. »Trauma. Manche Dinge fucken dich derart ab, dass ein bisschen Liebe nicht dagegen ankommen kann.«

So, wie ich dich kenne, gibst du ihr nicht nur ein bisschen Liebe.

Ich sprach die Worte nicht aus. Stattdessen machte ich noch ein paar Fotos von ihm.

Wenn Julian erst mal jemanden in sein Herz geschlossen hatte, war es egal, wie oft man ihn enttäuschte, man würde immer einen Platz darin haben. Was nicht unbedingt gesund für ihn war. Aber ein egoistischer Teil von mir war erleichtert, denn so konnte ich mir sicher sein: Egal, wie wütend er auf mich war, unter der Wut würde früher oder später Vergebung warten.

»Liebe ist nicht dafür da, jemanden zu heilen«, sagte ich, als die Stille auf meine Ohren zu drücken begann. »Schau dir Mum und Dad an. Sie hat ernsthaft behauptet, damals keine Therapie gebraucht zu haben, weil sie ihn hatte.«

Für ein paar Sekunden wütete ein Emotionssturm in Julians Gesicht. »So ist es bei Tori und mir nicht«, stieß er dann scharf aus. »Ich weiß, dass ich sie nicht heilen kann. Und ich habe mich auch nicht für sie aufgeopfert, so wie Dad es …« Er biss die Zähne zusammen, schüttelte den Kopf. »Bei uns ist es anders. Nur, weil sie etwas Schlimmes erlebt hat, heißt das nicht, dass ich nur Sonnenschein in die Beziehung bringe. Sie nimmt meine Gefühle genauso ernst wie ich ihre. Und sie fordert mich heraus.« Da war es wieder, das Lächeln. »Erst diese Woche haben wir uns deinetwegen gestritten.«

»Meinetwegen?« Ich schluckte schwer und ließ die Kamera sinken.

»Jep. Sie ist der Meinung, dass ich netter zu dir sein sollte.« Bevor ich diese Information verarbeiten konnte, deutete er auf das Tablett im Sand. »Sind wir hier fertig? Du solltest das Essen fotografieren, nicht mich.«

Ich nickte widerstrebend. Am liebsten hätte ich ihn angebettelt hierzubleiben, damit wir dieses Gespräch fortführen konnten.

»Ah, und Darcy ist gerade gekommen«, fügte er hinzu. »Mum hat ihr gesagt, sie kann dir heute den ganzen Tag helfen, wenn sie möchte. Wir haben genug Personal in der Küche.«

Mein Herzschlag beschleunigte augenblicklich.

»O-okay.«

Er wandte sich zum Gehen, dann schien er es sich anders zu überlegen. »Warst du gestern scheiße zu ihr? Hab sie nur kurz gesehen, aber sie wollte nichts vom Rest des Abends erzählen. Als sie heimkam, hat es schon gedämmert. Was habt ihr so lang getrieben?«

Es klang wie eine Anschuldigung.

Jetzt bloß ein Pokerface bewahren. Keine leichte Aufgabe, während es in mir geradezu ekelhafte Gefühle hagelte.

»Wir waren im Lighthouse und haben geredet.« Ich zuckte mit den Schultern. »Nichts Besonderes. Über die Kunst und so.« *Ach ja, und so ganz prinzipiell darüber, wie sehr ich sie liebe und wie sehr ich mir eine zweite Chance wünsche und wie sehr sie mich vergessen will.* »Wieso sollte ich scheiße zu ihr sein?«

Statt einer Antwort brummte er etwas Unverständliches. Dann setzte er sich in Bewegung, diesmal endgültig.

Als er die Hälfte der Treppe erreicht hatte, raste mein Herz so schnell, dass ich ihn kaum mehr richtig fokussieren konnte. Würde das jetzt zur Gewohnheit werden? Jedes Gespräch über Darcy würde mich dazu bringen, die Fassung zu verlieren?

Stöhnend wandte ich mich ab, umfasste meine Kamera und beugte mich über die Gerichte. Lustlos schoss ich ein paar Fotos, während ich versuchte, mich voll und ganz auf das Meeresrauschen und die Möwenschreie zu konzentrieren. Das sollte doch beruhigend wirken, oder?

Meinem Herzen war es egal, wie schön die Kulisse war. Wie salzig die Luft schmeckte, wie friedlich das Meer klang. Egal, ob ich in einer Großstadt inmitten von hupenden Autos stand, auf einem Berg in wilder Natur oder in meiner Heimatstadt am Strand. Da war nur sie. Immer nur sie.

30. KAPITEL

Darcy

Funny how it never ends

Yoga hatte geholfen. Es half immer. Genau wie die Tatsache, dass ich einen Plan hatte.

Nachdem wir uns umgezogen hatten, hatte Tori darauf bestanden, Echo von der Selbsthilfegruppe abzuholen, damit sie sich nicht ausgeschlossen fühlte. Also hatten wir drei Smoothies besorgt und waren zur St. Paul's Kirche gelaufen. Echo hatte genervt auf uns reagiert (»Habt ihr wirklich nichts Besseres zu tun, als mit Babynahrung vor Gottes Haus rumzulungern?«), doch ich hatte den Verdacht, dass es nur eine Farce war, um ihre Rührung zu verbergen. Gemeinsam waren wir Richtung Altstadt spaziert und hatten Echo darüber ausgequetscht, wie es mit Alexis lief.

»Wie soll es schon laufen?«, hatte sie spöttisch erwidert. »Kaputt und kaputt gesellt sich gern.« Doch dann, für den Bruchteil einer Sekunde, hatte sich ein Lächeln auf ihren Lippen ausgebreitet, das die Wahrheit entlarvte, die sie hinter ihrer lässigen Fassade zu verbergen versuchte. Vielleicht führten Echo und Alexis keine Beziehung im klassischen Sinne, aber es war nicht zu übersehen, dass sie etwas miteinander teilten. Etwas Großes. Trotz der Zeit, in der Alexis in London gewesen war, herrschte eine unleugbare Nähe zwischen ihnen.

So turbulent es am Anfang zwischen ihnen gewesen war, jetzt schien es schlicht, ruhig und einfach zu sein. Ich freute mich für sie, und gleichzeitig fragte ich mich, warum bei mir alles so kompliziert sein musste. Aber vermutlich wirkten die Probleme anderer Menschen von außen nie so schlimm wie die eigenen.

Tori und Echo waren direkt zum Prisma gegangen, ich hatte noch einen Abstecher in die WG gemacht, um Utensilien für das Fotoprojekt zu besorgen. Dabei war ich Julian in die Arme gelaufen, der sich für die Arbeit fertig machte. Er hatte versucht, mich über vergangene Nacht auszufragen, und ich hatte versucht, ihm so gut es ging auszuweichen, während sich Übelkeit in mir breitmachte.

Ich musste ihn einweihen. Und zwar so schnell wie möglich.

Aber zuerst musste ich das mit seinem großen Bruder geradebiegen.

Ausgestattet mit zwei großen Taschen lief ich die Treppe neben dem Prisma nach unten, die in die Felsen eingelassen war. Mein Blick war auf die Gestalt unten am Meer gerichtet. Er war ganz in Schwarz gekleidet und beugte sich mit der Kamera über die Teller, die nebeneinander angeordnet auf dem Sand lagen. Mir drehte sich der Magen um. Noch immer hatte ich mich nicht daran gewöhnt, Nic in meiner gewohnten Umgebung zu sehen.

Ich beschleunigte meine Schritte. Der Himmel war graublau, und der Wind peitschte die Wellen auf, aber immerhin sah es nicht nach Regen aus.

Erst als ich direkt hinter ihm stand und die Taschen geräuschvoll auf den Boden plumpsen ließ, drehte er sich zu mir um und ließ die Kamera sinken. Gemächlich, entspannt, nicht erschrocken. Hatte er mit mir gerechnet?

Sein Gesicht bei Tageslicht war noch überwältigender als bei Nacht. Er wirkte völlig übermüdet, seine Augen waren heute fast dunkelblau wie das Meer hinter uns. Stürmisch. Aufgewühlt. Und von Rot durchzogen. Das Schwarz seiner Kleidung bildete den perfekten Kontrast zu seinen Haaren. Nasser Sand und dunkle Kieselsteine.

Ich schluckte. »Hi.«

Ein harter Zug um seinen Mund. »Du musst mir nicht helfen. Ich komme allein klar.«

Okay. Er war also noch sauer.

»Deine Mum hat was anderes gesagt.«

Thea hatte mich nach dem Yoga angerufen und mir erzählt, dass Nic unzufrieden mit seinen Essensfotografien war, und mich darum gebeten, ihm unter die Arme zu greifen.

Seine Augen blitzten. »Was interessiert es dich?«

Ich würde mich von seiner Feindseligkeit genauso wenig vertreiben lassen wie er sich in den letzten Tagen von meiner.

»Zeig mir die Fotos, die du bisher gemacht hast«, erwiderte ich ruhig.

Einen Moment lang war ich mir sicher, dass er mich zum Teufel schicken würde, doch dann verdrehte er die Augen und reichte mir die Kamera, bedacht darauf, mich dabei nicht zu berühren.

Ich begann, mich durch die Bilder zu klicken.

»Sind doch ganz gut«, murmelte ich nach einer Weile.

Ein Schnauben ertönte neben mir. »Du klingst wie meine Mutter. Seit wann bullshitten wir beide uns?«

Eine feine Gänsehaut überzog meinen Körper. Nic und ich waren immer ehrlich zueinander gewesen, wenn es um unsere Kunst ging. Lieber die harte Wahrheit als eine hübsche Lüge, das war unser Abkommen gewesen.

»Na schön.« Ich schaute auf. Fixierte ihn, auch wenn es fast unerträglich war, wie als würde ich direkt in die Sonne schauen. In eine sehr angepisste Sonne. »Sie sehen professionell aus, aber sie leben nicht. Und sie machen auch keinen

Appetit aufs Essen. Ich schätze, das ist ein Problem, wenn wir damit Werbung fürs Prisma machen wollen.«

»Danke.« Er seufzte. »Genau meine Rede.«

Ich biss mir auf die Lippe, betrachtete das Essen vor mir, dann gab ich ihm die Kamera wieder zurück.

»Darf ich was ausprobieren?«

Er zuckte mit den Schultern und machte gleichzeitig eine Kopfbewegung, die sowohl Nein als auch Ja bedeuten konnte, aber da er keinen Widerspruch von sich gab, bückte ich mich nach den Taschen, kramte eine Weile darin herum und tauchte dann mit zwei besonders großen und farbenfrohen Mangoldblättern, einer Zitrone, trockenem Wildreis, einer kleinen Flasche Olivenöl, einem scharfen Messer und einem Pinsel wieder auf.

Ich hatte nach dem Yoga ein wenig recherchiert, und auch wenn ich weit von einer professionellen Foodstylistin entfernt war – ich kannte mich mit der Kombination von verschiedenen Objekten aus, um eine aufregende Collage zu erstellen. Das war mein Spezialgebiet. Also musste ich einfach ein bisschen kreativ werden und meinem Bauchgefühl folgen. Ich griff nach dem Teller mit den gefüllten Mangoldblättern und hob ihn vorsichtig auf einen kleinen Felsvorsprung. Dann schnitt ich die Zitrone in zwei Hälften, legte sie daneben, gab etwas Öl auf den Pinsel und bestrich vorsichtig die Zitronenschale, bis sie subtil glänzte. Als Nächstes stand ich mit den Mangoldblättern in der Hand auf und lief ans Meer, tunkte sie ins Salzwasser und schüttelte sie leicht, damit sie nicht mehr trieften, aber Wassertropfen darauf zu sehen waren. Ich klemmte sie neben der Zitrone unter den Teller, fächerte sie leicht auf. Dann streute ich etwas von dem trockenen Reis auf den Felsen neben dem Teller. Mit höchster Konzentration verteilte ich die Reiskörner, bis sie sich in Wellenlinien um den Teller schmiegten. Das Lila hob sich hübsch vom Hellgrau des Felsen ab und kontrastierte mit dem weißen Teller.

»So.« Ich sah zu Nic, der mich mit undefinierbarer Miene musterte. »Jetzt probier mal verschiedene Perspektiven.«

Er machte den Eindruck, als wollte er etwas sagen, schien es sich dann jedoch anders zu überlegen, beugte sich mit der Kamera über den Felsen und begann, Fotos zu schießen. Erst von oben, dann von der Seite.

Klick, *klick*, *klick*, im Takt meines wild pochenden Herzens.

»Kannst du die eine Zitronenhälfte nehmen und etwas Saft über das Essen pressen?«, flüsterte er zwischendrin.

Lächelnd trat ich neben den Felsen und griff nach einer Hälfte.

»Warte«, sagte er, als ich direkt beginnen wollte. »Können wir irgendwas unten in den Teller legen, damit die Dinger nicht in der Soße versinken?«

Gute Idee.

Ich schaute mich um und fand einen länglichen Stein, der etwa halb so groß wie die gefüllten Röllchen war. Aus meiner Tasche holte ich eine größere Pinzette und eine Zange, dann wusch ich den Stein notdürftig im Meer ab, reichte Nic die Zange, mit der er die Röllchen vorsichtig zur Seite schob, und drapierte mit der Pinzette den Stein ganz unten. Anschließend stapelten wir die Röllchen wieder darauf, sodass sie aus dem nebelweißen Avgolemono ragten. Es war eine wackelige Konstruktion, aber für ein paar Fotos würde sie halten.

Nic schoss einige Bilder, ehe er mir zunickte. »Jetzt die Zitrone. Ich zähle bis drei.«

Ich positionierte mich seitlich neben dem Teller, um nicht im Licht zu stehen, und hielt die Zitronenhälfte mit beiden Händen. Nic zählte bis drei, und ich begann zu pressen. Es spritzte in alle Richtungen, aber immerhin auch auf den Teller. Er betätigte den Auslöser in Rekordschnelle, ging in die

Hocke, drehte sich mehr nach rechts, nach links, und dann war es vorbei, und ein zufriedenes Lächeln breitete sich auf seinen Lippen aus, während er die Fotos betrachtete.

Als ich neben ihn trat, verblasste es sofort.

»Gefällt's dir?«, wisperte ich, den Blick aufs Kameradisplay gerichtet.

Keine Antwort. Sein Schweigen sagte alles. Die Fotos waren so viel besser als die vorherigen. Ein Zusammenspiel von verschiedenen Texturen, Ebenen, Farben. Man konnte die Säure der Zitrone förmlich schmecken, den würzigen Wildreis riechen, die knackig frischen Mangoldblätter spüren, wenn man die Bilder betrachtete.

»Lass uns dieses Fotoprojekt zusammen verwirklichen«, schlug ich leise vor, nachdem Sekunden verstrichen waren und er nach wie vor nichts gesagt hatte. »Ich möchte das nicht aus einem Pflichtgefühl heraus machen. Sondern weil es genau das ist, was mir Freude bereitet. Und weil ich dem Prisma unter die Arme greifen will. Und …« *Sag einfach die Wahrheit.* »Und weil wir zwei ein gutes Team sind. Schon immer waren.«

Es ging nicht mehr darum, dass Julian und Thea mich um diesen Gefallen gebeten hatten. Ich wollte es, weil ich mehr Zeit mit diesem Menschen verbringen wollte. Weil ich wissen wollte, ob wir den Ausgang unserer Geschichte ändern konnten.

Nic wurde ganz still. Er starrte auf den Teller vor uns. Die Kamera in seinen Händen begann zu zittern.

»Okay«, sagte er schließlich, als ich schon zu befürchten begann, dass er sich umdrehen und abhauen würde. »Unter einer Bedingung.«

Unsere Blicke trafen sich. Mein Herz geriet ins Stolpern.

Seine Lippen teilten sich. »Du lässt dich von mir fotografieren.«

»Fürs Prisma?«

Er schüttelte den Kopf. »Für mich.«

Nic hatte oft darüber gesprochen, mich zu fotografieren. Dass er meinen Tag dokumentieren, festhalten wollte, wie ich kochte oder Kunst machte oder aufwachte oder einschlief. Wie ich wütend oder erregt oder glücklich war. Aber er hatte es nie getan. Noch einer dieser Träume, der als Perfektion in unseren Köpfen existierte, ohne von der Realität berührt zu werden.

Was war schon das Schlimmste, was passieren konnte? Mein Herz konnte ich nicht mehr verlieren. Würde es wehtun? Würde ich aufgebrochen werden wie damals, nach Weihnachten? Würde es noch schlimmer werden? Würden wir wieder miteinander verschmelzen? Würde ich mich dagegen wehren wollen?

»Okay.« Meine Stimme klang ganz heiser. »Aber erst danach.«

Ein verzweifelter Versuch, mir so viel Zeit wie möglich mit ihm zu sichern.

Er nickte. »Gut.« Dann wandte er sich ab, deutete auf die Teller mit dem Tatar und dem Tartelette, und der Bann war gebrochen. »Machen wir damit weiter?«

»Ja.«

Plötzlich kam mir eine Idee. »Thea hat gesagt, sie brauchen mich heute nicht in der Küche. Vielleicht ergibt es mehr Sinn, wenn wir die Fotos an einem Ort machen, an dem wir schnell Zugriff auf einen Herd haben. Wir wollen ja auch heiße Speisen ablichten, oder? Sieht wahrscheinlich besser aus, wenn sie dampfen.«

»Das Licht oben ist nicht besonders gut. Wegen der Grotte ist es ziemlich düster.«

»Ich meinte nicht das Prisma.«

Er runzelte die Stirn. Als mein Herz noch schneller zu klopfen begann, fragte ich mich, wie das überhaupt möglich war.

»Was, wenn wir in meine WG gehen? Auf der Dachterrasse haben wir natürliches Licht. Und wir sind schnell in der Küche. Außerdem habe ich noch so viel Zeug für die Collagen rumliegen, das wir für die Fotos verwenden können.«

Jegliche Emotion wurde aus seinem Gesicht gewischt. »Du willst mich mit zu dir nach Hause nehmen?«

Meine Wangen wurden warm. »Für die Fotos.«

Seine Augen blitzten. »Das, was du gestern versucht hast, kannst du vergessen.«

Fuck. Was wollte er damit sagen?

»Nic, es geht mir um die Fotos.« Meine Stimme bebte.

»Ja klar.« Mit einem spöttischen Lächeln legte er den Kopf schief. »Mir doch auch. Die Fotos. Was sonst?«

Ich holte tief Luft. »Ich war gestern wirklich betrunken. Tut mir leid, falls ich eine Grenze überschritten habe. Ich ... ich wollte dich in keine unangenehme Situation bringen.«

Jetzt lachte er. Kopfschüttelnd schaute er mich an, sein Blick brannte sich in meinen. »Nur um das klarzustellen: Das gestern war nicht unangenehm, es hat mir mein Herz in Stücke gerissen.« Blitzschnell kam er näher, bis uns nur noch Millimeter trennten. »Wenn du mich das nächste Mal küssen willst, dann verflucht noch mal nicht, weil du mich vergessen möchtest, sondern weil du bereit bist, mich nie wieder zu vergessen. Ist das klar?«

31. KAPITEL

Nicolas

High above the earth

Mein letzter Besuch in der WG war Ewigkeiten her. Julian war stolz darauf gewesen, der Erste von uns zu sein, der in einer richtigen Erwachsenenwohnung lebte. Darum hatte ich ihn nie beneidet, denn eine Wohnung bedeutete Verpflichtungen. Man konnte nicht einfach aus dem Nichts beschließen, dass man den Standort wechseln wollte, sondern musste sich um Untermieter kümmern. Aber um seine Mitbewohnerin hatte ich ihn sehr wohl beneidet.

Darcy schloss die blau-goldene Tür der obersten Wohnung im Haus auf. Sie hatte sie selbst bemalt. Fast die gesamte Deko hier ging auf ihre Kappe.

Sobald ich hinter ihr eintrat, wirbelte mir der Räucherstäbchenduft in die Nase. Auch Darcys Verdienst.

Ich zog Schuhe und Jacke aus, während ich mich umsah. Es war keine gute Idee, mit ihr hier zu sein. Nicht, nachdem sie mir gestern ganz deutlich gezeigt hatte, was sie von mir wollte. Und dennoch war es keine Überraschung, dass ich hier war. In ihrem Reich. Nur wir beide. Wie oft ich sie mir hier vorgestellt hatte … Es war purer Masochismus, Zeit mit ihr zu verbringen. Doch ich konnte mich nicht dagegen wehren. Die letzten Monate waren in einem wirren Einheitsbrei an mir vorbeigeflogen. Hier war mein echtes Leben. Auch wenn es wehtat. Ich war hellwach, sog jedes Detail auf. Die Hollywoodschaukel aus Rattan rechts neben dem Eingang, die bunt zusammengewürfelten Möbel, Hocker, ein improvisierter Tisch mit Buchstapeln als Füße, verschiedene Spiegel, getrocknete Wildblumensträuße, die von der Decke hingen, die Collagen.

»Willst du was trinken?«, fragte sie mit einem seltsamen Unterton in der Stimme.

Gerne, wollte ich sagen. Doch da blieb mein Blick an den nächsten Collagen neben mir hängen. Eine Mischung aus Naturbildern und Körperteilen, kombiniert mit Muscheln und bunten Steinen. Ich war mir sicher, dass sie damals noch nicht hier gehangen hatten. Ich erinnerte mich an jedes einzelne Kunstwerk, das Darcy je angefertigt hatte. Ich hatte sogar einen Ordner auf meinem Handy, in dem alle gespeichert waren, die sie mir abfotografiert hatte. Da sie keine Website hatte und sie auch nicht auf Social Media teilte, hatte ich mir immer wieder die alten Collagen angesehen und versucht, einen neuen Sinn darin zu entdecken.

Diese Collagen hier waren neu. Und doch waren sie mir nicht ganz fremd. Denn das Fotomaterial stammte von mir. Links von einem Shooting im Wald mit einer Künstlerin, die sich sechs Monate lang in einer Hütte fernab der Zivilisation abschottete, um Gedichte und Songs zu schreiben. Rechts von einer Unterwäsche-Fotostrecke für Vanity Fair. Beides Projekte, die ich an Land gezogen hatte, nachdem Darcy den Kontakt zu mir abgebrochen hatte.

Mein Puls schoss in die Höhe, meine Beine setzten sich wie von allein in Bewegung. Darcy sagte noch etwas, aber die Worte erreichten mich nicht. Ich lief durch die Wohnung, scannte fieberhaft die Wände, überall neue Collagen, sie schien die alten alle ersetzt zu haben, ihr Stil war wie damals, aber jedes verdammte Werk enthielt irgendwas von mir. Bruchstücke von Porträts. Modeshootings. Werbeaufträgen.

Ich lief an ihr vorbei, ignorierte Julians Schlafzimmer und steuerte ihres an. Die Tür stand offen.

»Hey!«, ertönte es wie aus weiter Ferne hinter mir. Ich achtete nicht darauf.

In Darcys Zimmer war ich noch nie gewesen. Der konzentrierte Geruch hier raubte mir den Verstand. Es war zu viel. Monatelang kein Lebenszeichen von ihr, und jetzt alles auf einmal. Aber es gab kein Zurück. Ich musste es wissen. Ich wollte alles wissen, was mir verwehrt geblieben war.

Büchertürme stapelten sich im Raum um das ungemachte Bett herum, ein paar Sitzkissen lagen davor. Darcy arbeitete am liebsten auf dem Boden und verabscheute Tische, weil diese ihre Kreativität einschränkten, sagte sie. Daneben ihre Yogamatte, ein frischer Blumenstrauß in einer großen Vase und noch mehr Collagen.

Es war wie ein Unfall. Alles in mir sträubte sich dagegen, sie genauer anzusehen, aber ich konnte mich nicht dagegen wehren. Es war dasselbe Spiel wie draußen. Egal, welches Thema das Werk hatte, ob es bunt und laut oder sanft und beruhigend wirkte, in jedem fand ich meine Fotos wieder. Die Collage, die direkt über ihrem Bett hing, war die schlimmste. Denn es war nicht irgendein Foto von mir, das sie dafür verwendet hatte. Es war mein Selbstporträt. Nur die Augen hatte sie dafür ausgeschnitten, für einen ahnungslosen Betrachter vermutlich kaum erkennbar, aber ich konnte den Blick nicht davon abwenden. Sie starrten mich an, und ich starrte zurück.

Jeden Tag war sie hier aufgewacht. Jeden Tag in einem Museum voller Erinnerungen an mich. In einem Gefängnis, das sie sich selbst gebaut hatte.

Sekunden vergingen, mein Herz raste schneller.

Und plötzlich spürte ich eine Bewegung neben mir.

»Komm da raus.«

Diesmal war ihre Stimme viel zu laut, obwohl sie die Worte nur geflüstert hatte.

Ihre Finger schlossen sich um mein Handgelenk. Ich zuckte zusammen, doch sie ließ nicht locker. Langsam, ganz langsam drehte ich mich zu ihr um.

In ihren dunklen Augen flackerte Angst. Und, wenn mich nicht alles täuschte, eine Spur Trotz. »Wir sollten mit den Fotos weitermachen.«

»Ist das dein Ernst?«

»Dafür sind wir doch hier, oder nicht?«

Mit einem Mal musste ich lachen. Die Alternative wäre schreien gewesen. Also lachte ich lauter. »Ist es dein Ernst, dass du sagst, du willst frei von mir sein, während du deine gesamte Wohnung mit mir tapeziert hast?«

Ihr Griff verstärkte sich, die Nägel gruben sich in meine Haut. Und plötzlich funkelten ihre Augen.

»Kann ich ja nichts dafür, dass du gute Fotos machst.«

Unser Blickkontakt wurde gefährlich. Die Luft um uns herum begann zu flirren. So war es immer gewesen, wenn wir allein waren, auch wenn diese Momente viel zu selten gewesen waren. Wir beide, und die Welt ging in Flammen auf. Unter Leuten hatten wir es nie gewagt, das ganze Ausmaß unserer Verbindung zu zeigen. Aber wenn wir zu zweit waren, gab es kein Halten mehr. Es war wie ein Aufatmen, mit ihr allein zu sein. Es war ein *Endlich*. Es war das Ende aller Versteckspiele, es war stets ein Geständnis.

Gott, wie wunderschön sie war. Sie hatte den Zopf geöffnet, ihr pechschwarzes Haar fiel offen auf ihre Schultern, ihr Pony war zerzaust, ihre Wangen gerötet.

Du glaubst, ein Kuss wird das hier ändern, Darcy? Du glaubst, du kannst mich so einfach loswerden?

Die Hoffnung schlug unmittelbar in mich ein. Vor wenigen Stunden hatte mich der Schmerz zerrissen, weil ich ihr für einen Moment abgenommen hatte, dass sich für sie tatsächlich etwas geändert hatte. Jetzt war die Wahrheit so offensichtlich, dass ich erneut lachte.

Sie verdrehte die Augen, doch ihre Mundwinkel zuckten.

»Lass uns jetzt bitte *endlich* …«

»Was, wenn ich in Goldbridge bleibe?«, unterbrach ich sie, schlagartig wieder ernst.

Sie erwiderte nichts. Stattdessen ließ sie mich abrupt los und stolperte zurück, als hätte ich ihr die schlimmste aller Beleidigungen entgegengeschleudert.

Sie schüttelte den Kopf. »Tu mir das nicht an.« Ihre Stimme jetzt noch leiser, kaum mehr als ein Hauchen.

Mir war klar, was sie meinte, sie musste es nicht näher ausführen. *Tu mir das nicht an, wenn du es nicht ernst meinst. Tu mir das nicht an, ich überlebe es nicht.*

Ich wusste es, weil auch ich mich so gefühlt hatte, als sie mich hatte küssen wollen. Falsche Hoffnung war das schlimmste Gift von allen.

Gestern im Lighthouse hatte ich bereits die Wahrheit gesagt, und sie hatte sie nicht glauben können, ich hatte es an ihrem Blick gesehen.

»Es ist mein Ernst, Darcy. Würde das etwas ändern?«

Erneut schüttelte sie den Kopf, diesmal heftiger. »Hör auf!«

»Wieso?«

Sie öffnete den Mund, schnappte nach Luft, drehte sich um und stürmte aus dem Zimmer.

Nachdem ich noch einen letzten Blick auf die Collage mit meinen Augen geworfen hatte, folgte ich ihr durch die klimpernden Perlschnüre in die Küche.

Sie war dabei, mit fahrigen Bewegungen die Taschen auszuräumen, die sie mitgebracht hatte. Meine Mum hatte uns

Tupperdosen mit drei weiteren Speisen mitgegeben und ein paar Teller in unterschiedlichen Größen.

Gerade wollte ich etwas sagen, da hob sie den Kopf. »Wenn du bleibst, dann nicht wegen mir«, sagte sie hart. »Wenn du bleibst, dann nur, weil *du* es willst.«

»Natürlich«, sagte ich, obwohl da ganz andere Worte in meinem Kopf waren. *Was wäre so schlecht daran, deinetwegen zu bleiben? Es wäre ein Miteinander, ein Kompromiss, das hast du doch selbst gesagt.*

Aber ich wollte diese Diskussion nicht mit ihr führen. Nicht schon wieder. Und außerdem gab es weitere Gründe für mich zu bleiben. Aber vor allem gab es verdammt viele Gründe, das Leben, bevor Alexis zu mir gekommen war, nicht weiterzuführen.

»Du warst gestern verletzt, weil ich dich wie ein Experiment behandelt habe«, fuhr sie fort, während sie die Teller aus dem Zeitungspapier wickelte, mit dem wir sie für den Transport gepolstert hatten. »Also behandle mich bitte auch nicht wie eins. Sag so was nicht zu mir, wenn du gerade nur mit dem Gedanken spielst. Ich möchte Klarheit, Nic. Diesmal wirklich.«

»Okay.« Ich griff nach meiner Kameratasche und zog den Reißverschluss auf. »Okay. Aber was, wenn ich wirklich bleibe?«

Und da lächelte sie. Ein echtes, freies, schmerzhaft schönes Lächeln. »Wenn du bleibst, dann würde das alles ändern.«

Auch ich musste lächeln, konnte mich nicht dagegen wehren.

»Schön, dass wir das geklärt haben«, brachte ich hervor.

»Ja. Und jetzt lass uns bitte, bitte arbeiten.«

Ich würde vor Glück platzen. Keine Ahnung, wie sie das anstellte.

Fünf Minuten später waren wir startklar: Wir hatten die Auberginen-Bruschetta mit den überbackenen Kokos-Kartoffeln angerichtet und verziert. Das Rezept war wohl eine Neukreation von Tori und Julian.

Auf meinen Wunsch hin ließ Darcy eine Playlist laufen. Ich arbeitete normalerweise am liebsten mit der Lieblingsmusik des Fotomodells, um ein besseres Gespür für die Person zu bekommen, aber mit Darcy war es purer Eigennutz, weil ich wissen wollte, was ich verpasst hatte. Früher hatten wir uns jede Neuentdeckung geschickt, die uns begeisterte, ob es ein Lied, ein Buch oder ein Film gewesen war.

Sie holte ihren Laptop und zeigte mir die Seiten, auf denen ein paar allgemeine Foodstyling-Tipps zusammengetragen waren, während ein mir unbekanntes Lied von Lykke Li ertönte. Darcy liebte solche Musik am meisten, die einem das Gefühl gab, auf Wolken zu schweben. Ein bisschen verträumt, ein bisschen kurios. Wie von einem anderen Planeten. Also genau wie sie.

Ich nippte am Matcha Latte, den sie mir zubereitet hatte – noch so etwas, das ich ihretwegen angefangen hatte und jetzt liebte –, hängte mir meine Kamera um den Hals und öffnete die Balkontür. »Ich klettere zuerst hoch, und du reichst mir den Teller?«

»Deal.«

Als hätte das Wetter beschlossen zu kooperieren, erwarteten mich draußen ein paar schüchterne Sonnenstrahlen, die durch die Wolkendecke brachen. Goldbridge zeigte sich zu dieser Jahreszeit von seiner besten Seite. Überall orangerote Blätter zwischen den bunten Häuschen, ein paar Möwen, die über dem graublauen Meer Kreise flogen.

In meiner Brust zog es. Seit wann erfüllte mich dieser Anblick mit Nostalgie, statt meinen Fluchtreflex auszulösen?

Ich drehte mich um, hielt mich an einer Sprosse der Leiter fest, die an der Hauswand angebracht war, und hievte mich nach oben.

Sobald mir Darcy den Teller und ein bisschen Gemüse zur Dekoration nach oben gereicht hatte, folgte sie mir. Das Dach war klein, aber der perfekte Fotospot.

Die nächsten Minuten flossen ineinander, wir probierten mehrere Versionen aus, dynamisch, statisch, hell, dunkel, abwechselnd kletterten wir in die Küche und holten die anderen Gerichte dazu, noch mehr Deko, bis jeder Zentimeter des Dachs belegt war.

Darcy hatte recht. Wir waren das perfekte Team. Wenn mich irgendetwas störte, aber ich nicht ganz greifen konnte, was es war, sprach sie es Sekunden später aus. Wir warfen mit Ideen um uns, wurden kreativer, stapelten verschiedene Gegenstände aufeinander, brachten die Lebensmittel zum Strahlen. Ihre Playlist bildete den perfekten Soundtrack, vermischte sich mit dem Kreischen der Möwen.

»Erzähl mir von Griechenland«, sagte sie, als ich gerade dabei war, Langusten und marinierten Rosenkohl abzulichten, während sie den Teller genauso in die Höhe hielt, dass er perfekt in den Horizont überging.

Augenblicklich versteifte ich mich.

»Du warst doch eine Weile bei deiner Gran, oder?«

Reiß dich zusammen. Sie meint deine Zeit in Thessaloniki. Was soll sie sonst meinen?

»Ähm, ja, genau, ich hatte dort einen Auftrag und habe meinen Aufenthalt verlängert, um mehr Zeit mit ihr zu verbringen.«

»Wie war das für dich?«

»So gut.« Meine Lippen verzogen sich zu einem Lächeln. »Es war, als würde ich eine geheime Welt betreten, die schon lange auf mich gewartet hat.«

Als ich jünger gewesen war, hatten wir ein paarmal Urlaub bei Jiajià gemacht, aber irgendwann hatte Mum begonnen, das Restaurant als Vorwand vorzuschieben, behauptet, dass zu viel zu tun sei. Ich vermutete, dass sie es einfach nicht mehr ertrug, ihre Mutter zu sehen und mit ihrer Herkunft konfrontiert zu werden. Jiajià wiederum vermutete, dass Mum sie hasste.

»Weißt du, es hat sich ganz anders angefühlt, ohne meine Familie dort zu sein. Irgendwie freier. Als könnte ich zum ersten Mal herausfinden, was dieses Land für *mich* bedeutet, ohne es durch Mums Filter zu sehen. Wenn sie überhaupt darüber gesprochen hat, dann eigentlich nur in Form von Beschwerden darüber, wie schlecht alles im Vergleich zu England funktioniert. Dass die Busse ständig zu spät kommen, was für ein Trauerspiel die Krankenhäuser sind, dass die Leute keine richtige Arbeitsmoral haben, weil sie den ganzen Tag nur Kaffee trinken und tratschen. Aber das ist natürlich Unsinn.«

Ich schoss ein paar weitere Fotos.

»Und was bedeutet es für dich?«, murmelte sie dann, den Blick in die Ferne gerichtet. »Das Land?«

»Freiheit«, antwortete ich, ohne zu überlegen. »Egal, wohin ich gegangen bin, die Leute waren nett zu mir. Ich kannte niemanden, aber sie haben mir das Gefühl gegeben, ein Teil von ihnen zu sein. Und die Sprache besser zu beherrschen, hat sich so krass angefühlt. Als hätte ich ein neues Level meiner Persönlichkeit freigeschaltet. Klar haben sich manche über meinen Akzent lustig gemacht, aber es hatte nie etwas Boshaftes an sich. Vor allem wenn ich mit meiner Großmutter unterwegs war, war ich unantastbar. Und sie war so stolz auf mich. Sie hat ständig mit mir angegeben.« Ich musste grinsen.

Doch dann hatte ich plötzlich Mums Worte im Kopf. *»Natürlich bist du stolz, du kannst dir* deine Kultur *wie ein hübsches Accessoire überstreifen, wenn dir danach ist, du wirst dafür gefeiert, es macht dich interessanter, nicht wahr?«*

Seufzend ließ ich die Kamera sinken. »Mir ist inzwischen klar, dass das ein Privileg ist. So wie alles andere in meinem Leben.«

Darcy stellte den Teller auf dem Boden ab und wandte sich mir vollständig zu. »Wie meinst du das?«

»Ich hatte mein Leben lang diese Erfolgserlebnisse. Hier in Goldbridge war ich beliebt, auch wenn das keine wirklichen Freundschaften waren, es war ein Ego-Push. Meine Brüder waren oft genervt von mir, aber sie haben zu mir aufgesehen, das habe ich gespürt. Ebenfalls ein Ego-Push. Dann das mit der Fotografie. Es hat wirklich nicht lang gedauert, bis ich durch die Decke gegangen bin. Klar hätte ich mir mehr Unterstützung von meinen Eltern gewünscht, aber das ist ein Luxusproblem. Auch in Griechenland habe ich im Grunde nur positive Rückmeldungen bekommen. Mir ist alles so leichtgefallen, und genau wie bei allen anderen Dingen habe ich mir diese Tatsache selbst zugeschrieben. Ich war stolz darauf, wie ich bin. Auf meine Talente, meine Fähigkeiten. Egal, wie beschissen es lief, daran konnte ich mich festhalten. Aber je mehr ich darüber nachdenke, desto schlimmer fühlt es sich an. Was ist wirklich mein Verdienst und was hängt damit zusammen, dass ich ein weißer, gut aussehender Mann in unserer Gesellschaft bin? Seit ich denken kann, nehme ich jeden Raum ein, den ich betrete. Und ich werde dafür gefeiert. Natürlich werde ich das. Aber nichts davon hat mit mir zu tun.«

»Das stimmt nicht.« Sie schüttelte den Kopf, als wollte sie sich korrigieren. »Doch, klar, es stimmt. Aber das ist nicht alles. Wem bringt es etwas, so zu denken? Der Welt sicherlich nicht. Natürlich ist es gut, dich zu hinterfragen, dir bewusst zu werden, dass du dich in einer privilegierten Position befindest. Aber das Ziel ist ja nicht, dich fertigzumachen, bis du überhaupt keinen Selbstwert mehr empfindest, sondern dein Privileg zu nutzen, um anderen, weniger privilegierten Menschen Raum zu verschaffen.«

»Das stimmt.« Ich nickte langsam. »Aber manchmal schäme ich mich so dafür, dass der Gedanke daran, je wieder etwas zu erschaffen, mir Übelkeit bereitet. Weißt du, was das Schlimmste ist? Ich bin nie selbst darauf gekommen. Die meisten Sachen habe ich von Mum gelernt … oder von dir.«

Darcy war die Erste gewesen, die meinen Film- und Buchgeschmack kritisiert hatte, allerdings nicht auf eine fiese Art. *»Ganz schön viele alte weiße Männer, oder?«*, hatte sie grinsend gesagt und mir dann eine Liste von Alternativen zusammengestellt. Bis zu diesem Zeitpunkt war mir selbst nie aufgefallen, wie einseitig mein Medienkonsum gewesen war.

Darcy hob eine Braue. »Das ist Teil deines Privilegs. Andere müssen nicht darauf hingewiesen werden, weil ihnen die Ungerechtigkeit von allen Seiten um die Ohren gehauen wird. Ich wusste diese Dinge nicht, weil ich so politisch korrekt und progressiv bin. Sondern weil ich mich unverstanden gefühlt habe und mich auf die Suche nach Geschichten machen musste, in denen ich mich verstanden und repräsentiert fühle. Mir geht es aber genau wie dir, was andere Themen angeht. Auch ich bin verdammt privilegiert. Ich bin mit den feministischen Manifesten meiner Mum aufgewachsen, in denen ausschließlich weiße dünne abled-bodied Cis-Hetero-Frauen im Fokus stehen. Es war ein schmerzhafter Prozess. Aber das Wichtigste ist die Bereitschaft, dazulernen zu wollen. Und die hast du.« Ein kleines Lächeln erschien auf ihren Lippen. »Die meisten Menschen werden defensiv, wenn man sie auf ihre beschränkte Denkweise aufmerksam macht. Bei dir hatte ich immer das Gefühl, dass du mir dankbar für die Kritik bist.«

»Weil ich dir gefallen wollte«, entfuhr es mir.

»Na und?« Ihr Lächeln vertiefte sich. »Das Ergebnis ist dasselbe. Oder hast du in den letzten Monaten eine Hundertachtziggradwende hingelegt und konsumierst wieder ausschließlich Male-Gaze-Mainstream?«

»Nee.« Ich musste ihr Lächeln erwidern. Es ging gar nicht

anders. »Was das angeht, hast du mich leider dauerhaft ruiniert.«

Es stimmte. Die Entwicklung war langsam fortgeschritten, doch irgendwann war mir aufgefallen, dass mich alles, was mir früher gefallen hatte, jetzt langweilte.

»Freut mich zu hören.«

Nachdem wir ein paar weitere Aufnahmen gemacht hatten, kehrten wir in die Küche zurück und wärmten das Essen auf, das wir nicht mehr für die Fotos brauchten.

Wir aßen im Stehen, ohne uns aus den Augen zu lassen, sie an die Küchentheke gelehnt, ich ihr gegenüber an den Kühlschrank. Zwischendurch tauschten wir immer wieder unsere Teller. Ich aß alles nicht Vegetarische und die Gemüsereste, die sie nicht schaffte, sie versuchte erfolglos, mich dazu zu bringen, den verhassten Rosenkohl zu probieren.

Ich warf einen Blick auf ihren Laptop. »Sway« von Fleurie begann. *There's the strangest feeling in my chest, something's about to burst I guess.* Der Wind wehte durchs gekippte Fenster, wirbelte ihr Haar nach hinten, und mein Herz, fuck, mein Herz …

Ich wollte sie fotografieren, genau jetzt, genau hier, aber ich wagte es nicht, meine Kamera auch nur anzusehen. *»Danach«*, hatte sie gesagt. Nach unserem Projekt. Wenn sie wüsste, wieso ich sie fotografieren wollte, hätte sie jemals eingewilligt?

Sie hielt »für immer« inzwischen für eine Illusion. Ich hatte einen Beruf daraus gemacht.

Zeit vergeht, Kunst besteht.

Mein Blick wanderte hinter sie. Collagen über Collagen. Nicht nur Darcy hatte sich von mir inspirieren lassen. Auch ich hatte jedes Foto für sie geschossen. Egal, was das jeweilige Projekt von mir verlangte, ich hatte in erster Linie ihre Reaktion darauf vor Augen gehabt. Auch nachdem sie den Kontakt zu mir abgebrochen hatte. Es war meine Art gewesen, mit ihr zu kommunizieren. Sie hatte mir den Zugang zu sich versperrt, doch meiner war weit offen gewesen. Jedes neue Bild hatte ich so schnell wie möglich auf meiner Homepage hochgeladen in der Hoffnung, sie würde es sehen. Und jetzt stand ich in ihrer Wohnung und war umgeben von all den Fotos.

Wenn das keine Seelenverwandtschaft war, was dann?

»Du bist der einzige Mensch, der mich je wirklich herausgefordert hat, wenn es um die Kunst ging«, riss mich ihre Stimme aus meinen Gedanken. Sie legte den leeren Teller in die Spüle neben sich, goss uns beiden Leitungswasser ein und reichte mir ein Glas.

Ich nahm einen Schluck, während ich ihren Blick festhielt. »Inwiefern?«

Sie deutete auf die Collagen hinter sich. »Es geht nicht nur um meine kreative Freiheit.« Mit jedem Wort wurde ihre Stimme leiser. »Ich biete sie nicht zum Verkauf an, weil ich Angst habe.«

Ich weiß, dachte ich. *Natürlich hast du Angst. Was ist beängstigender, als sein Inneres nach außen zu kehren und es der Menschheit zur Beurteilung vor die Füße zu werfen?*

Kein Wort kam mir über die Lippen. Sie hatte mir noch nie gestanden, dass sie Angst hatte, sondern bloß Argumente vorgebracht, wieso es ihr den Spaß am Kreieren nehmen würde.

»Jedes Mal, wenn ich ein neues Foto von dir gesehen habe, hatte ich dieses seltsame Gefühl im Bauch«, fuhr sie fort. »Eine Mischung aus Ekstase und Neid. Nichts inspiriert mich so sehr wie deine Fotografien. Weil ich es liebe, wie du die Welt siehst. Und weil ich … weil sie mich daran erinnern, dass es jemanden da draußen gibt, der es bewundert, wie *ich* die Welt sehe.«

Flüssige Wärme pulsierte durch meinen Körper. »Es ist möglich, seine Kunst anzubieten, ohne seine Seele dabei zu verkaufen, weißt du?«, sagte ich behutsam. »Ich habe auch schon Projekte abgelehnt, die nicht zu meinen Wertvorstellungen gepasst haben. Und du … du müsstest nicht mal Auftragsarbeiten machen, wenn du das nicht willst. Du könntest einfach Collagen anbieten, die du sowieso schon gemacht hast, sie auf Etsy online stellen, gucken, was passiert. Ich könnte dir dabei …«

Als sie tief Luft holte, brach ich mitten im Satz ab. War ich zu weit gegangen?

»Eines Tages, okay?«

Ich nickte hastig. »Wann immer du dich bereit fühlst.«

Nachdem wir die letzten Reste gegessen hatten, machten wir gemeinsam den Abwasch. Ich spülte, sie trocknete ab. Die Stimmung zwischen uns hatte sich verändert. Mir war heiß. Das hier war alles, wonach ich mich in den letzten Jahren gesehnt hatte. Diese Normalität mit ihr. Nicht, dass sich irgendwas normal anfühlte, wenn ich in ihrer Nähe war …

»Was ich mir noch überlegt habe …« Sie nahm mir einen triefenden Teller ab. »Wie wär's, wenn wir ein bisschen Low-Budget-Footage für Instagram und Co. filmen?«

»Low-Budget?«, erwiderte ich grinsend. »Ich koste sowieso nichts.«

»Ich meine, Aufnahmen mit dem Handy, weniger polierte Fotos. Ich hab ein paar echt coole Reels gesehen, in denen Essen krass dargestellt wird. Und wir könnten kleine Vlogs aus dem Alltag von Sterneköchen drehen. Das würde schnell gehen und uns irgendwie nahbarer machen, könnte ich mir vorstellen. Das Prisma steht doch dafür, dass es trotz der gehobenen Küche eine Familie ist.«

Ich nickte. »Finde ich gut. So was Ähnliches habe ich Mum auch gesagt.«

Wir zwei waren wirklich ein gutes Team.

»Perfekt!« Mit zufriedener Miene griff sie nach ihrem

Handy und tippte darauf herum. Sekunden später vibrierte meines in meiner Hosentasche.

Mein Herz ratterte unregelmäßig in meiner Brust. Ich starrte zu ihr, starrte auf ihr Handy. Schon wieder ein Vibrieren in meiner Tasche. Ganz langsam trocknete ich mir die Hände ab, ehe ich mein Telefon hervorholte.

Alles in mir zog sich zusammen. Ich hatte zwei neue Nachrichten erhalten. Von Darcy.

Blitzschnell klickte ich auf die Benachrichtigung, und unser Chat öffnete sich. Es war das erste Mal seit Monaten, dass mir wieder ein Profilbild von ihr angezeigt wurde. Das erste Mal seit letztem Weihnachten, um genau zu sein.

»Wann hast du … Wann …«, stammelte ich.

Ein Kichern entwich ihr. »Gestern Nacht, wieso?«

Und damit wandte sie sich ab und ließ mich stehen.

And I'm hanging on, ertönte eine verzweifelte Stimme aus den Lautsprechern neben mir. *I'm hanging on for life.*

32. KAPITEL

Darcy

Pulling me through a galaxy

November wurde zu Dezember, und egal, wohin man ging, man wurde von Weihnachtsliedern empfangen. Während mein Kopf vor lauter »Last Christmas« explodierte, explodierte mein Handy zu jeder Tages- und Nachtzeit vor lauter Nachrichten.

Nicolas: *Wir brauchen Rasierschaum, um die perfekte Sahnehaube zu faken. Bin schon fast im Prisma, Alexis braucht Hilfe. Kannst du das noch besorgen?*

Darcy: *Ich nehme einfach Julians und meinen.*

Nicolas: *Top.*

Nicolas: *Welche drei Serien haben dich dieses Jahr am meisten beschäftigt?*

Darcy: I may destroy you, Undone, The Dropout. *Die drei letzten Bücher, die du gelesen hast?*

Nicolas: You exist too much, Human Acts, Memorial.

Darcy: *Ich habe dich ja wirklich ruiniert. Die habe ich alle drei noch nicht gelesen.*

Nicolas: *Und so wird der Schüler zum Lehrer …*

Darcy: *Träum weiter.*

Mir war, als hätten wir eine Zeitmaschine genommen und wären damit auf direktem Wege in die Vergangenheit gereist. Während wir an den Fotos arbeiteten, beschränkten wir uns auf Small Talk, zumal auch immer wieder andere Leute anwesend waren. Manchmal half Alexis aus, manchmal Tori und schließlich sogar Julian, der oftmals betonte, dass es nur an seiner Langeweile lag, weil kaum Gäste auftauchten. Vor anderen Leuten behandelten Nic und ich uns, wie wir uns früher behandelt hatten: höflich, aber mit Distanz. Doch wenn wir miteinander schrieben, gab es kein Halten mehr.

Nicolas: *Dein Outfit gestern sah krass gut aus. »Meerjungfrau im Winterwunderland«-Vibes.*

Darcy: *Danke, deins hat mir »Frat Boy bei der Weihnachtsparty«-Vibes gegeben.*

Nicolas: *Du Arschloch.*

Darcy: 😘

Nicolas: *Ich wusste, das Hemd unter dem Pullover war nicht die beste Idee …*

Darcy: *Keine Sorge, warst trotzdem hübsch anzusehen.*

Nicolas: *Ach, findest du?*

Darcy: *Nee, ich will mich nur bei dir einschleimen, damit du mir Tee kochst.*

Nicolas: *Steht eh schon in der Thermoskanne bereit. Für wen hältst du mich? Einen Anfänger? Aber ich gebe vielleicht noch ein bisschen Gift zur Schmetterlingserbse. Auch wenn das Gebräu jetzt schon aussieht, als hätte es jemand vergiftet. Ernsthaft, wer gibt sich freiwillig ein blaues Getränk?*

Darcy: *Meerjungfrauen im Winterwunderland.*

Nicolas: *Haha.*

Nicolas: *Hey, mir kommt grade eine Idee. Wie wär's, wenn jede Woche ein anderer Mitarbeiter sein liebstes Getränk oder liebstes Essen auf dem Prisma-Kanal vorstellt?*

Darcy: *Also wie die Snack Night in komprimierter Form?*

Nicolas: *Exakt.*

Darcy: *Sehr gut!*

Nicolas: *Apropos Snack Night, wann bist du wieder dran?*

Darcy: *Hast du in letzter Zeit nicht genug Geschichten von mir gehört? Und Essen von mir gegessen? Ich würde sagen, es ist an der Zeit, dass* du *mal fürs Prisma kochst!*

Nicolas: *Womit wir wieder beim Thema Vergiftung wären.*

Darcy: *Verkauf dich nicht unter Wert. Du hast mir mal ein hervorragendes Cheese-and-Onion-Chips-Sandwich zubereitet. Wenn ich mich recht erinnere, hast du dafür sogar die teure Butter genommen.*

Nicolas: …

Nicolas: *Warum bist du eigentlich so fies zu mir?*

Darcy: *Weil andernfalls auffallen würde, dass ich dich mag.*

Nicolas: *DU MAGST MICH???*

Darcy: *Ach, Nic.*

Nicolas: *Ich stelle mir vor, wie du gerade aussiehst, während du das sagst.*

Darcy: …

Nicolas: *Um auf deine Frage zurückzukommen – nein, ich habe nicht genug von dir. Weder von deinem Essen noch von deinen Geschichten. Wir haben sehr viel nachzuholen.*

Darcy: *Und wenn wir es alles nachgeholt haben, wirst du dann genug haben?*

Nicolas: *Hör auf, so lächerliche Fragen zu stellen.*

Nicolas: *Wie gesagt: Als könnte ich je genug von dir haben.*

Darcy: *Hör* du *auf mit solchen Aussagen! Ich bin gerade erst aufgewacht!*

Nicolas: *Wär's dir lieber, wenn ich sie wieder in zwei Wahrheiten und einer Lüge verpacke? Damit du dir einreden kannst, dass alles schön locker zwischen uns ist?*

Darcy: *Als hätte ich es je geschafft, mir das einzureden.*

Nicolas: *Darcy Gruber, flirtest du mit mir? Noch vor meinem ersten Kaffee?*

Darcy: *Ich mache mich jetzt fürs Yoga fertig. Tschüss.*

Nicolas: *Darf ich mitkommen?*

Darcy: *Willst du echt?*

Nicolas: *Ich wünschte … Aber Jules, Alexis und ich holen in einer Stunde unsere Grandma vom Bahnhof ab.*

Darcy: *Ach, stimmt. Du und deine falschen Hoffnungen.*

Darcy: *Spaß. Amüsiert euch! Bin ja mal gespannt, wie eure Mum damit klarkommt …*

Nicolas: *Heute früh hat sie schon zwei Tassen fallen lassen, weil sie so nervös war. Es bleibt also spannend. Und hey, lass uns das mit dem Yoga nachholen. Kann mir nichts Besseres vorstellen, als dir beim dich Verbiegen zuschauen.*

Darcy: *Gesprochen wie ein waschechter Frat Boy.*

33. KAPITEL

Nicolas

Just my father's son, my mother's kid

»Ich habe mich gefreut, von dir zu hören, Nicolas.«

Oh, dann wirst du dich gleich noch viel mehr freuen, wenn du hörst, aus welchem Grund ich diese Session gebucht habe …

»Hi, Felicia«, rief ich und prostete meiner Laptopkamera mit einer der Kaffeetassen zu, die Mum überraschenderweise heil gelassen hatte. »Wie geht's, wie steht's?«

Meine Therapeutin war kaum zehn Jahre älter als ich, trug eine blau-weiß gestreifte Satinbluse und hatte ihre langen roten Haare zu einem lockeren Zopf nach hinten gebunden. Ihr Hintergrund zeigte wie immer einen unscharfen Strudel aus Beige und Erdtönen, meiner den zum Gästezimmer umfunktionierten Raum. Ich hatte mich vergewissert, dass Mum die Wohnung verlassen hatte, damit ich in Ruhe mit Felicia Schluss machen konnte.

»Gut«, sagte sie mit dem perfekten Pokerface. »Und dir?«

»Hervorragend. Deshalb wollte ich mit dir sprechen. Ich glaube, es ist an der Zeit, unsere Sitzungen zu beenden.«

Nach wie vor keine Regung in ihrem Gesicht. Darin war sie echt gut.

»Deshalb hast du die heutige Session gebucht?«, fragte sie in neutralem Ton.

»M-hm. Ich dachte, es ist nur angemessen, wenn wir noch mal von Angesicht zu Angesicht miteinander sprechen. Ich habe dir so viel zu verdanken, also wollte ich mich auch richtig von dir verabschieden.«

Eine kleine Pause entstand. Für ein paar Sekunden nahm ich an, ihre Internetverbindung wäre gestört und ihr Bild eingefroren. Dann blinzelte sie. Sie hatte sich bloß nicht vom Fleck bewegt.

»Das bedeutet mir viel«, sagte sie schließlich.

Mir war klar gewesen, dass sie mich nicht anbetteln würde zu bleiben. Therapeuten waren immerhin dafür bekannt, die Grenzen ihrer Patienten zu akzeptieren. Trotzdem verspürte ich Erleichterung, weil sie es mir nicht schwer machen würde.

»Möchtest du die gebuchte Zeit nutzen und mir erzählen, wie es dir seit unserer letzten Sitzung ergangen ist?«

Meine Lippen verzogen sich zu einem Lächeln. »Es war die beste Entscheidung überhaupt, nach Goldbridge zu kommen.«

»Inwiefern?«

»Ich fühle mich, als hätte ich eine neue Chance bekommen, die Vergangenheit zurechtzurücken. Es tut gut, bei meiner Familie zu sein. Und im Prisma.«

Sie nickte langsam. »Also fällt dir die Auszeit und die damit verbundene Arbeitspause nicht schwer?«

Ein Lachen entfuhr mir. »Ich muss zugeben, ich habe ein bisschen geschummelt. Zwar habe ich keinen bezahlten Auftrag, aber ich greife meiner Familie unter die Arme, was den Internetauftritt des Restaurants angeht. Meinst du, das zählt trotzdem als Arbeit?«

»Fühlt es sich denn wie Arbeit an?«

Einen Moment lang hielt ich inne, dann schüttelte ich den Kopf. »Irgendwie nicht. Ich fühle mich freier. Es ist nicht so ein Druck. Und es ist auch nicht so einsam. Was eventuell daran liegen könnte, dass ich mit Darcy zusammenarbeite.«

Ich musste Felicia nicht erklären, wer Darcy war. Den Großteil unserer Sitzungen hatte ich damit verbracht, über sie zu sprechen.

»Meintest du sie, als du ›*die Vergangenheit zurechtrücken*‹ gesagt hast?«

»Ja. Ich weiß, man kann die Vergangenheit nicht ändern, aber es fühlt sich an, als wären wir wie damals. Nur in einer besseren Verfassung.«

»Und das fühlt sich gut an?«

»Besser als gut«, sagte ich grinsend.

»Schön.« Sie nickte, machte sich eine Notiz. »Weißt du schon, wie lang du bleibst?«

Ich zuckte mit den Schultern. »Ich weiß nicht, ob ich überhaupt wieder gehen will.«

»Das letzte Mal, als wir miteinander gesprochen haben, meintest du, du möchtest den Besuch so kurz wie möglich halten.«

Mit einem lauten Geräusch stellte ich die Kaffeetasse neben mir ab. Hörte sie mir nicht zu? Mit Darcy lief es gut. Das war alles, was ich gewollt hatte.

»Ich habe meine Meinung geändert«, erwiderte ich, so ruhig ich konnte.

»Wegen Darcy?«

»Wegen allem.«

Erneutes Nicken. Normalerweise mochte ich ihr Pokerface, weil es mir das Gefühl gab, okay zu sein, egal, was für eine kranke Scheiße ich ihr erzählte. Heute trieb es mich in den Wahnsinn. Wieso freute sie sich nicht für mich? Monatelang hatte ich wegen Darcy rumgeheult, und jetzt war alles so viel besser.

»Wie ist das Verhältnis zu deiner Familie?«, fragte sie aus dem Nichts.

»Wie soll es schon sein?« Erneut lachte ich auf. »Familie ist kompliziert. Aber immerhin hasst mich niemand mehr. Das sehe ich als Fortschritt.«

Eine unangenehme Stille breitete sich zwischen uns aus.

»Redest du mit ihnen?«, fragte sie dann. »Wissen sie, wie es dir in den letzten Monaten ging?«

Ha! Das war die richtige Frage. »Ich habe ihnen sogar erzählt, dass ich in Therapie bin«, verkündete ich stolz.

Schon wieder keine Reaktion. Wollte sie mich provozieren?

»Warum bist du so negativ?«, platzte es aus mir heraus.

Sie hob eine Braue. »Wie bitte?«

»Mir ging es das ganze Jahr über beschissen, und jetzt bin ich endlich glücklich! Ich bin hier. Mit Darcy. Das war alles, was ich die ganze Zeit über wollte.«

Sekunden vergingen wie Minuten. Was, wenn ich einfach den Videocall beendete? Ein Klick, und es wäre vorbei. War es verwerflich, seine Therapeutin zu ghosten? Immerhin zahlte ich aus meiner eigenen Tasche für sie, wer sollte mir also einen Vorwurf machen?

»Du hast nicht ihretwegen mit der Therapie angefangen, Nicolas«, sagte sie sanft, und es war das erste Mal, dass ich eine Spur von Emotion in ihrer Stimme hörte.

Ich presste die Lippen zusammen.

»Bist du bereit, über Griechenland zu sprechen?«

Mein Puls schoss in die Höhe. In diesem Augenblick hasste ich sie. So viel dazu, dass Therapeuten keine Grenzen überschritten.

»Mir geht es gut«, hörte ich mich sagen, doch es klang, als würde ein Fremder sprechen. »Ich bin glücklich.«

»Es ist vollkommen in Ordnung, wenn du noch nicht bereit dazu bist.«

Der Bildschirm verschwamm vor meinen Augen. Ihre Haare waren nur ein Tupfer Rot in all den Brauntönen. Rot wie der Blutmond in Thessaloniki. Und wie …

Nein.

Ich räusperte mich. »Ich muss los. Sorry, das habe ich ganz vergessen. Wir holen unsere Großmutter ab. Meine Brüder und ich. Selbst Julian wollte mit. Ist das zu fassen?«

»Nicolas, ich bin jederzeit erreichbar. Egal, wann du reden willst, du kannst mir schreiben.«

Ich brauche dich nicht, wollte ich brüllen. *Mir geht es gut, du hast doch keine Ahnung, du bist nur ein verpixeltes Gesicht auf meinem Bildschirm, du weißt nicht, wie mein Leben ist, du weißt nicht, wie glücklich sie mich macht!*

Stattdessen schenkte ich ihr ein strahlendes Lächeln. »Danke für alles. Ich wünsch dir ein schönes Leben.«

Mit diesen Worten klickte ich auf den roten Telefonhörer und beendete den Call.

Und dann rutschte ich vom Bett auf den Fußboden und bekam eine Panikattacke.

34. KAPITEL

Nicolas

I believe in my own lies

Die Musik war so laut, dass man sich kaum unterhalten konnte. Kein Zufall. Sobald wir losgefahren waren, hatte ich eine Playlist mit meinen aktuellen Favoriten ausgewählt und die Lautstärke aufs Maximum gedreht. Julian, der auf dem Beifahrersitz saß, hielt so lange durch, bis wir Goldbridge hinter uns gelassen hatten – aus dem Augenwinkel sah ich ihn immer wieder zucken. Dann schnappte er sich mein Handy, riss das Aux-Kabel heraus und verband es mit seinem.

»Hey!« Ohne den Blick von der Straße zu wenden, tastete ich mit der linken Hand nach dem Kabel, versuchte, es ihm wegzunehmen. »Ich fahre! Also darf ich auch den Soundtrack bestimmen!«

»Einen Scheiß darfst du«, gab er unbeeindruckt zurück und stieß meine Hand zurück. »Bei dem Geplärre kriege ich Kopfschmerzen.«

Plötzlich musste ich mir ein Grinsen verkneifen. Etwa die Hälfte der Songs gingen auf Darcys Kappe. Kein Wunder also, dass sie ihm nicht gefielen. Aber was machte ich mir vor, selbst wenn sie ihm gefallen hätten, hätte er das rein aus Prinzip niemals zugegeben.

Ich fing Alexis' Blick im Spiegel auf. Er verdrehte die Augen.

»Ihr seid solche Kinder.« Das hatte er sich bestimmt auch schon vorhin gedacht, als Julian und ich uns darum gestritten hatten, wer fahren würde.

Jules drehte sich zu ihm um. »He, Ruhe auf den billigen Plätzen.«

An seiner Stimme hörte ich, dass ihm das Machtspiel mit mir schlagartig egal geworden war, weil er geradezu vor Freude darüber platzte, dass Alexis vor ihm sprach. Es war seltsam, Julians Reaktion auf ihn mitzuerleben. Am Anfang hatte ich ihm aus jahrelang gewohnter Geschwisterrivalität reindrücken wollen, dass unser kleiner Bruder nie aufgehört hatte, mit mir zu reden, doch der Gedanke daran, wie schrecklich es Alexis ergangen sein musste, dass er wirklich kein Wort über die Lippen gebracht hatte, hatte mich davon abgehalten.

»Wie wär's ganz ohne Musik?«, erwiderte Alexis, ohne auf Jules einzugehen. »Ist das nicht ein guter Kompromiss?«

Weder Julian noch ich widersprachen.

Sekundenlang fuhren wir in Stille.

Mein Puls beschleunigte. Stille konnte ich jetzt wirklich nicht gebrauchen. Gerade wollte ich etwas Belangloses von mir geben, da ergriff Julian wieder das Wort.

»Irgendwie habe ich Schiss vor der Situation mit Jiajià.«

Ich warf ihm einen schnellen Blick zu. »Wegen Mum?«

Er schüttelte den Kopf. Dann nickte er. »Also ja, auch, aber ich meinte eher wegen der Sprache. Es ist so lange her, dass wir sie gesehen haben, und mein Griechisch ist echt eingerostet.«

Noch so eine perfekte Gelegenheit, Julian eins reinzudrücken …

Alexis gab einen zustimmenden Laut von sich. »Geht mir auch so.«

»Mir ging es am Anfang auch so«, gab ich zu. »Aber irgendwann habe ich kapiert, dass es ihr vollkommen egal ist, wie gut wir die Sprache beherrschen. Sie ist einfach froh, Zeit mit ihren Enkeln zu verbringen. Bei euch wird's bestimmt noch heftiger, weil sie euch so lange nicht gesehen hat.«

»Hat sie Mum nicht dafür fertiggemacht, dass wir so Englisch geworden sind?«, fragte Julian stirnrunzelnd.

»Schon, aber ich glaube, das war kein wirklich ernst gemeintes Gerede. Du weißt ja, wie die beiden sind, wenn sie aufeinandertreffen. Es geht weniger darum, worüber sie streiten, sondern *dass* sie sich streiten. Sie suchen ständig nach Gründen dafür. Das ist ihre Art der Kommunikation.«

»Kommt mir irgendwoher bekannt vor …«, murmelte Alexis von hinten.

»Klappe«, riefen Julian und ich wie aus einem Mund, und dann mussten wir alle drei lachen.

»Mal ehrlich«, sagte ich, nachdem wir uns wieder beruhigt hatten, »fragt sie einfach nach Janni von gegenüber.«

Julian riss die Augen auf. »Sie hat *immer noch* Stress mit dem Nachbarn?«

Ich nickte vergnügt. »Ist nur noch schlimmer geworden. Als ich zu Besuch war, war das mein Nummer-eins-Trick, wenn ich keine Lust auf Reden hatte. Ich habe sie einfach nach ihm gefragt und mich zurückgelehnt. Ehrlich, manchmal überlege ich, ob die beiden nicht heimlich verknallt ineinander sind. Seine Frau ist vor zwei Jahren gestorben, wer weiß, vielleicht kriegt Jiajià noch ihre große Liebesgeschichte. Verdient hätte sie es ja nach dem Desaster mit Papoù.«

Julians warnender Blick traf mich, doch ich ignorierte ihn. Immerhin hatte ich einen Monat lang mit Alexis verbracht, und wir hatten ausführlich über unsere abgefuckte Familiengeschichte gesprochen. Es half ihm nicht, wenn man ihn mit

Samthandschuhen anfasste, eher im Gegenteil, das machte ihn aggressiv.

»Apropos problematische Männer in unserer Familie«, ich schaute Alexis im Spiegel an, »ich war mit Dad essen.«

Seine Miene erstarrte augenblicklich.

»Dein Ernst?«, zischte Julian von links.

Ich ignorierte ihn. »Wie geht's dir gerade damit?«, fragte ich stattdessen Alexis.

Es dauerte eine Weile, bis ich eine Antwort bekam. Währenddessen wurde ich von Julian zugetextet – oder besser gesagt beleidigt.

»Ich vermisse ihn«, durchbrach seine leise Stimme Jules' Schimpftiraden.

Von einem Moment auf den anderen herrschte Totenstille im Auto.

»Felicia sagt, das ist okay«, fuhr er nach einer gefühlten Ewigkeit fort und verkettete seine Finger ineinander, richtete den Blick aus dem Fenster, vermutlich, um uns nicht ansehen zu müssen. »Es bedeutet nicht, dass ich bereit bin, ihm zu verzeihen. Sondern einfach nur, dass er immer noch Dad für mich ist … Trotz allem.« Er räusperte sich. »Echo geht's mit ihrer Mum ähnlich. Ist nicht richtig vergleichbar, weil die nicht mehr lebt, aber Echo schwankt auch ständig zwischen Wut, Schmerz und Vermissen. Irgendwie hilft mir das.«

Julian war völlig erstarrt. Vielleicht, weil Alexis so frei über seine Emotionen sprach.

Ich nickte. »Sie kann dich da wahrscheinlich besser verstehen als wir, oder?«

Auch Alexis nickte, und ein dankbares Lächeln erschien auf seinen Lippen, obwohl er mich nach wie vor nicht ansah.

»Bist du sauer, weil ich mich mit ihm getroffen habe?«, traute ich mich zu fragen.

Mit einem Seufzen schüttelte er den Kopf. »Ich bin eher

froh, dass wenigstens einer von uns nett zu ihm ist. Er ist wahrscheinlich ziemlich einsam.«

Julian presste die Lippen aufeinander und ballte die Hände zu Fäusten.

»Wer hat gesagt, dass ich nett war?« Ich lachte. »Keine Sorge, ich hab ihn erst mal zur Schnecke gemacht.«

Alexis lachte nicht mit. Aber immerhin schaute er wieder zu mir. »Wie geht's ihm?«, wisperte er.

»Okay.« Ich zuckte mit den Schultern. »Besser, glaube ich. AA und der ganze Mist helfen anscheinend.«

»Gut.« Ein weiteres Seufzen von Alexis.

Eine Weile schwiegen wir alle.

»Wer ist Felicia?«, fragte Julian schließlich. Er klang so zerbrechlich, dass es mir den Magen umdrehte.

»Unsere Therapeutin«, sagte ich, als Alexis keine Anstalten machte, ihm zu antworten. Ich hielt es für klüger, in diesem Moment nicht zu erwähnen, dass sie seit heute nicht mehr meine war.

Julian schien sich alle Mühe zu geben, nicht verletzt auszusehen. Er wandte sich nach hinten um. »Hey, es freut mich, dass du wieder Therapie machst. Ist sie cool?«

Alexis nickte. »Besser als Baldwin zumindest. Aber das ist wohl keine Kunst.«

Baldwin war der Familientherapeut, zu dem sie gegangen waren.

Julian lachte. Es klang so aufgesetzt. »Nee, echt nicht.«

»Es war nichts gegen dich«, flüsterte Alexis. »Dass ich dir nicht davon erzählt habe. Ich rede nicht so gern darüber. Nic ist …«

»Ich dränge mich einfach allen auf«, rief ich hastig. »Das wissen wir ja.«

Julian nickte ein bisschen zu schnell. »Ich weiß.« Er schaute wieder nach vorn, blinzelte mehrmals.

Ich wagte es nicht, ihn richtig anzusehen.

Fuck. Themenwechsel. Schnell.

»So wie mit den Fotos fürs Prisma«, fuhr ich fort. »Da habe ich euch allen auch keine Wahl gelassen.«

Beide schwiegen.

»Habt ihr gesehen, was ich bisher mit der Homepage gemacht habe?«

Alexis nickte zögerlich, Julian starrte stur geradeaus. Es schien nicht aus Trotz zu sein, ich hatte vielmehr das Gefühl, dass er mich überhaupt nicht hörte.

»Die meisten Gerichte aus den Menüs haben wir jetzt fertig, und mir fehlt noch eine Handvoll Porträts«, plapperte ich drauflos. *Darin* war ich geübt. »Darcy hatte die Idee, mehr Content für Social Media zu produzieren, das halte ich übrigens für schlau. Wir wollen ja nicht nur die Michelin-Snobs anziehen, sondern auch gewöhnliche Leute, die einfach Bock auf geiles Essen haben und sich wohlfühlen wollen. Ich glaube, das Problem bei den meisten Sternerestaurants ist, dass viele außerhalb der Kernzielgruppe sich nicht reintrauen, weil sie Angst haben, nicht dazuzupassen. Wenn wir ein paar Videos und Fotos aus eurem Arbeitsalltag posten und vielleicht auch mehr 'ne witzige Schiene fahren, könnten wir genau diese Leute erreichen. Es ist ja inzwischen nicht mehr so, als wären die Preise dermaßen hoch, dass sich das Normalos nicht leisten können. Also müssen wir …«

»Sag mal, wieso hast du eigentlich so viel Zeit?«, unterbrach Julian meinen Monolog. Seine Stimme klang irgendwie hohl.

Ich hielt den Blick auf die Straße gerichtet. Nur noch zehn Kilometer bis zum Bahnhof. Das würden wir ohne Streit schaffen, oder?

»Wie meinst du?«, entgegnete ich betont fröhlich.

»Ich verstehe nicht, wieso du plötzlich Bock hast, in unserem winzigen Kinderzimmer zu leben und dich am Prisma-Zeug zu beteiligen.« Er wirkte nicht angepisst, sondern unnatürlich ruhig. Das machte es noch schlimmer. »Am Anfang dachte ich, du willst dich bloß bei allen einschleimen, aber jetzt klingt es langsam so, als würdest du nach Gründen suchen, das Projekt auszuweiten, damit du möglichst lang hierbleiben kannst.«

Hitze durchfuhr mich. Ich nahm die nächste Ausfahrt in Richtung Plymouth. Ruhig bleiben. Gleich war es geschafft. Vor unserer Großmutter würden wir keine Diskussion anfangen.

»Es ist kein Kinderzimmer«, murmelte ich. »Mum und Dad haben ein Gästezimmer daraus gemacht.«

Julian lachte auf. »Hast du's dir mit deinem Agenten verscherzt? Oder mit einem Auftraggeber? Vor wem versteckst du dich?«

»Mein Agent schickt mir ständig Mails, wenn du's genau wissen willst«, erwiderte ich scharf. »Um mich zu überreden, endlich wieder einen Auftrag anzunehmen.«

»Und was machst du dann hier, verdammt?«

Ich umschloss das Lenkrad fester. »Tut mir leid, dass meine Anwesenheit so eine Last für dich ist!«

Ein entnervtes Stöhnen ertönte von hinten. Julian und ich ignorierten es beide.

»Das habe ich nicht gesagt«, zischte er. »Ich will einfach nur wissen ...«

»Ich war depressiv, okay?«, brüllte ich. »Ich hab mein Scheißleben gehasst. Ich habe mir meinen größten Traum erfüllt, ich war an der fucking Spitze und habe es trotzdem gehasst. Ihr habt psychische Krankheiten nicht für euch gepachtet, nur weil ihr hiergeblieben seid!«

Sobald die Worte ausgesprochen waren, wollte ich sie zurücknehmen. Meine Finger bebten. Ich schaute zu Alexis. Die Scham brannte in meinen Wangen.

»Sorry«, brachte ich hervor. »Ich wollte nicht …«

Er schüttelte den Kopf. Formte ein stummes »Alles gut« mit den Lippen.

Julian starrte mich voller Entsetzen an. Er wollte gerade etwas sagen, doch ich kam ihm zuvor.

»Mir ist klar, wie erbärmlich das ist. Aber es ist die Wahrheit. Also lass mich in Ruhe.«

Sekunden vergingen und wurden zu Minuten. Als der Bahnhof in Sicht kam, räusperte Julian sich.

»Es ist nicht erbärmlich.«

Im nächsten Moment trat Jiajià in unser Sichtfeld – in einem bodenlangen schwarzen Mantel, dickem Schal und Mütze, die Augen zusammengekniffen, während sie sich hektisch umsah. Sie trug einen winzigen Handgepäckkoffer, eins dieser alten Modelle ohne Rollen und Schiebegriff.

Ich hielt im Halteverbot und sprang aus dem Auto, um ihr zu Hilfe zu eilen, gottfroh, dass ich das Gespräch mit Julian nicht fortführen musste.

Als Jiajià mich erblickte, leuchtete ihr gesamtes Gesicht auf. Sie sah Mum nicht wirklich ähnlich, aber witzigerweise fand ich in ihr Teile von meinen Brüdern und mir. Jules' Nase, Alexis' Augenbrauenform, meinen Mund.

»Nico!« Ihre Freude hielt nur wenige Sekunden an, bis sie wieder die Stirn runzelte und damit noch mehr Falten produzierte, als sie eh schon hatte. »Wo ist dein Schal? Du wirst dir den Tod holen.«

Mit einem Lachen schloss ich sie in die Arme, wobei ich mich bücken musste, weil sie zwei Köpfe kleiner war als ich. Ihr Rosenseifengeruch stieg mir in die Nase, und damit kam die Erinnerung an das Haus in Thessaloniki. Ich drückte ihr Küsschen rechts und links auf die gepuderten Wangen und nahm ihr mit sanfter Gewalt den Koffer ab. »Willkommen in England.«

»Hallo, Jiajià«, erklang es zweistimmig hinter mir. Julian und Alexis traten vor.

Unsere Großmutter schlug die Hände vor den Mund und zog die beiden anschließend gleichzeitig in eine Gruppenumarmung. »Meine Jungs! Ihr seid riesig geworden. Du vor allem.« Sie nahm Alexis' Gesicht zwischen die Hände, zog ihn zu sich runter, um ihm einen Kuss auf die Stirn zu drücken. Sie hinterließ eine leichte Spur ihres altrosafarbenen Lippenstifts auf seiner Haut. Dann griff sie nach seiner und Julians tätowierter Hand und hob sie beide mit einem missbilligenden Schnalzen in die Höhe.

»Ich dachte, Nico hat nur Scherze gemacht, aber ihr habt wirklich alle diese scheußlichen Bemalungen«, rief sie.

Erneut musste ich lachen. »Eine Anspielung auf die griechische Mythologie sollte dich doch freuen, oder nicht?«

»Freuen! Wie soll ich mich freuen, wenn ihr eure Körper verschandelt!« Kopfschüttelnd sah sie mich an, dann seufzte sie tief. »Wo ist eure Mutter? Mal wieder dabei, sich zu überarbeiten?«

Ich lächelte gequält. »Wir sollen viele Grüße ausrichten. Sie freut sich sehr auf dich.«

»Oh, das glaub ich dir aufs Wort«, erwiderte sie ironisch.

»Wie war die Reise, Jiajià?«, kam es hastig von Julian in erstaunlich flüssigem Griechisch. Wahrscheinlich hatte er diesen Satz extra geübt.

»Schrecklich!« Sie ließ sich von uns zum Auto führen. »Wirklich, so was Schlimmes habe ich noch nie erlebt …«

Wir stiegen ins Auto, versorgten sie mit Wasser und fuhren los, während sie uns in schillernden Details von ihrem nervtötenden Sitznachbarn im Flugzeug erzählte.

Ich war nicht nur froh, weil wir das Gespräch von vorhin

nicht weiterführen konnten, sondern auch, weil ich nicht allein mit unserer Großmutter war und sie ihre Aufmerksamkeit auf meine Brüder lenkte, die sie viel länger nicht mehr gesehen hatte.

Das letzte Mal, dass sie *mich* gesehen hatte, war keine besonders schöne Erinnerung.

35. KAPITEL

Darcy

I thought I've always stayed the same, at least in your eyes

»Haben wir es mal wieder übertrieben, oder haben wir es mal wieder übertrieben?«

Julian lachte. »Ich glaube, wir haben es mal wieder übertrieben.«

Unser Wohnzimmerboden war bedeckt von gefüllten Tellern – veganes Beef Wellington (eine Blätterteigrolle gefüllt mit pikanter Nuss-Pilz-Mischung, die ich mit ausgestochenen Sternen verziert hatte), Rotkohl, kleine Gemüse-Pies und Röstkartoffeln – unseres selbst kreierten Weihnachtsmenüs. Seit wir in die WG gezogen waren, war das unser Ritual. Am Abend vor Weihnachten feierten wir unser eigenes Fest, kochten uns ein Festmahl und schauten einen Weihnachtsfilm. Früher war es »Love Actually« gewesen, aber seit uns bewusst geworden war, wie sexistisch und im Allgemeinen schlecht gealtert dieser Film war, suchten wir nach Alternativen. Diesmal war »Happiest Season« dran.

Ich fieberte jedes Jahr auf den Abend hin, weil während der Feiertage zu viel Trubel herrschen und wir kaum Zeit füreinander haben würden. Dieses Jahr hatten wir es besonders nötig, ein bisschen Zweisamkeit miteinander zu verbringen, da wir uns in letzter Zeit viel zu selten gesehen hatten.

Morgen Abend stand das große Prisma-Dinner auf dem Programm, danach übernachtete ich meist bei meinen Eltern in der Kommune, um morgens ausgiebig mit ihnen zu brunchen. Auch das war Tradition. Meine Eltern hielten nichts von klassischen Festlichkeiten – sie waren in der Weihnachtsnacht damit beschäftigt, bei der Essensausgabe für Bedürftige zu helfen –, sodass ich als Kind oft bei Julian Weihnachten gefeiert hatte, lediglich der Morgen war für meine Eltern reserviert.

Im Schneidersitz setzten wir uns beide auf den Boden und prosteten uns mit je einer dampfenden Tasse Glühwein zu. Wir trugen beide Onesies, er ein Rentier, ich einen Schneemann. Ebenfalls Teil unserer Tradition.

»Ist es wirklich okay, dass Tori nicht dabei ist?«, fragte ich, obwohl das nicht alles war, was ich wissen wollte. Sosehr ich mich auf den Abend mit Jules gefreut hatte, ich hatte auch Panik davor. Nur wir zwei, ohne Puffer.

Mach dich nicht lächerlich. Er ist dein bester Freund.

»Klar ist das okay«, sagte er mit einem Grinsen und begann, die Blätterteigrolle zu schneiden. »Echo hat sie sowieso zu Luke eingeladen, worauf sie sich in den Kopf gesetzt hat, ein Menü für sie zu kochen. Du kennst sie ja.« Ein liebevoller Ausdruck trat auf sein Gesicht. »Du kannst es dir ungefähr so übertrieben vorstellen wie das, was wir hier abgezogen haben. Und hey, es war Teil des Deals, als wir zusammengekommen sind, weißt du noch? Wir sind unsere eigenen Menschen.«

Ich erwiderte sein Lächeln. »Okay, okay. Sie soll ein Foto vom Essen schicken, ich will unbedingt sehen, was sie da gezaubert hat.«

Julian schnappte sich meinen Teller und häufte ein Stück

Veggie-Wellington darauf. Ein paar dunkle Strähnen fielen ihm in die Augen. Ich streckte eine Hand aus und schob sie beiseite.

Unsere Blicke trafen sich, sein Grinsen wurde breiter. »Und um deine nächste Frage zu beantworten: Ja, es läuft gut bei uns. Mach dir keine Sorgen.«

»Woher willst du wissen …«

»Also bitte! Als könnte ich dir die Frage nicht an der Nasenspitze ablesen.«

Ich musste lachen und war froh drum, weil ich damit mein schlechtes Gewissen überspielen konnte. In den letzten Tagen hatte ich weder besonders viel Zeit mit Jules noch mit Tori verbracht. Wenn ich nicht mit Nic arbeitete, war ich voll und ganz in die Foodstyling-Recherche vertieft oder damit beschäftigt, mit ihm zu schreiben. Deshalb hatte ich auch noch nicht die Gelegenheit gehabt, Tori nach einem Gefühls-Update zu fragen.

»Wir verbringen momentan nicht so viel Zeit miteinander wie am Anfang, weil ich ständig mit meiner Großmutter oder Alexis oder … du weißt schon wem abhänge«, fuhr Julian fort und legte sich ebenfalls ein Stück auf den Teller, ehe er zu essen begann.

Augenblicklich beschleunigte sich mein Herzschlag.

»Und ich merke, wie gut mir das tut. Wenn wir uns sehen, freue ich mich umso mehr. Ah, und …« Er kaute und schluckte. »Neulich hatte ich keine Lust auf Sex, weil mein Kopf damit beschäftigt war, sich zu fragen, wie ich Mum davon abhalten kann, Jiajià den Hals umzudrehen.« Als er eine Grimasse zog, kicherte ich. Im Prisma und über Nic hatte ich mitbekommen, wie aggressiv Thea werden konnte, wenn sie zu viel Zeit mit ihrer Mutter verbrachte. »Aber Tori hatte Lust«, fuhr er fort. »Das war ’ne richtig gute Erfahrung für uns. Für sie, weil sie kapiert hat, dass sie nicht die Einzige ist, die nicht immer Bock hat; für mich, weil ich ihr schlechtes Gewissen so besser nachvollziehen konnte. Also haben wir den Abend damit verbracht, dass ich sie mit meinem Gedankenchaos zutexte.« Ein seliges Lächeln erschien auf seinen Lippen. »Weißt du, es ist echt nice, uns mit jedem Tag besser zu verstehen und unsere eigenen Regeln zu definieren.«

Bei seinen Worten hatte ich eine Gänsehaut bekommen. Es gab kaum etwas Schöneres, als ihn so zu sehen.

»Das macht mich glücklich«, erwiderte ich und begann ebenfalls zu essen.

»Mich auch.« Er stupste mein Knie mit seinem an. »Und was mich außerdem glücklich macht, ist, endlich wieder mehr Zeit mit dir zu verbringen. Also, erzähl mir alles. Wir können den Film heute auch weglassen und einfach nur reden.«

Gespielt entrüstet riss ich die Augen auf. »Du willst mir die Gelegenheit nehmen, eine blonde Kristen Stewart anzuschmachten?«

Er lachte. »Würde mir im Traum nicht einfallen. Dann fang endlich zu erzählen an! Wie geht's dir, ich meine, so richtig? Gibt's was Neues von Kiki? Wie sehr ist dir der große Nicolas Bithersea in den letzten Wochen auf den Keks gegangen? Wie ist es gerade mit deinen Eltern?«

Ich schluckte. Mit dem Einfachen anfangen. »Kiki und ich schreiben ab und zu, aber es ist klar, dass daraus nicht mehr als Freundschaft wird. Mit Agata und Oli läuft's gerade überraschend gut. Oder besser gesagt: Ich habe sie seit einer gefühlten Ewigkeit nicht mehr gesehen, deshalb freue ich mich umso mehr auf sie.«

»Relatable«, warf er mit einem Nicken ein.

»Ja, und …« Ich kaute auf meiner Lippe herum. »Alles gut sonst. Bin zufrieden mit den Fotos, außerdem ist es eine coole Abwechslung zum Kochen.«

Erneutes Nicken seinerseits. »Ich würde gern ausschließlich

dich dafür verantwortlich machen. Nic wäre aufgeschmissen ohne dich.«

»Ihr habt doch auch mitgeholfen«, murmelte ich und stopfte mir hastig den Mund voll.

»Ja, aber niemand hat so ein Händchen dafür wie du, das wissen wir alle. Hat selbst Nic gesagt.«

Im letzten Moment konnte ich ein hysterisches Lachen unterdrücken.

»Apropos – wusstest du, dass er jetzt doch länger in Goldbridge bleiben will?«

Ich konnte ihn nicht ansehen. Würde ich es tun, würde er die ganze Wahrheit in meinen Augen entdecken. Also gab ich einen unbestimmten Laut von mir und häufte mir mehr Essen auf den Teller.

»Hab ihn erst gestern dabei belauscht, wie er Mum gefragt hat, ob sie sich vielleicht umhören könnte, ob jemand eine Wohnung zu vermieten hat.«

Was?!

Alles in mir zog sich zusammen. Plötzlich verschwamm der Teller mit dem Essen vor meinen Augen.

Fuck, ich musste mich zusammenreißen.

»Irgendwie habe ich das Gefühl, dass ich zu hart zu ihm war«, drang Julians Stimme wie aus weiter Ferne an mein Ohr.

Ich blinzelte heftig. Griff nach dem Glühwein. Klammerte mich an der heißen Tasse fest.

»Ich will jetzt nicht sagen, dass alles vergeben und vergessen ist, nur weil es ihm scheiße ging, aber ich habe in letzter Zeit gemerkt, dass ich nicht mehr die Energie habe, ständig wütend und misstrauisch zu sein. Und – erzähl bitte niemandem, dass ich das gesagt habe –, aber vielleicht verdient sogar er eine zweite Chance.« Er lachte nervös. »Er ist in Therapie. Und er hat da was erwähnt, als wir Jiajià abgeholt haben … Ich glaube, es ging ihm wirklich richtig dreckig.«

In einer Sekunde saß ich noch neben ihm, in der nächsten hatte ich Tasse und Teller abgestellt und mich aufgerichtet. Es war keine bewusste Entscheidung. Mein Fluchtreflex hatte die Kontrolle an sich gerissen.

Julian zog die dunklen Brauen zusammen und schaute zu mir hoch. »Alles okay?«

»S-sorry. Mir ist gerade voll schlecht geworden.«

Ohne seine Antwort abzuwarten, wandte ich mich um und stürzte ins Badezimmer. Ich schloss die Tür hinter mir, umklammerte das kühle Waschbecken und versuchte, meine Atemzüge zu kontrollieren. Das Bad dampfte noch von meiner Dusche eben, das kleine Fenster stand offen, und eisiger Wind vermischte sich mit heißer Luft.

Alles war gut. Ich musste mich einfach nur zusammenreißen und das Gespräch auf irgendetwas anderes als Nic lenken.

O Gott, er hörte sich nach Wohnungen um. Er wollte wirklich länger bleiben. Natürlich hatte ich über diese Möglichkeit nachgedacht, aber ich hatte versucht, sie als unrealistisch zu betrachten, um mir keine großen Hoffnungen zu machen.

Schneeflocken wirbelten durch das offene Fenster herein, und mir entfuhr ein trockenes Schluchzen. Rasch schlug ich mir eine Hand vor den Mund, um es zu ersticken. Letztes Jahr hatte es auch geschneit. Die ganzen Feiertage über, bis nach Neujahr. Als ich es endlich geschafft hatte, das Bett meiner Mutter zu verlassen und nach draußen zu gehen, war alles nur noch brauner Matsch gewesen.

Es war nicht mehr letztes Jahr. Nic war hier, in Goldbridge. Und er wollte bleiben.

Ich wandte mich dem Spiegel zu, starrte mir selbst in die Augen. Sie füllten sich mit Tränen, doch ich ließ nicht zu, dass sie überliefen. Mir war so schwindelig, aber ich wusste, was ich zu tun hatte. Ich hatte es schon die ganze Zeit über gewusst, nur hatte ich zu viel Panik davor gehabt.

Ein leises Klopfen ertönte an der Badezimmertür. »Darcy? Hey, alles in Ordnung? Brauchst du was?« Jedes seiner Worte war von Sorge durchtränkt.

Ach, Julian.

Ich atmete noch einmal tief durch, dann griff ich nach der Klinke und öffnete die Tür.

»Oh, hi.« Seine Augen weiteten sich. »Soll ich dir was gegen die Übelkeit bringen? Wir müssten noch irgendwo Vomex rumliegen haben.« Er trat einen Schritt vor, legte mir eine Hand auf die Stirn. »Boah, ich hoffe wirklich, dass es kein Infekt ist wie letztes Jahr. Was wäre das denn für ein Pech?«

»Es war kein Infekt.«

Ich hatte die Worte leise ausgesprochen, doch er hörte sie trotzdem.

Stirnrunzelnd trat er zurück. »Hä, klar war das ein Infekt, erinnerst du dich nicht mehr? Du lagst zwei Wochen lang flach und …«

»Julian. Es war kein Infekt. Es war eine Ausrede.« Mein Herz raste so schnell, dass mir noch schlechter wurde. Aber es gab jetzt kein Zurück mehr.

»Was?«

Ich griff nach seinem Handgelenk, zog ihn zurück ins Wohnzimmer, setzte mich, wartete, bis er ebenfalls wieder saß, versuchte, mich nicht von seinem erst verwirrten, dann panischen Blick beirren zu lassen, und begann.

36. KAPITEL

Nicolas

Choking on my heartbeat

Ein Zupfen an meinem Ärmel. Dann ein Zischen. In dem Moment, in dem ich die Straße zum Restaurant überqueren wollte, wurde ich hinter einen Lastwagen gezogen, der gegenüber vom Prisma parkte.

Jiajià – im Pelzmantel, mit frisiertem Haar und dunkelrotem Lippenstift auf den kaum vorhandenen Lippen – legte mit verschwörerischem Blick einen Zeigefinger an den Mund. »Schnell, bevor Dorothea uns sieht.«

Sie holte ein Zigarettenpäckchen aus ihrer Manteltasche. »Hast du Feuer?«, flüsterte sie.

Ich musste mich beherrschen, nicht laut loszulachen, während ich das Feuerzeug aus meiner Hosentasche kramte, ihre Kippe vor dem Schneesturm mit der Hand schützte und ihr Feuer gab.

Nachdem sie ihre Zigarette entzündet hatte, wollte ich ebenfalls nach einer greifen, doch sie schlug mir mit der freien Hand auf die Finger.

»Nichts da! Das ist pures Gift für dich.«

Nun konnte ich das Lachen nicht mehr zurückhalten. Genauso war es in Thessaloniki gewesen. Sie hatte Kette geraucht, aber sobald ich auch nur daran gedacht hatte, eine

Zigarettenschachtel anzugucken, war sie in die Luft gegangen.

»Und für dich nicht?«, gab ich zurück.

Ungeduldig schnalzte sie mit der Zunge. »Ich steh schon mit einem Bein im Grab, du hast noch dein ganzes Leben vor dir, Junge.«

Kopfschüttelnd sah ich sie an, doch ich beließ es dabei. Mit meiner Großmutter diskutierte man besser nicht. Eine Regel, an die sich Mum ganz und gar nicht hielt, weshalb die letzten Tage eine Herausforderung für uns alle gewesen waren.

Ich hatte mir Sorgen gemacht, dass Jiajià mich auf die Zeit in Griechenland ansprechen würde, dass es ein riesengroßes Thema werden würde, doch ich hatte wohl verdrängt, wie es war, wenn sie und Mum sich in einem Raum befanden. Vielleicht war es früher aber nie so schlimm gewesen, weil Dad als Puffer fungiert hatte. Jetzt gab es kein Halten mehr. Wenn sie nicht mit passiv-aggressiven Kommentaren um sich schmissen, schrien sie sich an. Seit ihrer Ankunft war kein Abend vergangen, an dem ich nicht mit Streit als Hintergrundgeräusch eingeschlafen war. Es fing immer mit irgendeinem bedeutungslosen Detail an. Jiajià erwähnte etwa, dass die Gardinen ungebügelt waren. Mum zuckte zusammen und erwiderte, dass ihre Berufung im Leben nicht darin bestehe, den Haushalt zu führen. Sekunden später ging es darum, wieso Elliot nicht mehr in der Wohnung lebte, und darum, dass Mum meiner Großmutter noch nicht verziehen hatte, dass sie meinen Großvater auch dann nicht verlassen hatte, nachdem er sie krankenhausreif geschlagen hatte. Beim ersten Mal hatte ich noch versucht, mich einzumischen, um die Wogen zu glätten, aber war dann eines Besseren belehrt worden, als sie beide verbal auf mich losgegangen waren.

Deshalb freute ich mich umso mehr über Momente wie diese, wenn Jiajià und ich allein waren.

»Du siehst richtig festlich aus«, sagte ich mit einem Grinsen.

Sie nahm einen tiefen Zug und pustete den weißen Rauch in die Nacht. Im Schein der Straßenlaterne, unter der wir standen, schimmerte er silbern.

»Ich habe ein Vermögen beim Friseur ausgegeben«, murmelte sie mit finsterer Miene. »Und musste dann trotzdem alles selbst machen, nachdem sie fertig war. Wieso sind hier alle so unfähig?« Statt einer Antwort grinste ich bloß breiter, bis sie seufzte und kicherte. »Du siehst auch festlich aus.« Sie strich über mein smaragdgrünes Hemd. »Freust du dich?«

Hastig nickte ich. »Das Essen ist immer grandios.«

Dass ich Panik hatte, weil Darcy sich seit gestern Abend untypischerweise nicht mehr gemeldet hatte, obwohl sie mir seit Wochen schrieb, bevor sie schlafen ging, erwähnte ich nicht. Sie hatte ein Recht auf Freiheit, ohne dass ich gleich die Nerven verlor.

Als Jiajià fertig mit Rauchen war, hakte sie sich bei mir unter und ließ sich von mir über die Straße zum Prisma führen. Wir liefen durch das offen stehende Tor, die Treppen nach oben in den Felsgang und ins Innere der Grotte, bis wir auf der Restaurantfläche standen, wo geschäftiges Treiben herrschte.

Die Tische waren zu einer einzigen langen Tafel zusammengeschoben worden, Kerzen brannten in der Mitte zwischen dem weißen Gedeck, und Mario, unser Pianist, saß am Klavier und spielte eine melancholische Variation von »Santa Tell Me«. Es war ungewohnt, niemanden in Schürze und Arbeitskleidung und stattdessen alle so herausgeputzt zu sehen. Ich hatte heute extra meine Kamera mitgenommen, um ein paar

Bilder von den Mitarbeitern in einem etwas anderen Kontext zu machen.

Nachdem ich Jiajià zum Tisch geführt und ihr etwas zum Trinken gebracht hatte, lief ich in Richtung Küche, obwohl jeder Schritt meinen Herzschlag beschleunigte. Echo kam mir entgegen – in einem eng anliegenden Jumpsuit und mit goldenen Ringen in den Ohren, in den Händen ein Tablett mit Christmas Pudding –, sie nickte mir zu, ein spöttisches Halblächeln auf den Lippen. Aus einem Reflex heraus griff ich nach meiner Tasche, holte die Kamera hervor und richtete den Fokus auf sie.

»Hey, Echo«, rief ich, als sie schon vorbeigegangen war.

Sie warf einen Blick über die Schulter, eine Braue gehoben, und ich drückte auf den Auslöser.

»Danke«, sagte ich mit einem Lächeln, worauf sie die Augen verdrehte, aber dennoch irgendwie … geschmeichelt wirkte? »Weißt du, wo meine Brüder sind?«

Sie deutete in Richtung Küche. »Patisserie.«

Dankbar nickte ich. »Frohe Weihnachten.«

Ein leises Schnauben ertönte. »Ich glaub nicht an so was.«

»Wie jetzt?«

»Weihnachten.« Erneut verdrehte sie die Augen. In diesem Moment wirkte sie deutlich jünger als sonst und gleichzeitig doppelt so alt wie ich. »Die Geburt Christi. Den ganzen Quatsch.«

»Verstehe. Ich auch nicht«, pflichtete ich ihr lachend bei.

Sie wandte sich wieder zum Gehen, und plötzlich war da ein Ziehen in meiner Brust.

»Du machst ihn glücklich«, entfuhr es mir.

Alles an ihr wurde starr. Die Augen, die den Eindruck machten, einen Tick zu groß für das schmale Gesicht zu sein, schienen noch größer zu werden.

»Verstanden zu werden ist das Beste, was jemandem in dieser abgefuckten Welt passieren kann«, fuhr ich fort, unangenehm berührt, weil sie mich so anstarrte, vielleicht auch, weil sie sich von Anfang an unbeeindruckt von mir gezeigt hatte. »Und du verstehst ihn.«

Sie nickte knapp, dann holte sie tief Luft. Ihre Finger schlossen sich fester um das Tablett, ihr Blick richtete sich auf den Pudding. »Danke, dass du ihn zur Therapie überredet hast«, brachte sie hervor, ehe sie sich blitzschnell abwandte und mit langen Schritten die große Tafel ansteuerte.

Eine Weile sah ich ihr nach, bis ich mich umdrehte und loslief. Bevor ich die Patisserie erreichte, kam mir Julian entgegen. Er trug Jeans und einen gestrickten Weihnachtspullover, seine schwarzen Haare standen in alle Richtungen ab, als wäre er ständig hindurchgefahren.

»Hey«, rief ich. »Hilfst du mir dabei, Mum und Jiajià heute voneinander getrennt zu halten? Mir reichts langsam echt mit …«

Meine Worte verloren sich im Nichts, als er schnurstracks auf mich zulief, ohne mich anzusehen, immer schneller wurde und mich schließlich mit der Schulter anrempelte, während er an mir vorbeilief.

Was zur …

»Jules?« Ich drehte mich zu ihm. »Was geht?«

Keine Reaktion.

In der ersten Woche wäre das alles andere als beunruhigend gewesen. Doch seit wir unsere Grandma abgeholt hatten, hatte sich etwas zwischen uns verändert. Seine Feindseligkeit war in den Hintergrund getreten, nicht mal mehr im Spaß hatte er mich aufgezogen. Am Anfang hatte es mich angekotzt. Ich wollte nicht, dass er bloß nett zu mir war, weil er Mitleid mit mir hatte. Doch mit der Zeit war mir bewusst geworden, wie sehr ich ihn vermisst hatte. Wie krass es sich anfühlte, von ihm gemocht zu werden.

Was war also jetzt plötzlich in ihn gefahren?

Bevor ich ihm hinterherlaufen konnte, kam Alexis aus der Patisserie. Sorge glänzte in seinen dunklen Augen, doch als er mich sah, lächelte er. Ein bisschen zu schnell. »Hi. Alles gut?«

Ich zuckte mit den Schultern. »Weißt du, was mit Julian los ist?«

Alexis' Miene gefror. Sekunden vergingen, und meine Panik kehrte zurück, diesmal heftiger.

»Das solltest du ihn vielleicht selbst fragen«, murmelte er. »Aber ich glaube, erst mal wäre ein bisschen Abstand gut.«

Fuck.

»Was zur Hölle? Kannst du mir bitte sagen, worum es geht?«

Er schüttelte den Kopf. »Er will nicht, dass ich mit dir rede.«

»Dein Ernst? Also bist du jetzt auf seiner Seite?«

Alexis legte den Kopf schief, sah mich einfach an. Er war gnädig genug, mich nicht auf den Kindergarten hinzuweisen, den ich von mir gegeben hatte.

»Ich hab keine Lust auf Streit«, sagte ich stöhnend. »Davon bin ich seit einer Woche umgeben. Mum und Jiajià reißen sich bald die Köpfe ab, und ich pack's nicht mehr. Ich will einfach ein bisschen Frieden.«

Das war einer der Gründe, aus denen ich in den letzten Tagen angefangen hatte, nach Wohnungen in Goldbridge zu suchen.

»Kann ich gut verstehen«, erwiderte Alexis leise. »Deshalb bin ich damals ja auch ins Wohnheim gezogen.«

»Du hast nicht zufällig Bock auf 'ne WG mit mir?«, murmelte ich mit finsterem Blick.

Bewegungslos starrte er mich an.

Ich riss die Augen auf. »Was, ernsthaft?«

Alexis zuckte mit den Schultern. »Das Wohnheim nervt

mich. Es ist viel besser als früher, aber ich verbinde trotzdem zu viele Erinnerungen damit. Und seit Echo wieder bei Luke wohnt …« Er beendete den Satz nicht.

Im Bruchteil einer Sekunde sah ich die Vision vor mir. Alexis und ich. Unser eigenes Reich. In London hatte es doch auch perfekt funktioniert, oder?

»Du willst echt hierbleiben?«, wisperte er. »Ich dachte, das wäre bisher nur so ein Gedankenspiel.«

Ich zuckte mit den Schultern. »Was, wenn es keins wäre?«

Sein Gesicht leuchtete auf. Er umfasste meine Schultern und schüttelte mich leicht. Und dann breitete sich ein Grinsen auf seinen Lippen aus. »Alter, stell dir das mal vor.«

Trotz meiner Panik musste ich ebenfalls grinsen. »Ich weiß.«

Er ließ die Hände sinken. »Allerdings weiß ich nicht, wie viel Geld ich …«

Ein »Fang jetzt nicht mit *der* Scheiße an«-Blick von mir, und er verstummte.

Bevor einer von uns noch etwas sagen konnte, ertönten Schritte hinter uns.

»Das Essen ist bereit.«

Darcy kam gerade den Gang runter. In einem bordeauxfarben funkelnden Kleid. Ihre Augen waren von schwarzem Eyeliner umrahmt, ihre Lippen glänzten. Ihre Haare hatte sie toupiert und zu einem hohen Zopf gebunden. Sie lächelte nicht. Ihre Miene war wie erstarrt.

Ungefähr wie meine.

Das war nicht irgendein Kleid. Es war dasselbe, das sie letztes Weihnachten getragen hatte. An diesem Tag hatte ich kein Foto von ihr bekommen, aber Tage zuvor hatte sie mir Outfit-Optionen geschickt, und ich hatte sie zu diesem ermutigt, obwohl sie sich Sorgen gemacht hatte, es könnte zu freizügig sein, da es komplett rückenfrei war.

»Du siehst schön aus«, ertönte Alexis' Stimme neben mir.

Die Untertreibung des Jahrtausends, wenn er mich fragte.

Darcy schenkte ihm ein reserviertes Lächeln.

Mein Magen zog sich zusammen. War alles in Ordnung zwischen uns? Ging es um Weihnachten? Dachte sie genau wie ich an letztes Jahr? Hatte sie sich daran erinnert, dass man mir nicht vertrauen konnte? War sie deshalb so kalt? Oder würde alles normal sein, wenn wir unter vier Augen miteinander redeten?

»Können wir kurz sprechen?« Ich sah ihr fest in die Augen. »Ich wollte dich noch was wegen der Fotos fragen.«

Sie schluckte. »Klar.« Es klang, als meinte sie exakt das Gegenteil.

Irgendetwas stimmte ganz und gar nicht.

Nachdem Alexis nach vorne gegangen war und ich mich vergewissert hatte, dass sich auch sonst niemand in Hörweite befand, trat ich einen Schritt auf sie zu. »Hi«, flüsterte ich.

Sie wich meinem Blick aus. »Hi.«

»Schau mich bitte an.«

Keine Reaktion.

»Ist irgendetwas los?«

Gerade wollte ich nach ihrer Hand greifen, ich brauchte irgendeine Verbindung zwischen uns – ach, was machte ich mir vor, ich brauchte Halt –, da ruckte ihr Kopf zu mir.

»Später.«

Ich runzelte die Stirn. »Was …«

»Später«, wiederholte sie energischer. »Nach dem Essen.« Und damit drehte sie sich um und lief los. Das Geräusch ihrer Absätze hallte in mir wider.

Ihr Zopf wippte von einer Seite zur anderen. Ihr Rücken …

Die Härchen auf meinen Armen richteten sich auf, und mein Herz pochte schneller. *Später* war in Ordnung. Das war auszuhalten. Ich würde mich einfach auf meine Familie konzentrieren, ein bisschen Small Talk mit den anderen Mitarbeitern führen und …

»Was zur Hölle tust du hier?«

Das klang nach Julian. Einer sehr angepissten Version von Julian.

Ich überlegte nicht, rannte los. Direkt hinter Darcy schlüpfte ich durch die Tür in den Restaurant-Außenbereich. Die Hälfte der Prisma-Leute saß schon am Tisch und drehte die Köpfe jetzt in Richtung Glastür, die andere Hälfte stand herum und starrte ebenfalls zum Eingang.

Julian stand wie ein Bodyguard direkt davor, obwohl er mindestens einen Kopf kleiner war als unser Vater. Dieser wiederum wirkte, als schrumpfte er gerade in sich zusammen. Er trug einen Anzug, und genau wie bei unserem gemeinsamen Essen schien er sich kein bisschen wohl darin zu fühlen.

Mit einer zitternden Hand tastete er nach seiner Brille, schob sie hoch, obwohl sie nicht mal runtergerutscht war.

»Ich habe dich gefragt, was du hier tust«, wiederholte Julian, noch lauter.

Dad stand die Panik ins Gesicht geschrieben. Mein erster Impuls war, nach vorne zu stürmen, Julian beiseitezuschieben und unserem Vater einen Arm um die Schultern zu legen.

»Du warst nicht da«, hallte Mums Stimme in meiner Erinnerung wider, wütend, verzweifelt.

Ich rührte mich nicht von der Stelle.

Darcy neben mir hielt die Luft an. Tori erhob sich gerade von ihrem Stuhl, ihr Blick war auf Julian geheftet. Alexis und Echo standen etwas abseits am Geländer neben dem Klavier. Ihre Mienen waren undefinierbar. Mario hatte zu spielen aufgehört.

»Jules, ich wollte nur … Ich …«, stotterte Dad los. Es brach mir das verfluchte Herz. »Ich möchte keine Unruhe stiften.«

Julian lachte kalt. »Dann hau ab. Niemand will dich hier.«

In diesem Moment ertönten Schritte hinter mir. Energische Schritte. Panische Schritte. Sekunden später schob sich Mum an mir vorbei. Sie musste oben im Büro gewesen sein oder in den Umkleidekabinen. Ihre Schultern bebten, während sie zu Julian lief. Auch sie hatte sich schick gemacht. Ich hatte ihr vorhin geholfen, den Reißverschluss des bodenlangen goldenen Kleids zu schließen, und sie im Spiegel angegrinst. *»Darf ich sagen, wie schön du aussiehst?«*

Sie hatte gelacht. *»Ja, aber nur, wenn du damit nicht* jung *meinst.«*

Der Moment schien so fern. Jetzt kam sie mir wie eine Rachegöttin vor, wie sie nach vorn preschte, wie ihre langen Haare hinter ihr her flatterten.

»Verschwinde«, fauchte sie, kaum dass sie neben Julian stand, während ihre Hand wie unbewusst nach der ihres Sohnes tastete, sie fest umklammerte und einen Herzschlag später wieder freigab.

Der flüchtige Moment drehte mir den Magen um. Wie oft war er ihre Stütze gewesen, während hier alles den Bach runterging?

Jiajià erhob sich genau wie Tori von ihrem Stuhl. »Dorothea.«

Mum wirbelte zu ihr herum, streckte einen bebenden Zeigefinger in ihre Richtung. »*Du* hältst dich da raus!«, rief sie auf Griechisch. Ihre Stimme überschlug sich.

Darcys Blick brannte auf mir. Für den Bruchteil einer Sekunde schien die seltsame Stimmung zwischen uns vergessen. Ich sah sie an.

»Fuck«, formte sie mit den Lippen.

»Fuck«, gab ich ebenso tonlos zurück.

Und dann trat Alexis nach vorn. Er fixierte ausschließlich Mum. »Ich hab ihn eingeladen«, sagte er so leise, dass die Worte bei dem brausenden Wind, der übers Geländer wehte und die Flammen der Kerzen zum Tanzen brachte, kaum zu vernehmen waren. Noch ein Schritt nach vorne. »Das war ich.«

Alexis' Schweigen hatte so lange auf ihnen gelastet. Nun schien sie das Gewicht seiner Worte alle zu erdrücken.

37. KAPITEL

Darcy

From being the perfect two to strangers in a room

Einer nach dem anderen verschwanden wir nach hinten, in die Küche, in die Umkleideräume, um den Bitherseas Privatsphäre zu geben. Ich schlüpfte durch die Tür der Mitarbeitertoiletten und lehnte mich gegen die kühle Wand neben den Waschbecken, legte meine Hände auf den Bauch und atmete tief durch. Es sollte beruhigend wirken, den eigenen Atem zu spüren, wie er den Brustkorb senkte und hob; ich versuchte mir vorzustellen, wie er mich komplett ausfüllte, in sämtliche Fingerspitzen wanderte, in Form von goldener Energie. Massenhaft Energie, um diesen Abend zu überstehen.

Mit einem Quietschen flog die Tür auf, und ich öffnete die Augen.

»Ah, hier bist du, darf ich mich bei dir verstecken?« Echo klang spöttisch, aber ich hörte die Unsicherheit in ihrer Stimme.

Hastig nickte ich, während ich mir ein Lächeln abrang. Echo war gut. Echo war neutral.

In den Sekunden, bis die Tür wieder zufiel, waren gedämpfte Stimmen von draußen zu hören. Julian. Thea. Nic.

Mir war schlecht.

»Was ist los?«, flüsterte sie.

»Was los ist?!«

War das nicht offensichtlich? Weihnachtliches Familiendrama vom Feinsten. Vermutlich wusste sie besser darüber Bescheid als ich, ich konnte mir vorstellen, dass Alexis ihr erzählt hatte, dass er seinen Vater eingeladen hatte.

»Mit dir. Irgendwas ist mit dir und Tori.«

Ich konnte nichts erwidern, konnte sie nur anstarren.

»Wieso geht ihr euch die ganze Zeit aus dem Weg?«

Scheiße. Also war es nicht nur meine Einbildung gewesen. Seit ich heute frühestmöglich ins Prisma gekommen war, um bei den Vorbereitungen fürs Essen zu helfen und meinem Mitbewohner, der mich wie Luft behandelte, aus dem Weg zu gehen, hatte ich kaum ein Wort mit jemandem gewechselt. Nachdem Tori gekommen war, war sie so gut wie jeden Moment beschäftigt gewesen. Außer einer knappen Begrüßung hatten wir nicht miteinander gesprochen.

»Normalerweise bin ich diejenige, die vor euch flüchtet, weil ich manchmal nicht mit diesem Freundschaftsding klarkomme, und ihr seid ein geschlossenes Team.«

Ihre Ehrlichkeit und der trockene Ton nahmen mir den Wind aus den Segeln.

»Ich hab Mist gebaut«, brachte ich hervor.

Sie hatte keine Gelegenheit nachzuhaken, und ich hatte keine, das näher auszuführen, denn im nächsten Moment schwang die Tür erneut auf.

Mein Puls schoss in die Höhe.

Tori. Unsere Blicke trafen sich. Nein, ich hatte es mir nicht eingebildet, und auch Echos Beobachtung war korrekt. Tori sah aus, als wollte sie die Tür wieder schließen und abhauen.

Eine halbe Ewigkeit verging. Ich hielt die Luft an. Dann straffte sie die Schultern, atmete tief durch und trat ins Innere, schloss die Tür hinter sich.

»Gutes Versteck«, sagte sie, sah dabei aber nicht uns an, sondern den Seifenspender.

Echo schaute zwischen uns beiden hin und her und rollte mit den Augen. »Kann mich bitte jemand einweihen?«

Tori zuckte zusammen. »Wie meinst du?«

»Julian hat mit dir gesprochen, oder?«, flüsterte ich, während sich ein großer Kloß in meinem Hals bemerkbar machte.

Sie fixierte ihre Schuhe – spitz zulaufende silberfarbene Pumps – und nickte.

Und plötzlich hielt ich es nicht mehr aus.

»Ich weiß, dass ich kein Recht darauf habe, aber ich will irgendeine Antwort.« Die Worte polterten aus mir heraus. »Er hat nichts gesagt. Er hat mich einfach nur angeschaut, und dann ist er aufgestanden und in sein Zimmer gegangen. Wir konnten immer über alles reden. Selbst wenn wir gestritten haben. Er hat mich noch nie so lang angeschwiegen.«

Du hast ihm auch noch nie zuvor etwas so Großes verschwiegen, wisperte eine fiese Stimme in meinem Kopf.

»Es tut mir leid.« Toris Augen glänzten, sie biss sich auf die Unterlippe. »Ich fühle mich …« Sie hob den Kopf, zwang sich sichtlich, meinem Blick standzuhalten. »Es tut mir leid, dass ich dich heute ignoriert habe. Ich wusste nicht, wie ich damit umgehen soll.«

Ich schüttelte den Kopf. Das war ja wohl mehr als verständlich.

»Er ist so verletzt, und ich wollte ihn nicht hintergehen, aber … Darcy, du warst auch für mich da, als ich nicht mit ihm reden konnte. Und ich war heute keine gute Freundin für dich. Weil ich versucht habe, eine gute Freundin für ihn zu sein.«

Er ist so verletzt …

»Das ist nicht vergleichbar«, erwiderte ich leise. »Als du nicht mit ihm reden konntest, lag das daran, dass er ein Kerl ist. Du hast jemanden gebraucht, der dir Sicherheit gibt. Das jetzt ist einfach …« Eine Weile konnte ich nicht weiterreden, weil ich mit aller Macht gegen meine Tränen kämpfte. »Es ist meine Schuld.«

Tori wirkte ebenfalls, als wäre sie den Tränen nahe. »Warum hast du es ihm nie gesagt?«

Ihre Frage klang nicht wie eine Anschuldigung. Sie verurteilte mich nicht. Es war ehrliches Interesse. Und dennoch hatte sie mir nicht widersprochen.

Echo räusperte sich. »Will mich jemand einweihen?«

Wir schauten beide zu ihr.

Was hätte ich davon, noch ein Geheimnis daraus zu machen?

Ich seufzte tief. »Nic und ich hatten jahrelang Kontakt. Ich habe es vor Julian geheim gehalten und es ihm gestern Abend erzählt. Seitdem weigert er sich, mit mir zu reden.«

»Kontakt?«, wiederholte sie stirnrunzelnd. »Wieso ist er deswegen verletzt? Ist es nicht deine Sache, mit wem du Kontakt hast?«

Ich konnte nicht antworten. Wie sollte ich erklären, was Julian für mich bedeutete? Wieso es der größte Verrat überhaupt war, da ich ihm sonst jedes Detail über mein Leben erzählte. Wieso ich Angst hatte, dass er es mir nicht verzeihen würde.

»Er war nicht einfach nur ein Kontakt für dich, oder?«, murmelte Tori.

Ich schüttelte den Kopf. Wenn ich jetzt den Mund öffnete, würde ich losheulen. Also presste ich die Lippen aufeinander.

»Julian war auch angepisst, als Alexis zu Nic nach London gefahren ist, oder?«, kam es von Echo.

Tori und ich nickten zeitgleich.

»Also geht es nicht nur darum, dass du ihm etwas verschwiegen hast, sondern auch darum, dass er eifersüchtig auf seinen großen Bruder ist?« Sie sprach die Worte nüchtern aus, als wäre es ein unumstößlicher Fakt.

Ich holte tief Luft, sammelte mich, bis ich mir sicher war, dass die Tränen nicht kommen würden. »Es geht darum, dass er sich verarscht fühlt«, brachte ich hervor. »Weil Nic macht, was er will. Weil er nie da ist und dann trotzdem von allen geliebt wird. Während Julian immer da war und dennoch das Gefühl hat, es sei nicht genug. Ich … ich wollte nie, dass er sich so fühlt. Deshalb habe ich es verheimlicht.«

Bevor ich noch etwas sagen konnte, trat Tori vor und legte mir einen Arm um die Schultern.

Nicht heulen.

»Wir schaffen das«, flüsterte sie. »Er braucht einfach nur Zeit. Ihr bekommt das wieder hin, das weiß ich.«

38. KAPITEL

Nicolas

I've been here before

Wir waren in einem absurden Theaterstück gelandet, und die Einzigen, die ihre altbekannten Rollen weiterspielten, waren Mum, meine Großmutter und ich.

Die beiden, weil sie damit fortfuhren, sich zu streiten:

»Wenn ich noch ein Wort von dir höre …«

»Dorothea, in was für einem Ton redest du mit mir?«

»Ich rede mit dir, wie ich möchte, du wohnst in meiner Wohnung, isst mein Essen, und …«

»Ach, *dieses* Spiel möchtest du also spielen? Wer hat länger für wen gesorgt?«

»Gesorgt?! Mamà, ich schwöre bei Gott …«

Ihre Stimmen verschwammen zu einer aggressiven Hintergrundmelodie, die nur ich richtig verstand, weil sie, wenn sie aufgebracht waren, noch schnelleres Griechisch sprachen. Vermutlich gab ihnen der Streit eine gewisse Grundsicherheit. Solange sie stritten, war ihre Welt noch dieselbe.

Und ich, ich grätschte in Dads Antworten, füllte sie mit Infos aus, die er mir bei unserem Treffen erzählt hatte, ließ sie wie witzige Anekdoten klingen und lachte dazwischen viel zu laut. Mir war klar, dass ich mich zum Affen machte, aber ich konnte nicht anders. Seit ich denken konnte, hatte ich den Alleinunterhalter in unserer Familie gespielt, und auch wenn ich die Situation nur zu verschlimmbessern schien, hörte ich nicht auf.

Ich stand zwischen Dad, Alexis und Julian. Alexis stellte angestrengt Small-Talk-Fragen, die unser Vater nach mehrsekündigen Pausen beantwortete. Dabei versuchte er mit aller Macht die Tränen zurückzudrängen, wobei ständig seine Brille beschlug, sodass er sie abnahm, mit dem Hemdsärmel putzte, wieder aufsetzte und das Ganze von vorne wiederholte. Julian stand wie ein Bodyguard neben Alexis – Schultern gestrafft, Todesmiene – und wartete wohl auf ein falsches Wort, damit er Dad an die Gurgel gehen konnte.

Als uns nach einigen Minuten kollektiv bewusst zu werden schien, dass wir die Prisma-Mitarbeiter warten ließen, wandte sich Mum an Alexis.

»Bist du sicher?«, wisperte sie.

Alexis schenkte ihr ein gezwungenes Lächeln und nickte.

»Ein Wort, und er geht«, sagte sie mit eiserner Stimme, dann schaute sie zu Dad, der es kaum schaffte, ihrem Blick standzuhalten. Einen wahnsinnigen Moment lang wollte ich meine Kamera zücken. Wollte diese Verbindung zwischen ihnen einfangen, die eindeutig nie unterbrochen worden war, sosehr sie sich auch wehgetan hatten.

Ich schluckte hart.

Ihr seid der Grund, aus dem ich an das Unmögliche glaube. Selbst jetzt noch.

Alexis nickte erneut, dann legte er Dad eine Hand auf den Rücken und nickte zum Tischende. Dad zuckte heftig zusammen, setzte sich aber sofort in Bewegung.

Minuten später strömten die Mitarbeiter wieder in den Restaurantbereich, mit aufgesetzt fröhlichen Mienen und eifrig herbeigezogenen Gesprächsthemen, die die entsetzliche Stille füllten.

Mein Blick ruhte auf Darcy, die gemeinsam mit Tori und

Echo aus der Küche kam. Sie schaute nicht in meine Richtung, sondern nahm Julian ins Visier, der wiederum ihren Blick zu meiden schien. Wahrscheinlich war er in Gedanken noch dabei, Dad zu strangulieren.

Wir setzten uns alle, und obwohl ich mich gerne neben Darcy gesetzt hätte, um irgendeine Info aus ihr herauszubekommen, hielt ich es für klüger, stattdessen den Platz zwischen Jiajià und Mum zu nehmen, um das Schlimmste zu verhindern. Julian ließ sich neben Alexis sinken, der saß neben Dad und zu dessen anderer Seite Rico, der wenig begeistert darüber wirkte, aber seinen Gesichtsausdruck innerhalb von Sekunden in eine höfliche Maske verwandelte.

»Wie schön, dass wir heute alle zusammengekommen sind«, begann Mum mit leichtem Zittern in der Stimme und nahm ihr gefülltes Glas in die Hand.

Nach und nach hoben alle die Gläser. Alexis schenkte Dad hastig Wasser ein und schob es ihm zu. Als Dad eine glitzernde Träne über die Wange lief, sah ich schnell weg.

»Egal, ob ihr Weihnachten feiert oder nicht, ich freue mich, dass ihr euch dazu entschlossen habt, ein Teil der Prisma-Familie zu sein.« Mum holte tief Luft und warf Alexis einen kurzen Blick zu, der ihr aufmunternd zunickte. »Familie bedeutet Zusammenhalt. Sie bedeutet Wärme und Geborgenheit. Sicherheit.« Ihre Stimme brach. »Und sie bedeutet Vergebung.« Auch ihr liefen nun Tränen übers Gesicht, die sie am Weitersprechen hinderten. Betretene Blicke, wo ich auch hinsah.

Ich überlegte keine Sekunde lang. Es war ein Automatismus. »Danke, dass ihr mich so schnell in die Prisma-Familie aufgenommen habt«, rief ich mit einem breiten Lächeln und hob mein Glas noch ein Stückchen höher. »Auf euch! Cheers! Lasst uns essen, sonst wird es kalt.«

Erleichtert stießen alle miteinander an, ehe sie sich aufs Essen stürzten. Es gab einen Braten aus Linsen und Bohnen, dazu Gerichte aus verschiedenen Ländern, entsprechend den unterschiedlichen kulturellen Hintergründen der Mitarbeiter. Parmesan-Törtchen, Kabeljaukrapfen, Hummer, Auberginen-Linsen-Curry, Manti, verschiedene Käsesorten und Oliven, geschmortes Gemüse, Rosmarinkartoffeln und noch viel mehr.

Mum verbarg ihr Gesicht in einer aufgefalteten Serviette, Jiajià murmelte mit grimmiger Miene etwas Unverständliches neben mir, und Julian erdolchte mich mit Blicken, aber immerhin hatten wir diesen Moment überstanden.

»Frag deinen Vater von mir, wie es ihm geht«, raunte mir Jiajià zu, während Darcy schräg gegenüber Julian fixierte.

»Kannst du mir die Preiselbeersoße reichen?«, fragte sie ihn.

Sein Kopf ruckte in die entgegengesetzte Richtung, als hätte er sie nicht gehört. »Jiajià, wie war Weihnachten früher immer bei euch?«

Noch so eine Frage, die er vermutlich auswendig gelernt hatte.

Ich schaute zu Dad, der mit hektischen Gesten eine Soße ablehnte, die meine Großmutter ihm ungefragt quer über den Tisch auf sein Bratenstück gießen wollte.

»Nur ein bisschen!«, rief sie auf Griechisch.

»Jiajià, da ist Rotwein drin«, zischte ich ihr zu, ebenfalls auf Griechisch. Aus dem Augenwinkel sah ich, wie Mum zusammenzuckte.

Verwirrt schaute Jiajià zu mir. »Na und?«

Ich hob eine Braue, bis es ihr langsam dämmerte und sie die Soße wieder abstellte. Anschließend lehnte sie sich zurück und wandte sich Julian zu. »Weihnachten?«, wiederholte sie mit einem rasselnden Lachen. »Es gab bei uns keine Feiertage. Es gab nur Tage, an denen Thanos noch mehr als gewöhnlich trank und uns als Geschenk blaue Augen verpasste.«

Julian gefror das gekünstelte Lächeln auf den Lippen. Selbst wenn er nur den Namen unseres Großvaters verstanden hatte, reichte das aus.

»Mamà!«, rief Mum. »Halt den Rand!«

»Wieso?«, gab diese ungerührt zurück. »Bist du nicht diejenige, die möchte, dass wir offener über die Vergangenheit sprechen?«

»Dad, Grandma möchte wissen, wie es dir geht«, sagte ich mit erhobener Stimme.

Hilflos erwiderte er meinen Blick. »G-gut, und ihr?«

»Super«, antwortete ich an ihrer Stelle, ohne mir die Mühe zu machen, sie zu fragen. »Mum und sie haben einen Heidenspaß miteinander, wie du dir vorstellen kannst.«

Alexis beugte sich näher zu Dad und flüsterte ihm etwas zu, da dieser wieder drauf und dran war loszuheulen.

Ich fing Julians Blick auf, der mit einer Mischung aus Entsetzen und Schmerz den Austausch beobachtete. Mir war schon klar, was für ein Abfuck das für ihn sein musste, nachdem Alexis all die Zeit nicht mit ihm gesprochen hatte, aber konnte er sich nicht mal zusammenreißen? Es ging gerade nicht um ihn.

Eine Weile lang lief es okay. Ich bemühte mich um Small Talk mit den Mitarbeitern, stellte Fragen, erzählte Geschichten, probierte von allen Gerichten, obwohl mir jedes Mal, wenn mein Blick auf Darcys versteinertes Gesicht fiel, der Appetit verging.

Als ich gerade zu einer neuen Anekdote ansetzen wollte, schob Julian geräuschvoll seinen Stuhl zurück und erhob sich. »Halt endlich die Fresse.«

Sämtliche Blicke richteten sich auf ihn.

Meine Lippen verzogen sich zu einem spöttischen Grinsen. Ich konnte nicht anders. »Meinst du mich?«

»Wen soll ich sonst meinen?«, blaffte er. »Wer textet denn hier alle zu, ohne jemals andere zu Wort kommen zu lassen?«

»Julian …«, murmelte jemand, ich war mir nicht ganz sicher, ob es Darcy oder Tori war, weil ich den Blick nicht von meinem Bruder abwandte.

»Sieht irgendwie so aus, als wärst du der Einzige, der ein Problem damit hat«, gab ich seelenruhig zurück, während sich meine Gedanken überschlugen. Warum ging er plötzlich wieder auf mich los? Brauchte er jemanden, an dem er seine Wut auslassen konnte, und ich war die nächstbeste Wahl, wenn er schon Dad nicht fertigmachen konnte?

Er ballte die Hände zu Fäusten. »Du verdammtes …«

Mit einem Satz war auch ich auf den Beinen. »Komm, lass uns rausgehen, was meinst du? Dann kannst du mir ganz genau sagen, was du von mir hältst.«

»Setz dich, Nicolas«, zischte Mum. Sekunden später schlossen sich ihre Finger um mein Handgelenk.

Julian warf mir noch einen letzten mörderischen Blick zu, dann wandte er sich ab und stürmte zum Ausgang.

Ich setzte mich. Mein Herz raste plötzlich.

Totenstille hatte sich am Tisch ausgebreitet.

Tori und Darcy tauschten einen Blick, Erstere schüttelte kaum merklich den Kopf, doch Darcy erhob sich trotzdem. Ich konnte den Blick nicht von ihr lösen, als sie Julian hinterherrannte.

39. KAPITEL

Darcy

Caught in a bad romance

»Ich halte es nicht aus!«

Julian reagierte nicht. Er beschleunigte lediglich seine Schritte.

Mir war klar, dass Tori recht hatte. Ich sollte mich zurückhalten, sollte ihm Zeit geben, sollte dankbar dafür sein, dass er mir gestern nicht das Erstbeste an den Kopf geknallt hatte, was ihm in den Sinn gekommen war.

Stattdessen beschleunigte auch ich meine Schritte. Ich konnte nicht anders. Es ging um Julian. In diesem Moment war mir egal, was gesund und richtig war. Ich brauchte ihn. Ich musste wissen, dass wir eines Tages wieder okay sein würden.

»Bitte«, rief ich. »Bitte, bleib endlich stehen.« Ein Schluchzen brach meine Stimme.

Er fuhr herum. Im Schein der Straßenlaternen wirkten die herumwirbelnden Schneeflocken unnatürlich groß. In Julians Miene wüteten mehrere Emotionen gleichzeitig.

»Was willst du?«, brachte er hervor, zittrig, mit unterdrückter Wut.

Schwer atmend blieb ich vor ihm stehen. »Ich halte alles aus, aber nicht dein Schweigen.«

»Ist das dein Ernst? *Du* hältst es nicht aus, dass *ich* schweige? Nachdem du unsere ganze Freundschaft über geschwiegen hast?«

»Es tut mir leid. Bitte, rede mit mir. Sag mir alles, was du denkst. Ich kann es aushalten. Aber nicht diese Stille, bitte, die Stille bringt mich um.«

Er schüttelte den Kopf. »Glaub mir, du willst nicht hören, was ich gerade zu sagen habe.«

»Doch.« Ich schniefte, die Tränen nahmen mir die Sicht, aber das hielt mich nicht vom Sprechen ab. »Ich bin immer noch deine Freundin. Ich will für dich da sein, auch nach allem, was heute mit deiner Familie passiert ist. Ich bin hier und möchte wissen, was du fühlst.«

»Meine *Freundin*?«, explodierte er. »Du bist eine Lügnerin! Begreifst du überhaupt, was du getan hast?«

Ich nickte, heulte, nickte. »Ich weiß, dass es ein riesengroßer Vertrauensbruch war, aber Jules, es war nicht einfach …«

»Ist mir egal! Es ist mir wirklich scheißegal, aus welchem Grund du es mir nicht gesagt hast. Ich habe keine Ahnung mehr, wer du überhaupt bist. All die Jahre und kein einziges Wort? Selbst wenn er nicht mein Bruder wäre, diese Sache war ein gigantischer Teil deines Lebens. Wie würdest du dich fühlen, wenn ich seit Jahren eine Beziehung führen würde und dir nie etwas darüber erzählt hätte? Nein, schlimmer noch, wenn ich wieder und wieder neue Lügen erfunden hätte, um diese Beziehung vor dir geheim zu halten?«

»Es war keine Beziehung«, brachte ich hervor.

»Du lügst immer noch!«, brüllte er. »Um mich zu schützen, nicht wahr? Das redest du dir bestimmt ein!«

»Was …«

»Der arme, arme Julian, der nie romantische Gefühle hat, man muss die Wahrheit vor ihm verstecken, damit er sich nicht unnormal fühlt! Der arme Julian, der von seinem großen

Bruder überschattet wird, weil er einfach zu nett und deshalb auch viel zu naiv ist, stimmt's?«

»Julian …«

»Sag mal, respektierst du mich überhaupt? Oder machst du dich insgeheim lustig über mich? Habt ihr euch darüber amüsiert, dass ich keine Ahnung habe, was zwischen euch läuft?«

Meine Tränen waren versiegt. Stattdessen kroch nun auch meine Wut an die Oberfläche.

»Hör auf mit dem Bullshit!«, schrie ich zurück. »Du bist viel schlauer als das!«

Ein gefährliches Funkeln trat in seine Augen. »Du hast recht, Darcy. Und genau aus dem Grund, dass ich schlauer bin, werde ich dir nicht den Gefallen tun, alles auf meine Eifersucht zu schieben. Auf mein abgefucktes Verhältnis zu meinem Bruder. Darum geht es hier nämlich nicht. Es geht um dich und mich. Es geht um den wahren Grund, aus dem du es mir nicht erzählt hast. Du wolltest mich gar nicht schützen. Sondern nur dich.«

Sein Gebrüll war leichter zu ertragen als *das*. Wie erstarrt stand ich vor ihm, öffnete den Mund, doch kein Wort kam heraus.

»Du bist der wichtigste Mensch in meinem Leben, und ich bin der wichtigste in deinem, das haben wir doch gesagt, nicht wahr? Unsere Freundschaft ist das Fundament, auf dem alles andere aufbaut. Weil wir beide uns Sicherheit geben, können wir andere Beziehungen wagen, so kompliziert diese auch sein mögen. Weil wir dieses Sicherheitsnetz haben, in das wir jederzeit wieder zurückfallen können. Du bist die perfekte beste Freundin. Aber niemand soll je wissen, wer du wirklich bist, oder? Ich könnte wetten, auch Nic hat keine Ahnung. Weil das wahre Verletzlichkeit erfordert, nicht dieses Versteckspiel, das du mit mir veranstaltet hast. Es ist so viel bequemer, über allem zu schweben, gute Ratschläge zu erteilen, die Person zu sein, die ich brauche, statt die, die du wirklich bist. Das gibt dir bestimmt einen richtig geilen Ego-Push, oder? Egal, was passiert, du bist immer die Gesündere von uns beiden, immer die Reflektiertere, immer die, die nicht ganz so tief fällt.«

Hitze pulsierte durch meinen Körper. Brannte alles nieder. Den Schmerz. Die Sehnsucht nach meinem besten Freund. Die Reue, weil ich es vermasselt hatte.

»Ach, und du bist besser?«, schrie ich. »Du ziehst nicht genau die gleiche Scheiße mit Tori ab? Es gibt dir keinen Kick, dass sie die Kaputtere von euch beiden ist?«

Ich hatte eine Grenze überschritten, das sah ich in seinem Gesicht. Ich hätte ihm jede unbequeme Wahrheit um die Ohren hauen können, aber nicht diese.

Wäre er der Typ Mensch gewesen, der andere beleidigte, hätte er mich jetzt verflucht. Aber da Julian nun mal Julian war, straffte er die Schultern, sah mir bewegungslos in die Augen und kommunizierte seine Bedürfnisse. »Ich möchte, dass du mich in Ruhe lässt.«

Und damit wandte er sich um und lief los. Die Schneeflocken tanzten um ihn herum, der Wind peitschte mir ins Gesicht.

All die Geschichten, all die Lieder, die ich je konsumiert hatte, hatten mich darauf vorbereitet, wie es sich anfühlen würde, die große Liebe zu verlieren. Romantische Liebe war das Höchste aller Gefühle, so wurde es uns in all diesen beschissenen Filmen und Büchern und jeder anderen Kunstform vermittelt. Also brach man, man brach und brach und schien sich geradezu aufzulösen, wenn sie weg war. Meine Erfahrung mit Nic hatte diesen Glaubenssatz bestätigt.

Doch meine Eltern hatten mir beigebracht, dass es überhaupt keinen Unterschied zwischen romantischer und platonischer Liebe gab. Dass es egal war, auf welche Weise man jemanden liebte. Menschliche Beziehungen waren der Grund, aus dem wir existierten, aber sie waren kompliziert, und es konnte verdammt wehtun, wenn sie in die Brüche gingen. Bei Julian und mir war es nie kompliziert gewesen. In zwei Jahrzehnten kein einziges Mal. Deshalb hatte ich meinen Eltern auch nie geglaubt. Ich hatte uns für besser gehalten. Für unantastbar. Und ich war nicht darauf vorbereitet gewesen. Auf den Schmerz, den Menschen zu verletzen, der mein größtes Sicherheitsnetz war.

40. KAPITEL

Nicolas

This house is on fire

Dad und Alexis standen mit dem Rücken zu uns am Geländer, die anderen hatten sich in alle Richtungen verstreut, waren mit Aufräumen beschäftigt oder schon gegangen. Julian und Darcy waren nicht zurückgekehrt, und Tori und Echo tuschelten im Saucier-Bereich miteinander. Nachdem ich mich am Aufräumen beteiligt hatte, lief ich nach hinten, an der Patisserie und den Umkleideräumen vorbei, bis ich an der Wendeltreppe angekommen war, die nach oben führte. Keine Ahnung, wie meine Großmutter es die Stufen hoch geschafft hatte, aber Mum und sie befanden sich eindeutig im Büro. Und sie schienen sich nicht darum zu scheren, wer sie hörte, immerhin verstand hier kaum jemand Griechisch.

Ich nahm eine Stufe nach der anderen, während die Worte immer deutlicher zu verstehen waren.

»Es geht hier nicht nur um deine Ehe«, sagte Jiajià mit überraschender Sanftheit in der Stimme.

Doch Mum schien die Aussage an sich in den Wahnsinn zu treiben. »Hör auf, dich in Angelegenheiten einzumischen, die dich nichts angehen!«

»Du bist meine Tochter.«

»Und du bist meine Mutter, die in einer Ehe geblieben ist,

die uns beinahe beiden das Leben gekostet hätte«, schoss sie zurück. »Von unserem Verstand und unserem Seelenfrieden ganz zu schweigen. Warum denkst du, dass ich Ratschläge von dir hören will?«

»Weil ich länger als du gelebt und aus meinen Fehlern gelernt habe«, gab Jiajià ungerührt zurück, ohne auf Theas Anschuldigungen einzugehen.

Ein verächtliches Schnauben erklang. Es war ungewohnt, Mum so zu erleben, auch wenn ich sie jetzt schon oft in Gegenwart ihrer Mutter gesehen hatte. Sie schien in ihrer Anwesenheit wieder zum Kind zu werden, ob sie es wollte oder nicht.

»Ich möchte nicht mit dir über deine Ehe sprechen«, beharrte Jiajià. »Sondern über deine Kinder.«

Mum lachte. »Danke, bei Erziehungsfragen wende ich mich auch lieber an jemanden, der sein Kind erfolgreich großgezogen hat.«

Mein Mund wurde staubtrocken. Wie konnte ein Mensch einerseits so unendlich geduldig und sanft und jemand anderem gegenüber so giftig und verbittert sein?

»Du kannst mich nicht verletzen. Alles, was du zu mir sagst, habe ich schon tausendmal zu mir selbst gesagt.«

»Lass mich endlich in Ruhe mit …«

»Dorothea. Hör mir zu. Ich muss mit dir reden, denn ich habe das jetzt lang genug mit angesehen.«

Plötzlich war ein leises Schluchzen zu hören. Sekundenlang sagte niemand etwas, dann ertönte wieder Mums Stimme, diesmal erstickter.

»Ich weiß, dass ich versagt habe. Ich habe sie nicht beschützt. Alexis … Julian … Sie leiden meinetwegen. Manchmal frage ich mich, wieso ich jemals Kinder bekommen habe. Mir hätte klar sein müssen, dass jemand wie ich es niemals schaffen wird, sie nicht zu verkorksen.«

Mit beiden Händen umschlang ich das Geländer, klammerte mich daran fest.

»Niemand schafft es, seine Kinder nicht zu verkorksen. Das ist unmöglich. Und du bist nicht deine Vergangenheit. Du bist eine so viel bessere Mutter, als ich es jemals war und jemals sein werde.«

Nur ein einziges Mal hatte ich meine Großmutter den Tränen nahe erlebt. Jetzt schien es wieder so weit zu sein.

»Weißt du, woran ich das merke?«, fuhr sie fort. »Sie vergöttern dich. Alle drei. Das ist dein Verdienst. Allein deines. Aber ich möchte nicht über deine beiden Jüngsten reden. Sondern über Nico.«

Ich war froh, dass ich mich festhielt, denn auf einen Schlag wurden meine Knie weich.

Mum schniefte. »Nico?« Ehrliche Verwirrung. »Nico ist der Einzige, um den ich mir keine Sorgen machen muss.«

»Nico ist wie wir – deshalb machst du dir keine Sorgen«, entgegnete Jiajià mit eiserner Stimme. »Er ist viel zu gut darin zu überspielen, wie es wirklich in ihm drin aussieht.«

»Und das weißt du, weil er ein paar Wochen bei dir gelebt hat?«, höhnte Mum. »Du denkst, du kennst mein eigenes Kind besser als ich?«

»Dorothea.« Zum ersten Mal in diesem Gespräch erhob sie ihre Stimme. Und zum ersten Mal klang die nackte Angst heraus. »Hör mir für einen Moment zu, und vergiss deine und meine Probleme. Er leidet. Er leidet auf eine Weise, die unauffindbar ist, wenn man nicht wirklich tief gräbt. Ich bin mir sicher, er ist so gut darin, das zu verstecken, weil er es vor sich selbst versteckt. So wie ich es getan habe, als es mit deinem Vater schlimmer wurde. Niemand sollte je etwas erfahren, deshalb habe ich angefangen, die Wahrheit tief in mir zu vergraben. Das hast du dir bei mir abgeguckt. Und es sieht ganz so aus, als hätte Nico es von dir gelernt.«

Ich musste weg. Doch mein Körper schien nicht mehr mir zu gehören. Er hatte unkontrolliert zu zittern begonnen, und obwohl alles in mir danach schrie, mich umzudrehen und abzuhauen, konnte ich mich nicht bewegen.

Im nächsten Moment waren ihre Stimmen nicht mehr zu hören. Mums Antwort verschwand in einem ohrenbetäubenden Rauschen.

Ich stand nicht im Prisma. Ich saß auf Jiajiàs Sofa, in meinen bebenden Fingern ein dampfender Tee, er schwappte über, spritzte auf meine Beine, es sollte brennen, aber da war nichts als Kälte. Jiajiàs faltige Hände, die mir die Tasse mit Gewalt entrissen und auf den Glastisch stellten, ehe sie mich fest umklammerten, bis ich wieder etwas spüren konnte.

Ein einziger Satz, in Dauerschleife. *Ich will nicht sterben. Ich will nicht sterben. Ich will nicht sterben. Ich will nicht sterben.*

Erst als ich ihre murmelnde Stimme hörte, begriff ich, dass ich die Worte laut ausgesprochen hatte, dass ich nicht aufhören konnte, sie auszusprechen, erst krächzend, dann flehend, wie ein Gebet, schließlich wütend, verschluckt in einem Schrei.

Später, als ich wieder zu mir gekommen war, war ich erleichtert gewesen, dass ich die Worte auf Englisch gesagt hatte, damit meine Großmutter sie nicht verstehen konnte. Doch bei unserer Verabschiedung hatte sie mir diese Hoffnung genommen.

»Ich muss die Sprache nicht verstehen, um zu verstehen, was mit dir geschehen ist«, hatte sie gewispert und mir ihre Hand an die Wange gelegt. *»Die Sprache von Überlebenden ist universell.«*

Auch sie hatte diese Worte schon ausgesprochen, im Krankenhaus, mit gebrochenen Rippen und blutender Lippe, mit Panik im Kopf und Liebe im Herzen, obwohl sie es besser wissen sollte.

»Bist du bereit, über Griechenland zu sprechen?«, hallte Felicias Stimme in mir wider. Oder war es Darcys?

»Erzähl mir von Griechenland.«

Ich wusste nicht, wie lang ich auf dieser Treppe stand, das weiße Rauschen, meinen Herzschlag und ihre Worte in meinen Ohren. Nach einer gefühlten Ewigkeit schaffte ich es, mich loszureißen. Ich lief zu den Umkleiden, griff nach meinem Mantel und meiner Kameratasche, dann durch die Küche, in den Restaurantbereich, niemand beachtete mich, ich war unsichtbar, ich war so gut darin, eins mit dem Hintergrund zu werden, und jetzt kam mir die Fähigkeit zugute.

Erst als die winterliche Kälte mich traf, nachdem ich den Felsgang durchquert und die Treppen nach unten auf die Straße genommen hatte, fühlte es sich an, als könnte ich wieder richtig atmen.

Doch dann sah ich ihr Gesicht, direkt vor mir, als hätte ich es in Gedanken heraufbeschwört.

Darcys Wangen waren tränenverschmiert, und ihre Lippen bebten. Ich war mir trotzdem sicher, noch nie in meinem Leben etwas Schöneres gesehen zu haben. Ich wollte sie an mich reißen und so fest drücken, bis sich all ihre Sorgen in Luft auflösten. *Bitte sag mir, jetzt ist* später.

»Lass uns abhauen.«

Ich wusste nicht, ob sie die Worte aussprach oder ich. Ich wusste nur, dass die Luft zwischen uns zu flimmern begann und mir schwindelig wurde. Dass wir eins wurden, miteinander verschmolzen, ohne uns auch nur einen Millimeter näher zu kommen. Ein Blick, drei Worte und die pure Synchronizität. Ich brauchte sie, sie brauchte mich.

»Ich habe meinen Eltern gesagt, dass ich heute bei ihnen übernachte, damit wir morgen zusammen frühstücken können«, hörte ich sie sagen, doch es war die Stimme einer Fremden. »Kommst du mit?«

Ja.

Ja zu allem.

Ja, Darcy, ja.

Es war einfach. Es war so einfach, dass ich mich fragte, was zur Hölle wir die letzten Jahre getan hatten. Sie holte ihre Jacke und Tasche, dann nahm ich ihre Hand und zog sie weg vom Prisma, die Straße hoch. Rief ein Taxi, ließ ihre Hand nicht los, während sie die Adresse durchgab und das Auto sich in Bewegung setzte.

Das war es. Das war alles, wonach ich mich all die Jahre verzehrt hatte. Ihre Hand in meiner, und ich wollte zerbersten.

Wir sprachen kein Wort, bis wir bei der Kommune angekommen waren. Und auch nachdem wir ausgestiegen waren, schien es unmöglich.

Das Gebäude befand sich direkt am Strand, und auch wenn es stürmte, auch wenn aus den Schneeflocken Matschregen wurde, liefen wir, auf und ab, direkt vor den tosenden Wellen, als könnten wir hier einen Sinn finden. Als könnte uns das Meer verraten, wie wir es schafften, nicht ständig voreinander zu fliehen. Als könnte der Wind uns einen Grund geben, endlich beieinander zu bleiben, uns in die Augen zu sehen und ehrlich zu sein.

41. KAPITEL

Darcy

The wood is warping, the lines distorting

Mit großen Schritten rannte ich zur Tür, schloss auf, öffnete sie und schlüpfte ins Innere, ehe ich den Lichtschalter betätigte. Die trockene Wärme war keine Erleichterung. Genauso wenig wie die Helligkeit.

Der Eingangsbereich der Kommune war verlassen, neben einem Jackenständer befand sich eine Pinnwand mit angeheftetem Putz- und Essensplan sowie einem Briefumschlag mit meinem Namen. Ich riss ihn auf; im Inneren befand sich ein Zimmerschlüssel mit der Nummer 22. Meine Eltern hatten mir vorhin geschrieben, in welchem Zimmer ich heute übernachten konnte; es änderte sich immer, je nachdem, wer gerade ein- oder ausgezogen war. Insgesamt gab es hier dreißig Zimmer und mehrere Gemeinschaftsbäder wie in einer großen WG.

Während ich am Küchen- und Wohnbereich vorbeilief, hörte ich Nics Schritte hinter mir. Ich wagte es nicht, mich umzudrehen, bis wir am richtigen Zimmer angekommen waren, ich aufgeschlossen hatte und hineingeschlüpft war. Ein Bett, das meine Eltern mir bezogen hatten, ein Schrank, ein Nachttisch, das war's.

Nic schloss die Tür hinter sich und starrte mich mit diesem wilden Blick an.

»Ich bin kein guter Mensch.« Schwer atmend ließ ich mich gegen den Schrank links von mir sinken. »Ich bin ein Arschloch, und ich bin eine Heuchlerin. Ich bin viel schlimmer als die, die offen unausstehlich sind. Alle halten mich für so lieb und reflektiert. Nach außen hin bin ich die perfekte Freundin. Ich höre zu und gebe Ratschläge. Man kann richtig Spaß mit mir haben. Ich bin so *liebenswert*!«

Mit unergründlicher Miene sah er mich an. »Sag mir, was los ist.«

»Seit Jahren habe ich ihn angelogen!«, rief ich. Seine Augen blitzten, aber es war mir egal. Er wollte wissen, was los war. »Ich habe dieses riesengroße Geheimnis mit dir und nie etwas gesagt. Er ist mein bester Freund, verdammt noch mal. Er hat das nicht verdient. Er hat mir immer nur Sicherheit gegeben und Vertrauen geschenkt. Und ich habe dieses Vertrauen mit Füßen getreten.«

Sekunden vergingen, ohne dass einer von uns etwas sagte. Meine abgehackten Atemzüge erfüllten die Luft.

»Vielleicht wolltest du einfach mal was für dich haben«, erwiderte er. »Vielleicht ist es auch fucking anstrengend, immer der reflektierteste Mensch im Raum zu sein? Vielleicht hat mein Bruder es dir alles andere als leicht gemacht, die Wahrheit zu sagen, schon mal daran gedacht? Wie würde er wohl reagieren, wenn er Bescheid wüsste? Glaubst du, er wäre dann immer noch so reflektiert und offen?«

Ich lachte. Oder schluchzte ich? »Das müssen wir uns nicht mehr fragen.«

»Was?«

»Ich habe es ihm gestern Abend gesagt«, erwiderte ich mit einem Schnauben. »Und jetzt hasst er mich.«

Alles fror ein. Seine Miene. Sein Körper. Und die Umgebung.

»Was?«, wiederholte er beinahe tonlos. »Was hast du ihm gesagt?«

»Na, was wohl?« Wütend gestikulierte ich zwischen uns hin und her. »Das.«

Er schluckte hart. »Alles?«

»Ja. Alles. Und jetzt weiß ich nicht, wie ich ihn dazu bringen soll, mir jemals wieder zu vertrauen.«

Plötzlich machte er einen Schritt auf mich zu. Seine dunklen Brauen zusammengezogen, den Kiefer angespannt. »Also bereust du es?«

»Das habe ich nicht gesagt«, fauchte ich. »Es ist furchtbar, aber deutlich besser, als weiter eine Lüge zu leben.«

»Eine Lüge«, echote er und lachte hohl.

»Ich meine nicht dich!«, rief ich. »Du bist keine Lüge. *Ich* bin dafür verantwortlich, dass ich es ihm verschwiegen habe. Du ... du bist eine Fantasie in meinem Kopf, mit der ich all diese Jahre verschwendet habe, und das muss endlich aufhören. Mein Leben war gut, bevor du wiedergekommen bist. Ich hatte nicht ständig Herzrasen, mir war nicht schlecht vor lauter Aufregung, ich konnte nachts schlafen. Ich will nicht irgendwelchen unrealistischen ...«

»Hör auf!«, schrie er. In Sekundenschnelle kam er noch näher. Kaum mehr eine Armlänge trennte uns nun noch. Seine Nasenflügel bebten. »Ich bin keine Scheißfantasie. Ich bin real, Darcy. Ich bin ein Mensch, und ich bin hier.«

»Du weißt, was ich meine!«, schrie ich zurück. »Du hast doch genauso viel Zeit damit verschwendet wie ich! Wir wissen nicht mal, ob unsere Gefühle füreinander echt sind oder nur auf verflucht viel Wunschdenken und Tagträumerei und Nostalgie basieren! Wir haben uns jahrelang heimlich geschrieben, es könnte gut sein, dass wir nicht mal einen ganzen Tag zu zweit aushalten, ohne gelangweilt voneinander zu sein. Und dafür wollen wir unsere Leben ruinieren? Dafür willst du deine Karriere aufs Spiel setzen, und ich werde deswegen meinen besten Freund verlieren?

Die ganze Zeit über hätten wir reale Beziehungen eingehen könne!«

»Willst du mich verarschen?«

»Du hast es selbst gesagt! Du hast mir geschrieben, wir sind nicht dafür bestimmt, auf die klassische Art zusammen zu sein. Du zweifelst genau wie ich.«

Auch sein Atem beschleunigte sich. Er schüttelte den Kopf, wieder und wieder. »Ja, weil ich ein Feigling bin. Weil es viel einfacher ist zurückzurudern, wenn du am anderen Ende der Welt sitzt und wir nur durch einen Bildschirm miteinander verbunden sind.«

Ich öffnete den Mund, doch er kam mir zuvor.

»Natürlich ist das einfacher als die Wahrheit.« Noch ein Schritt auf mich zu. Ich legte den Kopf in den Nacken, starrte ihm in die mitternachtsblauen Augen, presste den Rücken fester gegen den Schrank, erbebte. »Natürlich schreibe ich dir das statt: *Seit ich denken kann, bin ich verliebt in dich.* Oder: *Wenn du nicht mit mir redest, fühle ich mich so allein auf dieser Welt.*«

Seine Hände fanden meine Wangen, klammerten sich daran fest. Er zog mich zu sich. Nasenspitze an Nasenspitze. Sein Atem strich mir übers Gesicht. War das real? Wie sollte ich das wissen, wenn er das Realste war, was ich je erlebt hatte?

Als er weitersprach, brach seine Stimme. »Oder: *Wir müssen aufhören, wenn du mich nicht auf diese Weise willst, weil es mich umbringt.* Aber das musste ich nicht mehr schreiben, denn dann haben wir ja aufgehört.« Bei diesen Worten schien er um seine Fassung zu ringen.

Meine Hände schnellten nach vorn, und obwohl ich ihn von mir wegstoßen wollte, weil es zu viel war, grub ich meine Finger in seine Seiten. »Wir haben nicht aus diesem Grund aufgehört. Du wolltest nicht …«

»Ich wollte *alles* mit dir«, schnitt er mir das Wort ab. »Man kann keine so krasse Verbindung zueinander haben und dann in die Welt ziehen und mal eben Ersatz dafür finden. Du hast mich wirklich ruiniert, Darcy. Du hast mir gezeigt, was es heißt, verstanden und gesehen zu werden. Deswegen konnte ich keine bedeutungslosen Beziehungen mehr führen. Und ich habe gelernt, dass es okay ist. Das war meine härteste Lektion der letzten Monate. Lieber einsam sein als mit den falschen Menschen zusammen. Also nein, ich will keine andere Beziehung.« Er holte tief Luft, sein Griff wurde stärker, mir wurde schwindeliger. »Ich will dich. Aber ich habe noch etwas anderes gelernt. Ich muss nicht auf die *klassische* Art mit dir zusammen sein, um mich lebendig zu fühlen. Es reicht mir, mit dir zu reden. Teil deines Lebens zu sein. Dieses Gefühl ist das Beste, was mir je passiert ist. Und ich würde es niemals aufs Spiel setzen, wenn du mich nicht auf die andere Weise willst.«

Ich packte seine Unterarme und stieß ihn von mir. »Du hast keine Ahnung.«

Er strauchelte, fing sich.

»Du hast keine Ahnung, wie oft ich mir das vorgestellt habe«, wisperte ich. »Wie viel Tausende Fake-Szenarien in meinem Kopf leben. Wie soll die Realität jemals an sie herankommen?«

Er schüttelte den Kopf. »Mir reicht's.«

Etwas in seinen Augen schmolz. Vielleicht seine Selbstbeherrschung. Ich wollte atmen. Ich wusste nicht, wie.

In der nächsten Sekunde war er wieder bei mir, diesmal griff er nicht nach meinem Gesicht, diesmal schlang er seine Arme um meine Mitte, hob mich hoch, bis wir auf einer Höhe waren.

»Mir reicht's«, wiederholte er leiser. Sein Blick wanderte zu meinem Mund. Zurück zu meinen Augen. »Verdammt noch mal.« Er lief rückwärts mit mir zum Bett, setzte mich ab, deutete auf meinen Mantel. »Zieh dich aus.«

»Was?«

»Wir sind völlig durchnässt.«

Als ich mich sekundenlang nicht rührte, streifte er seinen eigenen Mantel ab, tastete nach seinem Hemd, zog es mit einer schnellen Bewegung über den Kopf, ließ es zu Boden gleiten, machte mit seinen Schuhen weiter, seinen Socken, seiner Hose, das Klimpern seines Gürtels hallte in mir wider, bis er nur noch in Unterwäsche vor mir stand. Dann ließ er sich neben mich aufs Bett fallen, blinzelte viel zu oft.

»Zieh dich aus.« Kaum mehr als ein Wispern. »Du zitterst.«

Ich zog mich aus. Mein Zittern wurde dadurch allerdings nur noch schlimmer.

Wie in Trance kickte ich mir die Stiefel von den Füßen, zog die Strumpfhose aus, den seitlichen Reißverschluss meines Kleids herunter, eins nach dem anderen, während sich mein Zittern auf den gesamten Raum übertrug und meine Zähne aufeinanderschlugen.

Und dann kamen die unerwünschten Gedanken. *Scheiße, wann habe ich mich das letzte Mal rasiert?* Man könnte meinen, ich hätte gerade größere Probleme.

Das ist Nic!, schrie ich mich selbst innerlich an. Es sollte beruhigend sein. Dann die Realisation. *Fuck, das ist Nic.*

Ich wagte es nicht, ihn anzusehen. Ich ertrug seinen halb nackten …

»Schau mich an«, verlangte er, als hätte er meine Gedanken gehört. »Sieh hin.«

Es dauerte eine halbe Ewigkeit, bis ich es schaffte, den Blick auf ihn zu richten. Er zitterte genau wie ich. Sein Oberkörper war von dunklen Härchen überzogen. Das war keine Überraschung. Ich hatte Fotos gesehen. Morgens in seinem Hotelzimmer, die Boxershorts verrutscht, Zahnpastaschaum an seinen Mundwinkeln. Doch das war kein Vergleich dazu, ihn vor mir zu sehen, in Reichweite.

»Das ist real«, sagte er.

Ohne den Blick von mir zu wenden, schlug er die Decke zurück, rutschte nach hinten, ließ sich auf die Matratze sinken. »Komm her.«

Ich kroch zu ihm unter die Decke. Es gab überhaupt keine andere Option. Der Raum drehte sich. Inmitten des Strudels sein Gesicht. Die Bartstoppeln an seinem Kinn, an seinen Wangen. Ich wollte ihn berühren. Das Verlangen trieb mir Tränen in die Augen. Das war nicht nur Verlangen.

Wenn das real war, was hatte ich die letzten Jahre über getan?

Wenn er wirklich bereit war, wenn er die ganze Zeit über bereit gewesen war …

»Schließ die Augen.«

Ich schloss die Augen. Es raschelte. Sein Geruch war allgegenwärtig. Das Parfüm, der Regen, Schweiß, Sand, Meer, Zigaretten, Kräuter, Prisma-Gerüche.

Seine Hand an meinem Hals. Seine Wärme über mir. Die Matratze ächzte, als er sich über mich beugte. Er schob meine Haare beiseite. Und dann waren da Lippen, heiße, weiche Lippen direkt unterhalb meines Ohrläppchens. Er drückte seinen Mund gegen meine Haut, seufzte. Nichts hielt mich mehr in dieser Welt. Er war wie der Sturm, der gegen die Fenster schlug. Erbarmungslos und zerstörerisch.

Noch ein Kuss, hauchzart, wie im Traum.

»Das ist real.«

Seine Nasenspitze an meiner, dann an meiner Wange, meine Schläfe entlang. Er küsste meine Augenlider, küsste meine Stirn, küsste erneut meinen Hals.

»Ich bin real.«

Die Worte klangen erstickt, als hätte ihnen etwas sämtlichen Sauerstoff entzogen.

Ich zitterte nicht mehr vor Kälte. Gänsehaut, von der Sorte, die mich überall bedeckte, auch nachdem er längst wieder zurückgewichen war.

Irgendetwas stimmte nicht. Das Bett vibrierte.

Ich schlug die Augen auf.

»Nic.«

»Ich bin real«, wiederholte er. »Ich bin real.« Wieder. Und wieder.

Da waren keine Tränen in seinen Augen oder auf seinen Wangen, aber er wurde geschüttelt.

Ohne zu überlegen, packte ich seine Schultern, hielt ihn fest. »Nicolas.«

Er konnte mich kaum richtig fokussieren, sein Blick schweifte ab, sein Zittern wurde heftiger auf der Suche nach Erleichterung, die nie kam. Der Nic von früher hatte kein Problem damit gehabt zu weinen. Jeder sentimentale Werbespot hatte ihm Tränen in die Augen getrieben. Etwas war mit ihm geschehen. Etwas, wovon ich kein Teil mehr gewesen war.

Der Schmerz wartete nicht auf mich, erbarmungslos kam er näher, aber ich ließ ihn nicht an mich ran. Wir waren hier. Nic hatte recht. Das war real.

Plötzlich griff auch er nach mir. Seine Hände an meinen Hüften. Er zog mich näher und näher.

»Es tut mir leid«, brachte er atemlos hervor. »Es tut mir leid, ich verlier den Verstand.«

»Nein, tust du nicht.« Ich wusste nicht, woher ich den Mut nahm zu sprechen. Ich wusste nur eines: Ich ertrug es nicht, ihn leiden zu sehen. Nicht ihn. »Du bist real, und wir sind es auch.«

Sein Blick. Plötzliches Erstarren. Das Dunkelblau schien zu Schwarz zu werden.

Du kannst nicht zurück. Das war's. Einen Schritt weiter und du bist verloren.

»Ich brauche kein ›Für immer‹«, flüsterte er. »Ich dachte, ich brauche es, den perfekten Moment, ein Versprechen, irgendeine dauerhafte Sicherheit, aber das ist Unsinn. Ich brauche etwas anderes.«

»Was brauchst du?«

»Die Realität.«

Keine Ahnung, wer näher kam. Es war keine Entscheidung. Von Anfang an war es nie eine gewesen. Sein Mund auf meinem, und das war alles, was ich dachte.

Wir beide. Unausweichlich.

Die ganzen Jahre, die ganze Hoffnung, die ganze Sehnsucht. Wenn man sich so lange etwas vorgestellt hatte, konnte es nur enttäuschen, hatte ich angenommen. Es war das Gegenteil. All die Gedanken, die ich mir gemacht, die auch er sich gemacht hatte, luden diesen Moment auf und erschufen etwas Unvergleichbares. Unsere Lippen, die aufeinander donnerten, unsere Zungen, die einander innerhalb von Sekundenbruchteilen fanden.

Er war nicht vorsichtig. Wieder beugte er sich über mich, senkte seinen Oberkörper auf meinen, begrub mich unter sich, zeigte mir seine Verzweiflung und sein Verlangen. Er küsste, wie er mit mir sprach. Ohne Filter, ohne Vorbehalte. Als wollte er sagen: Das ist meine Wahrheit. Akzeptiere sie oder lass es. Sie wird nicht aufhören zu existieren.

Ich hielt mich an ihm fest, vergrub die Hände in seinen nassen Haaren, atmete ihn ein, atmete durch ihn zum ersten Mal, war nur noch hier, fühlte mich, als wäre ich nie woanders gewesen. Als wäre dies der Beginn meines Lebens. Als wäre ich zuvor kaum richtig da gewesen.

Viel zu früh wich er zurück. Wir starrten uns an, meine Augen füllten sich mit Tränen, seine wurden dunkler, immer dunkler.

War das kein glücklicher Moment? War das nicht alles, wovon ich geträumt hatte?

Es war zu viel und doch nicht genug. Wie eine Fantasie, die real wurde, eine Realität, die besser als jede Fantasie war.

So war es nicht mit anderen Menschen. Egal, wie schön oder aufregend, es war kein Schmelzen. Mit Nic war auch ein Gespräch nie nur ein Gespräch gewesen. Es gab kein Ende. Es gab nur schmerzhafte Pausen und die verzweifelte Hoffnung, dass es bald weitergehen würde.

Erneut kamen wir näher, aber nicht, um uns in einem Kuss zu vereinen, sondern um uns aneinanderzuklammern, Arme und Beine, Haut an Haut, Herz an Herz.

»Ich habe mir das so oft vorgestellt«, brachte er hervor, seine Stimme ganz kratzig und rau. »So viel öfter als einen Kuss oder Sex. Ich stand in einer überfüllten U-Bahn oder an einer Supermarktkasse oder in den Bergen vor einem Wasserfall und habe daran gedacht, dass ich dich umarmen darf. Wie ich deinen Körper an meinen presse und vergesse, dass es je eine Zeit gab, in der wir getrennt voneinander waren. Am schlimmsten war es, wenn ich unter Menschen war, aber niemandem begreiflich machen konnte, was ich wirklich fühle. Ich wollte dich einfach umarmen. Ist das nicht traurig?«

Ich presste mich noch enger an ihn, blinzelte die Tränen fort, schüttelte den Kopf.

»Ich wollte dich streicheln«, fuhr er fort. Mit einer Hand strich er über meinen Hinterkopf, über mein Haar, meine Schulterblätter, meinen Rücken. »Ich wollte, dass du dich gut fühlst und sicher und geliebt. Wenn ich auch nur daran gedacht habe, deine Hand zu halten, wollte ich zerfließen, weil die Vorstellung viel zu gut war, um wahr zu sein. Aber es war nicht nur die körperliche Nähe. Ich wollte dir morgens deinen Tee ans Bett bringen, wollte dein verschlafenes Gesicht sehen, wollte wissen, was du geträumt hast und wie es dir geht. Ich wollte dich fragen, was dich gerade inspiriert, welche Gedanken dir durch den Kopf gehen und ob ich dir helfen kann, die Zweifel zu zerstreuen, die dich blockieren. Ich wollte der Grund sein, aus dem du lachst. Ich wollte dein Fels sein. Ich wollte alles sein, was ich all die Jahre für dich war, nur kein Geheimnis.«

Ich wich ein wenig zurück, wartete, bis er meinen Blick erwiderte. »Du bist kein Geheimnis mehr.«

Als er mich erneut küsste, gab es nur noch Notwendigkeit. *Lass das nicht aufhören. Lass mich für immer hier sein, unter ihm.*

Der Gedanke sollte mir Angst machen. »Für immer« war eine Illusion, das wusste ich. Daran zu glauben, konnte nur zu Enttäuschung führen.

Unsere Bewegungen wurden heftiger. Ich drängte ihm mein Becken entgegen, ließ meine Hände tiefer wandern, drückte ihn gegen mich, spürte alles, von dem ich gedacht hatte, es niemals spüren zu dürfen.

Sein Stöhnen raubte mir den Verstand. Ich wollte meine Unterwäsche loswerden, es war zu viel Stoff, wir waren hier, und heute Nacht würde nichts genug sein. Doch in dem Moment, in dem meine Finger unter seine Boxershorts wanderten, wich er zurück und rollte sich schwer atmend neben mich.

»Warte.« Seine Brust hob und senkte sich hektisch. »Warte, ich muss dir erst was sagen.«

Mein Körper vibrierte vor Verlangen, aber sofort mischte sich Panik darunter. Abwartend sah ich ihn an.

Es dauerte viel zu lange, bis er sprach, und er schaffte es nicht, dabei meinen Blick zu erwidern. »Als du letztes Weihnachten den Kontakt zu mir abgebrochen hast«, wisperte er, »war das schlimm. Es war richtig, richtig schlimm.«

Ich schluckte. »Bei mir auch.«

»Nein, du verstehst nicht. Ich habe so etwas noch nie zuvor erlebt. Es war, als hätte ich keinen Boden mehr unter den Füßen gehabt. Als wärst du meine Basis gewesen; und plötzlich habe ich mich im freien Fall befunden, und es gab nichts als Dunkelheit.« Er holte tief Luft. »Du hast gesagt, wir sind abhängig voneinander. Du wolltest so etwas nicht. Du wolltest etwas Gesundes. Ich weiß nicht, ob ich ... Ich weiß nicht, ob du das hier wirklich willst.«

Ich hörte, was er nicht sagte: *Ob du* mich *willst. Die unperfekte, anhängliche, kaputte Version von mir.*

»Nic.« Ich drehte mich auf die Seite. »Schau mich an.«

Widerstrebend wandte er sich mir zu. Keine Spur mehr von Leidenschaft. Er bestand aus reiner Angst.

»Was glaubst du, wieso meine Mutter dich so behandelt hat?«, murmelte ich. »Mir ging es auch richtig beschissen. Das war nicht nur ein bisschen Liebeskummer. Deshalb wollte ich nichts mit dir zu tun haben, als du zurückgekommen bist. Ich hatte Panik davor, was mit mir passieren würde, wenn du wieder gehst. Ich habe mir dieses Leben aufgebaut, das mich glücklich macht. Ich habe meine Routine, Menschen, die sicher und gut für mich sind.« Es tat weh zu schlucken. Es tat weh, den Blick nicht abzuwenden. Ihn alles sehen zu lassen, was in mir vorging.

In diesem Moment verstand ich. Ich verstand, was Julian mir vorgeworfen hatte. Er hatte recht. Natürlich hatte er das. Er kannte mich am allerbesten. Er hatte mich längst durchschaut.

»Mich auf dich einzulassen, ist nicht sicher für mich. Es ist das größte Risiko überhaupt. Und ich vermeide Risiken, denn so offen ich nach außen hin bin, es gibt nichts, was mir mehr Angst macht, als angreifbar zu sein. Wenn wir über ›für immer‹ reden, ist es einfacher, mich über das unrealistische Konzept der Unendlichkeit aufzuregen, als dir zu sagen, dass ich genau das empfinde. Wenn du sagst, du willst alles mit mir, ist es leichter, dir deine Gefühle abzusprechen, als zu erklären, dass ich Panik davor habe, erneut so tief zu fallen wie vor einem Jahr. Mein Leben ohne dich ist bequem. Aber mit dir? Es kann in alle Richtungen gehen. Und ich bin es leid, all diese Optionen nur in meinem Kopf durchzuspielen. Ich möchte wissen, was passiert. Selbst wenn es nicht gut ausgeht.«

Er starrte mich an, eine halbe Ewigkeit, ohne etwas zu sagen.

»Was bedeutet das?«, wollte er schließlich wissen. »Konkret?«

Die Wahrheit. Er wollte die ganze Wahrheit. Genau das, was Julian mir vorgeworfen hatte, nie zu tun: mich richtig verletzlich zu machen.

»Ich will mit dir zusammen sein«, sagte ich. »Auf die klassische Art und auf jede andere, obwohl es heteronormativ und konservativ aussieht. Obwohl die Welt mir dann noch weniger glauben wird, dass ich nicht nur auf Männer stehe. Ich will deine Freundin sein. Ich will, dass du zu mir zurückkommst, selbst wenn du für einen Job ans andere Ende der Welt fliegen musst. Ich will mein Leben mit dir teilen. Ich will neben dir aufwachen. Ich will, dass alle wissen, dass wir zusammengehören. Ich will, dass wir uns gemeinsam weiterentwickeln. Ich will herausfinden, was für uns funktioniert, ob wir vielleicht auch andere Leute daten wollen oder ob das nichts für uns ist. Ich will Kunst mit dir machen. Ich will mit dir alt werden. Ich will Kinder mit dir, so absurd das klingt. Ich will eine ganze verdammte Großfamilie. Ich will das Klischee, Nic. Ich will den Kitsch. Ich wollte es schon immer.«

Kaum hatte ich ausgeredet, da lag sein Mund wieder auf meinem.

Was, wenn »für immer« nie eine Zeitangabe gewesen war, sondern ein Gefühl war? Was, wenn es real war, selbst wenn es nicht halten konnte? War das Hoffnung oder Wahnsinn? An etwas glauben, von dem man mit absoluter Sicherheit wusste, dass man es nie erreichen würde?

42. KAPITEL

Nicolas

Easy

Mein Leben lang hatte ich mir Freiheit gewünscht. Niemandem etwas schuldig zu sein, keine Verantwortung mehr zu tragen, mich ohne tausend Regeln und die Erwartungen von anderen entfalten zu können. Aus diesem Grund hatte ich mein Zuhause verlassen, war weitergereist, weiter und weiter, verzweifelt auf der Suche nach innerer Ruhe und damit auch nach mir selbst. Die Fotografie hatte mir Erleichterung verschafft. Egal, wie sehr ich meine Familie enttäuschte, in der Fotografie fand ich Frieden. Doch dann war ebendiese Sache, die mir Sicherheit gegeben hatte, zu meiner effektivsten Verdrängungsstrategie geworden.

Ich konnte nicht mehr sagen, wo ich überhaupt zu Hause war. In Goldbridge oder Thessaloniki, in meinem alten Kinderzimmer oder in fremden Airbnbs. Doch es gab einen Ort, an dem ich ganz und gar ich selbst sein durfte. Einen Ort, an dem ich mich schon immer frei gefühlt hatte. Und ich hatte keine Kraft mehr, dagegen anzukämpfen. Frei zu sein bedeutete nicht, niemals Verantwortung zu übernehmen. Es bedeutete, meine Wahrheit nach außen zu kehren und dafür akzeptiert zu werden.

Darcy und ich. Unsere eigene kleine Welt. Ihre Worte in

meinem Kopf, die Vision einer Zukunft, von der ich niemals gedacht hatte, dass sie mir zustand.

Ich küsste sie, während sich die Gedanken in meinem Kopf überschlugen. *Ich bin kein Geheimnis. Sie will alles mit mir. Es ist real. Sie rennt nicht weg. Wir sind hier. Nach all der Zeit sind wir endlich hier.*

Ich küsste ihre Lippen, küsste ihre Wangen, küsste ihren Hals, ihre Schultern, ihr Dekolleté. Dazwischen murmelte ich Worte, wie im Fieberwahn. »Wir gehören zusammen. Das hier ist echt. Ich lasse dich nie wieder gehen. Hörst du?«

Jedes Stöhnen drängte mich näher an den Rand des Wahnsinns. Ich brauchte alles. Es ging hier nicht um Sex. Es ging darum, uns so nah wie irgend möglich zu sein, nachdem wir ein Leben lang zu viel Abstand zwischen uns gehabt hatten.

Jedes Mal, wenn ich jemand anderen geküsst hatte, hatte ich sie im Kopf gehabt. Sex hatte mir Spaß gemacht, weil meine Fantasie so stark war, dass sie die Kontrolle übernahm, aber danach war nichts als Leere übrig geblieben. Jetzt brauchte ich die Fantasie nicht mehr.

Ich begann, sie auszuziehen. Erst den BH, dann den Slip. Als ich zu einer Frage ansetzte, legte sie mir einen Finger auf den Mund und schüttelte den Kopf. Dann lächelte sie, und ich schmolz. Ich wusste, was sie wollte. Es gab keine Geheimnisse zwischen uns. Es gab niemanden auf dieser Welt, der mich besser kannte als sie. Sie zog mir die Boxershorts aus, sah mich an, als könnte sie nicht fassen, dass sie hier neben mir lag.

Meine Hände fuhren über ihren nackten Körper, gemächlich, mit Genuss, auch wenn alles in mir schrie, schneller zu machen. Ich brauchte Zeit. Ich musste verstehen. Das letzte Jahr überschreiben. Bis es nichts mehr gab außer ihr und mir und diesem Bett.

Meine Finger wanderten tiefer, zwischen ihre Beine, wo

mich heiße Feuchtigkeit erwartete, doch da verkrampfte sie sich plötzlich, beugte sich vor, machte Anstalten, nach meiner Erektion zu greifen.

Auf einen Schlag kehrte die Erinnerung an unser Telefonat damals zurück, und ein Grinsen schlich sich auf meine Lippen. Mit einer blitzschnellen Bewegung griff ich nach ihrem Handgelenk, umschloss es mit meinen Fingern und beugte mich über sie, bis unsere Nasenspitzen sich berührten.

»Netter Versuch«, flüsterte ich und hauchte ihr einen Kuss auf die Lippen. »Ich erinnere mich an alles.«

Für den Bruchteil einer Sekunde schien sie nicht zu wissen, wovon ich sprach, aber dann verdrehte sie die Augen. Sobald sie versuchte, sich aus meinem Griff zu befreien, verstärkte ich diesen nur und bekam auch ihre andere Hand zu fassen. Ich hob ihre Arme über ihren Kopf, fesselte ihre Hände mit meinen auf der Matratze und küsste sie stürmisch.

Als wir uns atemlos voneinander lösten, waren ihre Wangen gerötet, und mein Herz raste.

»Bist du brav oder muss ich dich wirklich fesseln?«, raunte ich an ihrem Ohr und drückte ihr einen Kuss auf den Hals. Erneut stöhnte sie.

»Ich ... will ... dich einfach nur berühren«, brachte sie nach einer halben Ewigkeit hervor.

Ich schüttelte den Kopf, während ich meinen Blick mit ihrem verkettete. »Erst ich.«

Ein frustrierter Laut entwich ihr, doch dann lachte sie. »Ich kann nicht glauben, dass das gerade wirklich passiert.«

Unwillkürlich musste ich wieder lächeln. »Wir machen das so lange, bis du es glauben kannst. Okay?«

»Okay.«

Ich begann, ihre Brüste mit der Zungenspitze zu umkreisen, worauf sie seufzte, dann wurde sie plötzlich ganz still.

Augenblicklich hob ich den Kopf, schaute sie fragend an.

Sie kniff die Augen zusammen.

»Sag's mir. Bitte.«

Sie schüttelte den Kopf. »Es ist nichts. Nur die üblichen Komplexe.«

»Erzähl mir davon.«

Ich ließ ihre Hände los und umfasste ihr Gesicht, strich mit den Daumen sanft über ihre Wangen. Sofort krallte sie ihre Finger in meine Haare und zog mich näher.

»Es ist peinlich.«

»Darcy«, knurrte ich. »Gefühle sind nicht peinlich. Das hast *du* mir beigebracht.«

Endlich öffnete sie wieder die Augen. »Ich hasse es, wenn du mir mit Logik kommst.«

Ich kicherte. »Raus mit der Sprache.«

Sie legte ihre Stirn an meine und atmete zitternd aus. »Du bist der erste Kerl, mit dem ich seit der schlechten Erfahrung Sex habe. Und ich … ich wünschte, ich hätte mich rasiert, auch wenn ich mich für diesen Gedanken schäme. Ich wünschte außerdem, ich hätte vorhin weniger gegessen, damit ich nicht so aufgebläht bin. Für diesen Gedanken schäme ich mich übrigens noch mehr. Und ich glaube, ich weiß gar nicht, wie man Männer befriedigt.«

Hitze kochte in mir hoch. Ich öffnete den Mund, doch sie fuhr schon fort.

»Ich weiß, dass ich nicht so denken sollte. Es ist unnötig, und es geht nicht darum; und falls du ein Problem damit hast, ist es deins und nicht meins. Ich finde es nur peinlich, dass ich diese Art von Gedanken noch habe, obwohl ich so hart daran arbeite, sie nicht zu haben.«

»Das verstehe ich.« Ich verstand es wirklich. Es war nur verdammt schwer, mich darauf zu konzentrieren, wenn die Worte *»seit der schlechten Erfahrung«* in meinen Gedanken Kreise drehten und die Wut allgegenwärtig war.

Ich atmete tief durch. Nein. Das war jetzt nicht das Thema. Es ging um ihr Wohlbefinden.

Also tastete ich nach ihrer Hand und legte sie auf meinen Bauch, gab mir extra Mühe, ihn nach außen zu wölben. »Ich habe genauso viel gegessen wie du«, sagte ich und rang mir ein Lächeln ab. »Es war verdammt lecker, und wenn ich gestresst bin, esse ich immer mehr, als ich Hunger habe.«

Das entlockte ihr ein kurzes Grinsen. Erleichterung durchfuhr mich.

Ich richtete mich auf, beugte mich runter und platzierte einen Kuss direkt neben ihren Bauchnabel. »Ich liebe deinen Bauch. Ich liebe deinen ganzen Körper. Du bist so weich. Ich will mich auf dich drauflegen und schlafen.«

»Super.« Sie schnaubte, während ihre Mundwinkel zuckten. »Genau das Bedürfnis, das ich in dir auslösen möchte.«

»Du löst so ziemlich *jedes* Bedürfnis in mir aus«, sagte ich und blinzelte zu ihr hoch, ehe ich mich wieder neben sie fallen ließ und meinen Körper hinab deutete. »Wie nicht zu übersehen ist. Ah, und wirkt das für dich wie rasiert?«

Sie verdrehte die Augen. »Du weißt ganz genau, dass andere Standards für uns gelten.«

»Wie wär's, wenn wir unsere eigenen Standards definieren?«

»Ja.« Ein Seufzen entwich ihr. »Das will ich auch.«

»Gut.« Ich drückte meine Lippen kurz auf ihre. »Noch eine Sache: Du bist nicht dazu da, um mich zu befriedigen.«

»Ich weiß!« Sie setzte sich auf. Ihre dunklen Augen blitzten. »Ich weiß das, ehrlich. Aber ich möchte, dass du Spaß hast.«

Behutsam griff ich nach ihren Händen, verschränkte sie mit meinen. »Lass uns gemeinsam Spaß haben, was meinst du?«

Statt einer Antwort drückte sie sich an mich und küsste mich. Es war ein richtiger Kuss. Ein »Genug geredet«-Kuss. Und auch wenn ich alles über ihre vergangenen Erfahrungen wissen wollte, auch wenn ich jede Person umbringen wollte, die ihr je das Gefühl gegeben hatte, nicht perfekt zu sein, ließ ich mich mitreißen.

Ich nahm sie in die Arme, presste sie an mich, küsste sie wie ausgehungert, und meine Gedanken standen still.

»Ich will, dass es jetzt nur um dich geht«, murmelte ich dazwischen, während ich meine Hand abwärts wandern ließ. »Ich möchte mich ausschließlich darauf konzentrieren, okay?«

Sie stöhnte und drängte sich gegen meine Finger. »Nur, wenn es danach um dich geht.«

»Deal.«

Sie zeigte mir, in welchem Tempo sie gestreichelt werden wollte; ich war erst zu schnell, dann zu langsam, und sobald ich den perfekten Rhythmus fand, tastete sie wieder nach mir.

Blitzschnell richtete ich mich auf. »Okay«, sagte ich atemlos. »Du hast es nicht anders gewollt.« Während unseres Telefonats damals hatte ich ihr gesagt, was ich mit ihr tun würde, wenn sie versuchen sollte, von sich abzulenken. Aber erst wollte ich noch etwas anderes.

Frustriert schaute sie zu mir auf, doch da war ein Glitzern in ihren Augen, das beinahe wie Vorfreude aussah.

Ich rollte mich vom Bett, griff nach der Kameratasche, löste das Umhängeband von der Kamera, schmiss es aufs Bett und richtete das Objektiv auf sie.

Sie stützte sich auf die Ellenbogen und starrte mit einer Spur Angst in die Linse. »Nicht meinen Körper«, flüsterte sie.

Du hast den schönsten Körper der Welt.

»Okay.«

»Nur das Gesicht.«

Ich liebe jeden Zentimeter an dir.

»Okay.«

»Eines Tages …« Sie biss sich auf die Unterlippe, ich zoomte ihr Gesicht an. »Eines Tages will ich sehen, wie du meinen Körper siehst. Aber ich bin noch nicht so weit.«

Wärme durchflutete mich. Ich wollte mein Leben lang nichts anderes tun, als ihr zu zeigen, wie ich sie sah.

»Okay«, wiederholte ich. Und dann drückte ich auf den Auslöser.

Sie war nervös.

»Weißt du, was ich tun werde, sobald ich dich fotografiert habe?«, murmelte ich.

Sie hob ihr Kinn leicht an. »Was?«

Meine Lippen verzogen sich zu einem Lächeln. »Ich werde dieses Band nehmen, das du vor dir siehst, und deine Hände zusammenbinden.«

Ihr Atem stockte. Nervosität wurde zu Erregung. Die Wärme in mir zu loderndem Feuer. Erneut schoss ich ein Foto.

»Tu, was du tun musst«, sagte sie, und dann breitete sich ein Grinsen auf ihrem Gesicht aus. »Aber vergiss nicht, dass ich danach die Kontrolle haben will.«

»Alles, was du willst.«

Ich schoss noch mehr Fotos, eins, zwei, drei, und dann konnte ich nicht mehr. Ich würde jeden Augenblick zerbersten, musste sie spüren. Also legte ich die Kamera beiseite und kletterte auf Darcy, bekam ihre Hände zu fassen, führte sie zu meinem Mund, küsste sie, ehe ich sie mit einer Hand umschloss und nach dem Band griff. Es war nicht wirklich flexibel, aber besser als nichts.

»Arme hoch«, wies ich sie in einem Befehlston an, der sie noch breiter grinsen ließ. Sie gehorchte, und ich schlang das Band um ihre Gelenke und zog es fest.

»Zu fest?«

Sie schüttelte den Kopf, leckte sich die Lippen. »Fester.«

Nachdem ich ihrer Bitte nachgekommen war, drückte ich ihre Arme über ihren Kopf, kletterte von ihr runter und legte mich neben sie. Mit der freien Hand griff ich nach ihrem Kinn, drehte ihren Kopf in meine Richtung und verharrte mit meinem Mund unmittelbar vor ihrem.

»Kurze Frage noch«, flüsterte sie. »Ist es nicht langweilig für dich, wenn du nur mich …«

Bevor sie diesen lächerlichen Satz beenden konnte, presste ich meine Lippen auf ihre. Sie ergab sich mit einem Stöhnen. Während ich ihre Arme über ihren Kopf auf der Matratze festhielt, ließ ich meine Hand wieder zwischen ihre Beine gleiten.

Ich küsste sie und begann parallel, sie zu streicheln. Genauso wie sie es mir gezeigt hatte, bis sie ihr Unterbecken anhob und gegen meine Hand zu bewegen begann.

»Oh man«, stieß sie hervor, als wir zurückwichen. »Das ist gut.«

»Es wird noch besser«, gab ich atemlos zurück, rutschte ein Stück runter und umspielte ihren Nippel mit der Zungenspitze. »Wenn du noch einmal das Wort langweilig in Bezug auf dich benutzt, gibt's Stress.«

Als sie erneut lachte, ging es in ein weiteres Stöhnen über.

Ich schaute zu ihr auf, verkettete meinen Blick mit ihrem.

»Muss ich deine Hände die ganze Zeit über festhalten oder darf ich dich in Ruhe lecken?«

Sie wand sich unter mir, hielt jedoch die Arme still. »Du … du musst sie nicht festhalten.«

Nachdem ich mich ihren Körper hinabgeküsst hatte, kniete ich zwischen ihren Beinen, griff nach einem Kissen und schob es ihr unter den Hintern. Dann hob ich ihr linkes Bein an, legte es auf meiner Schulter ab und begann, die Innenseite ihrer Wade, dann ihres Oberschenkels zu küssen. Sie kniff die Augen zusammen, ihr Oberkörper erbebte. Als ich in ihrer Mitte angekommen war, gab sie ein ersticktes Geräusch von sich.

Ich fuhr mit der Zungenspitze über ihre empfindliche Haut. »Wie magst du es?«

»Langsam«, presste sie hervor. »Ganz langsam.«

Nichts lieber als das.

Schon bald konnte ich nicht mehr sagen, wer von uns beiden lauter stöhnte. Es gab nichts, was mich mehr anmachte, als ihr diese Gefühle zu verschaffen.

Wie oft ich mich zu dieser Vorstellung selbst befriedigt hatte. Ihr Geruch, ihr Geschmack, die Gewissheit, dass sie mir vollständig ausgeliefert war …

Sie gab mir Anweisungen, sobald sie es schneller wollte, ich nahm meinen Daumen hinzu, dann noch mehr Finger, hob den Kopf, sah sie an, um mir diesen Anblick einzuprägen, wie sie voller Erregung zu mir aufschaute, wie sie mir grenzenlos vertraute, wie wir etwas miteinander teilten, von dem ich niemals gedacht hatte, es wirklich zu erleben.

Irgendwann wurde sie stiller, und dann entwich ihr ein Seufzen, das nicht nach Lust klang.

Erneut suchte ich ihren Blick. »Alles okay?«

»Es dauert zu lang.«

»Darcy, halt die Klappe.«

Sie kicherte, doch das Unbehagen stand ihr nach wie vor ins Gesicht geschrieben.

»Wird es dir langweilig?«, fragte ich in einem sanfteren Tonfall. »Soll ich was anderes machen? Fühlt es sich nicht gut an?«

»Nein, nein, ich liebe es, aber ich denke die ganze Zeit daran, wie es für dich ist.«

Ich rutschte zu ihr hoch, warf mich neben sie und deutete meinen Körper hinab. »Siehst du das? Das nennt sich Erregung. Offensichtlicher geht's nicht.«

»Aber ist das … nicht schmerzhaft? So lang eine Erektion zu haben, ohne etwas dagegen zu unternehmen?«

»So lang?« Ich lachte. »Das waren nicht mal zehn Minuten.«

»Boah, ich hasse das. Ich fühle mich, als wäre ich eine Bürde.«

Ich gab ihr einen Kuss auf die Schulter, während ich mit der Hand sanft über ihren Arm fuhr. »Ging's dir die letzten Male, als du Sex hattest, auch so?«

»Ja. Nein.« Sie stöhnte auf. »Ich hab nie jemanden auf diese Weise an mich rangelassen.«

»Du meinst, du hast dich nicht befriedigen lassen?«

»M-hm.«

Okay. Also war es eine große Sache, dass sie versuchte, es bei mir zuzulassen.

»Wie ist es, wenn du es dir selbst machst? Was hilft dir dabei loszulassen?«

Ein paar Sekunden lang sagte sie nichts. Ich malte Kreise auf ihren Bauch und küsste mich ihren Hals entlang, bis sie leise seufzte.

»Fantasien«, sagte sie schließlich.

»Was für Fantasien?«

»Nichts Spektakuläres. Ich habe meistens an dich gedacht. An unser Telefonat damals. Und daran, wie ich dir ausgeliefert bin. Oder wie ich Sex mit anderen habe und du dabei zuschaust. Oder wie wir Sex haben und andere uns zuschauen. Das hat mich angemacht.«

»Das ist gut«, raunte ich. »Erzähl mir davon. Im Detail.«

Ich griff nach ihrer Hüfte und drehte sie zu mir, bis wir nur noch Zentimeter voneinander getrennt waren. Dann ließ ich meine Hand wieder tiefer wandern.

Sie brauchte mehrere Anläufe, bis sie zu sprechen begann. Erst zögerlich, peinlich berührt, dann selbstbewusster, als sie meine Reaktionen sah. Als sie beschrieb, wie ich sie packte und in sie eindrang, hielt ich es nicht mehr aus. Ich küsste sie mit allem, was ich in mir hatte, nahm ihren Geschmack in mich auf, kämpfte mit ihrer Zunge, biss ihr in die Unterlippe, stöhnte in ihren Mund.

Ihre Atemzüge wurden abgehackter. »Binde mich los.«

In wenigen Sekunden kam ich ihrer Bitte nach. Sobald ihre Hände frei waren, krallte sie sie in meine Haare, kratzte über meinen Rücken, hämmerte mir ihre Nägel in meinen Hintern. Ich stöhnte ihren Namen und begann wieder, sie zu fingern.

»Sag mir, was du dir noch vorgestellt hast«, verlangte ich.

Mit lustverschleiertem Blick sah sie mich an. »Wie du mich nimmst und meinen Kopf zwischen deine Beine drückst. Wie ich dich in den Mund nehme und du das Tempo bestimmst. Wie du durchdrehst, weil ich dir genau das gebe, was du brauchst.«

Ein, zwei Sekunden starrte ich ihr in die Augen, dann verstand ich. Genau, wie es mich anmachte, sie zu befriedigen, machte es andersrum sie an. Indem ich mich ausschließlich auf sie konzentrierte, erschwerte ich es ihr, sich fallen zu lassen.

Ich rutschte noch ein Stück nach hinten und richtete mich auf, bis mein Rücken auf die Wand traf. Dann griff ich nach ihren Schultern und tat genau das, was sie beschrieben hatte.

43. KAPITEL

Darcy

Tell me we'll make it through

»Gefällt dir das?«, wisperte Nic, und ich ging in Flammen auf.

Es half tatsächlich, ihm meine Fantasien zu erzählen. Mir waren sie immer unangenehm gewesen, weil sie sich so ... klassisch anfühlten. Aber zu sehen, was es mit ihm anrichtete, wenn ich sie aussprach, zerstreute meine Zweifel. Am meisten half es aber, meine Fantasie in die Tat umzusetzen.

Er wickelte meine Haare um seine Faust und gab mir das Tempo vor. Und ich leckte und saugte, bis er unserem Blickkontakt nicht mehr standhalten konnte. Das war es. Das war genau das, was ich brauchte. Zu bezeugen, wie er sich vor lauter Verlangen aufzulösen schien.

»Schneller«, stöhnte er, und ich kam seinem Wunsch nach.

Als sein Atem nur noch stoßweise kam, umfasste er mein Gesicht und schob mich zurück. »Ich komme gleich.«

Mit einer Hand umfasste ich seine Erektion und fuhr weiter auf und ab. »Gut.«

»Aber du ...«

»Immer, wenn ich mir vorgestellt habe, wie du kommst, hat es mich über den Rand getrieben«, gab ich zu. Das war auch bei Pornos der Punkt, der am besten für mich funktionierte. Orgasmen waren so verdammt erotisch. Dieses vollkommene

Loslassen und sich Ausliefern. Vielleicht, weil mir genau das selbst so schwerfiel.

Sein Blick verdunkelte sich. »Okay.«

»Ich will, dass du auf mir kommst.«

»Okay.« Seine Stimme versagte. »Fuck.«

Ich fuhr damit fort, ihn mit den Lippen in den Wahnsinn zu treiben. Sekunden später erfüllte sein Stöhnen die Luft.

»Leg dich hin«, brachte er hervor.

Ich ließ von ihm ab und gehorchte. Er positionierte sich über mir, und ich umschloss seine Härte mit den Fingern, dann legte er seine Hände über meine, ohne mich aus den Augen zu lassen.

Es ging alles ganz schnell. Sein gesamter Körper verkrampfte sich, ein abgehacktes Seufzen entwich ihm und dann spürte ich die warme Flüssigkeit auf meinem Bauch. Alles in mir zog sich zusammen. Das war so viel besser als alles, was ich mir je vorgestellt hatte. Es war chaotisch und echt.

Völlig erschöpft ließ er sich neben mir fallen, küsste mich träge, und dann befanden sich seine Finger wieder an meiner Vulva und massierten meine Klitoris.

Ein Fluchen entfuhr mir. Wir küssten uns wieder und wieder, Schwindel überfiel mich. Mir war so heiß.

Ich liebe dich, dachte ich, doch das war nicht gut genug, die Worte explodierten in alle Richtungen, sie wollten raus, also sprach ich sie aus. Auch das reichte nicht. Diese Worte hatte ich schon unzählige Male zu ihm gesagt. Es gab andere, beängstigendere, die ich mir nie erlaubt hatte, weil ich nicht das naive Mädchen sein wollte, das an Märchen glaubte. »Ich will zu dir gehören. Ich will es für immer.«

Unter seiner Berührung schmolz ich dahin, ich schmolz und er mit mir, ich sah es in seinen Augen, alles, was ich fühlte, fühlte auch er. Er war ich, ich war er, und es war unser Leben lang so gewesen.

Wie sollte ich die Fantasie mit der Realität bekämpfen, wenn die Realität eine viel bessere Fantasie war?

Als mein Orgasmus mich überrollte, löste ich mich in ihm auf.

Aber sobald er abgeklungen war, kam die Panik. Es gab noch einen weiteren Grund, aus dem ich meine Wünsche nie ausgesprochen hatte. Wenn sie einmal in der Welt waren, bestand die Möglichkeit, dass sie nicht in Erfüllung gingen.

Doch Nic, als hätte er meine Gedanken gehört, drehte mein Gesicht zu sich, strich mir die Haare aus den Augen, küsste mich auf die Stirn und sah mich an, bis meine Realität nur noch aus ihm bestand.

»Bleib hier«, flüsterte er. »Bleib bei mir, und ich schwöre dir, es wird alles real. Das ist kein Traum.« Er holte tief Luft, sein Blick brannte auf mir. »Und wenn es einer ist, dann lass uns nie aufwachen.«

44. KAPITEL

Darcy

Please don't leave me

In dieser Nacht war an Schlaf nicht zu denken. Nachdem ich mich vergewissert hatte, dass in der Kommune außer uns niemand mehr wach war – meine Eltern waren noch nicht zurück und auch von den anderen Bewohnern schienen einige über Weihnachten verreist zu sein –, führte ich Nic ins Gemeinschaftsbad, schloss ab und ließ uns ein Schaumbad ein. Es war surreal, mit ihm hier zu sein. Julian war der Einzige, den ich mal mit zu uns nach Hause genommen hatte, vor allen anderen war es mir unangenehm gewesen, in einer Kommune aufzuwachsen.

Die Wanne war nicht besonders groß, wir saßen uns gegenüber, sodass sich unsere Beine in der Mitte berührten. Der heiße Dampf stieg in die Höhe und tauchte uns in feinen Nebel, was die Situation noch surrealer und traumähnlicher wirken ließ.

»Ich hätte nie gedacht, dass du mal mit mir hier sein würdest«, murmelte ich, ohne ihn aus den Augen zu lassen. Sein mit Wassertropfen benetzter Oberkörper ragte aus einem Schaumberg, seine Haare waren nass und begannen sich an seinen Schläfen zu kräuseln, und sein Gesicht war schöner als je zuvor.

»Danke, dass du mich mitgenommen hast«, sagte er und legte eine Hand auf mein Bein.

Zufrieden seufzend lehnte ich mich zurück. »Bleibst du zum Brunch?«

Er hob eine Braue. »Ist das nicht ein Familiending?«

Ich zuckte mit den Schultern. »Doch, aber ich will, dass du Oli und Agata kennenlernst.«

Nun wanderte auch seine andere Braue in die Höhe. »Ich hab deine Eltern schon unzählige Male …«

»Du weißt, was ich meine«, unterbrach ich ihn lachend. »Sie sollen vor allem dich richtig kennenlernen.«

Eine Weile sagte er nichts, während er weiter mein Bein streichelte. »Damit sie nicht mehr denken, dass ich schlecht für dich bin, meinst du?«, murmelte er.

Die Traurigkeit in seiner Stimme drehte mir den Magen um.

»Ich will, dass sie sehen, wie glücklich du mich machst«, sagte ich. »Aber wenn du das seltsam findest, dann können wir es auch lassen. Ich wollte dich nicht …«

»Darcy.« Er umfasste meine Hand. »Ich bleibe gern zum Brunch. Auch wenn deine Mum mir die Augen auskratzt.« Ein Grinsen umspielte seine Lippen. »Das ist nur fair, nachdem du jahrelang *mein* Familiendrama mitbekommen hast.«

»Deine Familie ist auch meine Familie. Möchtest du eigentlich noch über vorhin reden? Beschäftigt dich das in diesem Moment?«

Er schüttelte den Kopf. »Ich bin gerade einfach nur bei dir. Das beschäftigt mich.« Eine undefinierbare Emotion zuckte über sein Gesicht. »Möchtest *du* über Julian reden?«

Die Frage klang ernsthaft und kostete ihn einige Überwindung, da war ich mir sicher.

»Nicht heute«, sagte ich leise und erwiderte sein Lächeln. »Aber danke.«

»Gibt es etwas anderes, worüber du reden möchtest?«

Er schien auf der Hut, irgendwie eine Spur ängstlich.

Ich legte den Kopf schief. »Klingt so, als würdest *du* über etwas sprechen wollen.«

Ein ertapptes Grinsen erhellte sein Gesicht. »Okay, ja. Ich möchte über Sex reden.«

»Worüber genau?«

»Was wir gerade gemacht haben. War das gut für dich?«

Ungläubig erwiderte ich seinen Blick. »Warst du nicht dabei?«

Er kicherte. »Lass mich das umformulieren. Was hat dir gefallen, und was würdest du nächstes Mal gern anders machen?«

Statt einer Antwort beugte ich mich ruckartig vor, sodass etwas Wasser über den Badewannenrand schwappte, packte sein Gesicht, zog es zu mir und küsste ihn. Nachdem ich mich wieder zurückgelehnt hatte, grinste ich. »Ich liebe es, dass du solche Fragen stellst.«

Während ich nachdachte, griff er nach meinen Händen. »Du bist zu weit weg. Komm her.«

Ich erhob mich, drehte mich um und ließ mich wieder in die Wanne sinken, bis ich zwischen seinen Beinen mit dem Rücken an seiner Brust lag.

Er schloss die Arme um mich. »Perfekt«, murmelte er mir ins Ohr und küsste mich auf die Wange.

»Mir hat es gefallen, wie du auf mich eingegangen bist. Das mit dem Fantasien aussprechen war wirklich richtig gut. Und ich habe es geliebt, als du sie … in die Tat umgesetzt hast. Aber ich glaube …« Ich biss mir auf die Lippe.

»Du glaubst?«

»Ich glaube, wenn der Fokus darauf liegt, dass ich einen Orgasmus bekomme, setzt mich das auch unter Druck.«

»M-hm, das verstehe ich.« Er zog mich näher zu sich, legte sein Kinn auf meiner Schulter ab. »Mir ist auch aufgefallen, dass es dir zu viel wurde, als es nur um dich ging.«

Ich nickte. »Das ist einerseits gut, weil ich lernen will, dass ich im Fokus stehen darf; aber vielleicht müssen wir uns da Schritt für Schritt rantasten?«

»Also nächstes Mal lieber mehr abwechseln?«

»Genau. Wenn ich dich parallel auch anfassen kann, werde ich abgelenkt und von deiner Erregung mitgerissen und denke nicht daran, dass ich mich jetzt fallen lassen muss.«

»Ist notiert.« Er klang, als würde er lächeln. »Danke, dass du mir das erzählst. Sonst irgendwas?«

»Nein, sonst war es perfekt.« Auch ich lächelte und schloss die Augen, ließ mich sekundenlang in seiner Umarmung treiben, genoss das heiße Wasser, das uns umgab. »Jetzt du«, sagte ich schließlich. »Was war gut, was willst du anders haben?«

»Gut ist eine Untertreibung«, wisperte er und küsste meinen Hals. Ich schauderte. »Mir hat alles gefallen. Vielleicht könnten wir meinen Orgasmus nächstes Mal mehr herauszögern, damit es nicht so schnell vorbei ist?«

»Kein Problem«, sagte ich und lächelte breiter.

»Und ich weiß nicht, ob du das willst, aber ich habe mich gefragt, ob wir über unsere vergangenen Erfahrungen reden könnten.«

Augenblicklich versteifte ich mich.

»Es ist wirklich in Ordnung, wenn du das nicht willst«, schob er hastig hinterher.

Ich zwang mich, ein paarmal tief durchzuatmen. »Ich will das«, flüsterte ich dann. »Es ist wichtig.«

»Ich kann auch anfangen, falls das leichter ist.«

Dankbarkeit durchflutete mich. »Ja, bitte.«

»Sex war für mich immer einfach«, sagte er, und es klang wieder traurig. »Ich finde die meisten Menschen anziehend, und das hat für mich ausgereicht, wenn ich angeturnt war, weil ich parallel dich im Kopf hatte. Im Nachhinein ist mir aufgefallen, dass es anderen gegenüber ziemlich unfair ist, wenn eine unsichtbare dritte Partei anwesend ist. Und ich schäme mich dafür, aber ich habe es nach dem Sex gehasst, Körperkontakt zu haben. Denn sobald die Erregung weg war, konnte ich nicht mehr ausblenden, dass nicht du neben mir lagst, sondern eine fremde Person. Ich möchte nie wieder dieser Mensch sein. Ich möchte keine körperliche Nähe mehr zulassen, wenn ich emotional ganz woanders bin.«

»Hast du das im Vorhinein kommuniziert? Dass du reine Befriedigung möchtest und sonst nichts?«

Sein sekundenlanges Schweigen war Antwort genug.

»Das passt zu meiner Geschichte«, fuhr ich fort, bevor er etwas erwidern konnte. »Ich glaube, der Typ, mit dem ich den ersten physischen Sex hatte, war emotional auch nicht da.«

Nics Körper wurde ganz starr. Und trotzdem bereute ich es nicht, die Worte ausgesprochen zu haben. Mir war klar, dass man Nic nicht direkt mit dem Mistkerl damals vergleichen konnte, aber trotzdem waren sie beide Männer, die sich geholt hatten, was sie wollten, ohne auf ihr Gegenüber einzugehen. Es war nicht schmeichelhaft, dass seine Gefühle für mich der Grund dafür gewesen waren. Mein Sex-Trauma hing damit zusammen, dass man nicht auf mich Rücksicht genommen hatte; seines damit, dass *er* rücksichtslos gewesen war. Das war ein großer Unterschied.

»Er hat das Kondom abgezogen, während wir penetrativen Sex hatten«, sagte ich. »Ich habe es erst im Nachhinein gemerkt.«

»Darcy, ich …« Sein Atem stockte. »Es tut mir so leid.«

Ich nickte. »Ich weiß, dass du so etwas nicht tun würdest.«

Unwillkürlich musste ich an den Moment denken, als ich davon wach geworden war, dass Tori Julian mitten in der Nacht angeschrien hatte, er solle sie nicht anfassen. Obwohl er der wichtigste Mensch in meinem Leben war, obwohl ich seine Seele kannte, sein Herz, hatte ich für ein paar Sekunden alles angezweifelt. Das hatte mir meine Mutter beigebracht.

»Egal, wie sehr du jemanden liebst«, hatte sie gesagt, *»lass diese Liebe niemals deinen gesunden Menschenverstand beeinflussen. Wir sind alle fehlerhaft. Liebe ist nur eine schöne Lüge, wenn sie die Augen vor den hässlichen Seiten verschließt.«*

Mit den Fingerspitzen strich ich ihm über seine Arme, bis er sich wieder entspannte.

»Es tut mir leid«, wiederholte er. Ich war froh, dass er nicht versuchte, sich zu rechtfertigen oder von dem Typen abzugrenzen. »Wie hat sich das auf deine Beziehung zu Sex ausgewirkt?«

»Ich glaube, ich hatte seitdem Angst, mich jemandem vollständig auszuliefern. Ich dachte, wenn ich mit Frauen schlafe, ist es besser, und das war es in gewisser Hinsicht auch, weil das Machtverhältnis ausgeglichener ist, aber ich hatte immer noch Angst.«

»Hast du bei mir auch Angst?«

»Ja.« Ich seufzte. »Aber deutlich weniger als jemals zuvor.«

»Wieso?«

»Es ist mir vollkommen egal, wie wir es nennen«, hatte ich zu ihm gesagt. *»Nenn es Liebe, wenn du dich selbst quälen willst.«* Er musste die Worte nicht erneut aussprechen, damit ich ihre Bedeutung spürte.

»Weil du mich liebst«, sagte ich.

Die dunklen Härchen auf seinen Armen richteten sich auf. Er schmiegte seine Wange an meine. Räusperte sich. »Wäre es einfacher, wenn ich kein Mann wäre?«

»Einerseits ja, weil ich dir dann bestimmte Dinge nicht erklären müsste. Und weil ich nach außen hin nicht mehr beweisen müsste, dass ich queer bin. Außerdem würde meine

Mutter mich weniger nerven. Auf der anderen Seite ist es natürlich kein Geheimnis, dass es viel bequemer ist, in dieser Welt als Heteropaar gelesen zu werden.«

»Das verstehe ich.«

»Und im Grunde spielt es keine Rolle«, setzte ich nach. »Es spielt keine Rolle, was welche Vor- oder Nachteile mit sich bringen würde, wenn dies die Realität ist, in der ich mich befinde. Ich liebe *dich*. Und du bist zufällig ein Mann.«

Sein Herzschlag an meinem Rücken beschleunigte sich.

»Kannst du dich umdrehen?«, wisperte er und hob den Kopf von meiner Schulter.

»So viele Extrawünsche …«, zog ich ihn auf, aber dann wandte ich den Kopf, bis unsere Blicke sich trafen.

»Lass uns nie aufhören, so zu reden.« Die Ernsthaftigkeit in seiner Stimme ließ sie beben. »Lass uns nie aufhören, ehrlich und offen miteinander zu sein, auch wenn es schmerzhaft ist. Es hat vorher nicht funktioniert, weil wir nicht ausreichend geredet haben. Aber wenn wir reden, sind wir sicher. Dann kann uns nichts passieren.«

»Okay.« Ich legte ihm eine Hand an die Wange. »Okay.«

»Und hör nie auf, mich zu kritisieren. Ich verspreche dir, ich werde nie aufhören, dazulernen zu wollen.«

»Kein Problem.« Ich grinste. »Unter der Voraussetzung, dass auch du mich kritisierst, wenn dir etwas nicht passt.«

»Das werde ich. Auch wenn du es mir verdammt schwer machst, einen Fehler in deinem Verhalten zu finden.«

Ich drehte mich vollständig um, kletterte rittlings auf seinen Schoß und schlang ihm beide Arme um den Nacken. Sofort umfasste er meine Taille und zog mich näher.

»Das ist die rosarote Brille«, sagte ich und hauchte ihm einen schnellen Kuss auf die Lippen. »Die werde ich dir mit der Zeit auch noch ausziehen.«

»Viel Spaß dabei.« Er verharrte direkt an meinem Mund,

sodass ich seinen warmen Atem auf dem Gesicht spürte. »Wir sind wahrscheinlich alt und grau, bis du das geschafft hast.«

»Klingt nach einem Plan.«

Wir begannen, uns richtig zu küssen. Hungrige Lippen und ungeduldige Hände. Ich wollte mehr. Ich brauchte alles.

»Lass uns hier raus«, brachte ich hervor. »Bevor meine Eltern zurückkommen. Falls sie nicht schon hier sind und wir sie überhört haben …«

Seine Pupillen waren geweitet. Ich liebte diesen Anblick.

Er nickte heftig, doch dann zog er mich erneut für einen Kuss zu sich, und wir umschlangen einander. Seine Härte unter mir trieb die Hitze zwischen meine Beine.

Irgendwie schafften wir es trotzdem irgendwann, die Wanne zu verlassen, uns in Handtücher zu wickeln, das Bad einigermaßen sauber zu hinterlassen und ins Schlafzimmer zurückzukehren.

»Ist es okay, wenn wir erst mal bei Oralsex und so bleiben?«, flüsterte ich, als wir nackt und die Körper vollständig einander zugewandt unter der Decke lagen. »Ich glaube, es dauert noch, bis ich das andere wieder probieren will.«

»Natürlich ist das okay.« Er tastete nach meinen Händen, umschloss sie mit seinen. »Ich glaube, es ist auch für mich besser, wenn wir alles schrittweise angehen. Damit wir lernen, was uns gefällt und was nicht, statt irgendein vorbestimmtes Schema auf unser Sexleben zu übertragen. Ich will präsent sein. Und dir nahe sein. Der Rest ist mir egal.«

Ich grinste. »Sag das noch mal. Das macht mich an.«

Auch er musste grinsen. »Was genau?«

»Unser Sexleben.«

Sein kehliges Lachen umhüllte mich. Bevor er meinem Wunsch nachkommen konnte, packte ich seine Schultern, drückte ihn rücklings auf die Matratze und kletterte auf ihn. Unter der Decke legte ich mich flach auf seinen Körper, hob den Kopf und nahm sein Gesicht zwischen die Hände, strich ihm die Haare zurück, flüsterte seinen Namen.

Die größte Liebeserklärung, die schönsten Worte waren nichts gegen dieses eine Versprechen. »Ich bleibe bei dir.«

45. KAPITEL

Darcy

Sweet and nervous too

Nic schlief noch, als ich mich morgens aus dem Zimmer schlich und das meiner Mutter ansteuerte. Beim ersten Klopfen ertönte schon ihre Stimme.

»Hereinspaziert!«

Mein Herz raste. Ich hasste es, dass sie diese Wirkung auf mich hatte.

Die letzte Stunde hatte ich im Bett gelegen, Nics friedliches Gesicht betrachtet und mich gefragt, wie mein Inneres zur Ruhe kommen sollte. Aber meine Aufregung zeugte nicht von ihm oder von gestern, sondern von der Gewissheit, dass ich Agata in die Augen schauen und ihr sagen musste, mit wem ich mir die letzte Nacht das Bett geteilt hatte.

Gott, ich benahm mich lächerlich.

Ich drückte die Klinke herunter und schlüpfte in ihr Zimmer. Jedes Mal, wenn ich hier war, war es eine Überraschung, was mich erwartete. Meine Mutter strich regelmäßig die Wände in einer neuen Farbe, und obwohl sie ein eigenes Atelier hatte, probierte sie auch in ihrem Schlafzimmer regelmäßig neue Ideen für ihre Kunstinstallationen aus. Die Wand hinter ihrem Bett war diesmal pink, die restlichen waren pastellblau, und von der Decke hing eine Art Mobile aus dünnem Draht und antikem Kinderspielzeug.

Agata saß im Schneidersitz auf ihrem ungemachten Bett, neben ihr eine Tasse Grüntee und in ihrer Hand ein Buch von bell hooks.

Ihre Haare waren mit einem senfgelben Band in die Höhe gebunden, und sie trug einen flauschigen Pyjama in derselben Farbe, den ich liebte, weil er mich an lange Sonntage in meiner Kindheit erinnerte, die wir lesend in ihrem Bett verbracht hatten, mein Kopf gegen ihren warmen weichen Körper gedrückt, während ihre Stimme mich in fremde Welten entführte. In diesem Zimmer hier hatte ich mit der Kunst begonnen. In diesem Zimmer hatte ich zum ersten Mal die Erlaubnis bekommen, mich frei zu entfalten.

Als sie das Buch beiseitelegte und vor sich aufs Bett klopfte, schenkte sie mir ein glückstrahlendes Lächeln, das nur eines bedeuten konnte: Sie ahnte nichts.

»Guten Morgen, mein Schatz. Gut geschlafen?«

Die Frage sollte lauten, ob ich gestern Nacht überhaupt geschlafen hatte.

Ich gab ein unbestimmtes Geräusch von mir und gesellte mich zu ihr aufs Bett. »Wann seid ihr gestern Nacht zurückgekommen?«

»So gegen drei.« Sie gähnte. »Es war ein voller Erfolg, aber auf dem Rückweg gab es einen Unfall, weswegen es etwas länger gedauert hat. Oli meinte schon, wir sollen ihn für unseren Brunch wecken, weil er seinen Wecker garantiert überhören wird.«

»Das übernehme ich gern.« Ich grinste. »Es gibt nichts Witzigeres als sein genervtes Gesicht am Morgen.«

Sie erwiderte mein Lächeln und streckte eine Hand aus, fuhr mir mit dem Daumen über meine Augenringe. »Du siehst müde aus.«

»Es gab gestern ein bisschen Drama im Prisma«, sagte ich, statt mit der Sprache rauszurücken, weil ich ein Feigling war. »Elliot ist spontan zum Weihnachtsessen gekommen.«

Agata runzelte die Stirn. »Oje. Wie war das für die Jungs und für Thea?«

Ich zuckte mit den Schultern. »Alexis hat ihn eingeladen. Ich glaube, die anderen verstehen nicht ganz, wieso er ihm so schnell verziehen hat.«

Sie nickte ernst. »Das kann ich mir vorstellen.«

Ich musste das Gespräch schleunigst weiterführen, doch plötzlich war mein Kopf wie leer gefegt. Da war nur noch Nics Anblick, im Bett, nur wenige Zimmer von Agatas entfernt.

»Wie geht es Nicolas?«, durchbrach ihre Stimme meine Gedanken, und ich zuckte heftig zusammen. Sofort bekam ihr Blick etwas Alarmiertes.

Scheiße.

Aus dem Nichts kam mir ein Gedanke. Meine Rettung.

»Oh, mein Gott, das habe ich ja ganz vergessen!«, rief ich. »Sag mal, hast du ihm ernsthaft im Supermarkt aufgelauert, um ihm zu sagen, dass er sich von mir fernhalten soll? Geht's noch?«

Statt sich zu schämen, verdrehte sie prompt die Augen. »*Aufgelauert*, ich bitte dich. Ich habe ihn zufällig gesehen.«

»Aha. Und sonst hast du nichts zu deiner Verteidigung vorzubringen?«

»Darcy-Schatz, ich …« Sie seufzte tief. »Der junge Mann hat mal eine klare Ansage gebraucht.«

»Von dir?«, rief ich. »Von meiner Mutter? Als wäre ich selbst nicht in der Lage dazu? Weißt du, wie peinlich das ist? Von übergriffig ganz zu schweigen!«

Plötzlich wirkte sie, als müsste sie sich ein Lachen verkneifen. »Tut mir leid. Aber es hat nicht funktioniert, oder?«

»Was?«

»Na, ferngehalten hat er sich trotzdem nicht.«

Mein Mund wurde trocken. »Woher willst du das wissen?«

»Was ist wohl der Grund dafür, dass du dich erst jetzt darüber aufregst, dass ich mit ihm gesprochen habe?« Ihr Blick durchbohrte mich erbarmungslos. »Oder der Grund dafür, dass ich dich in den letzten Wochen kaum zu Gesicht bekommen habe?«

Ich könnte ihr eine Ausrede auftischen. Oder ich beendete das Versteckspiel endlich.

»Okay, okay!«, ergab ich mich und zwang mich, die Worte auszusprechen, obwohl die Angst mich fest im Griff hatte. »Er hat hier geschlafen. Und ich möchte, dass er mit uns bruncht. Damit sind wir dann quitt.«

Ihre Miene fror ein. »Er hat *hier* geschlafen?«

Nun war ich diejenige, die die Augen verdrehte. »Tu bitte nicht so, als hättest du ein Problem damit, wenn ich Sex habe. Sonst wird's richtig unglaubwürdig.«

Beim Wort »Sex« stieß sie theatralisch die Luft aus. »Es ist also schlimmer, als ich dachte.«

»Seit wann ist Sex etwas Schlimmes?«, protestierte ich entnervt. Mein Herz schlug leider noch viel zu schnell. Ich hasste es, wenn sie sauer auf mich war.

»Sex ist etwas Wunderbares«, rief sie entrüstet. »Mit Menschen, denen man vertrauen kann!«

»Weißt du, was dein Problem ist?« Ich stand vom Bett auf und baute mich vor ihr auf. »Es geht hier gar nicht darum, ob du ihm vertraust oder nicht. Es geht darum, dass du *mir* kein bisschen vertraust!«

»Darcy, das ist vollkommener …«

»Nein! Du tust immer ganz abgeklärt und offen, aber im Grunde willst du, dass ich dein Ebenbild werde. Und alles, was nicht in dieses Konzept passt, ist schlecht. Außerdem hast du Angst – weil ich dir entgleite. Weil es hart für dich ist, mit anzusehen, wie viel mir andere Menschen bedeuten.«

Sie beugte sich vor, griff nach meinen Armen und zog mich zurück aufs Bett. »Darcy«, wiederholte sie eisern und atmete tief durch. »Es geht lediglich darum, dass es dir gut geht.«

»Es geht nicht nur darum«, widersprach ich. »Du denkst gerade an niemanden außer dich selbst. Es geht um deine Gefühle. Wovor *du* Angst hast. Hast du schon mal daran gedacht, dass es verdammt anstrengend für mich ist, ständig meine Gefühle vor dir zensieren zu müssen, damit du nicht in die Luft gehst?«

»Ich halte mich zurück«, wisperte sie nach einer Pause, in der sie mich betroffen musterte. »Ich verspreche es. Aber bitte sag mir, wieso du ihm wieder vertraust.«

»Ich muss dir gar nichts sagen«, gab ich schnaubend zurück. »Du wirst mich eh nur verurteilen.«

Sie schüttelte den Kopf. »Nein, werde ich nicht. Ich höre dir zu. Erzähl's mir. Bitte.«

Bevor ich zu einer Antwort ausholen konnte, ertönte ein zaghaftes Klopfen an der Tür.

»Ja, bitte?«, kam es ungeduldig von Agata.

Sekunden später öffnete sich ein schmaler Spalt, der langsam größer wurde.

Dunkelblaue Augen, dunkelblondes Haar.

Mein Inneres krampfte sich zusammen.

»Die Wände sind ziemlich dünn«, murmelte Nic. »Darf ich?«

Er sah nur meine Mutter an, die ihn sekundenlang wortlos musterte, bis sie knapp nickte. Ihre Lippen waren zu einer dünnen Linie geworden.

Nic kam ins Zimmer, schloss die Tür hinter sich und blieb dann direkt davor stehen. »Ich verstehe, wieso du mir nicht vertraust«, sagte er zu ihr. »Aber ich habe mich verändert. Ich weiß jetzt, was ich will.«

Sollte ich lieber lachen oder schreien?

»Möchtest du nicht noch auf die Knie gehen?«, murmelte ich und raufte mir die Haare. »Und dann um meine Hand anhalten, damit sie Ruhe gibt?«

Aus dem Augenwinkel traf mich Agatas mahnender Blick. »Lass ihn ausreden, Schatz.«

»Gut.« Ich wandte mich Nic zu, verschränkte die Arme vor der Brust. »Hast du hoffentlich eine Rede vorbereitet?«

Seine Mundwinkel zuckten. Er zwinkerte mir zu, es passierte so schnell, dass ich mir nicht sicher sein konnte, ob ich es mir eingebildet hatte, dann nahm er Agata wieder mit feierlichem Ernst ins Visier.

»Ich liebe sie«, verkündete er, und ich wünschte mir, der Boden würde sich auftun und mich verschlingen. »Das ist vermutlich keine beruhigende Information, ich liebe sie schon mein Leben lang, aber inzwischen weiß ich, wie ich mich dementsprechend verhalten will. Darcy ist alles für mich, und ich habe nicht vor, noch einmal etwas zwischen uns kommen zu lassen. Auch nicht meinen Job oder mein Ego.«

»Oh, mein Gott, bitte hör auf zu reden«, rief ich, doch Agata übertönte mich.

»Bist du dir sicher?«, fragte sie streng.

»Ich bin sicher«, bestätigte er ihr, ohne mich zu beachten.

Eins musste man ihm lassen, er wusste, was er tat. Indem er meine Mutter ernst nahm, so unmöglich sie auch war, hatte er die besten Chancen, ihre Zweifel zu zerstreuen.

»Frag mich alles, was du wissen willst«, forderte er sie auf. »Ich bin bereit.«

Erneut sprang ich vom Bett auf. »Okay, viel Spaß euch beiden, ich kann mir das nicht länger geben. Bis ihr euch wieder eingekriegt habt, geh ich Oli wecken.«

Damit drückte ich mich an Nic vorbei und riss die Tür auf. Doch sobald ich sie hinter mir geschlossen hatte und ihre gedämpften Stimmen hörte, breitete sich ein Lächeln auf meinen Lippen aus.

So peinlich die ganze Aktion war und so schlimm der Gedanke an Julian – dieses Weihnachten war mir deutlich lieber als das letzte.

46. KAPITEL

Darcy

To fall in love and stay in love

Die Tage schmolzen ineinander. Der Schnee wurde zu Regen und schließlich zu Eis. Silvester kam, und plötzlich war ein neues Jahr angebrochen.

Wenn ich nicht mit Nic an den Fotos arbeitete oder nach Feierabend mit ihm zusammen war, verbrachte ich viel Zeit mit Echo. Gemeinsam bereiteten wir den Workshop zur Drogenprävention vor, und nachdem er vorbei war, saßen wir stundenlang mit heißem Tee bei Luke und redeten über alles Mögliche. Seit ich ihr ausführlicher von meinen Problemen erzählt hatte, hatte ich das Gefühl, dass sie mir mehr vertraute. Es kam immer noch vor, dass ich in ein Fettnäpfchen trat, seltsame Situationen entstanden, weil mein Leben im Vergleich zu ihrem viel zu gewöhnlich war, wie sie sagte, aber es hielt uns nicht davon ab, unsere Freundschaft zu vertiefen. Und auch Nic schien sich mehr zu öffnen, nicht nur mir, sondern ganz Goldbridge gegenüber. Entweder er war mit Alexis auf Wohnungsbesichtigung, oder er unternahm etwas mit den Prisma-Leuten.

Ich nahm es Tori nicht übel, dass sie auf Abstand ging, eher im Gegenteil, ich bestärkte sie darin, sich voll und ganz auf Julian zu konzentrieren. Selbst wenn es mich verletzte, die beiden zusammen zu sehen und kein Teil davon zu sein. Mir tat es nicht nur weh, dass Julian nichts mit mir zu tun haben wollte, sondern auch, dass dieses zarte Band, das zwischen Nic und ihm entstanden war, so schnell wieder durchtrennt worden war. Meinetwegen. Mir gegenüber verhielt er sich distanziert, aber trotzdem respektvoll, wenn wir morgens in der Küche zusammenstießen oder im Prisma arbeiteten, Nic dagegen behandelte er wie Luft. Doch so groß mein schlechtes Gewissen war, es existierte neben meinem Glück, statt es zu überlagern. Die Gefühle für Nic waren groß und heftig, sie hatten viel zu lange in mir gewohnt, sodass es die pure Erleichterung war, sie endlich auszuleben.

Oli freute sich für mich, Agata hielt sich immerhin mit negativen Kommentaren zurück, auch wenn die Sorge in ihrer Stimme nie zu überhören war. Ich störte mich nicht wirklich daran. Dafür war ich viel zu glücklich. Es fühlte sich nicht wie ein Traum an, Nic in meinem Leben zu haben. Es war keine Fantasie, und vor allem war es keine Bedrohung mehr. Ich führte meinen Alltag fort, hielt mich an meine Routine, ging zum Yoga, nahm mir Zeit für mich, arbeitete an meinen Collagen, doch da war dieser Bonus: Der Gedanke, dass ich ihn in wenigen Stunden sehen durfte, dass ich alles mit ihm teilen konnte, was mir durch den Kopf ging. Die Realität, mit ihm zusammen zu sein, war unaufgeregt normal. Ich hatte kein Herzrasen mehr, spürte keine Aufregungsübelkeit. Als hätte alles auf diesen Punkt hingeführt. Als hätten wir so viel Zeit damit verbracht, uns kennenzulernen, dass wir jetzt darauf aufbauen konnten. Wir ergaben Sinn. Wir waren einfach.

Nachts schliefen wir meistens zusammen – entweder bei mir, wenn Julian bei Tori im Wohnheim war, oder auch bei Thea, wobei ich darauf achtete, dass ich morgens die Wohnung verließ, bevor sie wach wurde. Wenn wir uns dann im Prisma über den Weg liefen, zwinkerte sie mir so überdeutlich zu, dass mir klar wurde, dass ich mir das Versteckspiel auch sparen konnte.

Das Fotoprojekt machte großen Spaß, ich war fast ein bisschen traurig, als es sich dem Ende zuneigte. Die Follower-Zahlen wuchsen mit jedem Foto und jedem Video, das wir teilten, und auch wenn das nicht unbedingt mehr Kundschaft bedeutete, vor allem nicht in so kurzer Zeit, fühlte es sich wie ein Erfolg an. Und es gab noch einen Erfolg: Ich traute mich, ein paar Collagen online zu stellen. Unter einem Pseudonym, aber immerhin. Ich erzählte niemandem davon, auch nicht Nic, denn sobald ich darüber sprach, würde ich vielleicht wieder einen Rückzieher machen. Aber ich war stolz auf mich.

Und dann kam der Tag, an dem Nic es schaffte, mich inmitten unserer schönen Routine zu überraschen.

Nicolas: *Fotoshooting heute nach Feierabend bei dir?*

Darcy: *Wir brauchen doch keine Fotos mehr, oder?*

Nicolas: *Nicht fürs Prisma. Für mich.*

Eine Gänsehaut überzog meinen Körper. Seit unserer ersten gemeinsamen Nacht hatte er keine Fotos mehr von mir gemacht.

Darcy: *Okay.*

Erst wollte ich *Nur wenn Julian nicht zu Hause ist* hinzufügen, doch dann überlegte ich es mir anders. Keine Versteckspiele mehr. Auch wenn ich Julian mit meinem Schweigen verletzt hatte – ich würde Nic jetzt nicht auch noch verletzen, indem ich ihn wie eine geheime Affäre behandelte. Darüber waren wir hinaus.

Wie es das Schicksal wollte, fand ich die WG nach Feierabend ohnehin leer vor. Julian, den ich bei der Arbeit kaum gesehen hatte, weil ich, statt zu kochen, mit Foodstyling beschäftigt gewesen war, hatte mir einen Zettel am Kühlschrank hinterlassen:

Die Gemüse-Lasagne im Kühlschrank sollte gegessen werden.

Ich duschte, zog mir einen Samtoverall und eine Seidenbluse an, schminkte mich und erhitzte Glühwein, während ich eine Jazz-Playlist laufen ließ.

Als es klingelte, fühlte ich mich besser. So würden meine Tage von nun an immer sein. Vielleicht war Julians Nachricht Grund zur Hoffnung, auch wenn sie nicht gerade freundlich formuliert war.

Ich lief zur Tür, riss sie auf und wurde sofort in eine Umarmung geschlossen. Nics würziges Parfüm umhüllte mich, und ich schlang ihm die Arme um den Nacken, worauf er mich anhob, einen Schritt in die Wohnung machte und die Tür mit einem Fuß hinter sich zukickte.

»Wieso bist du so schön?«

Ich gab ihm einen Kuss auf die Nasenspitze. »Sagt der Richtige.«

Seine Haare waren vom Wind zerzaust, und unter dem Wintermantel trug er einen blaugrauen Pullover, der seine Augen betonte. Außerdem hatte er sich ein paar Tage nicht rasiert. Lächelnd fuhr ich über die Bartstoppeln.

An meinem Rücken spürte ich etwas Kühles, Hartes. Ohne mich aus der Umarmung zu lösen, versuchte ich, einen Blick über die Schulter zu werfen. »Was hast du dabei?«

»Glühwein. Wir haben was zu feiern.« Er schob die Brauen zusammen. »Aber irgendwie riecht es hier schon danach.«

Nachdem er mich runtergelassen hatte, nahm ich ihm die

Flasche aus der Hand. »Wir hatten denselben Gedanken. Auch gut, vielleicht brauchen wir ja Nachschub. Was haben wir zu feiern?«

Während er sich aus seinem Mantel schälte und aus seinen Stiefeln schlüpfte, grinste er geheimnisvoll. »Zum einen das Ende des Fotoprojekts ... Zum anderen ...« Er zog sein Handy aus der Jeanstasche, tippte darauf herum und hielt es mir dann hin.

Auf dem Display war ein Grundriss zu sehen. Drei Zimmer, ein Balkon. Ich starrte ihm in die Augen, starrte wieder auf die geöffnete Seite und scrollte schließlich weiter.

Goldbridge, West Hill. Dreizimmerwohnung zur Miete. Ruhige Familiengegend. Große Fenster. Parkettboden. Kamin.

Mit offenem Mund schaute ich wieder zu Nic. Sein Grinsen wurde breiter.

»Was ist das?«, brachte ich hervor.

»Rate mal.«

»Verarsch mich nicht.«

Er sah aus, als würde er gleich platzen. »Wir haben die Zusage.«

»Was zur Hölle! Ich wusste nicht mal, dass ihr sie besichtigt habt!«

In den letzten Wochen hatte er mir immer die Links zu den Inseraten geschickt, die Alexis und er in Erwägung zogen.

»Ich habe sie auch nicht besichtigt«, gab er lachend zurück. »Alexis ist ohne mich hingegangen, weil er freihatte. Die Wohnung gehört Bekannten von Echos Sponsorin. Sie war noch nirgendwo inseriert, deshalb gab's keine Konkurrenz. Sie waren sich erst unsicher, weil sie die Wohnung am liebsten an eine junge Familie vermieten wollten, auf keinen Fall an eine WG. Aber dann habe ich sie gefragt, ob sie auch verkaufen würden.«

»Du hast *was*?«

Ein verlegener Ausdruck trat auf sein Gesicht. »Ich hab echt viel Kohle rumliegen, Darcy. Und das ist eine gute Anlage.«

Der Raum begann sich zu drehen, mein Herzschlag galoppierte los. Träumte ich? War das derselbe Kerl, der aus Goldbridge geflüchtet war, weil ihm alles hier zu eng und langweilig vorgekommen war? Zurückzuziehen war schon krass, aber sich dauerhaft mit einer Wohnung an den Ort zu binden?

»Bist du … Bist du dir sicher?«, brachte ich hervor.

Statt einer Antwort legte er mir beide Hände an die Wangen und küsste mich. Ein paar Sekunden verlor ich mich in der Empfindung, und als er zurückwich, sah er so glücklich aus, dass er meine Zweifel fast zerstreut hätte. Fast.

»Das ist doch ein ziemlich großer Schritt, oder?«, wisperte ich.

Meine Reaktion schien einfach an ihm abzuprallen. Noch immer strahlte er übers ganze Gesicht.

»Ja, aber ich bin bereit dafür. Und Alexis auch. Wenn ich in ein paar Jahren merke, dass es eine schlechte Idee war, kann ich sie ja wieder verkaufen. Außerdem habe ich keine Lust mehr, auf den perfekten Moment zu warten. Ich bin glücklich hier. Ich will mehr davon.« Er lief in die Küche und ich ihm hinterher. »Natürlich muss ich sie auch noch angucken. Aber Alexis ist mit Dad zur Besichtigung, und beide sind der Meinung, dass es ein echt gutes Angebot ist.«

»Wie ist es gerade eigentlich zwischen Alexis und eurem Vater?«

Nic seufzte. »Er hat mir gesagt, dass ich es nicht weitererzählen soll, weil er sich Sorgen macht, wie Mum und Jules darauf reagieren würden. Aber sie haben sich seit Weihnachten wieder ein bisschen angenähert. Ich bin mir auch unsicher, was ich davon halten soll, weißt du? Aber es ist allein Alexis' Entscheidung, wie er damit umgehen möchte. Außerdem weiß ich, dass er mit Felicia darüber sprechen kann. Das gibt mir ein besseres Gefühl, als ich es sonst wahrscheinlich hätte.«

Ich nickte. Julian würde sicherlich ausrasten, wenn er davon erfuhr, und irgendwie könnte ich ihn auch verstehen.

»Wie ist das eigentlich bei dir? Hast du auch noch Therapie bei ihr?«

Er hatte mir den Rücken zugewandt, um den Topf voller Glühwein in zwei Tassen zu gießen, und für den Bruchteil einer Sekunde bildete ich mir ein, dass er erstarrte.

»Nein, das ist vorbei.«

Ich runzelte die Stirn. »Wie meinst du?«

Sekunden vergingen, in denen er mit dem Glühwein beschäftigt war. Hatte er mich überhaupt gehört?

Schließlich drehte er sich mit den Tassen in der Hand um und hielt mir eine hin. Ein strahlendes Lächeln lag auf seinen Lippen. »Ich habe sie abgeschlossen. Hier.«

Geistesabwesend griff ich nach der Tasse. »Wann?«

»Vor Kurzem.« Ungeduld mischte sich in seine Stimme. »Auf uns?«

Ich stieß mit ihm an und nahm einen großen Schluck, ohne ihn aus den Augen zu lassen. Der heiße würzige Wein floss meine Kehle hinab und wärmte mich von innen heraus. Trotzdem fühlte es sich an, als müsste ich frösteln. »Wieso hast du nichts erzählt? Das ist doch eine große Sache.«

»Können wir uns auf die Neuigkeiten konzentrieren?« Auch er trank. Obwohl er nach wie vor gelassen und fröhlich wirkte, klang seine Stimme auf einmal seltsam.

»Das *sind* Neuigkeiten für mich.«

»Ich meine die Wohnung.«

Mit der freien Hand fuhr er sich durch die Haare, lächelte breiter. Ich wusste, was dieses Verhalten zu bedeuten hatte. Aber wie sollte ich ihn dazu bringen, sich sicherer zu fühlen?

Vertraute er mir nicht? War Therapie etwas Privates für ihn, weil er damit angefangen hatte, nachdem ich den Kontakt zu ihm abgebrochen hatte? Wollte er nicht, dass ich ein Teil davon war? Wenn ich es mir recht überlegte, war es schon auffällig, dass er mir von keiner Sitzung erzählt hatte, als wir uns wieder nähergekommen waren.

»Wollen wir gleich mit den Fotos beginnen?«, fragte er, bevor ich die Chance hatte, ihm eine Antwort zu geben. Ein Glitzern trat in seine Augen. »Dann können wir anschließend was anderes tun.«

»Okay.«

Es war völlig in Ordnung, wenn er noch nicht darüber reden wollte. Das bedeutete nicht, dass er große dunkle Geheimnisse vor mir hatte. Ich würde ihm Freiraum geben, bis er sich so sicher fühlte, dass er mir von sich aus davon erzählte.

»Ah, verdammt, ich hab die Kamera im Auto vergessen.« Er stellte seine Tasse hinter sich ab. »Bin gleich wieder zurück, ja?« Damit beugte er sich vor, drückte mir einen Kuss auf die Wange und lief aus der Küche.

Ich blieb stehen, lauschte auf das Geräusch der sich schließenden Haustür. Keine Ahnung, wie viel Zeit verging. Mein Blick war auf das Regal mit unseren Kochbüchern gerichtet, ohne dass ich sie wirklich richtig sah.

Plötzlich vibrierte etwas in meiner Hand. Ich hatte völlig vergessen, dass ich immer noch Nics Handy hielt. Reflexartig legte ich es auf die Küchentheke hinter mich, doch mein Blick zuckte zum Display. Eine neue Mail von Victor. Das war sein Agent. Ich erinnerte mich noch daran, wie aufgeregt Nic gewesen war, als er den Vertrag bei ihm unterschrieben hatte. Das war der erste Meilenstein für ihn auf dem Weg in die Professionalität gewesen.

Der Betreff der Mail bestand aus vier Fragezeichen, und

die erste Zeile der Nachricht wurde angezeigt: *Redest du jetzt endlich mit mir?!* Keine Anrede, keine Höflichkeitsfloskel à la »Ich hoffe, es geht dir gut«. Er klang sauer. Als wäre seine Mail Teil einer Diskussion, die schon viel länger lief. Ghostete Nic seinen Agenten? Aus welchem Grund?

Ich umklammerte die Glühweintasse mit beiden Händen, nahm einen weiteren großen Schluck. Vielleicht war es doch keine gute Idee, ihm Freiraum zu geben. Vielleicht war dies einer jener Momente, in denen er gepusht werden, nicht mit seiner Verdrängung allein gelassen werden sollte. Verdrängte er überhaupt etwas? Steigerte ich mich in etwas rein?

Als die Klingel ertönte, zuckte ich heftig zusammen, als wäre ich bei etwas Verbotenem erwischt worden. Ich stellte die Tasse ab und eilte zur Tür.

Seine Haare waren komplett durchnässt, und er wischte sich mit dem Ärmel übers Gesicht, während er sich die Schuhe abstreifte und anschließend die Kamera aus der Tasche nahm, sobald er im Inneren war. »Der Regen ist echt heftig geworden.«

»Vielleicht solltest du heute Nacht hierbleiben«, erwiderte ich und zwang mich zu einem Lächeln. Mein Herz klopfte viel zu schnell, und in meinem Kopf herrschte absolutes Chaos.

Er biss sich grinsend auf die Unterlippe. »Davon bin ich eh ausgegangen.«

Gut. Das war gut. Viel Zeit, um zu reden.

Wir gingen in mein Zimmer, ich setzte mich im Schneidersitz auf mein Bett, und er begann, ein paar Testfotos zu schießen; dazwischen passte er immer wieder die Kameraeinstellungen an, bis er zufrieden war.

»Willst du etwas Bestimmtes?«, fragte ich.

Er schüttelte den Kopf. »Ich will dich. Genau so, wie du bist.«

Meine Nackenhärchen stellten sich auf. Das war alles, was

auch ich wollte. Ihn. Bei mir. In Goldbridge. Dauerhaft. Oberflächlich betrachtet wirkte alles perfekt.

Ich lehnte mich gegen die Wand hinter mir und schob meine Haare hinter die Ohren. Er drückte den Auslöser. Ich schaute runter, zur Seite, direkt zur Kamera. Ich lächelte, schaute ernst, lächelte wieder. Nachdem wir ein paar Fotos geschossen hatten, ertönte ein lautes Vibrieren aus der Küche. Sekundenlang ignorierte er es, während das Geräusch mein ganzes Denken einnahm.

»Ist das dein Handy?«, murmelte ich. »Willst du nicht rangehen?«

Er schüttelte lediglich den Kopf, nahm seine Arbeit wieder auf, doch je länger das Vibrieren anhielt, desto weniger konnte er es ignorieren. Irgendwann seufzte er tief. »Gib mir 'ne Sekunde.« Er verließ mein Zimmer.

Ich streckte die Beine, winkelte sie an, umschlang sie mit beiden Händen und legte mein Kinn darauf ab.

Sobald er zurückkam, machte er ein Foto von mir.

»Wer war das?«

Er zuckte mit den Schultern, dann schüttelte er den Kopf. »Nicht wichtig.«

»War es dein Agent?«

In Zeitlupe ließ er die Kamera sinken. Sein Blick war starr, keine Emotion war darin zu lesen.

»Als du unten warst, hast du eine Mail von ihm bekommen«, erklärte ich mit meiner ruhigsten Stimme. »Hab's auf dem Display gesehen. Es klang dringend.«

Da war es wieder, das Fake-Lächeln.

»Keine Sorge«, erwiderte er. »Er liebt es nur, ein bisschen Drama zu machen. Du weißt ja, wie er ist.«

Meine Augen wurden schmal. Ich konnte nichts dagegen unternehmen. Ich hatte seinen Agenten als sehr ambitioniert, vielleicht ein bisschen zu ambitioniert wahrgenommen, aber er hatte immer Nics Wohlbefinden im Blick gehabt, nicht nur das Geld. Von dramatischen Ausbrüchen war nie die Rede gewesen.

»Hat er einen neuen Job für dich?«, fuhr ich fort, ohne auf seine Aussage einzugehen.

Statt einer Antwort machte er weitere Fotos von mir. *Klick*, *klick*, *klick*, wie das Donnern meines Herzens.

»Nic.«

»Was?«

Noch mehr Fotos.

»Nic, hör auf. Schau mich an.«

Abrupt ließ er die Kamera wieder sinken. Von seinem Pokerface war nichts mehr übrig. Seine Lippen waren eine schmale Linie, seine Augen glühten. »Was willst du?«

»Die Wahrheit.« Ich hielt seinem Blick stand, auch wenn es eine Herausforderung war. »Sag mir, wann dein nächster Auftrag ist.«

»Ich hab keinen Auftrag«, zischte er.

»Wieso nicht?«

»Weil ich eine Pause brauche.«

»Okay.« Ich nickte. Das war eine plausible Antwort. »Wie lang?«

»Woher soll ich das wissen?«, rief er. »Bis ich wieder Lust habe?«

»Wieso hast du keine Lust?«

Schon wieder hob er die Kamera, anstatt mir zu antworten.

Mit einem Satz war ich auf den Beinen und stellte mich vor ihn, griff mit sanfter Bestimmtheit nach seinen Handgelenken.

Er riss sich los, stolperte einen Schritt zurück. Die Kamera in seinen Händen begann zu beben.

Er musste die Wahrheit nicht aussprechen. Ich sah sie in seinen Augen. Sie sprang mir förmlich entgegen. Groß und nackt und roh.

Geh weg, schrie sie. *Lass mich in Ruhe.*

Ich würde nicht weggehen. Ich war schon einmal gegangen, um mich selbst zu retten. Jetzt war er derjenige, der Rettung nötig hatte.

»Sag mir, was passiert, wenn du wieder einen Auftrag annimmst«, wisperte ich.

47. KAPITEL

Nicolas

On the edge of fatal

Ich will nicht sterben. Das war die Antwort, die ich ihr geben wollte.

Aber das war keine Antwort. Es war absolut wahnsinnig, *daran* zu denken. Mein Körper rebellierte, ich war in Gefahr, ich musste hier weg oder die Stimmung retten, das Thema wechseln, ihr ein gutes Gefühl geben, ihr Normalität vorgaukeln. Wieso *war* nicht alles normal? Die letzten Tage waren mehr als gut gewesen. Die Wohnung hatte dem Ganzen nur die Krone aufgesetzt. Dann nervte mich mein Agent eben täglich mit seinen Mails und rief mich inzwischen auch an. Ich war ihm keine Antwort schuldig. Ich war niemandem etwas schuldig. Ich wollte einfach hier sein und den Abend genießen. Wieso war das so verdammt schwer?

»Du kannst über alles mit mir reden«, drang ihre Stimme an mein Ohr. Ihr Gesicht war in Sorge verzogen. »Sag mir, wieso du nicht arbeiten willst.«

»Ich arbeite«, brachte ich hervor. »Wir haben in den letzten Wochen ein Riesenprojekt auf die Beine gestellt.«

Sie schüttelte den Kopf, ihre langen schwarzen Haare flogen. »Du kannst arbeiten, Nic. Du kannst auch Goldbridge verlassen. Das kann doch parallel existieren.«

Ich bin hier sicher.

Ich werde nicht sterben.

Ich bin sicher.

Ich bin sicher.

»Sag mir, was passiert, wenn ich aufhöre, mit dir zu reden.«

Was?

Ein Berg. Ein Wasserfall. Gefrorenes Gras. Kahle Bäume. Eisiges Wasser. Rot.

Nein.

Das Dunkelbraun ihrer Augen wurde flüssig. »Sag's mir.«

Diesmal war ich derjenige, der den Kopf schüttelte. Nein. Nein. Ich musste hierbleiben, in der Realität.

»Du hast gesagt, es war richtig schlimm. Erzähl mir, *wie* schlimm. Sag mir, wovor du Angst hast.«

Erneut schüttelte ich den Kopf.

»Ich kann nicht dein gesamter Lebenssinn sein, Nic«, flüsterte sie. »Du liebst deinen Job, und ich habe nie von dir verlangt, ihn aufzugeben, um mit mir zusammen zu sein.«

Ich spürte ihre Zimmertür in meinem Rücken. Keine Ahnung, wann ich mich bewegt hatte. Alles verschwamm vor mir.

Ich will nicht sterben, Darcy. Ich will nicht sterben. Ich will nicht sterben.

Entsetzen in ihrem Gesicht. »Wieso solltest du sterben?«, hauchte sie.

Wieso hatte ich die Worte laut ausgesprochen? Was war los mit mir? Wie sollte ich ihr das erklären, wenn ich es selbst nicht mal richtig verstand?

Ich musste hier raus. Ich ertrug ihren Anblick nicht.

»Sag mir, was passiert, wenn ich aufhöre, mit dir zu reden.«

Sie hatte nicht von der Vergangenheit gesprochen. Plante sie, wieder damit aufzuhören?

Der Sauerstoff erreichte meine Lungen nicht mehr. Irgendwie schaffte ich es trotzdem, einen Schritt vor den anderen zu setzen. Der Boden unter mir bebte, die Wände schienen näher zu kommen, aber ich richtete den Blick auf meine Finger, blendete alles aus, ihre Stimme, die meinen Namen rief, meine Panik, packte die Kamera wieder ein, lief zur Tür, zog meine Stiefel an, meine Jacke und verließ die Wohnung.

Sie folgte mir nicht.

Erleichterung durchströmte mich. Als ich aus dem Haus trat, empfing mich wieder heftiger Regen. Ich spürte ihn kaum, setzte mich ins Auto, startete den Motor, wollte den Schlüssel umdrehen. Doch da war eine leise Stimme in meinem Kopf, weit weg, gerade noch hörbar: *Steig aus. Du bist gerade nicht du selbst.*

Ich ließ die Kamera zurück, stieg aus und schloss ab. Ich würde laufen. Es war nicht weit zu Mum. Ich hatte das Auto nur genommen, weil sie sich Sorgen wegen des Wetters gemacht hatte.

Der Regen schien stärker zu werden. In Schlieren lief er mir übers Gesicht, durchtränkte meine Klamotten. In der Ferne krachte es. Ich beschleunigte meine Schritte. Versuchte, mich nur auf das Hier und Jetzt zu konzentrieren. Die Regengeräusche. Die vorbeifahrenden Autos. Das Rascheln des Windes.

Doch mit jedem Schritt kehrte meine Vergangenheit deutlicher zurück, bis sie alles war, was ich wahrnahm.

Griechenland. Januar. Nach dem Hochzeitsshooting hatte ich mich von dem Bruder des Bräutigams überreden lassen, noch die Insel zu besuchen, die ganz in der Nähe lag. Nur zwei Stunden mit der Fähre, der Hafen befand sich unmittelbar neben der Location. Ich war mit ihnen abendessen gegangen, wir hatten getrunken, ich hatte Spaß gehabt. Bis ich wieder allein war.

Aber ich erlaubte mir kein Stillhalten, ich musste in Bewegung bleiben, solange ich etwas zu tun hatte, würde alles gut werden. Nachdem ich die Fotos fertig bearbeitet und abgeschickt hatte, brauchte ich ein neues Projekt.

Sie hatten mir von einer schönen Wanderroute erzählt, im Sommer war es dort traumhaft, wie im Märchen, sagten sie, im Winter natürlich kaum begehbar. Am nächsten Morgen war ich trotzdem hingefahren. Schneebedeckte Berge, und diese Ruhe. Ich war allein, aber immerhin war ich von Natur umgeben. Neue Eindrücke halfen auch gegen den Stillstand. Solange ich immer weiterging, konnte mir nichts passieren. Ich wanderte durch den Wald, sprang von Stein zu Stein, die Sonne fiel durch die kahlen Äste, sie schien mir gut zuzureden. Irgendwann begann ich zu klettern. Sie hatten von Wasserfällen gesprochen. Je höher man stieg, desto majestätischer wurden sie. Es war viel zu gefährlich. Trotzdem schaffte ich es, ohne auszurutschen. Es gab einige nicht vereiste Stellen. Meine Wanderschuhe waren teuer gewesen, ich konnte mich auf sie verlassen. Außerdem fühlte es sich gut an. Ich hatte die Kontrolle über meinen Körper, konnte diesen Berg bezwingen. Ich konnte neue Erinnerungen schaffen, von denen sie *kein Teil war. Das war wichtig. Jiajià hatte ich nicht gesagt, wann ich wieder in Thessaloniki sein würde. Ich hatte sie in dem Glauben gelassen, es gäbe mehrere Aufträge, nicht nur die Hochzeit. Niemand wartete auf mich.*

Ich fand die Wasserfälle. Einer beeindruckender als der andere. Sie waren so schön, dass ich es nicht wagte, sie zu fotografieren. Manche Motive waren zu schön, als dass ein Foto ihnen jemals gerecht werden könnte. Deshalb hatte ich auch nie Darcy fotografiert. Ich würde nur enttäuscht werden.

Warum war das Wasser nicht gefroren? Es mussten unter null Grad Außentemperatur sein. Sollte ich schwimmen gehen? Der Gedanke war wahnsinnig. Ich sollte nicht schwimmen gehen. Ich befand mich viel zu weit weg von jeglicher

Zivilisation. Aber ich könnte mich hinlegen, wenigstens für kurze Zeit, um mich auszuruhen.

Direkt gegenüber vom Wasserfall gab es einen Felsvorsprung, der gerade so lang war, dass ich mich zusammengekauert darauf niederlassen konnte. Ich legte mich mit dem Blick zum Wasserbecken hin und lauschte dem Plätschern. Bäume wuchsen um das Becken herum, sie rahmten auch den Wasserfall ein. Dicke ineinander verschlungene Wurzeln. Sie gehörten zusammen. Was war mit meinen Wurzeln? Ich war hier, weil ich zu diesem Land gehörte. Das Land war Teil von mir, auch wenn ich seit meiner Geburt viel zu wenig Zeit hier verbracht hatte. Die Menschen, die Umgebung. Hier konnte ich sein, wer ich wollte. Anschluss finden. Mir etwas Neues aufbauen. Weit weg von Goldbridge. Von meiner Familie. Von Darcy.

Ich war so müde. Ich wollte gar nicht hierbleiben. Ich fühlte mich hier genauso falsch wie zu Hause. Die Menschen redeten und redeten, und ich machte bei dem Zirkus mit, aber ich war nicht richtig da. Genau wie bei den letzten Aufträgen. Ob Hochzeit oder Magazin-Shooting. Ich war nie richtig da. Existierte ich überhaupt? Wusste irgendjemand auf dieser Welt, wer ich war?

Ja. Ja, natürlich.

Wieso war es viel einfacher, mich ihr zu öffnen als all den Menschen, die sich in unmittelbarer Reichweite befanden? Wieso hatte nur sie richtig hingesehen? Wieso hatte sie damit aufgehört?

Die Ereignisse der letzten Tage überschlugen sich in meinem Kopf. Ich war der Fotograf auf der Hochzeit, der Witze riss, in einer Sprache, die eigentlich mein Geburtsrecht sein sollte, die ich mir aber selbst hatte beibringen müssen. Ich war so witzig. Umzingelt von lachenden Gesichtern. Ein Ouzo in meiner Hand, dann noch einer und noch einer. Ich vertrug viel. Ich war kein Versager wie mein Großvater. Ich war be-

kannt. Die Leute wollten wissen, wie ich an diesen Punkt gekommen war. Wieso ich mich dazu herabgelassen hatte, dieses Shooting zu übernehmen. Ich hatte es nicht mehr nötig, Hochzeiten zu fotografieren.

»Ich liebe es«, antwortete ich und unterschlug die Info, was für ein Vermögen die Familie der Braut für mich ausgegeben hatte. »Hochzeiten sind faszinierend. Der pure Stress für alle Beteiligten, und doch muss man sie darstellen, als wären sie der schönste Tag des Lebens.«

Vielleicht waren Hochzeiten die perfekte Metapher für mein Leben. Nach außen hin auf Hochglanz poliert und hinter der Fassade nichts als blank liegende Nerven.

Schnee fiel. Der Himmel änderte seine Farbe, von Schmutzigweiß zu Silber, dann zu Granit. Ich hatte Durst. Der Aufstieg war anstrengend gewesen. Ich musste mich nur aufrichten, nach meinem Rucksack greifen, die Flasche hervorholen. Ich hatte mir sogar etwas zum Essen mitgenommen. Ich war vorbereitet.

Ich rührte mich nicht. Ich wusste, dass mir kalt sein sollte. Schon bald bedeckte eine feine Schneeschicht meinen Körper. Es sah schön aus. Friedlich. Mir war aber nicht kalt. Was, wenn ich für immer hierblieb? Nie wieder einen Anruf oder eine Mail beantwortete, nie wieder an einem Fest teilnahm, nie wieder lachte, obwohl ich schreien wollte, nie wieder einen Kameraauslöser drückte, nie wieder meine Familie enttäuschte, nie wieder mit dem Gedanken an Darcy aufwachte.

Im Wasser schwamm etwas. Ich blinzelte. Erst nach einigen Sekunden begriff ich, dass es nichts Lebendiges war, sondern eine rote Plastiktüte, die vom Wasserfall und den dadurch erzeugten Wellen im Becken herumgeschoben wurde. Mein Blick blieb daran hängen. Solange ich Rot sah, war alles gut. Ich musste wach bleiben, auch wenn der Gedanke ans Schlafen verlockend war. Solange ich wach blieb, gab es einen Weg zurück. Mir musste so kalt sein, dass ich meinen Körper nicht mehr spürte.

Wie lange war ich schon hier? Vielleicht sollte ich doch schwimmen gehen. Der Schock würde mich aufwecken.

Wieso konnte ich mich nicht bewegen?

Mein Handy vibrierte. Ich hatte es früher immer stumm geschaltet, da mich die vielen Benachrichtigungen genervt hatten, aber seit das mit Darcy vorbei war, brauchte ich sie alle. Brauchte das Gefühl, jede Sekunde etwas Neues zu erhalten, was mir Ablenkung bot.

Ich sollte nach dem Handy greifen. Es befand sich in meiner Hosentasche. Das war einfacher als der Rucksack.

Streck deine Hand aus. Tu es. Es ist ganz leicht.

Ich war so müde. Meine Augenlider fielen zu. Ich träumte von meiner eigenen Beerdigung. Unzählige Menschen erschienen, aber sie weinten nicht, sondern lachten und tanzten. Auch ich war anwesend, unsichtbar stand ich am Rand und schoss Fotos von dem Spektakel.

Als ich die Augen das nächste Mal öffnete, war die Nacht angebrochen. Ich fühlte immer noch nichts. Weder Schmerzen noch Kälte. Nur hinter meiner Stirn pochte es leicht.

Ein weiteres Vibrieren meines Handys.

Diesmal schaffte ich es, meinen Arm auszustrecken. Meine Finger waren taub, aber ich streifte mir trotzdem die Handschuhe ab, bekam das Telefon zu fassen, zog es heraus und hielt es direkt vor mein Gesicht.

Eine neue SMS.

Jiajià: Wann bist du wieder da? Ich brauche dich, damit du mir das Wasser hochträgst.

Sie musste Ewigkeiten gebraucht haben, um diese Nachricht zu tippen.

Meine Finger waren im Schein des Handylichts knallrot.

Wieso fragte sie niemanden von den Nachbarn, wie sonst, bevor ich zu Besuch gekommen war?

Weil sie ihren Enkel vermisste.

Ich starrte auf das Display, war kurz davor, das Telefon von mir zu schleudern, gegen einen Fels oder ins Becken, doch irgendetwas hielt mich davon ab. Der Gedanke an ihr zusammengekniffenes faltiges Gesicht.

Meine Großmutter brauchte Wasser. Also richtete ich mich auf und kletterte den Berg mitten in der Finsternis hinab. Ich schürfte mir die Arme auf, stieß mir das Steißbein an, als ich auf dem vereisten Fels abrutschte, aber ich schaffte es nach unten.

Mit jedem Schritt, mit jeder Empfindung, die in meinen Körper zurückkehrte, landete ich wieder in der Realität, bis Schmerz alles war, woraus ich je bestanden hatte und je bestehen würde.

Als ich den Wald hinter mir gelassen hatte und mich mit ausgestreckter Hand an die Straße stellte, um von einem vorbeifahrenden Auto mitgenommen zu werden, begann die Wahrheit langsam in mich einzusickern.

Später, im Krankenhaus, sagten sie mir, nur ein bisschen länger und ich hätte mich nicht mehr bewegen können.

Noch später, auf Jiajiàs Sofa, konnte ich nicht aufhören, diesen einen Satz von mir zu geben, wieder und wieder und wieder.

»Ich will nicht sterben.«

48. KAPITEL

Nicolas

Got lost for a while

Zwanzig Minuten und drei Zigaretten später fühlte ich mich wieder wie ein normaler Mensch. Ich stand völlig durchnässt unter der Überdachung von Mums Wohnhaus, doch statt hochzugehen und mich aus den Klamotten zu schälen, zückte ich mein Handy und wählte die Nummer von der einzigen Person, die mir jetzt helfen konnte.

Er nahm nach dem fünften Klingeln an. »Ich glaub's ja nicht!«

Seine Stimme klang verschlafen. Keine Ahnung, in welcher Zeitzone er sich befand, aber vermutlich nicht in meiner. »Was verschafft mir die Ehre?«

»Hi, Victor.« Ohne dass ich etwas dagegen tun konnte, verzogen sich meine Lippen zu einem Lächeln. Gott, ich hatte ihn vermisst. »Wie läuft es?«

Sein kehliges Lachen drang in mein Ohr und vibrierte in meinem ganzen Körper. »Das sollte ich eher dich fragen.«

Fair enough.

»Ich brauche einen Job.«

Stille.

»Ich brauche jetzt sofort einen Job. Irgendeinen. Egal wo. Ich kann sofort losfahren. In maximal fünf Stunden bin ich in

Heathrow. Ich fliege meinetwegen um die halbe Welt. Es muss nichts Extravagantes sein. Hauptsache Arbeit.«

Erneut entstand eine Pause.

Ich würde nicht betteln. *Er* hatte *mich* die letzten Monate angebettelt. Das hier war ein Geschenk für ihn.

»Du Mistkerl«, rief er, und dann lachte er noch lauter. »Du arroganter Mistkerl.«

Ich fiel in sein Lachen ein. Die pure Erleichterung sprang mir aus seiner Beleidigung entgegen. »Schick mir die Details, ja? Ich fang schon mal an zu packen.«

Und damit nahm ich das Handy vom Ohr, beendete den Anruf und schloss die Tür auf. Während ich das Treppenhaus nach oben lief, schaltete ich den Chat mit Darcy stumm und setzte ihren Kontakt auf die Nicht-stören-Liste, damit jeder ihrer Anrufe auf die Mailbox umgeleitet wurde.

Ich schlich mich in die Wohnung. Es war noch nicht spät, aber totenstill, außerdem brannte nirgendwo Licht, und die Türen waren geschlossen. Schliefen Mum und Jiajià etwa schon?

Besser für mich. Im Gästezimmer ging ich auf die Knie und zog meinen Koffer unter dem Bett hervor. Obwohl ich seit Ewigkeiten nicht mehr gepackt hatte, fiel ich sofort zurück in meine Routine. Mit der Zeit hatte ich es perfektioniert, möglichst platzsparend einen Koffer zu packen, sodass ich genug Outfits dabeihatte, aber mindestens die Hälfte für mein Kameraequipment übrig blieb. Als ich fast fertig war, kündigte mein Handy eine neue Mail an.

Vic. Es war eine leere Mail, die Frage stand im Betreff: *Athen okay?*

Sekundenlang starrte ich auf die beiden Worte, während mein Herzschlag beschleunigte. Welch wunderbare Ironie des Schicksals. Aber Griechenland war nicht gleich Griechenland, oder?

Ich schickte ein *Perfekt* zurück und fuhr mit dem Packen fort, holte meinen Rasierer aus dem Bad, wobei mein Blick zum ersten Mal in den Spiegel fiel. Seltsam. Ich war noch nass. Wieso war mir nicht aufgefallen, wie ekelhaft sich die Klamotten auf meiner Haut anfühlten?

Sobald ich mich umgezogen hatte, plingte mein Handy erneut.

Der Job ist fürs Ozon Magazine, schrieb mein Agent, *sie haben schon vor Ewigkeiten angefragt, ob du Lust auf eine Kooperation hättest, und jetzt shooten sie eine Street-Style-Strecke. Dafür sind drei Tage geplant. Allerdings musst du schon morgen um zehn vor Ort sein. Soll ich dir einen Nachtflug buchen?*

Es ging so schnell. In einer Sekunde war ich hier, begann, Wurzeln zu schlagen, in der nächsten wieder in Bewegung. Vic hatte nur darauf gewartet, dass ich mich bei ihm meldete. Wenn ich wollte, könnte ich im Anschluss gleich einen neuen Auftrag annehmen. Das waren die Früchte meiner Arbeit. Niemand hatte mich in meiner Abwesenheit vergessen. Sie wollten mehr von mir, immer und immer mehr. Und ich wollte aufhören zu denken. Und mir beweisen, dass ich falschlag. Mein Job würde mich nicht umbringen. Er war alles, worauf Verlass war. Er würde mich nie verlassen.

Perfekt, antwortete ich Vic erneut.

Als ich das Handy sinken ließ, zuckte ich heftig zusammen. Im Türrahmen stand meine Großmutter, keine Ahnung, wie lange schon. Sie trug eine längere Strickjacke, ihre Haare waren in Lockenwickler eingedreht. Sie hatte den Mund zusammengekniffen.

»Gott, hast du mich erschreckt«, rief ich und lachte dann auf. »Hab ich dich geweckt?«

Sie schüttelte den Kopf und deutete mit dem Kinn auf den Koffer, vor dem ich kniete. »Was machst du?«

»Hab spontan einen Job reinbekommen«, erwiderte ich, so fröhlich ich konnte. »Ich muss für eine Weile nach Athen. Kann sein, dass ich deine Abreise nicht mehr mitbekomme.«

Statt einer Antwort kam sie ins Zimmer und ließ sich mit einem Ächzen auf mein Bett sinken.

»Weißt du, wo Mamà steckt? Schläft sie etwa schon?«

Jiajià schüttelte den Kopf. »Sie ist mit deinem Vater ausgegangen.«

Mit meinem Vater?!

Unter anderen Umständen hätte ich mir den Kopf darüber zerbrochen oder versucht, mehr Infos herauszufinden. In diesem Moment kam es mir nur gelegen. Denn es bedeutete, dass ich mich nicht von Mum verabschieden musste.

»Verstehe.« Ich lächelte. »Kannst du ihr viele Grüße ausrichten? Ich kann noch nicht sagen, wie lange der Job dauert, aber ich melde mich bei ihr, sobald ich mehr weiß.«

Meine Großmutter antwortete nicht. Sie sah mich einfach an. Müdigkeit lag in ihren Augen, die nichts mit Schlafmangel zu tun zu haben schien. Es wirkte wie eine alte Müdigkeit, die ihr über die Jahre zuwider geworden war. *Hör auf, mich anzulügen*, wisperte sie. *Hör auf, dich selbst anzulügen.*

Ich erhob mich. »Es war wirklich schön, dich hier zu haben. Vielleicht kann ich dich besuchen, wenn ich länger in Griechenland bleibe, um diesen abrupten Abschied wiedergutzumachen.«

»Du kannst mich besuchen, wann du willst«, sagte sie leise, während sie ihre faltigen Hände musterte. »Aber du solltest mit deiner Mutter reden.«

Ich wollte nicht wissen, was sie damit meinte. Ich wollte nicht an das Gespräch zwischen ihnen denken, das ich belauscht hatte.

»Also, dann, ich muss noch …«, setzte ich an, um sie loszuwerden, doch sie fuhr schon fort, als hätte ich nichts gesagt.

»Sie liebt dich. Und sie versteht dich besser, als du dir vorstellen kannst. Gib ihr eine Chance, Nico. Trau den Menschen, die dich lieben, mehr zu. Hör auf, sie vor der Wahrheit beschützen zu wollen. Du tust ihnen damit keinen Gefallen.«

Die Wut kochte in mir hoch und mit ihr schreckliche Worte, die ich ihr an den Kopf werfen wollte. Worte, die auch Mum schon zu ihr gesagt hatte. Für mich war Jiajià immer ein Ruhepol gewesen, eine leicht verschrobene alte Dame, die mich verhätschelte und vergötterte. Aber jede Interaktion mit Mum zeigte mir eine andere Seite an ihr. Auch meine Großmutter war eine Meisterin im Verdrängen gewesen. Also war sie die Letzte, die mir Tipps geben sollte. Oder sie war die Beste – weil sie das Ausmaß der Verdrängung am eigenen Leib gespürt hatte. Im buchstäblichsten Sinne.

»Ich sollte los«, sagte ich mit einem strahlenden Lächeln. »Sonst verpasse ich meinen Zug.«

49. KAPITEL

Darcy

The hearts are just as broken as the nation

Diesmal war ich gewappnet. Im letzten Jahr hatte ich mir unzählige gesunde Bewältigungsstrategien beigebracht.

Zuerst rief ich Oli an. »Du musst mir sagen, dass alles okay ist«, begann ich das Gespräch. »Es ist mir egal, ob du denkst, dass es stimmt oder nicht.«

Mein Vater redete mir gut zu, während ich parallel die gesamte Wohnung aufräumte und putzte. Als wir auflegten, war die größte Unruhe in meinem Inneren beseitigt.

Ich schrieb Nic, dass er sich melden sollte, wenn er bereit war, mit mir zu reden. *Ich liebe dich*, fügte ich hinzu, *und das wird sich auch nicht ändern.* Es tat weh, dass er seinen Schmerz nicht mit mir teilte, aber ich würde klarkommen. Indem ich mich auf das konzentrierte, was ich kontrollieren konnte: *mein* Leben.

Als Nächstes breitete ich Zeitschriften, Schere, Kleber, ein altes Rezeptbuch über polnische Hausmannskost, das ich von meiner Großmutter mütterlicherseits hatte, und Wasserfarben auf meinem Schlafzimmerboden aus. Ich zündete Kerzen an, kochte mir einen Tee. Den Glühwein goss ich zurück in die Flasche, Alkohol war gerade keine gute Idee. Dann ließ ich zum ungefähr hundertsten Mal »Salz. Fett. Säure.

Hitze« – die Netflix-Serie zu Samin Nosrats revolutionärem Kochbuch – auf meinem Laptop laufen, damit mein Kopf beschäftigt war, während ich eine Collage erstellte und die Stille der Wohnung nicht auf meine Ohren drückte. Ich würde etwas erschaffen, das nichts mit Nicolas zu tun hatte. Zuerst schnitt ich ein Lamm auf einer Blumenwiese aus, dann ein paar Früchte, die ich in zwei Hälften teilte und in die Mitte einer Rezeptseite zu Piroggen klebte. Die abgerissene Seite begann ich mit Wasserfarben zu bemalen, sodass es wirkte, als wäre sie verdorben. Dazu noch ein paar Planeten und Sterne, ein pastellrosafarbener Himmel, und ich würde Stunden beschäftigt sein.

»Fett«, erklang es neben mir. »Es ist nichts weniger als ein Wunder. Fett ist Geschmack. Fett ist Textur.«

Als ich aufstand, um mich ein bisschen zu strecken und mir einen neuen Tee zu kochen, hörte ich den Schlüssel im Schloss. Aus Reflex eilte ich zur Tür und öffnete.

Vor mir stand Julian, mit triefenden Haaren, zitternder Unterlippe und rot geränderten Augen. Ein paar Sekunden lang sahen wir uns wortlos an.

»Wie leicht und schön«, ertönte es aus meinem Zimmer. »Knusprig am Boden und innen weich.«

Mein Herz klopfte schneller. Ich wollte ihn bei den Schultern packen, ins Innere oder, noch besser, direkt in meine Arme ziehen.

»Hi«, brachte ich stattdessen hervor.

Es schien genau das Falsche – oder das Richtige – zu sein, denn Julian blinzelte einmal, und dann kamen ihm die Tränen.

Damit war der Bann gebrochen. In diesem Moment war es egal, was zwischen uns geschehen war, es zählte nur, dass er mein bester Freund war und mich brauchte. Ich trat vor und schlang meine Arme um ihn. Minutenlang verharrten wir so, bis ich ihn in die Wohnung zog, ihm aus der Jacke half, uns Tee kochte und meinen Laptop zuklappte. Anschließend dirigierte ich ihn in mein Zimmer und drückte ihn aufs Bett, ehe ich mich neben ihn setzte und ihm meine Taschentuchbox reichte.

»Was ist los?«

Er putzte sich geräuschvoll die Nase, dann vergrub er das Gesicht in den Händen. »Du hattest recht«, erklang gedämpft seine Stimme.

»Womit?«

Keine Antwort.

Ich rutschte näher an ihn, legte ihm eine Hand auf den Rücken, streichelte ihn sanft. Körperkontakt entspannte ihn, so war es immer gewesen. Und auch jetzt dauerte es nicht lang, bis er die Hände sinken ließ und mich mit nichts als Zuneigung ansah. »Scheiße, ich hab dich so vermisst.«

Nun war ich diejenige, die heftig blinzeln musste. Ich beugte mich vor, ließ meinen Kopf auf seine Schulter sinken. Meine Augen fielen zu, und ich atmete tief ein. Seinen vertrauten Geruch, vermischt mit Regen.

Augenblicklich legte er mir einen Arm um die Mitte. »Ich bin noch sauer auf dich«, brachte er mit belegter Stimme hervor.

»Ist okay.«

»Nein.« Er stöhnte. »Es nervt mich. Wirklich, es gibt nichts Unnötigeres auf der Welt. Das passt nicht zu meinem Lebenskonzept.«

Meine Mundwinkel zuckten, trotz meiner Sorge um ihn. Das war so Julian. »Kann ich etwas tun, um es besser zu machen?«

»Mir sagen, dass du mich mehr als Nic liebst.«

Ein trauriges Lachen entfuhr mir. »Ich liebe dich mehr als Nic.«

Julian tastete nach meiner Hand und verschränkte seine Finger mit meinen. »Lügnerin.«

Ich hob den Kopf. »Na schön. Ich liebe euch gleich viel, aber auf sehr unterschiedliche Weise.«

Er verzog angewidert das Gesicht. »Das will ich doch hoffen.«

Schon wieder musste ich lachen, und diesmal entlockte ich auch ihm ein Grinsen. Es hielt nur wenige Sekunden an, dann wurde sein Blick irgendwie glasig.

»Sag mir, was passiert ist«, flüsterte ich und drückte seine Hand. »Sag mir, womit ich recht hatte.«

Er holte tief Luft. »Was du über Tori gesagt hast. Über mich. Dass es mir gefällt, der Gesündere zu sein.«

»Jules, ich war in dem Moment sauer. Ich habe das nicht …«

»Du hattest trotzdem recht.« Seine Augen füllten sich wieder mit Tränen. »Es war nicht bewusst, ich habe das nie geplant, aber … aber so, wie es ist, ist es nicht gut für uns. Ich habe immer gesagt, ich kann nicht für ihre Heilung zuständig sein, und das weiß sie auch. Trotzdem haben wir nichts unternommen, um aus diesem Muster auszubrechen. Wenn es ihr schlecht geht, will ich für sie da sein. Und wenn ich ehrlich bin, dann will ich der Erste sein, zu dem sie kommt, und wenn ich noch ehrlicher bin, dann will ich der Einzige sein, auch wenn ich ihr gesagt habe, dass das nicht stimmt. Du hattest recht, weil du mich besser kennst, als ich mich selbst kenne. Ich will sie retten. Nicht nur, damit es ihr besser geht, sondern damit ich ihr Retter bin.« Tränen liefen ihm übers Gesicht. »Also habe ich einen Schlussstrich gezogen.«

Es war eine Herausforderung, ein Pokerface zu bewahren. »Was?«

»Ich hab ihr gesagt, sie muss sich Hilfe holen«, sagte er schniefend. »Jemanden, der nicht ist.« Eine neue Ladung Tränen flutete sein Gesicht. »Das ist fucking hart. Es klingt, als würde sie mich nicht mehr interessieren, als wären ihre Probleme zu krass für mich. Aber ich pack das nicht mehr. Ich will nicht, dass wir wie meine Eltern enden.«

»Was ... was meinst du mit dem Schlussstrich?«

»Sie hat mehrmals gesagt, dass sie noch nicht bereit für Therapie ist. Also ... also hab ich ihr ein Ultimatum gestellt. O Gott, du hättest ihr Gesicht sehen müssen. Ich bin ein Arschloch.«

Stirnrunzelnd musterte ich ihn. »Was für ein Ultimatum?«

»Entweder sie macht Therapie oder ... oder wir können nicht zusammen sein.«

Bevor ich meinen Gesichtsausdruck kontrollieren konnte, stöhnte er auf. »Siehst du, du findest es auch beschissen. Ich weiß nicht, was in mich gefahren ist. Ich wusste einfach nicht mehr weiter. Alexis hat mir erzählt, dass Nic ihn quasi zur Therapie gezwungen hat und dass es echt gut für ihn war, weil er allein nie die Kraft gefunden hätte, es noch mal zu probieren. Deshalb dachte ich ...«

»Jules. Hey.«

Er verstummte, schaute mich ängstlich an.

»Ich bin unfassbar stolz auf dich«, sagte ich. »Ich kann mir nicht vorstellen, wie hart es für dich war, diese Grenze zu ziehen.«

Sein Kehlkopf hüpfte. »Ich bin ein Arschloch.«

»Hör auf, das zu sagen. Du bist das Gegenteil von einem Arschloch. Du willst ihr Bestes. Und du bist reflektiert genug zu erkennen, wenn dir etwas nicht guttut. Wie hat sie reagiert?«

»Ich glaube, sie war schockiert. Sie hat gesagt, dass sie nachdenken muss, und gefragt, ob es okay ist, wenn sie heute allein schläft.«

»Warte mal.« Ich ließ seine Hand los. »Ihr habt euch nicht gestritten?«

Zögerlich schüttelte er den Kopf.

»Mein Gott, ich dachte, ihr hättet euch getrennt. Jules, das ist doch gut, sie denkt darüber nach! Das bedeutet, du bist zu ihr durchgedrungen.«

»Und wenn sie beschließt, dass sie es nicht will? Weder Therapie noch … mich?«

Um ein Haar hätte ich die Augen verdreht. Stattdessen legte ich ihm beide Hände auf die Schultern und drehte ihn zu mir. »Das ist Quatsch, und das weißt du. Sie liebt dich.«

Er wirkte wieder den Tränen nah. »Genau wie ich sie. Ich schwöre, es ist nicht nur das Helfersyndrom. Ich liebe sie wirklich, Darcy. Ich will einfach nur, dass es ihr besser geht. Aber mir soll's auch gut gehen. Weißt du, ich habe in den letzten Wochen gemerkt, wie einfach es ist, sie zu lieben, während ich dich als beste Freundin habe. Und wie schwer es wurde, als wir nicht miteinander geredet haben.«

»Wie meinst du das?«

»Ich kann alles mit dir durchsprechen. Wenn etwas in meiner Beziehung schiefläuft, bist du für mich da. Und selbst im Streit hast du mir geholfen, mich klarer zu sehen.«

Ich musste lächeln. »Gern geschehen.«

Er griff nach meinen Unterarmen und hielt sie fest. »Brauchst du das nicht genauso?«

Mein Lächeln erlosch.

»Wie hast du das ausgehalten? All die Jahre? War das nicht die krasseste Überforderung, ständig allein mit deinen Gedanken zu sein? Sie nicht mit mir teilen zu können?«

Plötzlich hatte ich einen dicken Kloß im Hals. »Doch«, wisperte ich. »Ich habe es gehasst.«

»Es tut mir leid.«

Ich schüttelte den Kopf, blinzelte die Tränen weg. »Du kannst doch nichts dafür.«

»Das ist eine Lüge, Darcy. Dir war von Anfang an klar, wie

ich darauf reagieren würde. Deshalb hast du es auch geheim halten, oder?«

Ich schaute Richtung Decke, weil unser Blickkontakt zu schmerzhaft wurde. »Ich wollte dir nicht wehtun.«

»Vielleicht müssen wir uns häufiger wehtun.«

Mein Blick zuckte wieder zu ihm.

»Ein paar Tage lang dachte ich, das war's mit unserer Freundschaft«, fuhr er fort, und mein Herz setzte einen Schlag aus. »Da wir bisher nie einen großen Krach hatten, hat es sich wie das Ende angefühlt. Aber vielleicht ist es notwendig, uns zu streiten und uns danach wieder zu vertragen, damit unsere Freundschaft stärker wird? Weil wir dadurch mal richtig zwischen uns aufräumen?«

Ich konnte nur nicken. Wenn ich den Mund öffnete, würde ich zu heulen beginnen.

»Erzähl mir von Nic.« Er verzog das Gesicht. »Wir müssen das üben, sonst komme ich nie darüber hinweg, wie seltsam das ist.«

Ich atmete ein paarmal tief durch. »Möchtest du nicht lieber über Tori reden?«

»Ich glaube, das hilft gerade nicht. Du hast wahrscheinlich recht, ich habe heute die richtige Entscheidung getroffen. Aber es fühlt sich trotzdem ekelhaft an. Deshalb habe ich gerade Ablenkung nötig, sonst ruf ich sie an und nehme alles zurück.«

Eine Weile betrachtete ich ihn, ohne etwas zu sagen. Die schwarzen immer noch nassen Strähnen, die ihm in die Augen fielen, die schwarzen Ringe darunter, den bunt gemusterten Pullover. Auch ich hatte ihn unglaublich vermisst.

»Dein Timing ist hervorragend«, sagte ich schließlich. »Ich glaube, wir haben uns auch gestritten.«

Er zog die dunklen Brauen zusammen. »Du glaubst?«

Seufzend rutschte ich zurück, bis mein Rücken gegen die

Wand stieß. »Du hattest auch recht, Jules. Als du gesagt hast, Nic ginge es richtig dreckig. Ich habe ihn heute damit konfrontiert, und es ist nicht gut ausgegangen.«

Auch Julian rutschte nach hinten, drehte sich leicht zur Seite und ließ seinen Kopf in meinen Schoß fallen. »Erzähl«, sagte er. »Erzähl mir alles. Lass nichts aus.«

50. KAPITEL

Nicolas

A mistake is just a state of my identity

»Danke, dass du spontan Zeit hattest«, sagte ich, ohne vom Bildschirm aufzuschauen.

»Kein Problem.«

Alexis saß am Steuer, ich auf dem Beifahrersitz, auf meinem Schoß mein Laptop. Nachdem Victor mir das Briefing zum Auftrag geschickt hatte, nutzte ich die Fahrt nach Plymouth, um ein Moodboard mit Ideen für das morgige Fotoshooting zusammenzustellen. Es sollte in einem Künstlerviertel Athens mit viel Street Art, Floh- und Essensmärkten stattfinden. Ein bunter, wilder Hintergrund und im Kontrast dazu schlichte einfarbige Klamotten.

Alexis hatte sich sofort bereit erklärt, mich zum Bahnhof zu fahren, damit ich von Plymouth aus den Zug nach London nehmen konnte.

»Wie geht's dir?«, murmelte ich. Es war ein Wunder, dass er mich bisher noch nicht gefragt hatte, was mich dazu brachte, wieder einen Auftrag anzunehmen – und dann auch noch so überstürzt. Deshalb musste ich ihn mit Fragen beschäftigen.

»Gut.« Er seufzte. »Mir geht es wirklich richtig gut.«

Meine Lippen verzogen sich zu einem Lächeln. »Wieso klingst du nicht glücklich darüber?«

»Es ist so ungewohnt. Noch vor wenigen Monaten kam mir alles aussichtlos vor, und jetzt fühle ich mich wie ein neuer Mensch. Aber wenn ich im Prisma bin und Mum in die Patisserie kommt und mich was fragt, kann ich oft immer noch nicht antworten. Als hätte mein Körper nach wie vor nicht kapiert, dass es mir besser geht. So ist es auch oft mit Julian. Und ich habe ein schlechtes Gewissen, weil ... weil das mit Dad nicht passiert.«

»Was passiert mit Dad nicht?«

Noch ein Seufzen. »Ich habe keine Probleme, mit ihm zu sprechen. Das ist völlig absurd, weil *er* ja ...« Er unterbrach sich. »Ich habe mit Felicia darüber geredet. Sie hat eine Theorie. Weil mir Dad das Allerschlimmste angetan hat, ist es einfacher für mich, ihm mein wahres Ich zu zeigen. Es gibt nichts Unausgesprochenes mehr zwischen uns. Ich kann ihn beleidigen, wenn mir danach ist, und es ist okay. Ich muss nicht mehr diese Rolle erfüllen. Und außerdem habe ich die Macht, weil alle ihn dafür hassen, was er mit mir gemacht hat. Wenn ich also mit ihm rede, fühlt es sich wie ein Geschenk für ihn an, egal, was ich ihm sage. Er nimmt mich so ernst wie noch nie zuvor. Ergibt das Sinn?«

»Ja.« Ich sah vom Laptop auf und richtete meinen Blick auf sein Profil. »Du fühlst dich bei ihm frei, weil du endlich für den gesehen wirst, der du bist, oder?«

Alexis nickte. »Zum ersten Mal. Und auch wenn alle der Meinung sind, ich sollte nichts mit ihm zu tun haben wollen – ich will seine Anerkennung. Das heißt nicht, dass ich ihm vertraue. Dafür muss wahrscheinlich noch eine Menge Zeit vergehen.«

»Alles, was gut für dich ist, ist das Richtige«, erwiderte ich. »Ganz egal, was der Rest darüber denkt.«

Ein kleines Lächeln umspielte seine Lippen. »Sagt Echo auch.«

Sekunden vergingen, in denen ich nichts anderes tun konnte, als ihn anzustarren. Sein Glück zu bezeugen, wenn er an sie dachte.

»Wie macht ihr das?«, brach es dann aus mir hervor. »Miteinander kommunizieren, füreinander da sein, obwohl ihr beide abgefuckt seid? Es war doch am Anfang auch ungesund für euch. Wie habt ihr es geschafft, in so kurzer Zeit da rauszukommen?«

Er warf mir einen kurzen prüfenden Blick zu und zuckte dann mit den Schultern. »Abstand. Ehrlichkeit. Versuchen, nichts zu überstürzen. Klappt mal besser, mal schlechter.«

Versuchen, nichts zu überstürzen ... Darin hatte ich in den letzten Tagen gehörig versagt. Mit der Ehrlichkeit war das auch so eine Sache. Aber hey, immerhin schuf ich Abstand zwischen uns.

»Wir haben uns vorgenommen, keinen Sex zu haben, bis wir ein paar Dinge in unseren Köpfen sortiert haben«, fuhr er fort. »Weil Sex für mich immer Verdrängung war und ich lernen will, ihr auch auf andere Arten nahe zu sein. Für sie ist Sex genauso ein großes Thema, weil sie damit schneller in eine Abhängigkeit rutscht.«

Da war es wieder. Das Wort, das mich aggressiv machte.

»Klingt gut«, brachte ich hervor.

Sein Blick brannte auf mir. »Sag mir, was dich beschäftigt.«

»Wie fändest du es, wenn Mum und Dad wieder zusammenkommen?«

Eine Pause entstand. Nie im Leben nahm er mir ab, dass allein dieses Thema mich beschäftigte.

»Ich habe versucht, ihr zu sagen, dass sie ihn nicht meinetwegen wegstoßen soll«, murmelte er. »Aber ich bin mir nicht sicher, ob sie das kann. Es macht sie immer noch fertig, dass sie mich nicht vor ihm beschützt hat.«

»Das ist keine Antwort auf meine Frage«, sagte ich, obwohl er mir dasselbe vorwerfen könnte.

»Ich möchte, dass sie glücklich sind, Nic. Wenn sie es zusammen nicht sind, dann will ich nicht, dass sie zusammen sind.«

Ich riss den Kopf herum. Meinte er das ernst? Klar, es klang vernünftig, aber wie konnte er vernünftig denken, wenn es um unsere Eltern ging? Wollte er keine heile Welt, kostete es, was es wollte?

»Ich will, dass sie zusammenbleiben«, flüsterte ich. »Ich will, dass wenigstens eine Sache bleibt, wie sie ist. Ich will einen Beweis dafür, dass Menschen, die einander so sehr lieben, miteinander wachsen können, ohne sich trennen zu müssen. Ich will irgendeine Art von Hoffnung. Ich will nicht, dass alle aufgeben.«

»Weißt du, was witzig ist? Du bist genau wie Julian.«

»Bitte was?«

Er lachte, doch es klang nicht fröhlich. »Es ist witzig, weil es sich bei euch beiden völlig unterschiedlich äußert. Julian hält verzweifelt an allem fest, er klammert sich an Menschen und Gewohnheiten in der Hoffnung, dass sie ihm niemals entgleiten. Und du machst das Gegenteil. Du haust ab, weil du es nicht erträgst mitzubekommen, wie dir jemand entgleitet. Aber im Grunde wollt ihr beide nur das ultimative Happy End. Ihr macht keine halben Sachen. Er ist das ›Ganz‹, du bist das ›Gar nicht‹. Deshalb streitet ihr euch auch ständig. Ihr seid zwei Seiten derselben Münze.«

»Bist jetzt unter die Dichter gegangen?«, erwiderte ich spöttisch, während in mir ein Gefühlssturm ausbrach.

Alexis tastete nach meiner Hand, auf die die Schere tätowiert war, und hob sie in die Höhe. »Selbsterfüllende Prophezeiung. Du mit der Schere, er mit der Kordel, die er ganz eng um alle Menschen schnürt.«

Ich entriss ihm meine Hand. »Und was ist mit dir? Wofür steht das Spinnrad, du Klugscheißer?«

Er lachte, diesmal richtig. »Das steht für nichts. Ich hab das Motiv genommen, das übrig geblieben ist, weil ich keine Lust hatte, mit euch zu streiten.«

Mit einem Schnauben widmete ich mich wieder dem Moodboard.

»Aber jetzt mal ganz im Ernst«, durchbrach er irgendwann die Stille. »Bitte komm zurück.«

Wenn ich einfach so tat, als hätte er nichts gesagt, würde er lockerlassen?

»Ich finde es gut, dass du wieder arbeiten willst, aber renn nicht weg. Wir brauchen dich. Und ich möchte mit dir in diese Wohnung ziehen.«

Ein Stechen in meiner Brust. »Das hat nichts mit Wegrennen zu tun. Ich habe einen Auftrag zu erledigen.«

»Wie lange wirst du weg sein?«

Ich presste die Lippen aufeinander.

»Was soll ich dem Besitzer sagen?«

Frustriert atmete ich aus. »Schick mir seinen Kontakt. Ich überweise das Geld. Du kannst auch ohne mich einziehen und schon mal alles einrichten. Wenn du mehr Kohle brauchst, sag Bescheid. Das ist kein Problem.«

»Aber du kommst zurück?«

Natürlich komme ich zurück, Alexis. Ich kaufe doch keine Wohnung, wenn ich nicht zurückkommen will.

Das sollte ich ihm sagen. Es würde ihn beruhigen. Leider brachte ich kein Wort über die Lippen.

»Hör auf, mich zu nerven«, zischte ich.

Ich sollte die Worte bereuen, immerhin hatte er seine Abendpläne für mich geändert. Immerhin war er die einzige Konstante in meinem Leben gewesen, als alles den Bach runtergegangen war. Immerhin war er nach London gekommen und hatte mir mit seiner Anwesenheit vermutlich das Leben gerettet.

Aber in diesem Moment wollte ich einfach nur meine Ruhe.

Und Alexis verstand.

51. KAPITEL

Darcy

A lifeline

»Ich öffne mein Herz«, drang Reenas ruhige Stimme an mein Ohr. »Ich lasse los. Ich nehme mich an, wie ich bin. Ich fange bei mir an, die Welt zu verändern.«

Auf dem Rücken lagen wir auf unseren Matten, alle viere von uns gestreckt, die Handflächen nach oben geöffnet, und atmeten für die Endentspannung tief in den Bauch, während wir den Affirmationen lauschten. Ich war heute früh vor Toris Wohnheimzimmer aufgetaucht und hatte sie zum Kurs geschleift, obwohl sie sich anfangs gewehrt hatte. Nach den gestrigen Ereignissen hatten wir beide ein bisschen innere Ruhe nötig. Und auch wenn Tori mir nach dem letzten Mal bereits gestanden hatte, dass Affirmationen sie aggressiv machten, weil sie so weit weg von ihren eigenen Gedanken waren, vernahm ich jetzt ein Schniefen neben mir.

Während ich die Augen öffnete, wandte ich den Kopf nach links. Genau in dem Moment, in dem eine Träne an ihrer Wange entlang in Richtung Ohr lief.

Ohne zu überlegen, tastete ich nach ihrer Hand und umschloss sie mit meiner. Sekundenlang regte sie sich nicht, aber dann erwiderte sie den Druck. So verharrten wir, während Reenas Stimme sich mit der entspannten Musik vermischte.

Es dauerte nicht lang, da liefen auch mir Tränen übers Gesicht. Ich hatte wirklich stark sein, für sie da sein wollen, damit sie sich geborgen fühlte und mit mir reden konnte. Aber vielleicht war es genau das, was Julian gemeint hatte. Vielleicht war es die größte Hilfe, wenn ich ihr zeigte, wie schrecklich es gerade in mir aussah. Vielleicht bedeutete Starksein nicht Abgeklärtheit, sondern ihr das gesamte Desaster zu zeigen, das auch ich war.

Als die Stunde vorüber war und die ersten Teilnehmer sich erhoben und ihre Matten zusammenrollten, blieben Tori und ich liegen. Für einen Moment hob ich den Kopf und begegnete Reenas Blick, mit dem sie mir bedeutete, dass wir uns Zeit lassen sollten. Dankbar lächelte ich sie an und ließ mich wieder auf den Boden sinken.

»Wieso weinst du?«, flüsterte Tori, sobald der Raum sich geleert hatte. Wir hielten uns noch immer an den Händen und starrten nach oben zu den Holzbalken.

Es gab so viele Antworten darauf. *Weil es beschissen schmerzhaft ist, ein Mensch zu sein. Weil ich nicht will, dass Julian und du euch trennt. Weil ich es hasse, dass Nic mich aussperrt. Weil ich Angst habe.*

Schließlich entschied ich mich für das Unmittelbarste.

»Weil ich jemanden liebe, der sich nicht von mir helfen lassen will.«

Tori wandte mir ihr Gesicht zu und umklammerte meine Hand fester. »Hast du schon mal versucht, ihn zu zwingen?«

Abrupt sah auch ich sie an. »Wie bitte?«

Sie lachte, während ihr frische Tränen übers Gesicht liefen. »Ich weiß, ich weiß, man kann niemandem helfen, der sich nicht helfen lassen will. Aber weißt du, womit ich gestern Nacht meine Zeit verbracht habe?«

»Womit?«

Mit der freien Hand wischte sie sich über die Wangen. »Ich

habe eine Excel-Tabelle angefertigt und alle Therapeutinnen in Goldbridge und Umgebung dort eingetragen. Mit Telefonnummer. Nicht, weil ich Lust darauf habe. Meine Güte, es gibt nichts, worauf ich weniger Lust habe.« Sie lachte erneut auf. »Doch, eine Sache gibt es. Dass Julian sich von mir trennt. Darauf habe ich wirklich *überhaupt* keine Lust.« Ihr Lachen wurde zu einem erstickten Schluchzen. »Ich werde heute meinen Tag damit verbringen, die gesamte Liste durchzugehen und nach freien Plätzen zu fragen.« Sie holte tief Luft, sammelte sich. »Ich will mir auch nicht helfen lassen, Darcy. Weder von ihm noch von dir oder sonst jemandem. Mein Selbsthass verlangt, dass ich mich irgendwo vergrabe und bis in alle Ewigkeit alleine leide. Er will, dass ich die Augen vor den offensichtlichsten Lösungen verschließe. Dass ich verdränge, wenn es mir schlecht geht. Dass ich mir sage, es ist doch jetzt alles nicht mehr so schlimm, da ich es schaffe, eine Beziehung und Freundschaften zu führen. Also habe ich einen Weckruf gebraucht. Einen, der laut genug ist, damit ich gezwungen bin hinzuhören. Ich bin euch wirklich dankbar, dass ihr meine Grenzen akzeptiert habt, aber weißt du … Vielleicht habe ich es damit ein bisschen übertrieben, weil ich früher gar keine hatte. Deshalb war es notwendig, dass Julian diese eine Grenze überschreitet. Vielleicht ist der größte Gefallen, den man jemandem tun kann, der, ihn nicht in seiner Angst zu unterstützen. Vielleicht ist das auch bei Nicolas notwendig.«

Ruckartig setzte ich mich auf und zog sie mit mir. »Ich bin so stolz auf dich«, wisperte ich.

Sie lächelte traurig. »Danke. Aber ich glaube, wir sollten eher auf Julian stolz sein.«

»Ich bin auf euch beide stolz.«

»Okay, das kann ich akzeptieren.« Ihr Blick wurde ernster. »Warum will Nic sich nicht helfen lassen? Weißt du, wovor er Angst hat?«

Schniefend zuckte ich mit den Schultern. »Vermutlich davor, mir zu sagen, wie schlimm es wirklich in ihm aussieht, und dann abgelehnt zu werden? Ich weiß es nicht.«

Tori nickte. »Das klingt nachvollziehbar. Es ist einfacher, wegzurennen und selbst die Person zu sein, die etwas sabotiert, als von jemandem verlassen zu werden.«

»Ich hatte nie vor, ihn zu verlassen«, brachte ich hervor, doch dann kam mir unser letztes Gespräch wieder in den Sinn. »Aber ich schätze, für ihn hat es sich vor einem Jahr so angefühlt, als hätte ich ihn verlassen.«

»Von allem, was mir Julian über ihn erzählt hat, denke ich das Gleiche. Er hat sich ja auch von Julian im Stich gelassen gefühlt, obwohl nicht Julian derjenige war, der Goldbridge den Rücken gekehrt hat.«

»Also, was ist dein Vorschlag?«, wollte ich wissen und fuhr mir mit beiden Händen übers Gesicht. »Nic zwingen, mit mir zu reden, ob er will oder nicht?«

Tori lächelte wieder. »Ich bin mir ziemlich sicher, dass er das will.«

Bevor ich ihr darauf eine Antwort geben konnte, leuchtete der Bildschirm meines Handys auf, das ich zusammen mit meiner Trinkflasche neben der Matte abgelegt hatte.

Mein Herz polterte los. *Bitte, lass es Nic sein, bitte …*

Es war nicht Nic.

Julian: *Das Arschloch ist gestern Nacht nach Griechenland geflogen.*

Mein Mund wurde staubtrocken, während ich das Display in Toris Richtung drehte.

»So viel dazu«, entfuhr es mir bitter.

War das sein Ernst? Der kleinste Anflug einer Auseinandersetzung, und er flüchtete direkt in ein anderes Land?

»Darcy.«

Ich schaute zu Tori. Ihr Blick glühte.

»Er will nicht mit mir reden!«, rief ich. »Deutlicher kann man es nicht machen.«

Sie schüttelte den Kopf. »Darcy, was hast du getan, als ich in dieser einen Nacht aus eurer WG abgehauen bin und nicht mit dir reden wollte? Als ich versucht habe, dich wegzustoßen? Hast du es akzeptiert, oder bist du vor meinem Motelzimmer aufgetaucht und hast nicht lockergelassen, bis ich mit dir geredet habe?«

Ihr Gesicht verschwamm vor meinen Augen. Die Angst war schlagartig aus den Tiefen gekrochen und nahm mich in die Mangel.

»Ich bin real.«

Ich blinzelte. Versuchte mit aller Macht, mich auf Toris Züge zu konzentrieren.

»Bleib bei mir, und ich schwöre dir, es wird alles real. Das ist kein Traum.«

Was, wenn es doch alles ein Traum gewesen war? Was, wenn das jetzt die Realität war? Was, wenn ich ihn jahrelang nicht wiedersehen würde? Was, wenn er sich daran erinnert hatte, dass Goldbridge definitiv nicht das war, was er wollte? Die Beziehung mit mir, die Wohnung, das Prisma – alles zu viel oder nicht genug?

Nein, das war Unsinn. Es war letztes Mal auch schon Unsinn gewesen. Nicolas wollte einiges von mir, aber ganz sicher nicht in Ruhe gelassen werden.

»Du hast recht«, hörte ich mich sagen. »Tori, du hast recht.«

Plötzlich wusste ich, was ich zu tun hatte. Ich klickte den Chat mit Julian an.

Darcy: *Ich habe eine Idee. Aber sie wird dir nicht gefallen.*

52. KAPITEL

Nicolas

Stuck in space and time

Athen war laut, hektisch, zugemüllt und wunderschön zugleich. Es war schwer, mir vorzustellen, dass die Zeit hier weitergelaufen war, vielmehr kam es mir vor, als hätte die Stadt nur auf meine Rückkehr gewartet.

Was für ein arroganter Gedanke. Als würde die Welt sich ohne mich nicht weiterdrehen.

Ich grinste.

Dank Tabletten gegen Reiseübelkeit hatte ich den Flug über durchgeschlafen. Bevor ich in Heathrow angekommen war, hatte ich alles fürs Fotoshooting vorbereitet. Ich hatte das Call-Sheet und die Shot-Liste – der Plan für den Ablauf des Shootings und der Plan für die einzelnen Fotografien – der Fotografin studiert, für die ich einsprang, und beides um meine Ideen ergänzt. Nichts Großes, denn das *Ozon Magazine* hatte genaue Vorstellungen, und ich war lediglich ein Ersatz. Das war mir heute nur recht. Ich wollte mich in der Arbeit verlieren. Und ich war dankbar, dass Victor so schnell etwas für mich gefunden hatte. Für Projekte, in denen ich mich kreativ austoben konnte, würde auch nach heute noch Zeit sein. Dies war nur der Anfang. Meine Rückkehr ins Arbeitsleben.

Die Vorfreude ließ meinen Körper kribbeln. Ich saß auf

der Rückbank eines Taxis, in der Hand starken griechischen Kaffee und Koulouri, einen Sesambrotring, die perfekte Mischung zwischen herzhaft und süß. Vom Flughafen bis nach Plaka, dem Viertel ganz in der Nähe der Akropolis, in dem wir heute shooten würden, war es eine Dreiviertelstunde. Mit jeder Minute wurde ich ungeduldiger. Der Verkehr stockte, obwohl es erst acht Uhr war.

»Na, zum ersten Mal hier?«, rief der Taxifahrer nach hinten.

Ich schüttelte den Kopf. »Meine Mutter ist hier geboren.«

»Aber du bist nicht von hier. Das hört man.«

»England«, gab ich zähneknirschend zu.

Nach dieser Information schien er kein Interesse mehr an mir zu haben. Ich versuchte es noch mit ein paar Klassikern (»Wie lang arbeiten Sie schon als Taxifahrer? Haben Sie Familie? Kommen Sie direkt aus Athen?«), aber es kamen nur gebrummte Antworten, bis ich aufgab.

Minütlich aktualisierte ich den Wetterbericht. Bewölkt mit leichter Sonne, wenn es so blieb, war es perfekt. Ich schrieb Victor und der Journalistin, die meine Ansprechpartnerin vom Magazin war – worauf er mir einen Daumen nach oben zurückschickte und sie ein Foto von drei Models in dicken Daunenjacken, die rauchend auf Klappstühlen vor einer graffitibesprühten Wand saßen, mehrere Stylisten um sich herum.

Gott, hatte ich Bock auf eine Kippe.

Da ich aber die Professionalität in Person war, zündete ich mir keine an, nachdem ich mit meinem Koffer und der Kameratasche ausgestiegen war und dem Fahrer ein saftiges Trinkgeld gegeben hatte, das dieser eher verwirrt entgegennahm.

Ich begrüßte die Crew.

»Danke fürs Einspringen«, nahm mich die Journalistin auf Englisch in Empfang, nachdem sie sich als Angeliki vorgestellt und mich von oben bis unten gemustert hatte. Sie wirkte mindestens zehn Jahre älter als ich und hatte eine Zahnlücke wie Darcy, was schon ausreichte, um mir den Magen umzudrehen.

»Kein Problem«, gab ich mit einem breiten Grinsen auf Griechisch zurück. »Danke, dass ihr euch für mich entschieden habt.«

»Du sprichst Griechisch?« Sie wirkte mehr zerstreut als interessiert, ihr Blick war schon wieder auf ihr Handy gerichtet, auf dem im Sekundentakt neue Benachrichtigungen erschienen.

»Ja, meine Mutter …«

»Gut, toll, du kannst gleich schon ein paar Testfotos schießen, wir haben etwa eine Stunde Glück mit dem Wetter, dann soll es regnen.«

»Alles klar.«

Ich hatte alles unter Kontrolle. Kurz angebundene Leute waren in dieser Branche nichts Neues. Ich würde sie schon noch von mir überzeugen. Und selbst wenn nicht – sobald sie die Fotos bekamen, würden sie ihre Meinung ändern. Ich wusste, was ich tat.

Reflektoren und ein Stativ standen bereit. Ich stellte mich den Models vor, deren Begeisterung sich ebenfalls in Grenzen hielt. Wenn mich nicht alles täuschte, flüsterte die eine der anderen zu: »Wie alt ist der?«, bevor ich meine Kamera auspackte und für den Beginn ein weitwinkliges 24-mm-Objektiv aussuchte.

Das Hupen von Autos war aus der Ferne zu hören, jemand fluchte, ein Kind rief in einer Tonlage, als würde es erdolcht werden, nach seiner Mutter.

Ich machte ein paar Fotos, der Reihe nach von allen Models, um die Einstellungen perfekt anzupassen. Sie trugen Kleidung in verschiedenen Farben, und auch ihre Hautfarben variierten, also musste ich mich auf jede einstellen.

Nach den ersten paar Minuten ging das Gerede hinter mir los. »Das wird ein Desaster.«

»Es wird kein Desaster, es ist das Beste, was uns auf die Schnelle passieren konnte.«

Sie machten sich nicht mal die Mühe, ihre Stimmen zu senken. »Reiß dich jetzt zusammen, wir vertrauen dem Prozess. Hast du nicht seine *Vogue*-Arbeit gesehen?«

Ein Schnauben, dann entfernten sich die Stimmen.

Seit meinen Anfängen war ich bei einem Job nicht mehr so offen angezweifelt worden. Lag es daran, dass ich nur der Ersatz war? Oder an meiner Arbeitspause? War die Wirkung meines Erfolgs so schnell verpufft?

Die Kamera in meiner Hand zitterte. Normalerweise hätte ich mich umgedreht und irgendetwas Schlagfertiges gerufen, damit sie Respekt vor mir hatten. Aber ich konnte mich nicht umdrehen. Mein Herz raste, und ich spürte den Schweiß, der mir den Nacken hinablief, obwohl es scheißkalt hier draußen war. Plötzlich verschwanden die Menschen vor mir. Die Straße verwackelte. Meine Knie bebten.

Beruhig dich.

Ich trat einen Schritt zurück, richtete den Blick aufs Kameradisplay, drückte die Taste, um die Fotos zu betrachten, die ich soeben geschossen hatte, drückte auf zurück, verharrte zu lang auf dem Knopf.

Ihr Gesicht. Dunkle Augen, dunkler Pony, ein angedeutetes Lächeln. Die Fotos flogen an mir vorbei wie die Erinnerungen.

»Ich will zu dir gehören. Ich will es für immer.«

Erst in ihrem Zimmer, im Hintergrund die Collage, auf der sich meine Augen befanden, dann wurde der Hintergrund durch einen neuen ersetzt. Die Kommune. Nur ihr Gesicht. Ich hatte nur ihr Gesicht fotografiert. Ihr Gesicht reichte. Das schönste Gesicht, das ich je gesehen hatte. Ein Gesicht, dem ein Foto niemals gerecht werden konnte. Die Wangen gerötet, die Augen geweitet. Angst und Vertrauen im Wechselspiel.

»Ich hatte diese unrealistische, romantisierte Vorstellung von Liebe und dachte wirklich, man kann jemandem ›für immer‹ versprechen.«

Mein Daumen verschwand vom Knopf. Das Bild vor meinen Augen zitterte. Sie starrte mich an. Ihr Blick wurde mitleidig, fast vorwurfsvoll.

Es ist mir egal, ob es unrealistisch ist, Darcy. Ich will, dass du es mir wieder versprichst. Und wieder. Und wieder. Ich will mit dir verschmelzen. Ich will eins mit dir werden, bis ich die Bedeutung von Einsamkeit vergesse. Ich will nie wieder allein sein müssen, nie wieder von Fremden umgeben sein, nie wieder missverstanden werden, mich nie wieder beweisen. Ich will nicht mehr. Ich kann das nicht. Ich bin so müde. Ich dachte, ich will die ganze Welt, dabei will ich einfach nur irgendwo dazugehören.

Eine Berührung an meiner Schulter.

Ich wirbelte herum. »Fass mich nicht an!«, brüllte jemand auf Englisch.

Es dauerte eine halbe Ewigkeit, bis ich die Gesichter um mich herum registrierte, den Schock, die Verärgerung, dann die Panik.

Das war ich. Ich hatte geschrien. Korrektur: Ich schrie noch immer.

»Ihr habt keine Ahnung! Ihr kennt mich nicht! Ich will auch nicht hier sein! Glaubt ihr ernsthaft, ich hatte Bock herzukommen?«

Die Vorstellung davon, dieses Fotoshooting durchzuziehen, war der absolute Wahnsinn. Stundenlang in der Kälte stehen, Anweisungen geben, Small Talk mit Fremden, nur um das perfekte Drecksfoto zu schießen.

Ich bückte mich nach meiner Tasche, packte die Kamera

ein, während ein Stimmengewirr auf mich eindrosch. »Himmelherrgott, ich hab doch gesagt, wir sollen dieses Kind nicht buchen!«

»Der Typ hat ein Rad ab.«

»Halt den Mund, wir müssen …«

»Nicolas, können wir irgendwas …«

Ich ignorierte sie alle. Es war plötzlich so einfach.

Als ich mich wieder erhob, griff ich nach meinem Koffer. Und dann begann ich zu rennen. Ich rannte, bis die engen Gassen zu belebten befahrenen Straßen wurden. Ich rannte vorbei an Autos, Boutiquen, Restaurants, Menschen. Ich rannte, bis ich außer Atem war und der Schweiß mir am ganzen Gesicht runterlief, und dann rannte ich noch weiter, obwohl es eigentlich nicht mehr ging. Ich rannte, bis ich vor einer Kneipe auf einer Plastikverpackung ausrutschte und stürzte.

Passanten umringten mich, als hätten sie nur auf die Gelegenheit gewartet, besorgte Gesichter, helfende Hände, aber ich schrie sie alle an, bis sie weiterliefen.

Mein Blick wanderte über den verdreckten Gehweg mit den Schlaglöchern, dann zu den vorbeirasenden Autos dahinter. Wie einfach es wäre, sich auf die Straße zu stellen und auf das Ende zu warten.

Sei kein Arschloch. Du würdest einer unschuldigen Person den Tag ruinieren.

Ich tastete nach der Zigarettenschachtel in meiner Jackentasche und zündete mir eine an.

»Bleib bei mir«, murmelte ich vor mich hin. »Bleib bei mir. Bleib bei mir.«

Die Worte, ursprünglich für Darcy bestimmt, jetzt an mich gerichtet.

53. KAPITEL

Nicolas

Too late to find a way home?

Ich war so stolz auf das erbärmliche Hipster-Airbnb, das mir Victor auf meinen Wunsch hin anstelle eines Hotels gebucht hatte, dass ich die ersten Minuten des Videocalls mit dem Laptop durch die Wohnung lief und Felicia jede Ecke zeigte. Man musste der armen Frau zugutehalten, dass sie zustimmende Laute von sich gab und die ganze Zeit über freundlich lächelte, obwohl sie sich wahrscheinlich fragte, wann in ihrem Leben sie falsch abgebogen war, um sich jetzt mit Arschlöchern wie mir rumschlagen zu müssen.

Als es nichts mehr zu zeigen gab – selbst auf den Balkon hatte ich die Kamera gerichtet –, stellte ich den Laptop auf den Wohnzimmertisch, warf mich aufs Sofa und zündete mir eine Zigarette an, obwohl ich keinen Schimmer hatte, ob Rauchen hier erlaubt war. So wie ich das Land einschätzte, würde es niemanden jucken. Ein Rauchmelder war jedenfalls weit und breit nicht zu sehen.

»Na, wie sehr hast du mein Gesicht vermisst?«, rief ich.

»Es freut mich, dich zu sehen, Nicolas«, erwiderte sie trocken.

»Wirklich?« Ich lachte. »Solltest du dich nicht eher freuen, wenn wir uns nie wiedersehen?«

»Wie geht es dir?«

Auf mein Gelaber wollte sie wohl nicht eingehen.

Ich nickte, nahm einen Zug, pustete den Rauch aus, hob einen Daumen in die Höhe. »Ja, doch.«

»Wo befindest du dich derzeit?«

»Athen.« Ich versuchte zu grinsen. Es klappte nicht ganz. Als hätte nicht mal mehr mein eigener Körper Bock auf meinen Bullshit. »Hab einen Job hier angenommen. Na ja, hab eher einen Job hier in den Sand gesetzt, sollte man wohl sagen.«

»Was ist passiert?«

Ich hasste es, dass sie sich nicht aus der Ruhe bringen ließ. Wieso wollte sie nicht meinen genauen Standort wissen, falls ich mir etwas antun würde? Checkte sie nicht, wie sehr am Ende ich war? War sie zu Alex genauso? Oder bekam er eine wärmere Behandlung, weil er nicht so ein Pisser war?

»Ach, was soll schon passiert sein!«

Ich konnte nicht genau sagen, wie lange mein erster Tag in Athen her war. Ich hatte weder auf Victors noch auf Darcys Anrufe oder auf die meiner Familie reagiert. Die Unterkunft war anderthalb Wochen für mich gebucht; ich hatte Victor von vornherein gebeten, sie mir länger zu reservieren, weil ich Zeit für mich brauchte. Also hatte ich mich hier versteckt. Ich hatte das Apartment bisher nur einmal verlassen, um mir Zigaretten und Essen zu holen. Den Rest der Zeit lag ich auf dem Boden, rauchte, starrte an die Decke, sah mir die Bilder auf meiner Kamera an.

Doch als ich heute Morgen auf dem steinharten Boden aufgewacht war, Rückenschmerzen aus der Hölle, Übelkeit im Bauch, nicht mal die Energie, mich aufs Klo zu schleppen, obwohl ich dringend pinkeln musste, da waren meine Alarmglocken angegangen. Es hatte nur eine Minute lang angehalten. Aber in dieser einen Minute hatte ich die verfluchte Session mit Felicia gebucht. Und diese Entscheidung hatte weitere ins Rollen gebracht. Ich hatte geduscht, mir etwas Frisches angezogen, die Wohnung gelüftet.

»Nicolas.« Das Gesicht meiner Therapeutin fror ein, ob es an der schlechten Verbindung lag oder daran, dass sie mich anstarrte, konnte ich nicht sagen.

»Ich habe eine Frage«, stieß ich die Worte hervor und richtete den Blick auf meine Hand, in der sich die Kippe befand. Der Rauch stieg in die Höhe, direkt in meine Augen, ließ sie tränen. Gott, ich wollte endlich wieder heulen können. »Ab wann gilt etwas als Suizidversuch?«

»Wie meinst du das?«

»Na, muss man bewusst die Entscheidung treffen, sich umbringen zu wollen, oder ist es auch schon ein Versuch, wenn es einfach so passiert?«

»Einfach so … passiert?«

Noch immer hörte ich keine Angst in ihrer Stimme. Aber tiefenentspannt klang anders. Also war ich auf einem guten Weg.

»Stell dir vor, du befindest dich mitten in der Natur, außer dir keine Menschenseele, es ist Winter und arschkalt, du legst dich hin und bewegst dich nicht mehr. Du bleibst liegen. Vielleicht schläfst du sogar ein.«

Eine kleine Pause entstand.

»Wieso bewege ich mich nicht?«

»Keine Ahnung. Du willst einfach nicht mehr. Alles ist anstrengend. Leben ist so anstrengend.«

Ich schaute zu, wie die Zigarette runterbrannte, wie sie so stark in meiner Hand zitterte, dass die Asche an der Spitze von allein abfiel. Obwohl ich daran dachte, sie anzuheben, um einen weiteren Zug zu nehmen, konnte ich mich plötzlich nicht mehr rühren.

»Ja. Ich würde sagen, das ist ein Suizidversuch.«

Abrupt hob ich den Kopf, bohrte meinen Blick in ihre Bildschirmaugen. »Aber ich will nicht sterben.«

Sie schluckte. Unter ihrem rechten Auge zuckte es.

»Ich habe noch nie gedacht, dass ich mich umbringen will«, sagte ich mit mehr Nachdruck. »Wirklich nie. Egal, wie schlimm es war. Ich habe vielleicht gehofft, dass ich nicht mehr aufwache. Oder dass ich so krank werde, dass ich arbeitsunfähig bin. Aber ich hätte mich nie selbst verletzt. Ich will nicht sterben.«

»Nicht sterben wollen ist nicht dasselbe wie leben wollen, Nicolas.«

Ich wollte lachen. Das war so ein abgedroschener Therapeuten-Satz. Stattdessen zog ich an der Zigarette. »Was, wenn ich nur leben will, solange ich unter Leuten bin? Leute, die mich verstehen?«

Erneut ließ sie sich mit ihrer Antwort Zeit.

»Andere Menschen können durchaus Teil deines Lebenssinns sein.«

»Ich kann nicht dein gesamter Lebenssinn sein, Nic.«

»Aber was, wenn sie alles sind, was mich hier hält?«, schoss ich zurück.

»Ist das denn die Wahrheit? Ohne andere Menschen siehst du keinen Sinn darin, morgens aufzuwachen?«

»Aufwachen ist nichts Aktives. Es passiert ohne meine Zustimmung.«

»Interessante Sichtweise. Es gibt unzählige Wege, dein Aufwachen zu verhindern.«

»Ja, aber dafür müsste ich etwas tun. Ich bin viel zu schwach dafür. Ich könnte wie gesagt niemals meinen Tod planen. Das wäre echt anstrengend.«

»Schwach«, wiederholte sie. »Wieso bezeichnest du das als schwach?«

»Mein Leben lang ist mir alles leichtgefallen«, wechselte ich den Kurs. »Egal was. In der Schule hatte ich nie Probleme. Mit Beliebtheit auch nicht. Auf das Kochen hatte ich keine Lust, deshalb habe ich es bewusst boykottiert. Auch darin war ich also nicht schlecht. Und dann kam die Fotografie. Weißt du, wie viele Menschen mir gesagt haben, dass ich es nicht schaffen werde?« Ich lachte. »Und weißt du, wie lange es gedauert hat, bis ich es geschafft habe? Es ist ein Witz, ehrlich. Wie mir alles zugeflogen ist. Ich habe nichts dafür getan.« Ich erhob mich, lief zum Waschbecken in der Küche, ließ Wasser auf die brennende Kippe fließen, wodurch sie zischend erlosch, warf sie weg und kehrte vor den Laptop zurück. »Also verstehe ich es nicht«, stieß ich hervor. »Ich verstehe nicht, aus welchem Grund ich es nie geschafft habe, echte Beziehungen einzugehen und sie zu halten. Ist das mein Fluch? In allem bin ich gut, nur nicht in dieser einen Sache, die mein Leben lebenswert machen würde?«

Bevor Felicia mir darauf antworten konnte, fuhr ich bereits fort.

»Das Problem ist jetzt nur, dass es auch andere Bereiche zu beeinflussen scheint. Egal, wie beschissen es mir ging, ich konnte arbeiten. Aber dann hatte ich einen Zusammenbruch auf einem Fotoshooting. Gleich zu Beginn. Ich kann also nicht mal mehr Fotograf sein. Ich kann kein gescheiter Sohn sein, kein Bruder, kein Freund. Verdammt, ich bekomme es nicht mal hin, ordentlich selbstmordgefährdet zu sein. Was mache ich eigentlich hier? Wer bin ich? Wofür stehe ich? Warum sollte sich irgendjemand an mich erinnern, wenn ich weg bin? Ich bin *nichts*. Einfach nur ein scheißprivilegierter Kerl mit Luxusproblemen.«

Ohrenbetäubende Stille breitete sich in der Wohnung aus. Felicia erwiderte nichts, machte sich nur hektisch Notizen. Mit jeder Sekunde, in der sie nichts sagte, klopfte mein Herz schneller. Ich hatte es noch nie so ausgesprochen. Ich hatte früher ihr gegenüber nur wegen Darcy rumgeheult oder wegen meinen Eltern, wegen meinen Brüdern. Ich hatte nie gesagt, was ich tief drin von mir selbst hielt.

»Ich habe nichts dafür getan«, durchbrach ihre Stimme irgendwann die Stille. »Ich habe nichts dafür getan.« Sie runzelte die Stirn. »Also hast du das Gefühl, alles, was bis zu diesem Punkt in deinem Leben geschehen ist, hatte nichts mit dir zu tun? Es ist dir alles lediglich passiert?«

Ich schüttelte den Kopf. Nickte. Schüttelte den Kopf. »Du weißt doch, was ich meine.«

»Erklär es mir, bitte. Inwiefern ist dir die Fotografie passiert? Bist du nicht die nötigen Schritte gegangen, die dich zum Erfolg geführt haben?«

Ein Schnauben entwich mir. »Tausende Menschen da draußen versuchen es ihr Leben lang und haben nicht mal einen Bruchteil meines Erfolgs. Das ist nicht fair.«

»Ah. Fairness. Seit wann ist die Welt fair, Nicolas?«

Ich musste das Bedürfnis unterdrücken, die Augen zu verdrehen.

»Würdest du sagen, du hast deinen Erfolg nicht verdient?«

»Natürlich habe ich ihn nicht verdient«, stieß ich hervor.

Erneut machte sie sich eine Notiz. »Und geliebt zu werden, hast du das verdient?«

»Was?«

»Bist du der Meinung, du müsstest etwas tun, um liebenswert zu sein?«

»Klar muss ich was dafür tun.« Um genau zu sein, hatte ich versucht, *alles* dafür zu tun. Ich hatte versucht, in Goldbridge zu bleiben. Diesmal hatte ich wirklich probiert, der Mensch zu sein, den sie wollten. »Aber es scheint nie genug zu sein.«

»Wie meinst du das?«

»Egal, was ich tue, es ist falsch. Wenn ich weg bin, verletze ich Menschen. Und wenn ich dableibe, passt es auch nicht. Dann ist es wieder zu viel.«

Eine kleine Pause entstand.

»Aus welchem Grund liebst du jemanden?«

Verständnislos sah ich sie an.

»Deine Brüder«, erklärte sie. »Deine Eltern. Darcy. Wieso liebst du sie?«

Was für eine beschissene Frage.

»Keine Ahnung«, stieß ich hervor. »Ist halt so.«

Ein kleines Lächeln erschien auf ihren Lippen.

Am liebsten hätte ich den Laptop zugeknallt.

»Also gibt es nichts Bestimmtes, was sie tun müssen, damit du sie liebst? Du liebst sie einfach, weil sie sie sind?«

Ich antwortete nicht.

»Weshalb hast du die Sitzung mit mir heute gebucht?«

»Weil ich Angst davor hatte, was ich sonst tun würde.«

»Du meinst einen Suizidversuch?«

Erneut reagierte ich nicht, doch mein ganzer Körper wurde starr.

»Das, was du zuvor beschrieben hast«, fuhr sie sanft fort. »Ist es das, was letztes Mal in Griechenland geschehen ist?«

Ohne sie anzusehen, nickte ich.

»Wie hast du es aus dieser Situation herausgeschafft?«

»Meine Großmutter hat mir geschrieben«, murmelte ich. »Sie hat Hilfe gebraucht. Also habe ich mich irgendwann zusammengerissen und bin aufgestanden.«

»Und anschließend hast du die Therapie bei mir begonnen?«

Ich nickte wieder.

»Nicolas?«

Ich hob den Kopf.

»Wie fühlst du dich, wenn dich jemand um Hilfe bittet?«

»Gebraucht.« Ich wisperte, aus Angst, meine Stimme würde

versagen. »Früher habe ich es gehasst, dass meine Eltern mich ständig um was gebeten haben. Aber seit Jahren fragt mich niemand mehr, ob ich was tun kann, um zu helfen. Das hasse ich noch viel mehr.«

Sie nickte ernst. »Weißt du, wie stark es von dir war, zu mir zu kommen? Damals und auch heute?«

Ich blinzelte heftig, krallte meine Hände ineinander, sagte nichts.

»Ich bin so stolz auf dich.«

Meine Augen brannten.

»Du bist in der Lage, nach Hilfe zu fragen«, fuhr sie fort. »Du bist in der Lage, deine emotionale Situation realistisch einzuschätzen und zu wissen, wann es nicht mehr möglich ist, sie allein zu bewältigen. Das ist Stärke. Das hast *du* getan. Es ist dir nicht einfach passiert. *Du* bist verantwortlich dafür. Jetzt musst du diese Fähigkeit nur noch bei den Menschen anwenden, die dich lieben.«

»Klingt einfach«, brachte ich hervor.

Ich wünschte, sie würde aufhören zu reden. Und gleichzeitig hoffte ich, sie würde mir sagen, dass alles gut werden würde.

»Du hast es verdient, dass dir geholfen wird. Du hast es verdient, geliebt zu werden. Nicht, weil du etwas dafür leistest. Sondern weil du ein liebenswerter Mensch bist. Dein Leben passiert dir nicht einfach, Nicolas. Du hast jeden Tag die Möglichkeit, das Ruder herumzureißen. Und ich bin mir sicher, es gibt Menschen in deinem Leben, die nur darauf warten, von dir gebraucht zu werden.«

Als wir den Call beendeten, nachdem ich für den folgenden und übernächsten Tag ebenfalls eine Session gebucht hatte, zitterte ich am ganzen Körper. Trotzdem griff ich nach meinem Handy, ging zu meinen Kontakten und rief den ersten an.

Alexis meldete sich nach einem Klingeln.

»Na endlich.«

Diese Erleichterung in seiner Stimme …

»Ich brauche Hilfe«, würgte ich die Worte hervor.

Sekundenlang waren nur seine tiefen Atemzüge zu hören.

»Sag mir, wo du bist.«

»Athen. Weißt du doch.«

»Die Adresse.«

Stirnrunzelnd tippte ich auf meinem Laptop herum, bis ich sie fand. Ich gab sie ihm durch.

»Danke. Bleib, wo du bist.« Es klang fast, als lächelte er. »Hilfe ist unterwegs.«

»Was …«, begann ich, doch da hatte er schon aufgelegt.

Dreißig Minuten später vibrierte mein Handy.

Julian: *Mach die Tür auf, du Arschloch. Wir haben keinen Plan, wo wir klingeln müssen.*

54. KAPITEL

Nicolas

What if I belong to you?

»Du zahlst unsere Flugtickets. Du kannst dir nicht vorstellen, was für ein Vermögen wir dafür ausgegeben haben.«

»Er meint es nicht so.«

»Ich meine es *genauso.*«

Mein Blick zuckte zwischen ihnen hin und her, dann hob ich meine Hand und hämmerte meine Nägel in den Arm. Ja. Das war real. Ich träumte nicht.

Wie konnte das real sein?

Julian und Darcy. Darcy und Julian. In Wintermänteln, mit dicken Schals, identischen Wollmützen und einem Handkoffer. Vor meiner Tür. In fucking Athen.

Bevor ich mich von dem Schock erholen konnte, schoben sie sich an mir vorbei ins Apartment.

»Boah, es stinkt!«, rief Julian. »Alter, ist das dein Ernst? Du rauchst hier, obwohl ein fettes Rauchen-verboten-Schild direkt neben dem Eingang hängt?«

Ich streckte den Kopf aus der Tür. Tatsächlich. Wie hatte ich das übersehen können?

Langsam, ganz langsam drehte ich mich um. Ich wusste nicht, wen ich zuerst anstarren sollte. Mein Magen krampfte sich zusammen.

Darcys Blick war unerträglich. Voller Sorge und Wärme. Ich hielt es nur den Bruchteil einer Sekunde aus, ihn zu erwidern. Der meines Bruders schon besser. Genervt wie eh und je.

Ich nahm ihn ins Visier, ohne die Türklinke loszulassen. Ich brauchte Halt. »Was zum Teufel tut ihr hier?«

Julian ignorierte mich. Mit seinen schmutzigen Stiefeln lief er quer durch die Wohnung, wobei er nasse Spuren auf dem Parkett hinterließ, und riss die Balkontür auf. Augenblicklich erfüllten die lauten Stadtgeräusche den Raum, und eisiger Wind strömte herein.

Auch das war real.

»Nach dir sehen.« Das kam von Darcy. Ihre Stimme an diesem Ort. So unwirklich. Ihre Stimme hatte mich jede Sekunde verfolgt, seit ich Goldbridge verlassen hatte. Und jetzt war sie hier. *Fuck*.

Es ging nicht. Ich konnte sie nicht erneut ansehen. Ich würde in Stücke gerissen werden.

»Zieh deine Schuhe aus«, zischte ich Julian zu. »Die Wohnung gehört nicht mir.«

Eine seiner Augenbrauen wanderte in die Höhe. Mit süffisantem Grinsen kickte er sich die Stiefel von den Füßen, geradewegs auf den beigefarbenen Teppich. »So gut?«

Ich wollte mich auf ihn stürzen und ihm eine verpassen.

»Kann ich euch für ein paar Minuten allein lassen und was zu essen holen gehen?«, erklang Darcys Stimme wieder, gefolgt von einem tiefen Seufzen. »Oder reißt ihr euch dann gegenseitig die Köpfe ab?«

Geh nicht, wollte ich sagen. *Bitte, geh nicht.*

Und gleichzeitig wollte ich sie anflehen, mich für immer in Ruhe zu lassen, damit ich mich nie wieder einer Menschenseele so verletzlich und nackt zeigen musste.

Kein Wort kam mir über die Lippen.

Julian warf ihr einen bösen Blick zu. »Wir können doch auch was bestellen.«

Sah ganz danach aus, als hätte er auch keine Lust, mit mir allein zu sein.

Aber Sekunden später setzte sich Darcy in Bewegung. Sie lief durch die Tür, die ich noch aufhielt, ohne uns beide zu beachten. Ich starrte auf ihren Hinterkopf, auf das glänzend schwarze Haar, das unter der Mütze hervorkam und ihr über den Rücken floss.

War das wirklich real? Hatte ich vollständig den Verstand verloren?

Ihr Geruch hing noch in der Luft.

»Mach endlich die Tür zu«, sagte Julian nach einer Weile ungehalten. »Es zieht.«

Ich schlug sie zu und wirbelte herum. »Die Scheißbalkontür steht sperrangelweit offen. Was glaubst du, aus welchem Grund es zieht?«

»Du Wichser.« Er lachte, während er sich Schal, Mütze und Mantel auszog und sie achtlos zu Boden fallen ließ, todsicher, um mich zu provozieren. »Du denkst, *du* hast ein Recht darauf, angepisst zu sein? Nach all der Scheiße?«

Es war keine Entscheidung. In einer Sekunde starrte ich ihn an, mit seinen zerzausten schwarzen Haaren, in diesem beschissenen bunten Vintage-Strickpullover, in der nächsten stürzte ich mich auf ihn.

Mir war nicht ganz klar, was ich vorhatte. Ihn zu Boden reißen, ihm meine Faust ins Gesicht rammen, irgendwas in die Richtung, doch Julians Reflex überrumpelte mich. Blitzschnell packte er meine Handgelenke, umklammerte sie mit einer Kraft, die ich ihm gar nicht zugetraut hätte. Auf einen Schlag waren jedes falsche Amüsement und jeder Anflug von Wut aus seinem Gesicht verschwunden.

Ich versuchte, mich freizukämpfen. Keine Chance.

»Lass mich los«, knurrte ich. »Ich bring dich um.«

Julian ließ mich nicht los. Er hielt mich nicht nur mit seinen Händen gefangen, obwohl er verflucht noch mal deutlich kleiner und früher immer schwächer als ich gewesen war, sondern auch mit seinem fucking Blick.

Und dann gab er mir den Rest.

»Wie geht's dir, Nici?«

Ich wusste nicht, wie mir geschah. Als hätte er mit diesen Worten die Luft aus mir herausgelassen, klappte ich ein. Der ganze Schmerz der letzten Tag brach über mich herein und begrub mich unter sich. Sekunden später machten meine Knie Bekanntschaft mit dem Boden. Julian wurde mitgerissen. Ein kaum menschliches Japsen zerriss die Stille. Erst als ich die heiße Feuchtigkeit auf meinem Gesicht spürte, verstand ich, dass ich heulte. Das Schluchzen kam in Wellen, es klang wie Schluckauf, ein verflucht schmerzhafter Schluckauf, und es hörte nicht auf. Die Tränen flossen erbarmungslos, nahmen mir die Sicht. Als Julian meine Gelenke losließ, mich an sich drückte und die Arme um mich schloss, wollte ich mich wehren. Wann hatten wir uns das letzte Mal umarmt? Verdammt, hatten wir uns je umarmt? Aber ich konnte nicht. Ich konnte nur nach Luft schnappen und heulen.

Seine Körperwärme war unerträglich. Sie schien mich zu verbrennen. Sein Geruch nach zu Hause war die pure Qual.

»Ich kann das nicht«, brachte ich hervor. »Ich bin … Ich will … Ich kann nicht.«

»Halt die Fresse«, gab er zurück und umarmte mich fester.

So saßen wir da, bis mein Schluchzen langsam verebbte und ich wieder richtig atmen konnte. Keine Ahnung, wie lange. Es hätten Stunden sein können. Darcy kehrte jedenfalls nicht zurück.

Als er seinen Griff lockerte und ich zurückwich, konnte er

meinen Blick nicht erwidern – als hätte ihm die unerwartete Nähe auch zugesetzt.

Doch in dem Moment, in dem ich nach der Zigarettenpackung hinter mir auf dem Wohnzimmertisch griff, schlug er sie mir aus der Hand. Wir sahen ihr beide nach, wie sie über den Boden schlitterte.

»Nee, man!«, rief er. »Das ist so widerlich.«

Ich konnte nicht anders, im nächsten Moment lachte ich los. Es tat weh, meine Brust brannte vom Schluchzen, aber ich konnte nicht aufhören.

Kopfschüttelnd musterte er mich. »Du bist so ein Loser.«

Ich lachte lauter. »Ich weiß.«

»Wir haben deinen Agenten erreicht. Warum bist du durchgedreht?«

Eine seltsame Ruhe hatte Besitz von mir ergriffen. Vielleicht lag es am Weinen. Es war vorbei. Was hatte ich schon zu verlieren?

»Ich kann nicht arbeiten«, sagte ich atemlos. »Es ist zu viel. Ich kann nicht mehr. Ich bin so am Arsch, Jules.«

Er nickte, geschäftsmäßig, als wäre das keine große Überraschung. »Kein Wunder, oder? Nach den letzten Jahren?«

Ich zog die Brauen zusammen.

»Na, du hast dich fast totgearbeitet. Wie kann man in so kurzer Zeit so viele Aufträge annehmen, ohne völlig am Ende zu sein?«

Es war der einzige Weg. Keine Ahnung, wie ich sonst überlebt hätte.

»Woher weißt du …«

»Ich kann googeln«, fiel er mir ins Wort und verdrehte die Augen. »Also, die Sache ist aus meiner Perspektive recht eindeutig: Du brauchst eine Pause.«

»Und was habe ich in Goldbridge gemacht? War das keine Pause?«

»Du bist uns allen auf den Sack gegangen«, murmelte er. »Als Pause würde ich das nicht bezeichnen. War bestimmt auch echt kräftezehrend.«

Gegen meinen Willen grinste ich, und der Mistkerl grinste zurück.

»Ich kann nicht fassen, dass du hier bist«, entfuhr es mir.

»Darcy ist schuld. Ich hab damit eigentlich wenig zu tun.«

Typisch. Nicht mal jetzt konnte er es zugeben. Aber ich würde den Teufel tun und ihn darauf hinweisen.

»Du brauchst eine Pause«, wiederholte er. »Oder nicht?«

Ich schüttelte den Kopf. »Und was, wenn ich nie wieder arbeiten kann?«

Julian lachte. »Hast genug Asche, um dich eine Weile über Wasser zu halten. Und danach finanzieren wir dich halt mit.«

»Ich mein's ernst.«

Plötzlich lachte er nicht mehr. »Sag mir, was los ist.«

Ich schluckte hart. Tausend Antworten kamen mir in den Sinn. Ablenkungen, Ausreden, Beleidigungen. Irgendetwas, um nicht über die Wahrheit zu sprechen.

»Du hast gesagt, du hast dein Leben gehasst«, fuhr er fort, bevor ich etwas erwidern konnte. »Hasst du es noch?«

Seine Stimme klang anders. Sein Blick war seltsam glasig.

Tränen stiegen mir wieder in die Augen. »Ja. Wenn ich allein bin.«

»Und was machst du dann hier, du Held?«

Ich wollte lachen. Stattdessen heulte ich noch eine Runde.

»Sie will nicht mein einziger Lebenssinn sein«, würgte ich irgendwann mühsam hervor. Ich fixierte meine Fingernägel. Es war hart, vor ihm über Darcy zu sprechen. Mein letzter Stand war, dass er uns beide hasste. Und jetzt war er gemeinsam mit ihr hergeflogen. Meinetwegen. Hatte er ihr verziehen? Uns beiden? Wie sollte ich damit klarkommen?

»Okay«, erwiderte er so ruhig, dass ich mich fragte, ob

Darcy mit ihm darüber gesprochen hatte. »Dann brauchst du halt mehr Leute. Wo ist das Problem?«

Ich hob den Kopf, musterte ihn ungläubig.

»Was?« Erneut rollte er mit den Augen. »Du hast Alex. Du hast mich. Du hast deine Therapeutin, wenn du deinen Arsch hochkriegst und wieder eine Sitzung mit ihr buchst. Und dann gibt's noch unzählige Leute im Prisma, die Bock auf dich haben. Sind wir zu uncool für dich, Nic? Ist es das? Willst du aufregendere Menschen? Tja, Pech gehabt, aber sieht nicht aus, als hättest du gerade eine große Auswahl.«

Es war als Scherz gemeint, doch ich hörte den Schmerz hinter seinen Worten. Er war noch immer verletzt, was ich damals gesagt hatte.

»Seit wann habe ich dich?«, wisperte ich statt einer Antwort.

Seine Gesichtszüge wurden hart. Jetzt war er derjenige, der meinem Blick auswich. »Du bist mein Bruder.«

»Du hasst mich.«

»Was für ein Bullshit.«

»Julian …«

»Halt die Klappe, okay? Ich war sauer auf dich. Und auf Darcy. Das war ja wohl berechtigt. Außerdem war ich schon immer eifersüchtig auf dich. Jetzt bin ich es nicht mehr. Oder … oder ich versuche, es nicht zu sein. Also sei ruhig.«

Ein hilfloses Lachen entwich mir. Ich musterte sein Gesicht. Sein vertrautes Gesicht, an das ich mich in den letzten Wochen so gewöhnt hatte, auch wenn er mich gemieden hatte.

»Es tut mir leid«, flüsterte ich.

»Was genau?« Seine Stimme triefte vor Spott. »Die Liste ist nicht gerade kurz.«

»Dass ich mich ausgerechnet in deine beste Freundin verlieben musste.«

Sein Blick zuckte wieder zu mir. Er schnaubte. »Ja, Alter, das sollte dir auch leidtun.«

Meine Mundwinkel zuckten. »Zu meiner Verteidigung: Ich habe keine Ahnung, wie ich es hätte verhindern sollen. Sie ist …«

»Ich weiß, wie sie ist«, vervollständigte er bitter. »Der beste Mensch der Welt.«

Ich nickte. Die Wahrheit.

»Du fliegst mit uns zurück.«

Wortlos starrte ich ihn an.

»Brauchst gar nicht so zu gucken. Glaubst du, wir sind hier, um Urlaub zu machen?«

»Ich kann keine Wohnung in Goldbridge kaufen«, platzte es aus mir heraus.

Da lachte er plötzlich. »Ja, ach was, du bist fünfundzwanzig, was war das überhaupt für 'ne Schnapsidee?«

»Ich dachte, wenn ich eine Wohnung kaufe, dann glaubt ihr mir, dass ich es ernst meine.«

Sein Lachen verebbte. »Was ernst meinst?«

»Dass ich … dass ich nicht wieder abhaue.«

Er hielt beide Daumen in die Höhe. »Hat ja hervorragend geklappt.«

Schon wieder musste ich grinsen. Es hielt so lange an, bis meine Gedanken zu Darcy wanderten.

»Wieso ist sie hier?«, brachte ich beinahe lautlos hervor.

»Na, dreimal darfst du raten.«

Ich sagte nichts.

»Nic.« Er stöhnte. »Ist das dein Ernst? Ist das dein Scheißernst?«

»Ich bin nicht gesund«, sagte ich. »Ich bin nicht wie ihr. Ihr schafft es, jeden Tag aufzustehen, genug zu essen und zu trinken, zur Arbeit zu gehen, Freundschaften zu führen, verlässlich zu sein. Ich habe mein Leben nicht unter Kontrolle.

Mir ist schon klar, wie es von außen aussieht. Aber so fühlt es sich nicht an. Ich … ich glaube, es ist deutlich schlimmer, als ich dachte. Die Depression, meine ich.«

Er nickte. »Noch ein Grund, wieso Alleinsein gerade eine schlechte Idee für dich ist. Außerdem sind wir auch nicht so gesund, wie du denkst. Ich habe Ewigkeiten gebraucht, um zu realisieren, was Mum und Dad uns da für eine Scheiße aufgedrückt haben. Wie ich immer den Retter spielen musste, nachdem du weg warst, bis mir diese Rolle so gut gefallen hat, dass ich sie auch in meiner Beziehung mit Tori eingenommen habe. Weißt du, ich hab sie gedrängt, Therapie zu machen, aber vielleicht braucht nicht nur sie Therapie. Und *du* sollst deiner Therapeutin …«

»Hab ich schon«, unterbrach ich ihn mit einem Stöhnen.

Zufrieden lehnte er sich zurück, stützte sich mit beiden Händen hinter sich ab. »Perfekt.«

»Perfekt?«, höhnte ich.

Genervt betrachtete er mich. »Du kommst nach Hause. Du mietest eine Wohnung mit Alexis, statt sie zu kaufen, wie ein normaler Mensch. Du chillst so viel wie möglich mit uns. Du machst Therapie. Du lässt dir Zeit. Und wenn du dich wieder bereit fühlst, dann probierst du es noch mal mit dem Fotografieren. Aber nicht in einer melodramatischen Nacht-und-Nebel-Aktion und indem du uns alle ghostest. Du könntest dir erst mal einen Job in der Nähe suchen. London oder so. Weißt du, wie krass du bist? Wie gut deine Fotos sind? Ich glaube nicht, dass du Probleme haben wirst, Jobs zu finden. Du wirst sie dir vermutlich aussuchen können. Und schon mal daran gedacht, dass wir vielleicht Bock drauf hätten, dir bei der Arbeit zuzuschauen? Nimm uns als moralische Unterstützung mit, oder was weiß ich.«

Mir kamen schon wieder die Tränen.

Bevor ich etwas sagen konnte, klopfte es an der Tür.

Julian war schneller als ich. Er erhob sich und riss sie auf.

Darcy kam herein, mit geröteten Wangen und unzähligen Papiertüten in den Händen. »Hi«, rief sie fröhlich. »Ich hoffe, ihr habt Hunger. Ich war bei einer Markthalle hier um die Ecke und habe mir viel zu viel aufschwatzen lassen.«

Unsere Blicke trafen sich. Diesmal schaffte ich es nicht, wegzusehen. Mit einen Mal gab es nur noch sie. Meine Augen begannen schon wieder zu tränen.

»Ich geh mal aufs Klo«, murmelte Julian aus weiter Ferne und verschwand im Flur.

Darcy stellte die Tüten ab, wobei sie mich nicht aus den Augen ließ. Und dann, ohne sich Schuhe oder Jacke auszuziehen, ging sie vor mir in die Knie und bekam mein Gesicht zu fassen.

Ihre Finger waren Eiszapfen. Es hätte mir nicht egaler sein können.

Sie war hier.

O Gott, sie war wirklich hier.

»Ich will nicht sterben«, entfuhr es mir, und ich tastete nach ihrer Taille, zog sie näher. »Aber das ist nicht alles.« Ich nahm ein paar tiefe Atemzüge. »Ich will auch leben, Darcy.«

Sie nickte. Lächelte. Nickte. Das Schwarz ihrer Augen wurde flüssig. »Das will ich doch stark hoffen.«

»Tut mir leid, dass ich abgehauen bin. Das war 'ne Scheißaktion.«

Erneut nickte sie. Eine Träne lief ihre Wange hinab. »Mach das nie wieder.« Sie umklammerte mich fester. »Nicht so.«

»Okay.«

»Versprochen?«

Ich nickte und weinte und nickte noch mal. »Versprochen.«

Sie beugte sich vor. Ihr Mund schmeckte nach Salz und Athener Winter.

»Ich brauche Hilfe«, murmelte ich an ihren Lippen.

»Ich weiß.«

»Ich brauche auch *deine* Hilfe.«

»Ich weiß, Nic.«

»Wenn du nicht bereit bist ...«

»Bin ich aber.« Sie schniefte. »Ich bin jetzt bereit.«

»Bist du dir ...«

Mit einem weiteren Kuss schnitt sie mir erneut das Wort ab. »Hör auf, so lächerliche Fragen zu stellen.«

Wie oft ich diese Worte schon zu ihr gesagt hatte ...

»Und hör auf zu rauchen. Das ist echt eklig.«

Ich musste lachen. »Sorry.«

»Wenn es mir zu viel wird, sage ich es dir«, fuhr sie ernst fort. »Wir machen es richtig. Aber du bist nicht allein. Du hast nicht nur mich, weißt du?«

Ich nickte. »Bitte hör trotzdem nicht auf, mit mir zu reden.«

»He, wer von uns beiden ist denn abgehauen?«, rief sie. »Du hast selbst gesagt, wenn wir miteinander reden, sind wir sicher. Dann kann uns nichts passieren. Also halt dich an deine eigenen Worte, wie wär's damit?« Zärtlich fuhr sie mir durchs Haar. »I want your ugly, I want your disease«, flüsterte sie. »Das bedeutet, ich bin nicht nur für die guten Momente hier. Genauso wie ich auch dich für meine nicht so guten Momente brauche.«

»Hast du gerade Lady Gaga zitiert?«

»Ja, wenn sie halt recht hat!«

Statt einer Antwort zog ich sie näher und küsste sie wieder.

Als Schritte hinter uns ertönten, fuhren wir auseinander wie zwei gegensätzliche Magnetpole.

»Ekelhaft«, brummte Julian, aber als ich mich aufrichtete und umdrehte, lag ein Grinsen auf seinen Lippen.

»So. Lasst uns essen. Wir haben noch 'ne gute Stunde, dann sollten wir zum Flughafen fahren.«

»Wieso die Eile?«, entfuhr es mir. Plötzlich wurde ich von Leichtigkeit erfasst. All die Möglichkeiten. »Wollen wir nicht noch ein bisschen die Stadt anschauen?«

»Unter anderen Umständen ja. Aber heute ist der Tag aller Tage.«

Verständnislos sah ich ihn an. Ich hatte keinen blassen Schimmer, welches Datum wir hatten. Es war bestimmt noch Januar, oder?

»Nächste Woche wird der diesjährige Michelin-Ratgeber veröffentlicht«, klärte er mich mit einem Glitzern in den Augen auf. »Falls sich bei uns etwas geändert hat, wird das Prisma heute Abend einen Anruf erhalten.«

55. KAPITEL

Darcy

The impossible dream

Der Zug wackelte heftig, aber Julian schien nichts aus dem Schlaf zu reißen. Er saß mir gegenüber, die Stirn gegen die Fensterscheibe gelehnt, den Mund halb offen, etwas Speichel an seinem Kinn. Grinsend wandte ich mich Nic zu, der neben mir saß und gerade dabei war, seinen Bruder aus allen Winkeln zu fotografieren.

»Druckmittel«, raunte er mir zu und schob das Handy zurück in seine Tasche.

Ich verdrehte die Augen, doch mein Grinsen wurde breiter. Ich war verdammt stolz auf die beiden. Und auch auf mich, weil ich es nicht nur geschafft hatte, mich mit meinem besten Freund zu vertragen, sondern auch, ihn dazu zu überreden, mit mir nach Griechenland zu fliegen, um seinen Bruder zurückzuholen.

Nachdem wir in London gelandet waren, hatten wir den erstbesten Zug nach Plymouth genommen. Den gesamten Flug über hatten wir abwechselnd auf Nic eingeredet, bis wir ihm jedes Detail aus der Nase gezogen hatten. Über seine Zeit in Griechenland, über die Einsamkeit, über die Leere. Es war eine Erleichterung gewesen, ihn endlich darüber reden zu hören, auch wenn es eine Weile dauern würde, bis ich das Gehörte verarbeitet hatte. Während wir aufs Gepäck gewartet hatten, hatten Julian und ich ihm geholfen, eine Mail an seinen Agenten zu formulieren, in der er sich entschuldigte und ihm mitteilte, dass er doch mehr Zeit benötigte, bis er wieder arbeiten konnte.

»Wie geht's dir jetzt?«, wisperte ich und griff nach seiner Hand.

Statt einer Antwort beugte er sich zu mir und küsste mich. Seufzend ergab ich mich. Es war ungewohnt und normal zugleich, seine Wärme zu spüren.

»Ihr seid wirklich nach Athen geflogen«, gab er zurück, während er zurückwich und seine Stirn an meine legte. »Ich glaub's immer noch nicht.«

»Gewöhn dich nicht dran.«

»Keine Sorge.« Er atmete tief durch, schloss die Augen. Sein Atem strich mir übers Gesicht. »Mir geht's so viel besser. Und dir?«

»Ebenfalls«, flüsterte ich und umklammerte seine Hand fester. »Weißt du, vielleicht solltest du dich doch daran gewöhnen.«

Seine Lider flatterten auf, und er wich leicht zurück. »Woran?«

»Als wir im Flugzeug saßen, ist mir zum ersten Mal richtig bewusst geworden, dass ich mein Zuhause noch nie verlassen habe. Und dass das vielleicht nicht nur damit zusammenhängt, dass ich es so sehr liebe, sondern auch damit ... dass ich Angst habe. Wir waren nur ein paar Stunden in Athen, und trotzdem kam ich mir so frei vor, als ich in dieser Markthalle war. Diese ganzen Gerüche, fremde Menschen und neuen Eindrücke. Ich hatte direkt wieder Lust, eine Collage zu erstellen.«

Abwartend sah er mich an, mit nichts als Wärme und Zuneigung im Blick.

»Als du mich damals gefragt hast, ob ich mit dir kommen will, war ich nicht bereit. Und ich liebe Goldbridge nach wie vor. Aber was, wenn ich in der Zukunft mal einen Tapetenwechsel brauche? Für ein paar Tage? Oder Wochen?« Ich biss mir auf die Lippe. »Was, wenn ich mehr von der Welt sehen will?«

Ein Lächeln breitete sich auf seinen Lippen aus, so glücklich und frei, dass mein Herzschlag beschleunigte. Nach wie vor erwiderte er nichts.

»Ich weiß, dass du gerade noch nicht arbeiten kannst. Ich will dich auch auf keinen Fall unter Druck setzen. Aber vielleicht … irgendwann … wenn es wieder geht, vielleicht wünschst du dir dann mal eine Begleitung bei einem deiner Jobs?«

Seine Augen füllten sich mit Tränen, und es dauerte einige Sekunden, bis er sie zurückgedrängt hatte.

Mein Herz schlug schneller.

»Julian hat was Ähnliches gesagt«, brachte er irgendwann hervor. »Dass er mich auf einen Job begleiten will. Ich dachte immer …« Er holte tief Luft. »Ich dachte, ihr wollt kein Teil von diesem Leben sein.«

»Ich glaube, ich kann für uns beide sprechen«, erwiderte ich leise. »Wir wollen Teil von jeder Version deines Lebens sein. Wir hatten nur zu viel Angst, uns das einzugestehen.«

Er nickte langsam. Und plötzlich leuchteten seine Augen. »Das wäre so krass, Darcy. Es wäre eine völlig neue Erfahrung.«

Lächelnd griff ich nach meinem Handy. »Apropos neue Erfahrung.« Ich tippte auf die Etsy-App und klickte mein Profil an, ehe ich es ihm zeigte.

Seine Augen weiteten sich. »Ist das …«

»Ich hab schon zwei Anfragen«, erwiderte ich und konnte kaum ein Quietschen unterdrücken. »Glaubst du, die verarschen mich?«

Fassungslos sah er mich an. »Du hast Collagen online gestellt?«

»Ja, aber mal ehrlich, ich habe keine Ahnung, ob das professionell genug ist. Und ich weiß nicht, was ich ihnen antworten soll, und …«

»Darcy. Darcy, hey«, stoppte er mich und nahm mir das Handy aus der Hand, um die Anfragen anzuklicken. »Guck mal hier. Maya aus Wien. Sie fragt, ob der Preis dein Ernst ist. Und das frage ich mich auch.«

Stirnrunzelnd beugte ich mich rüber. Ich hatte die Nachrichten vor lauter Panik kaum richtig gelesen.

»Fünfzehn Pfund?«, zischte er. Er klang, als hätte ich ihn persönlich beleidigt. »Oh, mein Gott, darf ich das bitte für dich regeln?«

Die Hitze stieg mir in die Wangen. »Ich bin Anfängerin. Ich möchte die Leute nicht ausnehmen.«

»Anfängerin?« Seine Stimme überschlug sich. Julian vor uns zuckte im Schlaf. »Die Leute ausnehmen? Das ist Kunst! Außerdem machst du das seit Jahren. Du bist verdammt gut darin. Darf ich dir bitte, bitte bei Preis und Vermarktung helfen?«

Ich stöhnte. »Wenn's sein muss.«

Da grinste er plötzlich wieder. »Ich bin so stolz auf dich.«

Gegen meinen Willen musste ich ebenfalls grinsen. »Danke. Ich wollte es dir eigentlich gar nicht zeigen, weil es dann real wird. Aber ich fürchte, ich sollte öfter über meinen Schatten springen. Außerdem bist du der Grund dafür, dass ich es überhaupt getan habe.«

»Wie schön, dass ich mich nach all der Zeit endlich revanchieren konnte.«

»Wie meinst du?«

»Na, du bist der Grund dafür, dass ich überhaupt Fotos mache. Schon vergessen?«

Bevor ich zu einer Antwort ansetzen konnte, erklang ein entnervtes Stöhnen vor uns. Zeitgleich wandten wir uns Julian zu, der sich gähnend die Augen rieb.

»Ich dachte, es ist ein Albtraum«, murmelte er. »Aber leider ist das ab jetzt meine Realität, oder?«

Unsicher, ob ich lachen oder auf ihn eingehen sollte, drehte ich mich zu Nic. Dieser schien völlig unbeeindruckt von den Worten seines Bruders zu sein. Er zeigte ihm mein Handy.

»Fünfzehn Pfund«, sagte er mit Todesmiene. »Fünf. Zehn. Pfund.«

Julian brauchte ein paar Sekunden, um zu verstehen. Er schaute zu mir. »Du verkaufst sie endlich?«

»Für fünfzehn Pfund«, kam es erneut von Nic.

»Also erst mal: Wie geil bist du bitte?« Julian strahlte übers ganze Gesicht. »Das ist so ein großer Schritt!«

»Danke«, piepste ich. »Dein Bruder ist schuld.«

»Aber wieso verkaufst du dich so dermaßen unter Wert?«

»Meine Rede!«, rief Nic.

Ich konnte nicht anders, als laut zu lachen. »Es ist so schön, wenn ihr ausnahmsweise mal einer Meinung seid.«

56. KAPITEL

Darcy

Stay a while

Wir wurden empfangen, als wären wir Monate weg gewesen. Jubel, Klatschen, Umarmungen von allen Seiten. Mario am Klavier spielte sogar den Hochzeitsmarsch. Das gesamte Prisma-Team war im Restaurant, die Tische waren wie an Weihnachten zusammengeschoben und mit Leckereien bedeckt. Die Nacht der Michelin-Stern-Vergabe war wie eine große Snack Night, jeder hatte etwas dazu beigetragen.

Statt wie ausgemacht Alexis am Bahnhof in Plymouth zu treffen, war es Elliot gewesen, der auf uns gewartet hatte. Julian hatte die Lippen aufeinandergepresst und böse geguckt, aber nichts gesagt. Nic war seinem Vater um den Hals gefallen und hatte ihn sekundenlang an sich gedrückt.

Ich hatte mich bei Jules eingehakt und ihn zum Auto geführt, in dem Nic sich nach vorn gesetzt und Julian und ich auf der Rückbank Platz genommen hatten. Unsere Handys waren mit Nachrichten bombardiert worden, da Tori, Echo und Alexis wissen wollten, wie es gelaufen war.

»Es sieht schlecht aus«, flüsterte mir Tori jetzt zu, nachdem sie mich begrüßt hatte. »In einer Stunde ist Mitternacht, normalerweise kommt der Anruf viel früher. Das Späteste, wovon ich je gehört hab, war zehn Uhr.«

Ich nickte bloß. Egal, was heute passierte, es würde okay sein. Denn wir waren alle zusammen.

Julian, der sich von einer tränenaufgelösten Thea hatte umarmen lassen, drehte sich jetzt zu uns und schaute Tori an. »Hi«, flüsterte er. Die beiden hatten seit ihrem Krisengespräch nicht richtig miteinander geredet.

»Hi«, gab sie zurück, und ein zaghaftes Lächeln breitete sich auf ihren Lippen aus. »Ich habe gute Nachrichten: Du musst dich nicht von mir trennen.«

Mit einem Grinsen wandte ich mich ab und ließ mich von Echo an den Tisch ziehen, während Nic gegenüber von mir seinen Vater, der drauf und dran gewesen war, sich aus dem Prisma zu stehlen, ebenfalls zum Tisch bugsierte.

»Wie lief's?«, raunte Echo mir zu.

»Gut.« Mein Grinsen wurde breiter. »Und bei euch?«

»Na ja, Alexis und ich haben den ganzen Tag damit verschwendet, Cupcakes mit diesen komischen Michelin-Blumen als Topping zu backen«, murmelte sie und deutete auf das Gebäck vor uns auf dem Tisch. Schneeweiße Küchlein mit weißer Buttercreme und jeweils zwei roten Michelin-Sternen aus Marzipan darauf. Eine Art Manifestation? »Denn es sieht stark danach aus, als würde es bei dem einen Stern bleiben.«

Ich pulte einen der Michelin-Sterne aus Marzipan vom nächsten Cupcake und steckte ihn mir in den Mund. »So«, sagte ich und leckte mir die Lippen. »Jetzt passt es wieder.«

Ungläubig lachte sie, und Alexis, der neben ihr saß, fiel mit ein.

Ich wollte noch etwas sagen, doch in diesem Moment wanderten alle Blicke zu Nic, der etwas aus der Duty-free-Tüte holte und auf den letzten freien Platz am Tisch vor ihm stellte. Am Flughafen in Athen war er für ein paar Minuten verschwunden – worauf Julian direkt panisch gerufen hatte: *»Der kommt nicht zurück, Darcy, ich sag's dir, der hat die*

Biege gemacht!« – und hatte sich anschließend geweigert zu verraten, was er besorgt hatte.

Nic räusperte sich. »Darf ich eine Snack-Night-Story zum Besten geben, auch wenn ich die hier definitiv nicht selbst gemacht habe?«

»Wir bitten darum!«, rief Thea, die sich die Tränen vom Gesicht gewischt hatte und sich neben Elliot setzte, der ebenfalls wirkte, als würde er gleich losheulen. Irgendwie schien sie trotz der Tränen deutlich entspannter als sonst. Lag es daran, dass ihre Mutter inzwischen wieder abgereist war, oder war es die Erleichterung darüber, Nic zurück in Goldbridge zu haben?

Ich reckte mich leicht, bis ich die Verpackung identifizieren konnte: Loukoumi oder Turkish Delight, in diesem Fall Greek Delight, auch wenn das ein und dasselbe war, wie mir die Bitherseas erklärt hatten. Stirnrunzelnd wechselte ich einen Blick mit Julian, der mit den Schultern zuckte. Soweit wir wussten, war Nic kein großer Fan von Süßzeug, vor allem nicht von diesem: kleine klebrige Zuckerexplosionen in den Geschmacksrichtungen Rose, Zitrone und Pistazie.

»Ich hasse das Zeug«, kam es prompt von Nic, und ein paar Leute kicherten. »Lasst *ihr* es euch also schmecken.« Grinsend strich er sich die Haare zurück. »Aber als ich bei meiner Großmutter zu Besuch war, gab es das zum Kaffee, und ich habe am Anfang aus Höflichkeit so getan, als würde es schmecken, deshalb hat sie es danach jedes Mal für mich besorgt. Ich habe es nicht über mich gebracht, ihr zu gestehen, dass ich es nicht mag.«

Alle Blicke waren auf ihn gerichtet, aber niemand sah ihn so an wie seine Eltern und seine Brüder. Diese Verbundenheit in ihren Gesichtern, das Zeugnis von gemeinsamer Geschichte.

»Egal, wie viel wir zu tun hatten, wir haben uns immer die

Zeit genommen, gemeinsam Kaffee zu trinken«, fuhr er fort. »Das waren die einzigen Momente, in denen sie mir von meinem Großvater erzählt hat. Davon, wie schwer es mit ihm war, und davon, wieso sie trotzdem geblieben ist. Und während ich ihren Worten gelauscht habe, von denen ich mit der Zeit mehr und mehr verstanden habe, ist mir irgendwann bewusst geworden, dass uns der schlimmste Mensch auf der Welt eine Erklärung für sein Verhalten liefern könnte, wenn er es nur will. Dass es niemanden da draußen gibt, dessen Taten nicht irgendeinen Ursprung in der Vergangenheit haben. Niemand wacht auf und beschließt, zum Arschloch zu werden. Und niemand ist der Bösewicht in seiner eigenen Geschichte. Wir alle legen uns irgendwelche Erklärungen zurecht, damit wir weiterleben können. Das soll keine Rechtfertigung sein und auch keine Entschuldigung. Trauma rechtfertigt gar nichts. Aber es erklärt einiges.« Er holte tief Luft, senkte den Blick, als würde das, was nun folgte, zu hart werden, wenn er sah, wie viele Zuhörer er hatte. »Ich war auch nie der Bösewicht in meiner eigenen Story. Stattdessen habe ich mich als Helden gesehen. Ich wurde von außen bestätigt. Egal, was ich getan habe, es hat funktioniert. Aber ich hatte vergessen, dass ich nicht auf der Welt bin, um möglichst viele Menschen von mir zu überzeugen. Ich hatte vergessen, dass es Menschen gibt, die von Anfang an nur mein Bestes wollten. Ich hatte vergessen, was es bedeutet, eine Familie zu haben.« Er hob den Kopf, und unsere Blicke trafen sich. »Damit meine ich nicht nur Blutsverwandtschaft.«

Wärme durchfuhr mich, doch bevor ich die Chance hatte zu reagieren, wanderte sein Blick weiter zu seiner Mutter.

»Lasst mich euch helfen«, wisperte er. »Bitte. Wir brauchen den zweiten Stern nicht, um das Prisma wiederaufzubauen.«

Thea lächelte. »Du hast uns schon mehr als geholfen, Nico. Weißt du, wie viele Reservierungen wir für den nächsten Monat haben, obwohl in der Wintersaison normalerweise nicht einmal eine reinkommt? Das haben wir alles deiner und Darcys Arbeit zu verdanken.«

Er schüttelte den Kopf. »Lasst mich die Schulden bezahlen. Ich hab das Geld.«

Elliot und Thea sahen sich an, eine Mischung aus Entrüstung und Ungläubigkeit.

»Scheiße, ich hab so viel Geld!«, rief Nic. »Ich war drauf und dran, 'ne Wohnung hier zu kaufen. Ohne einen Kredit aufzunehmen. Bitte, ich hab keine Ahnung, was ich damit tun soll.«

Diese Info schien allen die Sprache zu verschlagen. Eine Weile herrschte Totenstille, außer dem Brausen des Windes und dem Rauschen der Wellen war kein Ton zu vernehmen.

»Ich hab 'ne Idee«, durchbrach Echos trockene Stimme schließlich das Schweigen. »Du könntest es einfach mir geben. Ehrlich, das ist gar kein Problem für mich. Ich opfere mich.«

Gelächter ertönte. So schnell war die Spannung gelöst.

»Lass uns bei Gelegenheit noch mal darüber reden«, sagte Thea diplomatisch. »Und uns jetzt einfach darauf konzentrieren, dass wir alle versammelt sind und einen schönen Abend miteinander genießen. Zweiter Stern hin oder her.« Sie schaute lächelnd in die Runde. »Wie wär's mit einem Foto, wenn wir schon mal vollzählig sind? Hast du deine Kamera dabei, Nico?«

Wenige Minuten später hatten wir uns alle gegenüber vom Geländer zusammengedrängt, um aufs Foto zu passen.

Nic stand vor uns, die Kamera in den Händen. »Bereit?«

»Dein Ernst, Alter?«, rief Julian neben mir. »Mach Selbstauslöser und komm her.«

Unwillkürlich verzogen sich meine Lippen zu einem Grinsen. Als ich die Mitarbeiter scannte, fiel mir auf, dass sowohl Thea als auch Alexis ebenfalls grinsten.

Nic verdrehte die Augen, aber gehorchte. Er drückte ein paar Tasten und legte die Kamera auf dem Flügel ab, ehe er im Laufschritt zu uns eilte.

Schon wieder trafen sich unsere Blicke. Ich hob eine Braue – und das war Einladung genug. Sekunden später befand er sich hinter mir und schlang die Arme um mich. Black Sugar. Hoffnung. Wärme.

»Bleib hier«, flüsterte ich und schmiegte mich in die Umarmung. »Bleib bei mir.«

»Ich bleibe hier«, erwiderte er ebenso leise.

Anscheinend nicht leise genug. Genau in dem Moment, in dem der erste Blitz aufflackerte, gaben Julian und Echo simultan Würgegeräusche von sich.

Als es zum zweiten Mal blitzte, fingen wir zu lachen an.

Und dann, inmitten des Blitzgewitters, erklang ein anderes Geräusch. Ein Klingeln.

»War das …«, sagte jemand neben mir, während das dritte Foto geschossen wurde.

Kein Handy. Das Klingeln eines Festnetztelefons.

Sekundenlang rührte sich niemand. Und dann brach Chaos aus. Wir sprangen alle gleichzeitig auf.

»Thea!«, brüllte Tori. »TELEFON!«

Triggerwarnung

Dieses Buch enthält potenziell triggernde Inhalte zu folgenden Themen: Depression, Suizidgedanken, Suizidversuch, Isolation, Einsamkeit, sexualisierte Gewalt.

Danksagung

Eine weitere Reihe, die ihr Ende findet, und im Gegensatz zu sonst spüre ich keinen Abschiedsschmerz, sondern vor allem eine tiefe Ruhe in mir.

Mit den Hungry Hearts verbinde ich generell Seelenfrieden – ich habe es zum ersten Mal geschafft, genug Pausen zu machen, auf mich selbst zu achten, und vor allem das zu schreiben, was ich mich vor kurzer Zeit noch nicht getraut hätte. Also möchte ich mich zur Abwechslung mal zuerst bei mir selbst bedanken – dafür, dass ich nicht aufgehört habe, für das Leben zu kämpfen, das ich haben will, und mich von allem gelöst habe, was nicht dazu passt. Diese Reihe hätte ich nicht auf diese Art schreiben können, wäre ich nicht zuerst dieser Mensch geworden.

Ein großes Dankeschön auch an meine Agentur erzähl:perspektive, das Penguin-Team und meine Lektorin Laura Lichtenwalter für eure Begeisterung und euer Vertrauen. Melike Karamustafa – nach zwei Reihen und sechs Büchern sind wir das perfekte Dream-Team geworden, und ich genieße die Zusammenarbeit mit dir sehr. Ich freue mich schon auf alle weiteren gemeinsamen Projekte!

Effi, Maria und Janni Tramountani(s) – in den Büchern geht es viel um Geschwister, und ich habe keine Ahnung, was für ein Mensch ich geworden wäre, wäre ich ohne aufgewachsen, aber ich bin froh, dass ich das nicht herausfinden muss. Effi, danke für all die Schwimm-Dates, die meinen Schreibprozess (und unser Leben) auf ein neues Level gehoben haben – Mineralbad beste. Maria, danke dass du meine Bücher immer asap liest, obwohl du eigentlich überhaupt keine Zeit dafür hast. Janni, danke für die Hochzeit, die mich wieder nach Griechenland gebracht hat.

Und wenn wir schon bei Familie sind: Danke an meine Eltern und Großeltern, die eine große Inspiration waren, auch wenn sie das zum Teil nie erfahren werden.

Besonders in den letzten Jahren ist mir bewusst geworden, dass Familie nicht nur Blutsverwandtschaft bedeutet. Also danke auch an meine selbst gewählte Familie:

Lea und Jonas Melcher – ihr habt für mich einen neuen Standard für zwischenmenschliche Beziehungen gesetzt. Danke für all die Gespräche, Reisen, Spiel-und-Spaß-Aktionen und vor allem dafür, dass ihr immer mein Safe Space seid.

Mehwish Sohail – in diesem Buch geht es um Seelenverwandtschaft, und ich glaube, es ist kein Geheimnis, dass du eine große Inspiration dafür warst. Ich kann nicht fassen, dass wir uns gefunden haben. Auf dass die Kilometer zwischen uns immer weniger werden.

Juli Dorne – während ich den ersten Teil dieser Reihe geschrieben habe, habe ich mir verzweifelt jemanden wie dich gewünscht, und du hast alle meine Erwartungen übertroffen. Danke, dass du mir durch dein Feedback das Gefühl gibst, unantastbar zu sein, und ganz besonders dafür, dass du meine Freundin bist, du Flöte.

Danke an alle weiteren Menschen, die meinen Schreibprozess begleitet und mich motiviert haben!

Und zum Schluss ein riesengroßes Dankeschön an meine Leser:innen. Eure Begeisterung ist mit Abstand das Schönste am Veröffentlichungsprozess. Danke, dass ihr meine Bücher so fühlt. Danke an alle, die von Anfang an dabei waren und an jene, die mich mit dieser Reihe neu entdeckt haben. Ich hoffe, wir lesen uns auch bei zukünftigen Projekten!

Um abschließend aus meinem Buch zu zitieren: »*Verstanden zu werden ist das Beste, was jemandem in dieser abgefuckten Welt passieren kann.*«

Danke, dass ihr meine Geschichten und mich versteht. Es ist wirklich das beste Gefühl der Welt.

Lesen Sie weiter >>

Matilda füllte die ganze Fahrt zu ihrer Wohnung mit fröhlichem Geplapper, als spürte sie, dass ich nicht in der Lage war, über mich zu reden. Ein besonders graues London flog hinter den verregneten Scheiben des Doppeldeckerbusses an uns vorbei, während sie mir alles über ihre WG erzählte.

Als wir nach ungefähr fünfzehn Minuten an der Kreuzung zwischen Oxford und Soho Street ausstiegen, beschlich mich allerdings die Vermutung, dass meine neue Bekanntschaft mir irgendetwas verschwieg. Die Wohnung war ihr zufolge geräumig, hatte neben den vier Schlafzimmern auch einen gemeinsamen Wohnbereich mit offener Küche und befand sich in einem hübschen Altbau über einer Bar. Sie wohnte wohl mit einem Kerl und einem anderen Mädchen in unserem Alter zusammen, und die vierte Mitbewohnerin hatte aus unerfindlichen Gründen in einer Nacht-und-Nebel-Aktion ihr Zeug gepackt und war abgehauen. Trotz moderater Miete mitten in Soho. Nie im Leben war das die ganze Wahrheit.

»Das Zimmer scheint so verflucht zu sein wie der Lehrerposten für Verteidigung gegen die dunklen Künste, nachdem Voldemort ihn verhext hat«, schloss Matilda dann schließlich auch geheimnisvoll und griff nach meinem Ellenbogen, um mich in die richtige Straße zu lotsen. Geschäftiges Treiben herrschte hier. Ein Starbucks, ein mexikanischer Schnellimbiss und ein Pianogeschäft reihten sich aneinander. Sie führte mich weiter bis vor einen urig aussehenden Pub mit dem Namen Ginger Cat Bar. Eine rot gescheckte Katze war neben die verschnörkelten Buchstaben gepinselt, und hinter den Erkerfenstern waren schemenhaft dunkle Möbel und Tropfkerzen in leeren Spirituosenflaschen zu erkennen.

Ich beschloss, trotz Matildas kryptischer Andeutung vorerst die Klappe zu halten. Erstens hatte ich wenig Lust, in Joshs Wohnung zurückzukehren, wo mich jeder Quadratmeter an die Vergangenheit und mein Versagen erinnerte, und zweitens konnte ich mir nicht leisten, mir diese Gelegenheit entgehen zu lassen. Selbst wenn es sich bei dem Zimmer um ein absolut trashiges Loch handelte, es war besser als nichts. Mir graute es, wenn ich an die Online-Anzeigen und meinen aufgesetzten Text dachte … Matilda hatte mich wenigstens authentisch erlebt – auch wenn ich keine Ahnung hatte, wie mir dieses Verhalten eine solche Chance bescheren konnte.

Wir liefen an der Bar vorbei zu einem versteckten Hauseingang. Die Tür war dunkelblau lackiert und gab erst nach, nachdem Matilda den Schlüssel umgedreht und sich zweimal mit ihrem ganzen Körpergewicht dagegengeworfen hatte.

»Wie viele Bewerber habt ihr eigentlich?«, wollte ich wissen, als wir eine breite Wendeltreppe hochstiegen, deren Geländer schmiedeeiserne Blumen zierten, die vom häufigen Anfassen blank gerieben waren. Der Putz an den Wänden blätterte ab. Heruntergekommen, aber mit Charme. Ich mochte alte Gebäude, sie hatten eine Geschichte zu erzählen und waren viel gemütlicher als diese schicken, sterilen Neubauten.

»So um die hundert.« Matilda schnitt eine Grimasse. »Langsam nervt die Suche. Wir können ja auch nicht einfach irgendjemanden nehmen. Die Person muss zu uns passen und …« Sie ließ den Satz unvollendet und täuschte ein Husten vor.

»Und die Vermieter überlassen euch die Suche?«, hakte ich nach. Hundert Bewerber klang durchaus realistisch, wenn man die perfekte Lage der Wohnung bedachte.

»Mhm.« Matilda nestelte an ihrem Schlüsselbund. Wir waren im zweiten Stock angelangt, und sie steuerte das Ende des Ganges an. »Sie sind die Eltern unseres Mitbewohners und vertrauen uns.« Vor einer zweieinhalb Meter hohen Holztür blieb sie stehen und schloss auf. »Rein mit dir!«

Mit einem leisen Klick öffnete sich die Tür.

Bei meinem ersten Schritt ins Innere ächzten die Holzdielen unter meinen Stiefeln, und ich musste unwillkürlich lächeln, als ich das *Call-Me-By-Your-Name*-Filmposter hinter einer altmodischen Kommode entdeckte. Daneben thronte eine gigantische Monstera-Pflanze in einem Topf in Form eines antiken Frauenkopfs. Ich atmete tief durch die Nase ein. Jede fremde Wohnung verströmte ihren ganz speziellen Eigenduft, doch diese hier roch lediglich nach Vanille.

Matilda fing meinen Blick auf und grinste. »Briony hat eine sehr ausgeprägte Yankee-Candle-Obsession. Diese Woche ist der Favorit Vanilla-Cupcake. Hoffe, das stört dich nicht.«

Ich schüttelte den Kopf, zog meine Schuhe aus und stellte sie neben zwei spitz zulaufende weiße Lederboots.

Unzählige Schuhpaare zogen sich bis zum Ende des schmalen Flurs. Gigantische Männer-Sneaker neben winzigen Dr. Martens, Schwarz neben Quietschgelb, Verspielt neben Sportlich neben Elegant.

»Und wir alle haben eine Schuhobsession …«, fügte Matilda hinzu, nahm mir meinen schwarzen Mantel ab und hängte ihn zusammen mit ihrer puderfarbenen Daunenjacke an zwei goldene Garderobenhaken. »Bryyyy«, brüllte sie anschließend über den Flur. »Hast du das letzte Pärchen erfolgreich vertrieben?«

Der Flur mündete in ein lichtdurchflutetes Wohnzimmer mit hoher Decke, Kronleuchter und einem dunkelroten Perserteppich, der fast den kompletten Boden bedeckte.

Meine Kinnlade klappte herunter. Von wegen trashiges Loch. Überall hingen Pflanzen in Netzkörben von der Decke, eine Lichterkette mit kleinen Glühbirnen zierte die silberne Tapetenwand, und ein paar bunt zusammengewürfelte Sessel, Sofas und Hocker standen um einen dem Anschein nach selbst zusammengezimmerten Paletten-Tisch herum.

»Ihr habt sogar einen Balkon?«, entwich es mir fassungslos, als ich die Fensterfront und die Glastür hinter einem geblümten Zweisitzer erspähte.

»Willkommen in der schönsten WG der Stadt«, antwortete Matilda mit einem Lachen.

Das Wohnzimmer führte rechts in eine Küchennische und links in einen weiteren Flur, aus dem in diesem Augenblick eine junge Frau kam. Sie trug einen bodenlangen bunten Kimono und hatte hellblondes Haar, das ihr in feuchten Strähnen auf die Schultern fiel. Ihre Haut war noch blasser als meine, und ihre Gesichtszüge hatten genau wie ihr Gang etwas Elfenhaftes an sich.

»Ich musste erst mal ein heißes Bad nehmen, nachdem sie abgehauen sind«, sagte sie mit glockenheller Stimme. »Die Wohnungssituation in London ist ätzend, darüber müssen wir gar nicht diskutieren, aber wer will freiwillig mit seinem Neugeborenen in eine Studenten-WG ziehen?«

Matilda musste wieder lachen. Diesmal noch lauter. »Ach du Scheiße, die hatten ein Baby? Das haben sie mir bei unserem Videotelefonat vorab verschwiegen.«

»Ich habe den Bildschirmschoner auf dem Handy der Frau gesehen, und da haben sie dann endlich Klartext geredet. Als ich ihnen klarmachen musste, dass sie für uns nicht infrage kommen, haben sie mir einen Job als Babysitterin angeboten. Die wollten sicher nur hier einziehen, damit wir auf ihr Kind aufpassen, während sie sich die Kante geben. Der Typ sah superbetrunken aus.« Erst bei ihren letzten Worten schien sie mich zu registrieren und hob eine helle Augenbraue.

Matilda trat zwischen uns und machte eine ausladende Armbewegung in meine Richtung. »Apropos betrunken! Ich habe uns jemanden mitgebracht. Wie steht's um unseren Vorrat?«

Das blonde Mädchen lächelte mich zaghaft an, während eine Spur Argwohn in ihren hellblauen Augen aufblitzte. »Du weißt genau, dass ich das Zeug nicht anrühre.« Dann schaute sie fragend zu mir.

»Briony, Liv. Liv, Briony.«

Wir schüttelten uns die Hände, und ich versuchte, sie so überzeugend wie möglich anzulächeln – als hätte ich mein Leben unter Kontrolle. Selbst wenn das hier nichts wurde, ich würde selbstbewusstes Auftreten üben müssen, wenn ich irgendjemanden davon überzeugen wollte, dass ich eine passable Mitbewohnerin abgab. Na ja, vielleicht musste ich erst mich selbst davon überzeugen …

»Liv hier ist auf der Suche nach einem WG-Zimmer. Ihr Freund hat Schluss gemacht und sie vor die Tür gesetzt.«

Die Zweifel in Brionys Miene waren auf einen Schlag wie weggewischt. »Ich schau nach dem Whisky«, verkündigte sie und schwebte förmlich an mir vorbei in die Küche.

Mein angestrengtes Lächeln verbreiterte sich zu einem aufrichtigen. »Ganz so schlimm ist es auch nicht«, beeilte ich mich zu sagen.

»Pscht«, zischte Matilda mir zu. »Mitleid wirkt bei ihr am besten.« Dann flitzte sie mit den Worten »Ich hätte vorhin echt aufs Klo gehen sollen!« in den Flur, aus dem ihre Mitbewohnerin gekommen war.

Fünf Minuten später saßen wir alle drei mit einem Drink um den Couchtisch herum. Matilda und ich tranken Whisky auf Eis, auch wenn das ihr zufolge eine Todsünde war, Briony hatte einen guten Schuss in ihren Earl Grey gegeben. Anscheinend aus Solidarität, obwohl sie das Zeug verabscheute, wie ich ihrem Gesicht bei jedem Schluck ansehen konnte. Die Mitleidsschiene wirkte wohl wirklich.

»Was studierst du, Liv? Du studierst doch, oder?«, fragte sie und warf Matilda einen prüfenden Blick zu. »Wo habt ihr euch eigentlich kennengelernt?«

»Auf den Toiletten in der Bib«, sagte Matilda und prostete mir zu. »Sie hat sich die Augen aus dem Kopf geheult, und ich habe sie so lange genervt, bis sie mir von ihren Sorgen erzählt hat. Eigentlich wollte ich noch ein paar Flyer am schwarzen Brett aufhängen, aber dann hab ich die Gelegenheit beim Schopf gepackt.«

Briony warf mir einen entschuldigenden Blick zu. »Typisch. Sie hat echt keinen Sinn für Anstand. Oder Grenzen.«

»Hey!«, rief Matilda, und die beiden grinsten sich an.

Ich spürte einen Stich in der Magengegend und nahm schnell einen großen Schluck von meinem Whisky. Sofort brannte meine Kehle, doch das warme Gefühl im Bauch ließ nicht lange auf sich warten. Die Vertrautheit zwischen den beiden war so allgegenwärtig, dass es wehtat.

Nach Rileys Tod hatte sich alles verändert. Es war mir immer schwerer gefallen, Beziehungen zu meinen Mitmenschen aufzubauen, die nicht nur an der Oberfläche kratzten. Es war Jahre her, dass ich so etwas Tiefes mit jemandem auf rein freundschaftlicher Ebene geteilt hatte. Drei Jahre, um genau zu sein, aber daran durfte ich jetzt nicht denken. Für heute hatte ich genug geweint.

»Ich studiere Journalismus im Bachelor«, klärte ich sie auf, nachdem sich die beiden wieder mir zugewandt hatten. »Und du?«

»Schauspiel.«

»An der Royal Academy of Dramatic Art«, ergänzte Matilda stolz. »Sie ist ’ne kleine Überfliegerin. Lass dich nicht von ihrer unschuldigen Erscheinung täuschen, sie kann die reinste Rampensau sein, wenn sie will.«

»Jetzt halt mal die Luft an«, sagte Briony mit hochrotem

Kopf, musste aber trotzdem kichern. »Willst du mal das Zimmer sehen?«

Wir erhoben uns mit den Getränken in den Händen und liefen den Flur hinunter bis zur ersten Tür auf der rechten Seite.

»Ta-da!«

Sie ließen mir den Vortritt, während sie mich abwechselnd mit Informationen zuschütteten.

»Es sind nur zehn Quadratmeter, also echt winzig, aber du kannst jederzeit im Wohnzimmer oder bei uns rumhängen. Wir sind selbst immer nur zum Schlafen in unseren Zimmern.«

»Bett und Schrank kannst du behalten. Oder wir verhökern die Sachen auf Gumtree. Unsere Ex-Mitbewohnerin meldet sich nämlich nicht mehr und hat uns auf Instagram und Co. blockiert, ist also recht unwahrscheinlich, dass sie das Zeug noch abholt.«

»Einen Waschraum gibt's im Keller, und Geschirr und so was kannst du natürlich von uns mitbenutzen.«

Ich konnte ihren Worten kaum folgen, zu sehr lenkte mich der Anblick des Zimmers ab. Ja, es war klein, aber vorteilhaft quadratisch geschnitten. Außerdem besaß es ein Erkerfenster mit wunderschöner Aussicht auf die umliegenden Dächer. Ein großes Futonbett aus dunklem Holz stand links von mir, daneben ein Schrank aus demselben Material. Perplex trat ich in die Mitte des Raumes und hob den Blick zur Decke. Auch hier hing ein Kronleuchter.

»Findest du's scheiße?«, hörte ich Matilda hinter mir.

Langsam drehte ich mich um und räusperte mich. »Wo ist der Haken?«

Die beiden wechselten einen schnellen Blick, und kurz sah ich einen Ausdruck über ihre Gesichter huschen, der mich an Panik erinnerte, bevor sie ihre Mimik wieder unter Kontrolle hatten.

»Was meinst du?«, fragte Briony mit Unschuldsmiene, während sie den Kimono enger um ihren Körper schlang.

»Es ist absolut perfekt«, hauchte ich. »Aber ihr habt doch unzählige Bewerber, oder?«

»Bisher war niemand dabei, der zu uns passt.«

»Wieso ist eure letzte Mitbewohnerin ausgezogen?« Ich verschränkte die Arme und musterte sie beide eindringlich. Das klang alles viel zu gut, um wahr zu sein.

Matilda zuckte mit den Schultern. »Keinen blassen Schimmer.«

Doch Briony biss sich beinahe schuldbewusst auf die Unterlippe. »Komm schon, früher oder später müssen wir sie eh einweihen ...«

Mit einem Stöhnen ergab sich Matilda. »Unser Mitbewohner ist ein Arschloch«, platzte sie heraus, bevor sie ihren Whisky auf ex runterkippte. »Er ist absolut unausstehlich, und meistens sind wir gezwungen, mit Ohropax zu schlafen, weil er quasi jede Nacht 'ne andere mit nach Hause bringt und der Meinung ist, wir müssten alle an seinem tollen Sexleben teilhaben.«

»Na ja, manchmal muss ich auch mit Ohropax schlafen, weil *du* jemanden mit nach Hause bringst«, wisperte Briony, worauf Matilda ihr einen bösen Blick zuwarf, bevor sie sich wieder mir zuwandte.

»Aber ich schwöre, das ist der einzige Haken. Seine Eltern sind megalieb und vertrauen uns mehr als ihrem eigenen Versagersohn, weswegen wir uns auch um neue Mieter kümmern. Schon bei den vorherigen Bewohnerinnen des Zimmers war er nicht ganz unschuldig am Auszug, weil er tagsüber schlechte Stimmung verbreitet und nachts alles anbaggert, was nicht bei drei auf den Bäumen ist. Und die letzte ... Tja, bei der hat er sich selbst übertroffen. Die ist nämlich ausgezogen, weil unser herzallerliebster Mitbewohner nicht nur mit ihr, sondern auch gleich noch mit ihrer besten Freundin geschlafen hat.«

»Er klingt reizend«, sagte ich mit einem Schnauben.

Matilda feixte. »Die Miete ist stemmbar, und die Lage ein Traum, wie du siehst. Außerdem sind Bry und ich der Wahnsinn.« Sie legte ihrer Freundin einen Arm um die Schultern.

»Und warum genau wollt ihr mich haben?«

»Ich hab direkt deine positive Aura gespürt«, erwiderte Matilda völlig ernsthaft, musste dann aber etwas zerknirscht grinsen. »Und ich dachte mir, wenn du grad 'ne Trennung hinter dir hast, ist es eher unwahrscheinlich, dass du dich gleich in den nächsten Mistkerl verknallst.«

Etwas hilflos lachte ich auf. »Ich hab noch nie in einer WG gelebt. Ist das ein Problem?«

Gleichzeitig schüttelten sie die Köpfe. »Umso besser, dann bist du noch leicht zu begeistern«, sagte Matilda beschwingt.

Ich runzelte die Stirn. Inzwischen war der Alkohol in meinen Blutbahnen angelangt, und eine seltsame Euphorie ergriff Besitz von mir. »Was, wenn ich eine Psychopathin bin?«

»Keine Psychopathin würde das von sich selbst behaupten«, antwortete Matilda.

Briony trat auf mich zu, sah mir ernst ins Gesicht und legte beide Hände auf meine Schultern. »Du bist übergeschnappt, hast eine Meise, bist nicht ganz bei Sinnen. Aber weißt du was?« Ihre Stimme war mit jedem Wort lauter geworden, und ich konnte nichts anderes tun, als sie verdattert anzustarren. »Das macht die Besten aus!«

»Sie proben grade *Alice im Wunderland*«, warf Matilda nach einer dramatischen Pause ein.

Wir prusteten alle drei los.

Als wir immer noch lachend ins Wohnzimmer zurückkehrten, uns Whisky nachschenkten und Matilda eine Arctic-

Monkeys-Platte auflegte, kam mir der ziemlich verrückte Gedanke, dass dieser Tag vielleicht gar nicht so übel war.

Genau in diesem Moment ertönte das Geräusch der zufallenden Wohnungstür, dicht gefolgt von polternden Schritten, und aus unerklärlichen Gründen schoss mein Puls in die Höhe.

Später würde ich in Gedanken immer wieder zu dieser Sekunde zurückkehren und mich fragen, wie mein Körper hatte reagieren können, noch bevor ich die Gefahr benennen konnte. Später würde ich das Leben in ein Vorher und ein Nachher teilen. So wie an jenem Tag, an dem meine Welt in sich zusammengebrochen war und mich der Mensch, dem ich am allermeisten vertraute, im Stich gelassen hatte.

»Hi, Sonnenschein«, flötete Matilda über die Musik hinweg, und Briony warf sie kichernd mit einem Kissen ab, das sie haarscharf verfehlte und hinters Sofa plumpste.

»Provozier ihn doch nicht immer so«, zischte sie, aber Matilda lachte nur.

»Ich hol mal meinen Laptop, dann können wir gleich mit seinen Eltern skypen und ihnen unsere neue Top-Kandidatin vorstellen.« Sie stellte ihr Kristallglas auf dem Tisch ab und erhob sich. »Lass dich nicht von ihm einschüchtern«, fügte sie an mich gewandt hinzu, bevor sie im Flur verschwand.

Anstelle einer Antwort nahm ich einen weiteren großen Schluck und verkniff mir ein hysterisches Lachen. Machte sie Witze? Sie wollten mit den Vermietern skypen, während wir uns mit Whisky zuschütteten? Und das sollte einen guten Eindruck hinterlassen?

Das letzte Lied verklang, und schon waren die ersten Töne von »I Wanna Be Yours« zu hören. Die sanfte Musik drang bis in mein Innerstes, doch mein heftig pulsierendes Herz konnte sie nicht beruhigen.

Bevor ich Briony fragen konnte, wie ernst ich ihre Freundin nehmen sollte, knarzten die Holzdielen hinter mir.

»Was wird das hier?«

Ich saß auf einem Sessel mit dem Rücken zum Flur, trotzdem erstarrte ich augenblicklich zu Eis. Das Glas zwischen meinen Fingern begann zu beben, sodass ich es hastig auf dem Tisch abstellte.

Mach dich nicht lächerlich, Liv. Mach dich nicht lächerlich. Du bist bloß angetrunken.

Briony strahlte die Person hinter mir an. »Hallo, Noah. Willst du auch was trinken?«